LA MALÉDICTION DE SATAPUR

De la même autrice, aux éditions Charleston :
Les Veuves de Malabar Hill
Le Prince de Bombay

Titre original : *The Satapur Moonstone*

Publié pour la première fois aux États-Unis par Soho Press, New York
Traduit de l'anglais par Aurélie Tronchet

76, boulevard Pasteur
75015 Paris – France
www.editionscharleston.fr

ISBN : 978-2-38529-162-4

Maquette : Patrick Leleux PAO

Pour suivre notre actualité, rejoignez-nous sur Facebook (Éditions.Charleston), sur Instagram (@editionscharleston) et sur TikTok (@editionscharleston) !

Charleston s'engage pour une fabrication écoresponsable !
Amoureux des livres, nous sommes soucieux de l'impact de notre passion et choisissons nos imprimeurs avec la plus grande attention pour que nos ouvrages soient imprimés sur du papier issu de forêts gérées durablement.

Sujata Massey

LA MALÉDICTION DE SATAPUR

Perveen Mistry mène l'enquête

Roman

Traduit de l'anglais
par Aurélie Tronchet

Poche Charleston

Pour Tony

LA FAMILLE ROYALE DE SATAPUR

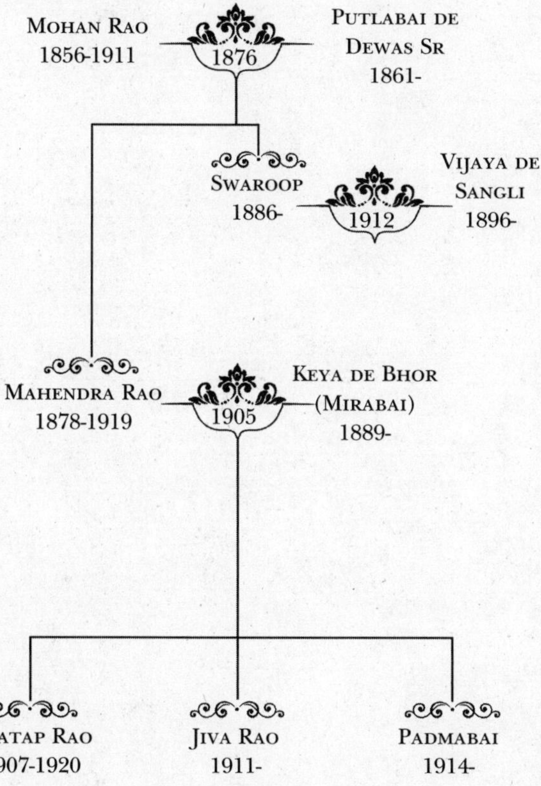

1

Le manège

Perveen Mistry ajusta sa bombe sur son front en sueur en soupirant. Il était six heures trente, et il faisait déjà 28 °C. Galoper dans le manège du Royal Western India Turf Club – sans jamais vraiment rattraper son amie Alice – n'était pas un exercice de tout repos.

Alice Hobson-Jones galopait sur Kumar, un grand cheval bai de course, qui avait fini comme monture de club équestre parce qu'il n'était pas assez grand pour l'hippodrome. Malgré tout, Kumar avait des allures de prince et, avec Alice qui mesurait plus d'un mètre quatre-vingts, ils formaient un duo impressionnant.

Perveen, et son mètre soixante, avait été ravie qu'on lui attribue une ponette qui lui avait paru plus douce. Dolly était si petite que Perveen avait été capable de monter dessus sans l'aide des garçons d'écurie, un rituel qui l'embarrassait à chaque fois. Cependant, la petite jument n'était pas disposée à suivre les instructions que la jeune femme lui communiquait avec ses talons. À l'évidence, Dolly sentait que Perveen n'était pas une cavalière chevronnée.

C'était malgré tout moins effrayant que les fois où elle avait monté d'immenses bêtes lors de fêtes où Alice l'avait emmenée durant certains week-ends en Angleterre. Aujourd'hui les rôles étaient inversés. Perveen était rentrée au pays pour exercer son métier d'avocate à Bombay, et Alice avait prolongé son séjour afin de trouver un poste d'enseignante. Dans une ville où les Mistry vivaient depuis presque trois cent cinquante ans, les relations familiales de Perveen ouvraient des portes, et Alice allait apparemment être embauchée comme chargée de cours de mathématiques au Wilson College.

Alice s'était vraiment mobilisée pour que Perveen se lève suffisamment tôt pour monter à cheval à 6 heures, trois fois cette semaine-là. Au départ, cela avait semblé être une idée plutôt agréable. La pluie avait cessé, et on pouvait circuler en ville même si, dès le lever du soleil, la cité suffoquait de nouveau sous un vent brûlant.

Alors qu'elle tournait dans le manège, Perveen remarqua le père d'Alice, Sir David Hobson-Jones, qui se tenait au bord. Bien qu'à Bombay depuis seulement deux ans, il comptait parmi les administrateurs du Western India Turf Club. C'était le genre de choses qui arrivaient quand on faisait partie du cercle des trois conseillers les plus en vue du gouverneur.

Sir David lui adressa un grand geste de la main en souriant. Perveen continua de trotter dans le manège, en se concentrant sur sa position. Quand elle passa devant Sir David, il répéta son geste de la main, cette fois de manière plus insistante.

Il lui demandait d'approcher.

Elle sentit son estomac se nouer. Il était peut-être là parce que quelqu'un s'était plaint de la présence d'une cavalière indienne ; elle était la seule.

Perveen détestait donner des coups de talons à la pouliche mais c'était ce qu'on lui avait enseigné pour faire avancer les chevaux. Dolly l'ignora. Perveen dut lui asséner plusieurs coups avant que la jument sorte enfin de la piste et se dirige vers la zone près de l'entrée, où les garçons d'écurie attendaient pour aider les cavalières. Un palefrenier maigrichon tint le cheval de Perveen pendant qu'elle se laissait à moitié tomber de sa monture. Alors qu'elle frottait ses mains poussiéreuses de chaque côté de sa jupe fendue, Sir David, habillé d'un costume blanc empesé tout à fait inapproprié à l'équitation, se rapprocha.

— Bonjour, Sir David. Est-ce que vous avez déjà monté ?

Elle s'efforça de paraître moins bouleversée qu'elle ne l'était. Si on l'expulsait du club créé par les Européens en raison de sa race, il était hors de question qu'elle laisse faire sans protester. Mais Sir David ne savait pas qu'elle appartenait au Congrès National Indien, un groupe constitué d'Indiens défendant les droits civiques. Pour lui, elle n'était que l'ancienne camarade de classe de sa fille Alice à Oxford, une jeune femme qui se faisait une place dans le milieu juridique de Bombay.

Il secoua la tête.

— Je suis venu prendre un petit déjeuner rapide avant de me rendre au Secrétariat. Les œufs sont très bons ici. Accepteriez-vous de vous joindre à moi ?

Alors on ne la mettait pas à la porte, ce qui était plutôt une bonne nouvelle. Malgré tout, l'idée de s'en aller sans prévenir Alice ne lui plaisait pas.

— Mais je…

Perveen désigna d'un geste sa tenue d'équitation, qui n'était pas en tweed comme celle de son amie, mais qui consistait en une veste légère en coton et une volumineuse jupe fendue, ce vêtement légèrement démodé considéré par sa mère comme étant le plus approprié pour une femme indienne s'adonnant à une activité aussi déplacée que de monter à cheval.

— Ne vous en faites pas. Les gens sont en tenue d'équitation dans la véranda. C'est moi qui vais faire tache.

— Mais Alice… dit-elle, toujours mal à l'aise.

— Elle saura où nous trouver, répondit le conseiller en chef du gouverneur avant de poursuivre à voix basse : Il faut de toute façon que je parle affaires avec vous, avant qu'elle nous rejoigne.

Une discussion d'affaires était une perspective plutôt bienvenue pour une avocate de Bombay réputée mais pas aussi active qu'elle aurait aimé. Dans le salon des dames, Perveen frotta les traces de poussière sur son visage et ses mains, et se brossa les cheveux avant de les coiffer de nouveau en couronne. Elle abandonna sa bombe, malgré la ligne rouge vif qui barrait son front. Quand elle entra dans la véranda, plusieurs Anglais tournèrent le regard vers elle. Était-ce parce qu'on l'avait vue avec Sir David ou bien à cause de cette ridicule jupe fendue ?

Le grand geste que lui adressa Sir David déclencha un chœur de chuchotements.

— Je me suis permis de vous commander un petit déjeuner, dit-il. Vous vous rendez directement au cabinet ensuite, n'est-ce pas ?

— J'essaie d'ouvrir avant huit heures, répondit-elle de sa plus belle voix de femme d'affaires. Il n'y a qu'aussi tôt qu'on peut s'attaquer à sa paperasse sans être importuné.

— C'est vrai. Comme je vous l'ai dit, il se pourrait que j'aie une bonne proposition pour le cabinet Mistry.

Elle se pencha avec tant d'empressement qu'elle renversa sa tasse vide sur sa soucoupe.

— Une de vos connaissances a besoin d'un avocat ?

Un serveur élancé, dans une veste empesée à col haut, redressa sa tasse avant d'y verser un filet doré de Darjeeling.

— En effet, affirma Sir David avec un sourire bienveillant.

Elle le dévisagea. Avait-il des ennuis au travail ?

— Rappelez-vous que je suis juriste. La cour de Bombay n'autorise pas encore les avocates à approcher du banc, mais mon père peut…

— Peu importe, dit-il en interrompant son explication. Avez-vous entendu parler de l'Agence de Kolhapur ?

Cette question simple la surprit.

— Bien sûr, répondit-elle en versant une cuillerée de sucre dans sa tasse. C'est la branche de l'administration publique qui supervise l'État de Kolhapur et relève de la présidence de Bombay.

— C'est un peu plus que cela. L'Agence de Kolhapur a autorité sur vingt-cinq États princiers et féodaux de l'Inde occidentale. Les fonctionnaires de cette Agence sont des agents politiques et des résidents qui maintiennent les relations entre l'Inde britannique et ces États.

Perveen était gênée de ne pas connaître le nombre d'États supervisés par l'Agence de Kolhapur. Mais pourquoi s'intéressait-il à cela ?

Le jeune serveur revint avec une assiette d'œufs brouillés, de toast et de harengs fumés pour chacun d'eux. Les œufs avaient l'air mousseux, le toast beurré comme il fallait, mais Perveen n'aimait pas le hareng fumé. Elle se résolut à en goûter un, par politesse envers son hôte.

C'était comme ça avec les Anglais. Un Indien ne pouvait prospérer sans être en contact avec eux, mais on n'était pas pour autant obligé d'adhérer à leurs habitudes. Tout en saupoudrant ses œufs de piment vert, elle considéra le tableau que Sir David était en train de lui brosser. Bien que le gouvernement britannique détienne le pouvoir sur approximativement soixante et un pour cent du sous-continent, le reste de l'Inde était un patchwork de petits et grands États, et de possessions territoriales dirigées par des Hindous, des Musulmans et quelques Sikhs. En échange d'être dispensées de la loi anglaise, de nombreuses royautés payaient des tributs aux Britanniques, la plupart du temps sous la forme de liquidités ou de récoltes. Et comme Sir David l'indiqua, les États devaient malgré tout collaborer avec les agents politiques.

Sir David fit glisser un des harengs dans sa bouche, le savoura avec gourmandise avant de poursuivre la conversation.

— En ce moment, l'Agence fait face à un problème et nous demande de les aider à trouver un enquêteur juridique qui les assisterait dans une affaire se déroulant dans un de leurs États situés le plus au nord.

— Comme c'est intéressant, dit Perveen, en réfléchissant déjà aux avocats qu'elle pourrait recommander. Dites-m'en plus. Depuis quand ce poste est-il disponible ? Et combien de temps durera la mission ?

— Ce sujet a été évoqué au cours d'une réunion, la semaine dernière, et tout le monde a convenu avec moi que vous étiez probablement la seule personne en Inde capable de vous charger de cette affaire.

Perveen faillit en lâcher sa tasse. Il était hors de question qu'elle travaille pour l'Empire britannique qui maintenait l'Inde sous sa patte d'éléphant depuis le XVIIe siècle. Mais elle devait se montrer diplomate.

— Je suis très honorée que vous ayez pensé à moi pour ce poste dans la fonction publique, avança-t-elle avec précaution, mais je ne quitterai jamais le cabinet de mon père. Il m'a promue comme associée le mois dernier.

— Félicitations ! Mais vous cherchez des clients qui sont prêts à payer un bon prix, n'est-ce pas pour cela qu'on a un cabinet ?

Perveen, sur ses gardes, acquiesça.

— Soyez certaine qu'il s'agit là d'une mission ponctuelle – cela vous prendra probablement une semaine, avec un peu de temps supplémentaire à facturer quand vous rentrerez à Bombay pour rédiger le rapport.

Il marqua une pause.

— Vous avez déjà goûté le kipper ? Il est fait avec du poisson local, pas le hareng écossais habituel.

Un minuscule poisson local plein d'arêtes bon pour servir d'appât, mais pas à manger. Elle en mit dans sa bouche à contrecœur. Et elle réfléchit tout en mâchonnant la chair désagréable.

Les journées n'étaient pas particulièrement chargées au cabinet ; elle avait quelques contrats à clore, mais la perspective d'une semaine de travail ou plus au service d'un client prestigieux plairait à son père, Jamshedji Mistry, qui considérait les Britanniques comme des alliés, pas des adversaires. Malgré tout, c'était un travail en dehors de la ville et il n'aimerait pas ça. Perveen couvrit d'œuf le reste des kippers qu'elle était résolue à ne pas manger.

— Kolhapur se trouve à près de cinq cents kilomètres de Bombay. Est-ce là-bas que je devrais me rendre ?

— Pas aussi loin. Vous avez entendu parler de Satapur ?

— C’est un minuscule État, quelque part dans les montagnes Sahyadrī.

Perveen se rappela son manuel scolaire de géographie et la forme de lapin dressé sur ses pattes arrière correspondant cet État.

— Je ne suis pas certaine d’être capable de pouvoir le localiser sur une carte ni même de donner le nom de son souverain.

— C’est un État qui ne fait qu’une centaine de kilomètres carrés, dit-il. Et il n’y a aucun prince sur le gaddi* pour le moment. Son Altesse Mahendra Rao est mort du choléra il y a deux ans. Son fils, le maharadjah Jiva Rao n’a que dix ans.

Perveen s’efforça d’imaginer la situation.

— Alors même si Jiva Rao est déjà le maharadjah de nom, il faudra attendre au moins huit ans avant qu’il accède au pouvoir. Est-ce sa mère qui règne en attendant ?

— Dans la plupart des États princiers, les femmes ne peuvent exercer le pouvoir. Le souverain de Satapur étant mineur, les décisions d’État sont prises par le Premier ministre et notre agent politique, qui se trouve résider à l’auberge sur la frontière entre Satapur et la station d’altitude de Khandala.

— Ce doit être difficile pour un agent politique britannique de diriger un État princier, déclara Perveen, l’air sceptique. Surtout s’il ne vit pas dans le palais.

Sir David écarta cette remarque d’un geste de la main.

---

* Gaddi : Trône.
(Retrouvez tous les mots suivis d’un astérisque dans le glossaire en fin d’ouvrage.)

— Un officier palatin, qui s'occupe des affaires quotidiennes, envoie des rapports à Mr Sandringham sur tout ce qui se produit. Et le Premier ministre, le prince Swaroop de Satapur, est l'oncle du maharadjah, ce qui est plutôt confortable.

Perveen mordit dans son toast. Le toast beurré, voilà quelque chose que les Britanniques réussissaient vraiment.

— Que pouvez-vous me dire sur l'agent politique ?

— Colin Wythe Sandringham occupe ce poste depuis environ dix mois. Il est responsable du bien-être des enfants royaux et de la veuve du défunt maharadjah.

— Quels enfants ? Vous n'avez mentionné que le prince Jiva Rao.

— Il a une petite sœur, mais je ne connais pas son nom.

Perveen n'apprécia pas qu'il ait presque oublié la princesse, et qu'il ait qualifié la mère du jeune maharadjah de veuve, alors qu'elle aurait dû être appelée reine.

— Quel est le prénom de la maharani ? demanda-t-elle d'un ton sec.

— Mirabai, répondit-il en prononçant lentement le nom avec l'accent d'Oxbridge. Au moins, elle n'est pas seule – la mère du défunt maharadjah Mahendra Rao, la maharani douairière, dirige toujours le zénana*. Je ne me rappelle pas son nom.

---

* Zénana : Partie d'une maison uniquement réservée aux femmes.

Bien sûr, pensa-t-elle. Sir David était meilleur que la plupart des administrateurs anglais – et il avait sans aucun doute manifesté du respect pour les réussites professionnelles de Perveen – mais il croyait de toute évidence que la grande majorité des Indiennes n'avaient ni visage, ni nom et étaient passives.

— Je trouve que c'est merveilleux que la mère et la belle-fille puissent se tenir compagnie, déclara-t-il en sirotant son thé. Mais d'après Mr Sandringham, les deux maharanis ont eu une assez vive dispute au sujet de l'éducation du prince.

C'était un problème assez ordinaire, qu'il soit question de sang royal ou pas. Dans la propre famille de Perveen, il y avait eu des désaccords sur la possibilité qu'elle fasse des études de droit, comme le souhaitait son père, ou de littérature, son choix à elle. Ce n'était que des années après la fin de sa scolarité qu'elle avait compris qu'exercer le droit pouvait lui rendre la vie bien plus excitante que l'analyse de romans.

— La mère du maharadjah Jiva Rao souhaite qu'il fréquente Ludgrove, où plusieurs autres princes indiens étudient, poursuivit Sir David sans imaginer les pensées de Perveen. Mais sa grand-mère, qui considère encore qu'elle occupe une place supérieure à sa belle-fille, refuse qu'il aille dans cet établissement.

Perveen avait vidé son assiette à l'exception des kippers. Elle avait envie de sucré pour en chasser le goût. Elle fit signe au serveur.

— Auriez-vous des goyaves ?

— Elles ne sont pas bonnes aujourd'hui, memsahib, répondit-il avec une grimace.

— Très bien. Je vais prendre un autre toast, dit-elle avant de se tourner vers Sir David. Où le prince Jiva Rao étudie-t-il en Inde ?

— Au palais. Il reçoit son enseignement d'un précepteur indien qui a accompagné les deux dernières générations de maharadjahs.

— C'est sans doute un bon enseignant. En tout cas, il doit avoir de l'expérience, commenta Perveen en imaginant que l'homme devait avoir plus de soixante ans.

— Ce sont des questions auxquelles vous pourriez nous apporter une réponse quand vous irez au palais. Mr Sandringham leur a rendu visite en septembre, mais il n'a pas pu être reçu en raison de la tradition de vie recluse des maharanis.

— Les maharanis hindoues respectent la purdah, expliqua Perveen. Si l'agent le souhaite vraiment, il pourrait y retourner et demander à s'entretenir avec chaque femme à travers un écran. C'est ce qu'on fait habituellement quand les dames respectant la purdah doivent témoigner dans un tribunal.

— Retourner au palais pour une nouvelle tentative pourrait poser des problèmes. Voyez-vous, Mr Sandringham est infirme, déclara brutalement Sir David.

— Il est infirme ! s'exclama Perveen en écarquillant les yeux.

Elle était tout à fait surprise que les Britanniques aient choisi quelqu'un souffrant de handicap pour un poste à grande responsabilité et qu'ils l'aient de plus expédié en pleine campagne. Il devait probablement être entouré d'un nombre gigantesque d'employés pour l'assister. Comment faire autrement ?

— Des membres de l'Agence de Kolhapur ont également suggéré qu'il y retourne. Cependant je ne souhaite pas mettre sa santé en péril alors que l'entretien avec les dames en purdah pourrait plus facilement être conduit par une avocate.

Sir David se rappelait ce qu'elle avait fait dans le quartier de Malabar Hill en début d'année. Elle ressentit un élan de gratitude, sachant que les choses auraient facilement pu se passer différemment. Il existait peu de juristes capables d'assister les femmes recluses, et elle avait déjà été impliquée dans ce type de situation. Les femmes observant la purdah ne pouvaient rencontrer les hommes extérieurs à leur environnement familial proche.

— Vous souhaitez que j'agisse en coulisses, dit-elle en hochant la tête, que je m'entretienne avec les deux maharanis et que je vous transmette mon opinion concernant l'éducation du maharadjah.

— Il y aurait un autre objectif à cette rencontre, ajouta Sir David. L'Agence s'intéresse en ce moment à des aménagements du territoire, comme faire venir le chemin de fer, construire des barrages et plus encore. Nous gagnerions beaucoup à connaître le point de vue des maharanis et d'autres nobles du palais.

— C'est un véritable travail d'enquête.

Perveen mordit dans son toast avant de mastiquer lentement en prenant un peu de temps pour réfléchir. Cela avait tout d'une mission de consultant. Et des centaines de femmes royales résidaient dans les vingt-cinq États du groupe de Kolhapur. Si la nouvelle se répandait à travers les écrans de purdah qu'une avocate était prête à assister ces femmes en cas de problèmes, le cabinet Mistry pourrait voir affluer un nombre considérable de nouveaux clients.

Mais à combien estimer cette entreprise ? Sir David devait espérer qu'elle accomplirait sa mission à un tarif au rabais étant donné qu'ils se connaissaient. Mais le gouvernement britannique n'allait pas s'en tirer en la sous-payant comme il le faisait avec les Indiens en général. C'était elle qu'ils voulaient. Elle avait tout pouvoir.

— Je réfléchis à combien je pourrais facturer cette mission, lança-t-elle en faisant la moue.

— Vingt roupies la journée, répondit-il aussitôt. C'est le salaire d'un sous-inspecteur de district.

Pas terrible, rien qui lui permettrait de se vanter devant son père. Elle haussa les épaules.

— Cependant, vos frais de déplacement seront pris en charge au même niveau que ceux d'un préfet. Tous vos voyages en train se feront en première classe et, si besoin, vous pourrez séjourner dans des bungalows destinés aux fonctionnaires. Une partie du trajet se fera certainement à cheval ou en palanquin.

— Un palanquin, c'est une de ces horribles boîtes qu'on transporte sur des perches ? demanda-t-elle car elle détestait les espaces confinés.

— C'est Sandringham qui l'a suggéré. Il prétend qu'une partie de la route n'est pas facilement praticable à cheval. Les porteurs sont des hommes du coin. Et vous pourrez profiter du paysage pendant le voyage.

Elle haussa un sourcil d'un air cynique.

— Les montagnes Sahyadrī sont d'une beauté incomparable. C'est la fin de la saison des pluies. Il fait 10 °C de moins qu'à Bombay.

Il conclut sa phrase d'un geste théâtral, rappelant à Perveen les camelots près du Royal Bombay Yacht Club vantant la splendeur de la croisière touristique jusqu'à Elephanta Island.

Des pluies douces de montagnes, c'était toujours mieux que les vents chauds du début octobre à Bombay, mais elle ne voulait pas paraître trop enthousiaste.

— Il y a toujours beaucoup de contrats à traiter au cabinet. Je peux facilement gagner vingt roupies en une journée en restant assise à mon bureau.

Il resta silencieux pendant un moment avant de grogner.

— Compris. Je suis sûr de pouvoir les convaincre de s'engager pour vingt-cinq roupies par jour.

C'était phénoménal.

— C'est noté, répondit-elle, impassible.

Son heureuse rêverie fut interrompue par Alice entrant à grands pas dans la véranda en ne montrant aucun signe qu'elle s'était lavé le visage ou les mains.

— Perveen ! Te voilà !

— Excuse-moi. Ton père m'a invitée pour le petit déjeuner. J'espère que tu ne t'es pas inquiétée de ma disparition.

— Pas du tout. Est-ce qu'il t'a déjà persuadée d'accepter la mission ?

— Quoi ? Tu étais au courant ?

Les yeux de Perveen passèrent de son amie au visage suffisant de Sir David.

— Pour quelle autre raison crois-tu que nous avons tourné dans ce manège toute cette semaine ? bâilla Alice. Je devais te remettre en selle.

— Comment as-tu osé me tendre ce piège ? s'esclaffa Perveen.

Elle était soulagée et excitée, mais elle ne souhaitait pas qu'Alice lui fasse des cachotteries.

— Quelle piètre amie tu fais.

— À cheval donné, on ne regarde pas les dents.

2

Une visiteuse à Khandala

Aditya, le bouffon officiel rattaché au palais de Satapur, sentait les courbatures du long trajet à cheval. Le palais de Satapur se trouvait à quatre collines de la gare de Khandala. En raison du brouillard épais et des sentiers boueux et interrompus, la chevauchée avait duré six heures au lieu des cinq habituelles. Le soleil venait de se lever quand il était parti sur une jument grise courtaude. Comme cela faisait des siècles que les gens empruntaient le même chemin étroit, il était facile de le suivre ; mais les longues pluies estivales l'avaient rendu traîtreusement glissant. Aditya avait dû lutter sans relâche pour retenir le cheval nerveux qui progressait vers la gare de Khandala.

Il se tenait désormais à moitié caché dans l'ombre du toit de la gare. Il préférait être sur les routes plutôt que de tester ses farces sur les gens du palais qui avaient renoncé à rire depuis des années. Une tasse de thé à la main, il fumait son troisième cheroot*. Aucun voyageur n'attendait mais, fidèle aux horaires, le train marquerait quand même un arrêt. Aditya savait déjà que les passagers qui sortiraient du train s'extasieraient sur la beauté des hautes collines vertes et silencieuses, les ruisseaux dévalant leurs flancs telles des larmes d'argent. Il avait déjà entendu toutes ces âneries.

La sirène retentit bien avant que le train noir à vapeur ne parvienne en soufflant au quai. Un jeune conducteur ouvrit la portière avant de bondir audehors, et quelques garçons du coin surgirent de sous les arbres en nouant rapidement des foulards rouges sur leur tête pour signifier leur statut de coolies autorisés par le chef de gare.

C'était au printemps que Khandala était le plus fréquenté, quand l'endroit offrait un charmant répit à la chaleur de Bombay. Pendant la saison des pluies, la gare était inaccessible. Les pluies étaient si abondantes et constantes que le train grimpant la côte abrupte depuis Neral Junction cessait provisoirement de circuler.

Aditya observa un homme d'un certain âge sortir en chancelant de la partie principale de la gare, suivi de deux autres hommes et d'une famille.

Le conducteur de la locomotive, l'air impatient, se tenait en équilibre sur les marches du wagon de première classe. Un garçon bondit sur le quai en tenant facilement une petite malle en équilibre sur

* Cheroot : Cigare.

la tête. Au cuir brun aux teintes chaudes et au motif doré géométrique, Aditya reconnut un bagage Louis-Vuitton, une marque appréciée par les Européens et les Indiens nantis.

Aditya sortit de l'ombre pour observer de plus près. Un pied délicat chaussé de cuir beige émergea, précédant sa propriétaire : une Indienne enroulée dans un sari couleur jaune beurre brodé de motifs cachemire bleu et gris. La tunique en dentelle blanche qu'elle portait sous son sari en soie la faisait ressembler à certaines femmes riches parsies qu'il avait croisées aux courses et dans les soirées mondaines de Poona. Pourtant, au lieu d'une ombrelle délicate, elle portait une mallette en cuir marron.

Il resta bouché bée devant la mallette. L'objet devait appartenir à son mari qui allait certainement descendre du train. Son époux serait le P. J. Mistry, juriste, dont il était fait mention dans les lettres que les maharanis avaient reçues.

Mais personne d'autre ne descendit du train.

La femme se tourna comme si elle sentait le regard d'Aditya. Des yeux impertinents, marron piqueté de vert au-dessus son nez busqué – un nez parsi, il en était certain – considérèrent le bouffon.

Aditya se dégonfla d'un coup. Son corps était encore endolori du long trajet et voilà que le juriste que tout le monde attendait n'était pas au rendez-vous.

La dame se détourna de lui pour s'adresser au coolie qui avait déchargé sa malle. Elle lui donna une pièce ; bien qu'Aditya ne pût voir de combien il s'agissait, c'était sûrement plus que l'habituelle paisa*, car le garçon pressa la pièce contre son front en arborant un sourire imbécile

Pour quelle raison cette femme viendrait-elle en vacances toute seule ? Elle allait peut-être retrouver quelqu'un ; Khandala était appréciée des Européens et des Indiens nantis.

Un homme en guenilles marron sortit du compartiment de troisième classe en portant un sac marqué du symbole de la Poste Impériale. Il le laissa tomber sur le quai.

Comme à propos, l'unique voiture postale de la région, une petite calèche en bois conduite par deux hommes du coin, Pratik et son fils adolescent, Charan, apparut sur le sentier endommagé. Aditya, qui se montrait en général amical avec eux, se recula parce qu'il ne souhaitait pas qu'ils l'appellent.

— Vous êtes en retard ! les réprimanda le chef de gare suffisamment fort pour qu'Aditya entende. Il n'y a pas que des lettres qui attendent. Il y a aussi une memsahib.

— Qu'est-ce que ça veut dire, tard ou tôt ? répondit Pratik avec amabilité.

L'homme descendit du siège du conducteur et s'étira longuement avant de prendre en charge le sac de courrier.

Aditya fut étonné de voir Charan approcher de la femme. Le bouffon n'entendit pas les paroles de la voyageuse, mais Charan se mit à gesticuler pour lui faire comprendre de le suivre. Quand elle atteignit la voiture postale, le garçon abaissa le hayon arrière. Depuis son poste d'observation, Aditya vit la femme

* Paisa : Unité de monnaie.

se courber en avant pour considérer l'intérieur du véhicule. Elle avait peut-être peur.

Le bouffon comprit vite que la voyageuse s'était courbée pour des raisons pratiques. Elle posa un pied sur les mains de Charan, qu'il avait jointes pour lui présenter une marche de fortune. L'instant suivant, la voyageuse se laissa tomber dans la voiture postale, la mallette pressée contre sa poitrine. Dans sa chute, son sari s'évasa et Aditya aperçut un morceau de peau cannelle au-dessus des bottines en chevreau. Ce fut une vision émoustillante, quelque chose qu'il pourrait sans doute exagérer pour en faire une plaisanterie indécente au palais.

Après avoir fermé l'arrière de la voiture, Charan grimpa sur la banquette avant. Aditya observa le jeune homme s'installer à côté de son père et coincer le sac de courrier entre ses chevilles.

Pratik frappa les chevaux d'un coup de fouet et ils partirent.

3

L'agent de Satapur

— Miss Perveen Mistry ?

Perveen ouvrit les yeux avant de les refermer aussitôt devant la violente luminosité.

— Bienvenue à Satapur, lança une voix anglaise sur un ton joyeux. J'espère que vous ne vous sentez pas trop mal ?

— Non, je vais bien. J'ai dû m'assoupir, répondit Perveen en se redressant avec difficulté.

Comme sa position avait dû paraître choquante – elle n'avait pas prévu d'arriver ainsi, surtout devant l'Anglais qui était vraisemblablement l'agent politique.

— Je ne vous vois pas avec cette lumière dans les yeux.

— Désolé ! répondit l'homme en écartant la lumière. Je suis Colin Sandringham. Je suis venu vous accompagner jusqu'à l'auberge. De fait, si vous êtes bien P. J. Mistry, juriste.

Elle était troublée car Sir David avait mentionné que l'homme avait un handicap.

— C'est moi. Et c'est très gentil de votre part de m'accueillir. L'attente a dû être sinistre dans le noir.

— Oh, j'étais encore dans la véranda il y a dix minutes. J'ai aperçu la lanterne et j'ai su qu'il devait s'agir de la voiture postale. Pratik, comment allez-vous ? demanda-t-il en un marathi teinté d'accent anglais.

— Bien, répondit le postier. J'ai aussi du courrier pour vous.

— Quelle heure est-il ? demanda Perveen qui s'interrogeait sur la durée de son somme.

— Il est environ dix-huit heures trente, la renseigna Mr Sandringham.

Perveen étira ses jambes sur le mètre cinquante séparant la voiture du sol. Quand elle mit un pied à terre, il s'enfonça dans la boue. Elle ravala le juron gujarati qui lui vint à l'esprit. Ses bottines beiges en chevreau, boutonnées sur la cheville, étaient toutes neuves. C'était une paire spéciale que sa mère, Camellia, et sa belle-sœur, Gulnaz, l'avaient aidée à acheter la veille à Bombay.

— Comme elles ont l'air pratique ! s'était enthousiasmée Camellia. Elles couvrent tout le pied jusqu'à la cheville. Avec tout ce trajet en montagne, elles te seront plus utiles que des sandales.

— Mais tu ne dois pas les porter à l'intérieur du palais ! l'avertit Gulnaz. Les bottines anglaises ne vont pas avec le sari. Les maharanis, là-bas, porteront sans doute des pantoufles décorées de pierres.

Perveen, tu peux m'emprunter celles de mon trousseau de mariage. Je ne les porte quasiment jamais.

Perveen se rappela avec nostalgie son propre trousseau de mariée : des douzaines de saris de soie délicate, des châles de cachemire brodés, et des pantoufles de luxe comme celles de Gulnaz. Quatre ans plus tôt, Perveen avait abandonné ce trésor à Calcutta en même temps que son mariage. Dans sa nouvelle vie d'avocate, elle s'habillait de manière pratique – mais ce qu'elle avait eu lui manquait parfois.

— Je ne m'inquiète pas que tu ailles dans un palais, avait déclaré Camellia. Comme dit Pappa, quand on apprendra que tu as été chargée de cette mission, cela pourra servir le cabinet. Mais je m'inquiète que tu voyages seule dans la campagne. S'il t'arrive quelque chose, il se peut qu'on ne te retrouve jamais !

— Cela n'arrivera pas, avait promis Perveen.

Mais si sa mère avait appris qu'elle avait voyagé trois heures à l'arrière d'une voiture postale – traitée comme un bagage plutôt que comme une dame –, elle aurait ordonné à Perveen de rentrer sur-le-champ à Bombay.

Perveen s'étira. L'intérieur de la calèche avait empesté le papier humide. Elle aspirait désormais l'air rafraîchissant. Sir David ne s'était pas trompé au sujet de la météo. Elle se demanda ce qu'il en était du reste.

La voix de Mr Sandringham l'interrompit dans ses pensées.

— Voyez-vous suffisamment bien pour monter derrière moi jusqu'à l'auberge ?

— Oui. Je suis contente d'être enfin debout et de pouvoir bouger, répondit-elle en faisant tourner ses chevilles, sentant ses pieds reprendre vie.

— Je vous en prie, suivez-moi de près, le chemin est parsemé d'obstacles. Nous sommes à environ quatre cents mètres de l'auberge et nous allons longer un promontoire avec un aplomb plutôt abrupt. Avez-vous des bagages ?

Elle savait par expérience qu'il était important de ne pas lâcher sa mallette Swaine Adeney.

— Oui, deux. Je peux porter ma mallette, mais je crains que la malle soit trop lourde.

— Charan et Pratik vont la monter – et pour les remercier, je leur proposerai de rester pour la nuit. Il pleut par intermittence et je n'étais pas certain que la voiture puisse arriver jusqu'ici.

— Est-ce qu'en général, vous faites monter les gens en voiture postale ? demanda-t-elle dans le sillage de la lanterne dansant dans la main de son guide.

Quand il se pencha sur sa droite, elle aperçut une canne. Il boitait donc ; ce n'était pas ce qu'elle appelait une infirmité.

— Je crains que les tongas ne soient à la gare que quand la météo est au sec. Mais la voiture postale et ces deux hommes se présentent à chaque train. C'est pour cette raison que nous avons mis au point ce système.

— Qui paraît être efficace.

Elle ne voulait pas dire que le trajet avait été confortable, parce que ce n'était pas le cas. Mais elle n'avait aucune raison de se plaindre. Elle était encore sous le choc que l'Agence de Kolhapur l'ait confirmée dans sa mission « d'enquêtrice juridique ». Ils ne devaient pas être au courant qu'elle soutenait Mohandas Gandhi, ce militant pour la liberté qui se mobilisait dans tout Bombay contre les produits britanniques. Jamshedji, le père de Perveen, s'était inquiété que sa fille assiste à la dernière réunion publique de Gandhiji*. Si le gouvernement pensait que le cabinet Mistry soutenait la contestation politique, il pouvait décider d'augmenter les impôts fonciers du cabinet. C'était arrivé à d'autres.

Mais Perveen avait été excitée que Gandhiji* s'adresse personnellement à elle dans la langue qu'ils partageaient, le gujarati. Il lui avait demandé si elle pouvait encourager davantage de femmes à rejoindre la cause.

Les maharanis qu'elle s'apprêtait à rencontrer étaient prodigieusement riches. Trouverait-elle le courage d'évoquer la possibilité de soutenir le mouvement pour la liberté ? Cette suggestion entrerait-elle en conflit avec sa mission qui était de recommander un plan de scolarisation du prince Jiva Rao et de déterminer la position de la famille au sujet des aménagements de l'État ?

Absolument.

Perveen soupira intérieurement, les yeux fixés sur la silhouette sombre de Mr Sandringham.

— Quand le soleil sera haut demain, vous découvrirez un paysage spectaculaire ! lui lança-t-il par-dessus l'épaule. C'est une jungle épaisse, mais

* Gandhiji : Nom respectueux pour Mohandas Gandhi.

depuis Marshall Point, on peut voir les cinq collines environnantes.

— Bien, répondit Perveen, peu habituée à l'exercice et légèrement essoufflée.

— Ce n'est plus très loin.

Ils étaient en effet parvenus à un chemin de pierres bordé de torches éclairant la voie jusqu'à une maison imposante au toit très incliné. Un singe brun, installé sous l'avant-toit, apparut dans la lumière de la lanterne suspendue au centre du porche. Le singe arborait un collier duveteux de poils dorés, comme un lion.

Perveen soupira de plaisir.

— C'est la première fois que je vois ce genre de singe.

— C'est un macaque à queue de lion, répondit Sandringham en souriant dans la pénombre. Je l'appelle Hanuman, comme le dieu singe dans le *Rāmāyana*.

Perveen avait déjà remarqué qu'il parlait un peu marathi, et il avait apparemment lu l'épopée hindoue.

— Il a un visage très intelligent, dit-elle à propos du singe qui l'observait, impassible. Et il a l'air si calme. Il est très différent des singes gris qu'on voit dans les villes.

— Ces singes gris – les rhésus – ont toujours l'air dégoûtés par les hommes. Comme s'ils nous faisaient sentir qu'on a détruit leur habitat, ironisa Sandringham. Mais il n'y a ni rues pavées ni immeubles ici. La famille d'Hanuman vit dans les arbres là-bas et ils profitent encore de nombreuses sources de nourriture.

Une fois qu'ils furent parvenus dans la lumière dorée de la véranda, Perveen put voir Mr Sandringham complètement. C'était un jeune fonctionnaire, qui n'avait peut-être pas encore trente ans, même si ses lunettes à montures métalliques lui donnaient une aura d'intellectuel. Mais il ne portait pas l'habituel costume de lin que les fonctionnaires comme Sir David affectionnaient. Sa silhouette dégingandée était vêtue d'une chemise blanche froissée, dont la poche de poitrine arborait une tache d'encre, et d'un jodhpur kaki chiffonné enfoncé dans des bottes d'équitation. Sandringham avait l'air d'un savant perdu dans la jungle – et sa connaissance de la nomenclature zoologique et sa lecture du *Rāmāyana* ne faisaient qu'exacerber cette impression.

Elle prit conscience un peu tardivement qu'il l'observait lui aussi. Il cligna des yeux derrière ses lunettes.

— C'est tout à fait étrange mais il me semble vous connaître. Où nous sommes-nous déjà rencontrés ?

Certaines familles parsies fréquentaient les Britanniques par souci de progrès, mais les Mistry n'en faisaient pas partie. La seule amie anglaise de Perveen en Inde était Alice Hobson-Jones, que Perveen avait rencontrée pendant son séjour à Oxford.

— Je ne me rappelle pas vous avoir rencontré. Vous avez travaillé à Bombay ?

— Non, toutes mes affectations étaient dans le mofussil*.

---

* Mofussil : Zone rurale.

— Si vous étiez en poste à la campagne, alors il est impossible que nous ayons pu nous rencontrer.

Elle haussa les épaules, désireuse de changer de sujet. Elle l'avait préféré dans le noir, quand il parlait de singes et du paysage.

Un mince vieillard aux cheveux argentés, en lungi* et tunique de facture artisanale, sortit du bungalow et hissa la malle sur sa tête. Il se tourna avec habileté avant de monter les marches presque en sautillant et d'entrer dans la maison.

— Qui est ce monsieur alerte ? demanda Perveen en grimpant les quelques marches conduisant à une longue et large véranda au sol de carreaux rouges et verts, plus pratiques que le bois par un climat aussi humide.

Derrière la véranda, l'auberge à la façade chaulée consistait en un long rectangle fonctionnel percé d'une douzaine de portes donnant vers l'extérieur. Les fenêtres étaient fermées de lourds volets – une protection supplémentaire contre les pluies.

— Rama. C'est le valet en chef, il cuisine et il fait… d'autres choses importantes.

— Il paraît très fort pour son âge !

Perveen se demanda quelles étaient ses autres tâches. Elle suivit Mr Sandringham, dont la claudication était désormais évidente. Avait-il été blessé pendant la guerre ? C'était une question trop personnelle.

— Votre chambre se trouve au bout. Vous aurez certainement besoin de temps pour vous reposer et

---

* Lungi : Vêtement masculin ; un tissu rectangulaire porté autour du bas du torse.

vous laver. Mais allons tout d'abord dans le bureau afin de vous faire signer le livre d'or. Nous enregistrons tous ceux qui séjournent ici depuis les années 1870.

La pièce au haut plafond était éclairée par une lampe-tempête posée sur la table. Il y avait une série de bibliothèques vitrées remplies de livres et de folios, et un imposant bureau en teck au plateau en marbre. Mr Sandringham conduisit Perveen vers le bureau et le registre qui y était disposé, sa couverture en cuir tachée par la moisissure. Il l'ouvrit à une page couverte de noms inscrits en diverses calligraphies, suivis de dates, d'adresses et de courts messages personnels. La dernière ligne mentionnait le passage d'un visiteur la semaine précédente. Il s'agissait de Graham Andrews, MD : un médecin, fort probablement du Service médical indien. Les noms figurant au-dessus de celui d'Andrews étaient aussi anglais. Elle était peut-être la première Indienne à séjourner à l'auberge. C'était le genre de choses dont son père s'enorgueillissait, mais qui la mettaient mal à l'aise.

Perveen prit le stylo-plume à disposition, le remplit d'encre et écrivit avec soin *P. J. Mistry* avant de mentionner l'adresse du cabinet.

— Quand vous partirez, vous pourrez inscrire vos commentaires sur votre séjour ! se réjouit Sandringham.

Perveen éprouva aussitôt une bouffée d'anxiété.

— La personne de la ligne au-dessus de la mienne n'a laissé aucun commentaire.

— C'est parce que le docteur Andrews est un visiteur régulier. Son cabinet se trouve à quelques kilomètres. Il dîne ici au moins une fois par semaine, expliqua-t-il en lisant la page. Nous le verrons peut-être ce soir ou demain.

Ainsi ils étaient amis. Tournant de nouveau son attention vers la pièce, Perveen remarqua qu'il y avait, derrière le bureau, un fauteuil à haut dossier qui aurait pu convenir à un juge. D'autres fauteuils similaires bordaient le côté de la pièce.

— Cet endroit s'appelle l'auberge de circuit. Présidez-vous un tribunal ? demanda-t-elle en se demandant comment elle devait s'adresser à lui.

— Oh non ! glousса-t-il. Je n'ai aucun diplôme de droit. Les juges des tribunaux voisins viennent ici en cas de besoin.

— Mais nous sommes en Inde princière, pas en Inde britannique. En quelles occasions pourriez-vous organiser des audiences ici ?

— En cas de conflits. En théorie, un citoyen peut déclarer qu'il a injustement été traité par le maharadjah et demander un second avis. Tout comme un juge doit présider ici si l'une des maharanis décide de contester notre décision concernant la scolarité du maharadjah.

Perveen savait que le gouvernement attendait d'elle qu'elle négocie un accord avec les femmes royales. Si elle n'y parvenait pas, ce serait un échec. Ravalant son angoisse, elle tenta de changer de sujet.

— C'est un endroit charmant, mais assez isolé. Mrs Sandringham apprécie-t-elle de vivre aussi loin de la civilisation ?

— Pardon ? répondit-il en plissant son front étroit.

— Je m'enquérais de votre épouse.

Ses joues rosirent lentement.

— Je crains de ne pas avoir de moitié. En général, ce sont les célibataires qu'on affecte aux endroits écartés comme celui-ci.

Perveen se raidit. Sir David savait-il depuis le début que Colin Sandringham était célibataire ? Le père de Perveen n'aurait jamais accepté qu'elle passe la nuit dans la demeure d'un homme seul. Et son nom était désormais inscrit dans le registre. La preuve qu'elle avait séjourné sous le toit d'un homme célibataire pouvait se répandre à Poona et à Bombay. Cela pouvait ruiner sa réputation.

Mr Sandringham parla aussitôt comme s'il comprenait que la situation ne la réjouissait pas.

— En plus de Rama, ici, il y a Hari qui l'aide dans la maison, et Mohit, qui travaille à l'écurie et s'occupe des chevaux. Hari dort dans la véranda, et Rama et Mohit partagent une hutte dans le jardin. Il existe des logements supplémentaires pour les domestiques qui accompagnent les voyageurs, et c'est dans ce dortoir que Charan et Pratik dormiront ce soir. Nous avons un chien de garde, Desi, qu'on laisse en liberté après le souper jusqu'au petit matin. Il ne se passe jamais rien ici – mais si vous êtes nerveuse, vous pouvez sonner et nous accourrons tous.

Sauf qu'il ne pouvait pas courir. Et il semblait penser que le danger pour elle venait de l'extérieur, pas de lui.

— C'est un superbe bungalow, déclara-t-elle en s'efforçant de garder un ton neutre. La disposition des pièces est très intéressante, toutes donnant sur la véranda. Est-ce typique d'un logement de fonctionnaire britannique ?

— Oui. Ces bungalows de montagne doivent être construits rapidement, entre les pluies, et tous les matériaux de construction sont acheminés jusqu'ici à dos d'âne. Vous avez sans doute remarqué que le toit de la maison est très incliné pour permettre à la pluie de s'écouler rapidement.

— Oui. C'est judicieux.

La famille de Perveen possédait une société de construction qui bâtissait des bureaux et des bungalows à Bombay depuis plus de deux siècles, et elle avait développé une sensibilité intuitive pour les bâtiments. Celui-ci ressemblait à ce que son défunt grand-père aurait appelé une maison pukka – bien bâtie et sans aucun défaut –, bien que d'apparence assez modeste, sans aucune de ces moulures d'ornementation et sols incrustés de marbre caractéristiques de sa maison familiale. La personnalité de Sandringham était-elle également pukka ? C'était la question.

— Vous avez posé la question de la disposition des pièces, reprit Sandringham en l'interrompant dans sa réflexion. Les grandes portes doubles, au centre de la véranda, ouvrent sur le salon et la salle à manger où nous dînerons ce soir. La cuisine se trouve dans une construction distincte à l'arrière. Maintenant que vous êtes là, j'aimerais commander notre souper à Rama. Tout d'abord, mangez-vous du poulet ?

— Certainement.

Elle avait enduré la cuisine anglaise pendant trois ans, et elle pouvait donc imaginer à quel point le dîner serait mauvais.

— Parfait, parce que c'est tout ce que nous avons. Rama a un répertoire de seulement dix plats de poulet. Je vais vous laisser choisir lequel.

Elle acquiesça en songeant que c'était une façon surprenante d'offrir l'hospitalité. Mais il était célibataire. Tout était peut-être voué à être sens dessus dessous.

— Nous pouvons vous proposer du kebab de poulet. Des escalopes de poulet. Du poulet rôti. Un cari de poulet ou du poulet à la vapeur ! s'exclama Mr Sandringham en prenant l'accent et les manières d'un camelot cockney. Poulet bouilli. Poulet à l'étouffée. Poulet frit. Poulet haché. Poulet biryani.

Les enfantillages de Sandringham et la perspective de plats indiens pour le dîner atténuèrent l'angoisse de Perveen.

— Le poulet à l'étouffée m'intrigue. Cela paraît plutôt mystérieux.

— Du poulet découpé, saupoudré d'épices et pressé entre des pierres chaudes. Moi aussi, j'aime bien, mais cela prend une heure.

Elle hocha la tête tout en imaginant le goût. La nourriture avait cette capacité de soulager son esprit des tensions.

— Peu importe. J'en profiterai pour me rafraîchir.

Rama avait déjà allumé les chandeliers et les bougies dans sa chambre, et Perveen passa l'heure suivante à défaire ses bagages et à découvrir les lieux. La longue salle de bains au sol de pierre comprenait une chaise percée à l'ancienne avec un siège en bois et un seau d'eau à côté en guise de chasse – c'était bien mieux que ce qu'elle avait imaginé, bien qu'il n'y eût pas de lavabo équipé de robinets, juste une bassine sur un support en teck et un miroir rond posé derrière.

Une profonde baignoire en zinc était remplie d'eau chaude. Elle comprit que l'eau avait dû être chauffée sur le feu qu'elle avait vu flamboyer dans un trou du jardin, et qu'un pauvre valet avait dû transporter à toute vitesse les seaux en franchissant une petite porte basse. Le mode de vie de cet endroit, son absence d'électricité, d'eau courante et de fourneaux intérieurs, rappelaient ce qu'avait dû être le quotidien cinquante ans plus tôt. Elle n'aurait jamais imaginé qu'en 1921, un fonctionnaire britannique puisse vivre de cette façon ; mais s'il y parvenait, il n'y avait aucune raison qu'elle n'y arrive pas non plus.

Perveen prit une barre de savon toute neuve qui sentait les feuilles de margousier. Tout en frottant la poussière et la sueur de son long voyage en voiture postale, elle décréta que Sandringham était un Anglais étrange. Elle s'était attendue à quelqu'un du genre de Sir David et, d'après l'accent de l'agent, elle devinait qu'il était issu de la haute société. Mais il vivait modestement et en riait même. Et, au moins, il n'avait pas demandé à Rama de préparer du poulet bouilli, il avait laissé Perveen choisir ce qu'elle désirait.

Après son bain, elle s'enveloppa dans une serviette et retourna dans la chambre où elle ouvrit sa malle Vuitton pour en sortir les saris, chacun plié en un carré parfait par Gulnaz qui les lui avait prêtés. Elle contempla les couches de soie d'un rose lumineux, crème ou vert pâle : des saris très luxueux que Gulnaz avait jugés convenables pour fréquenter des maharanis. Comme Perveen craignait de les froisser, elle choisit plutôt un de ses saris, une soie moirée bleue tissée de fils dorés. Le sari subtilement habillé était assez épais pour la protéger de l'air frais du soir. En dessous, elle enfila un corsage aux manchettes brodées de fil doré jusqu'au-dessus des poignets. Elle était soulagée de porter des manches longues parce qu'elle avait perçu les geignements des moustiques s'entraînant avant d'entamer la soirée.

« Tu pourrais attraper la dengue, l'avait avertie sa mère quand elles avaient discuté des consignes de sécurité pour le voyage. Ne va pas te promener quand il fait noir. Et regarde où tu marches dans les jardins. Perveen, je ne suis pas du tout convaincue que ce soit une bonne idée que tu acceptes cette mission du gouvernement.

— Deux journées de travail qui paient autant que les vingt heures facturées aux clients, lui avait répondu Perveen. Tous les frais de déplacement pris en charge et de grandes chances d'avoir d'autres demandes des régions royales. Pappa sera tellement content une fois que j'aurai fini. »

Elle avait compté sur tout cela – mais pas sur le fait que ce monde se révélerait aussi bizarre et isolé. Se soucier des piqûres de moustiques serait certainement le cadet de ses soucis.

4

Réunion d'anciens élèves

Perveen resta bouche bée quand elle pénétra dans le salon de l'auberge. Même si le toit était très pentu de l'extérieur, elle fut stupéfaite par la hauteur sous plafond de la pièce – au moins neuf mètres. Comme pour essayer de s'accorder à cette hauteur exagérée, les dossiers des fauteuils et des banquettes en bois de rose alignés contre le mur se dressaient à trois mètres. On les aurait crus destinés à des géants plutôt qu'à des personnes ordinaires.

De fait, c'était comme ça que la plupart des Britanniques se considéraient en Inde.

Perveen, en poursuivant son inspection discrète, remarqua que des almirahs* vitrées, hautes également de trois mètres, tenaient lieu de bibliothèques. Elle se serait bien rapprochée pour jeter un coup

* Almirah : Meuble de rangement pour les vêtements (ourdou, hindi et autres langues).

d'œil aux titres des ouvrages mais elle se rendit compte que Colin Sandringham s'était retranché dans un des fauteuils souples à dossier plus bas, tout un tas de lettres éparpillées devant lui sur la table basse en teck. Elle comprit aussitôt qu'elle n'aurait pas dû se soucier de sa tenue. Lui portait les mêmes jodhpur et bottes. Il avait seulement consenti à changer de chemise. Devait-elle se trouver offensée que dîner en sa compagnie ne lui semble pas mériter une autre tenue ou bien se sentir rassurée qu'il ne tente pas de la séduire ?

Il y avait une phrase gujarate amusante pour décrire une telle confusion : *jeethra peethra.* Perveen rit intérieurement en l'entendant sonner dans sa tête. Se raccrocher à ses racines lui permettait de retrouver son assurance dans cet environnement étranger.

Mr Sandringham leva les yeux vers elle.

— Bien ! lança-t-il d'une voix détendue, sans paraître remarquer son changement vestimentaire. Le souper est prêt. Vous sentez-vous mieux ?

— Oui. Ce bain chaud était exactement ce qu'il fallait à mes os fatigués.

Sandringham se leva et se dirigea d'une démarche bancale vers la table de la salle à manger.

— Rama a déjà tout disposé : le poulet à l'étouffée, les pommes de terre rôties et un curry d'épinards locaux. Il s'occupe des rotis* et du dal. Je vais ouvrir une bouteille de vin, si vous souhaitez en boire.

---

* Roti : Pain de blé complet cuit sur une grille.

Perveen hésita. Non seulement elle passait la nuit seule sous le toit d'un homme mais, si elle acceptait sa proposition, on pourrait également lui reprocher d'avoir bu de l'alcool avec lui. Mal à l'aise, elle considéra la bouteille. Malgré tout, il lui arrivait de boire un peu de vin les soirs de fête en famille. Et elle n'était pas certaine que l'eau soit très pure.

— Comment est l'eau à l'auberge ?

— On la fait bouillir mais elle n'a pas vraiment de goût. J'ai entendu dire qu'elle est très bonne au palais.

— Je prendrai un grand verre d'eau et une gorgée de vin. Je ne peux pas prendre le risque d'avoir la migraine alors que je voyage demain.

— Oui, j'allais vous en parler, dit-il en versant un peu de vin dans le verre de Perveen avant de remplir le sien à moitié. Est-ce qu'on trinque ?

— Bien sûr. À la réussite de la mission à Satapur, déclara Perveen en levant son verre.

Le vin était bon – on aurait cru qu'il se transformait dans sa bouche pour y laisser finalement un doux goût floral.

— Vous aimez ? demanda Mr Sandringham en souriant, comme s'il savait déjà que son vin était bon.

— Il a un goût de violettes, répondit Perveen après une seconde gorgée.

Elle avait décidé de laisser son angoisse de côté pour bavarder. C'était ainsi que les Britanniques se comportaient avant de parler affaires.

— Il a vraiment bon goût. Je n'ai pas bu de Château-Margaux depuis mes études à Oxford.

— À quelle université ? questionna-t-il, l'air stupéfait.

— St Hilda.

— Quand êtes-vous rentrée ?

— L'année dernière. J'ai fait un court stage à Londres avant de revenir à Bombay pour intégrer le cabinet de mon père.

Perveen appréciait qu'il ne lui demande pas ce qui l'avait poussée à aller étudier en Angleterre. Il n'avait pas besoin d'être mis au courant de sa première tentative ratée d'étudier le droit à Bombay et de l'échec de son mariage à Calcutta.

— Nous sommes presque des camarades de promotion ! J'ai étudié la géographie à Brasenose et je suis arrivé en Inde en 1919, dit-il avec un grand sourire. Vous me scrutez d'un air sceptique. Pourquoi donc ?

Comme elle ne souhaitait pas le froisser, elle lui répondit en prenant toutes les précautions.

— Je veux bien croire que vous avez étudié à Brasenose, mais vous paraissez plus âgé que moi.

— J'ai vingt-huit ans. J'étais à Oxford avant la guerre. Puis j'ai passé quelques années en France.

— Dans l'armée ?

— Comme beaucoup de mes amis, je croyais que la guerre serait finie à Noël.

— Et évidemment, ça ne s'est pas passé ainsi.

Elle songea de nouveau à sa légère claudication. Il s'en était bien sorti, comparé à beaucoup de vétérans.

— Pourquoi avez-vous choisi la géographie ?

— Avant la guerre, je m'intéressais à la zoologie. Mais pendant mon séjour en France, je me suis pris de passion pour les cartes. La précision d'une carte peut vous sauver la vie. Aussi, quand j'ai repris mes études, j'ai opté pour la géographie. J'ai compris que le meilleur moyen de cartographier des régions inexplorées, c'était de travailler au service du gouvernement à l'extérieur de la Grande-Bretagne.

— La fonction publique indienne emploie-t-elle des géographes qui dessinent des cartes ? demanda Perveen avant de goûter le plat principal.

Le poulet avait été cuit à l'étouffée avec des oignons émincés qui avaient fondu et confit, contrebalançant le goût savoureux et salé de la viande.

— Oui. Et je serais ravi d'obtenir un tel poste, mais les fonctionnaires junior doivent tout d'abord être receveurs.

— Les receveurs comptent chaque roupie et chaque grain de riz dus par les Indiens, dit-elle avec sarcasme.

— Pas seulement. Le receveur rédige des rapports sur les situations de crise et le moral des personnes, et règle des querelles non criminelles. Le poste requiert de beaucoup voyager.

Rama entra en portant un bol de dal et un plateau en cuivre chargé de rotis*. Au lieu de faire le tour de la table pour les servir, il déposa les plats entre eux.

— C'est un très bon cuisinier, felicita Perveen après avoir goûté à tout à ce qu'elle avait dans son assiette.

— Oui. J'ai de la chance de l'avoir avec moi, parce que c'est un Brahmin*. Il ne devrait servir

* Brahmin : La plus haute caste dans l'hindouisme, celle des prêtres et de leur famille.

que des plats végétariens et travailler dans un foyer hindou.

Perveen imagina que Rama avait dû prendre une décision difficile, dictée par les finances, pour accepter de devenir un cuisinier préparant du poulet. Mr Sandringham avait de la chance.

— Les cuisiniers brahmines sont réputés pour leur très bonne hygiène. J'ai connu une famille qui croyait avoir embauché un cuisinier brahmine, mais qui a découvert qu'il venait d'une caste plus basse. Ils ont voulu l'attaquer en justice pour ça.

— Qui a gagné ? demanda Sandringham en se penchant en avant, intéressé.

— J'ai négocié un accord en dehors du tribunal. Aucune procédure n'a été engagée contre le cuisinier qui a accepté de travailler ailleurs, répondit-elle en accompagnant son propos d'un geste des mains. Il n'était pas enchanté, mais au moins, il avait encore un emploi et ne leur devait pas de l'argent qu'il n'avait pas.

— Vous devez être témoin de beaucoup d'injustices dans le cadre de votre profession, déclara Sandringham, la mâchoire crispée en une expression désapprobatrice. Que pensez-vous du système des castes ? Comment votre propre famille en est-elle impactée ?

— Dans ma croyance zoroastrienne*, il n'existe pas de telle hiérarchie, bien que seules les familles de prêtres puissent se charger des rites essentiels

* Zoroastrisme : Religion monothéiste antérieure à l'islam et au christianisme. Zarathustra, également appelé Zoroastre, est le prophète de cette religion.

dans nos temples du feu, et que certains membres de la communauté aient le droit de s'occuper des morts.

Perveen prit une bouchée de son savoureux poulet, en se rappelant que sa belle-mère avait, un jour, lors d'une réunion de femmes, déclaré qu'elle n'était pas assez pure pour filer la laine. Perveen s'était sentie insultée, mais ce n'était pas une anecdote à raconter à Colin Sandringham.

— En qualité d'avocate travaillant pour des clients de toutes confessions, je dois accepter ce qui est dit dans la loi hindoue. Je plains malgré tout le pauvre cuisinier qui a perdu son salaire.

— Était-ce un bon cuisinier ?

— Oui, mais il aurait sans aucun doute refusé de cuisiner de la viande. Le poulet est excellent ! déclara Perveen en prenant une nouvelle bouchée. Mais je m'égare. Dites-moi, combien de temps êtes-vous resté receveur ?

— Environ un an. Je suis agent politique de Satapur depuis le 1er janvier.

C'était une promotion importante après une courte année en tant que receveur. Et Sir David avait laissé comprendre que Mr Sandringham ne s'en sortait pas bien à son poste. Elle souhaitait saisir la vérité.

— Alors vous êtes désormais le très important agent de liaison du palais de Satapur. Vos études en géographie vous sont-elles utiles ?

— Pas du tout, répondit-il avec un sourire de regret. Mais je peux dessiner des cartes pendant les mois de mousson, quand il n'y a pas grand-chose d'autre à faire.

— La saison des pluies dure-t-elle vraiment six mois ? demanda Perveen qui s'interrogeait toujours sur la façon dont il avait décroché ce poste.

— Cette année, elle a duré cent quatre-vingts jours, soupira-t-il en levant les yeux au ciel. La saison est officiellement finie, mais je ne serais pas surpris que nous ayons encore droit à quelques averses.

— Je deviendrais folle, confinée aussi longtemps en un seul endroit.

— On s'adapte. Le vrai problème, c'est qu'il n'y a plus de courrier, parfois pendant des mois. Les lettres que les deux maharanis m'ont adressées dataient de mai, mais je ne les ai pas reçues avant septembre. Imaginez-vous un tel délai alors que nous nous trouvons à dix-neuf kilomètres du palais ?

— Charan et Pratik ne pouvaient pas passer avec leur voiture postale ?

— Non, répondit-il en secouant la tête. Je suis certain que la mère du prince, la maharani Mirabai, est très contrariée que je ne me sois pas occupé de l'inscription de son fils à Ludgrove. L'Agence de Kolhapur m'a passé un savon. C'est trop tard maintenant, ce qui signifie qu'il ne pourra pas y entrer cette année.

— Je ne suis pas certaine de comprendre. La mère du prince souhaitait que vous vous occupiez de l'inscription de son fils dans une école en Angleterre – et pourtant elle a refusé que vous veniez la voir au palais pour en discuter ?

— C'est cela. Je ne sais si me garder en dehors de tout cela est son idée ou celle de sa belle-mère.

De plus en plus intéressée, Perveen se pencha.

— Ce pourrait également être un ordre provenant d'un membre masculin de la famille ou d'un administrateur du palais. Avez-vous déjà eu le droit de pénétrer dans le palais ?

Il pinça les lèvres.

— Non, mais cette relation distante date d'avant mon arrivée. Juste avant que je m'installe ici, le fils aîné de la maharani Mirabai, Pratap Rao, est décédé prématurément. D'après le dernier agent politique, Owen McLaughlin, les maharanis ont coupé tout contact avec lui après cette tragédie, bien qu'il ait été régulièrement admis dans l'enceinte du palais quand le maharadjah Mahendra Rao était en vie. Je me suis rendu là-bas en palanquin pour leur rendre visite – tout d'abord à mon arrivée, puis après ces lettres – mais on ne m'a pas laissé entrer.

— Aïe !

Perveen ne savait pas qu'il y avait eu plus d'un maharadjah décédé. La situation se révélait complexe.

— Quel âge avait le jeune maharadjah Pratap Rao, et de quelle façon est-il mort ?

— Le prince Pratap Rao avait treize ans quand il est décédé en 1920. Il chassait avec son oncle et d'autres membres du palais. Il a disparu et on l'a retrouvé mort le lendemain.

— Quelle était la cause de sa mort ?

— Notre médecin local du service médical, Graham Andrews, a pratiqué une autopsie. Il a déclaré que le prince avait été attaqué par un animal – sans doute un tigre ou un léopard. Mais on n'a pas retrouvé le coupable, conclut Sandringham avec une grimace.

Perveen baissa le regard sur le poulet dans son assiette en sachant qu'elle était incapable d'en manger davantage.

— Désolé, dit l'agent en posant ses couverts.

— Ça va. Je ne suis pas si délicate, je peux entendre ce genre de choses, déclara Perveen en s'efforçant de garder une voix normale. J'ai très peu d'informations sur le défunt maharadjah Mahendra Rao. Était-il malade du choléra depuis longtemps ?

— C'est arrivé en 1919, soudainement.

Sandringham expliqua comment le maharadjah Mahendra Rao, âgé de quarante et un ans, avait manifesté un intérêt personnel pour le bien-être de ses sujets. Quand le choléra s'était déclaré dans un des villages, il s'y était rendu pour informer les gens de l'importance de la quarantaine et des médicaments, puisque les villageois avaient renvoyé le docteur Andrews. Le maharadjah avait été en contact avec un villageois malade puis il avait contracté la maladie.

— Malgré les efforts du docteur Andrews et les prières de vingt prêtres, il est mort cinq jours plus tard.

— Quelle perte.

Apparemment le noble Mahendra Rao était mort en essayant d'aider les autres – ce n'était pas vraiment l'image habituelle du maharadjah autoritaire et décadent.

— Oui. McLaughlin a écrit que le défunt maharadjah était très progressiste – il souhaitait utiliser les ressources du territoire au profit de la communauté, il avait comme projet de développer des cabinets médicaux modernes et des écoles.

Sir David avait dit que l'agent politique était presque entièrement aux commandes, mais elle était curieuse de savoir quelle était l'approche de ce jeune homme désinvolte et inexpérimenté. Elle commença par une question facile à laquelle Sir David avait déjà répondu.

— Maintenant que le maharadjah est mort et que le fils qui doit lui succéder est mineur, qui prend les décisions ?

— Swaroop, le frère du maharadjah, fait office de Premier ministre.

Elle était surprise que Sandringham n'ait pas exposé le rôle qu'il tenait.

— C'est lui qui prend les décisions, pas vous ?

Il haussa les épaules.

— Rien de tout ce qui est passé sur mon bureau ne m'a fait penser qu'il faudrait agir autrement.

Dans l'esprit de Perveen, un gouvernement britannique non interventionniste était plutôt une bonne idée. Mais elle souhaitait en savoir davantage sur le Premier ministre.

— Je n'ai pas entendu grand-chose au sujet du prince Swaroop. Je sais juste qu'il possède quelques très beaux chevaux au Royal Western India Turf Club.

— Il est également connu pour être le propriétaire d'un somptueux bungalow sur Malabar Hill où vit celle qui est sa maîtresse depuis cinq ans.

— Est-il plus souvent à Bombay qu'au palais ? demanda Perveen qui avait relevé le ton sarcastique de Sandringham.

— Je n'en sais rien. Le prince et son épouse ont leur propre palais à environ six kilomètres du palais de Satapur. Je reçois de temps à autre une lettre de l'officier palatin, mais en dehors du fait que la famille se porte bien, ces courriers ne m'apprennent pas grand-chose.

Sandringham remua dans son fauteuil, visiblement embarrassé que Perveen souligne son manque d'implication.

— Honnêtement, depuis que les récoltes allouées au gouvernement sont livrées en temps et en heure, personne ne ressent le besoin de s'impliquer davantage. C'est surtout les lettres des maharanis qui ont retenu mon attention.

— Je suis surprise que l'oncle ne puisse pas décider de la scolarité de son neveu, le jeune maharadjah.

— Rappelez-vous, la maharani douairière Putlabai est la mère du Premier ministre, dit-il avec un sourire ironique. Quel homme contredirait sa mère ?

En qualité de juriste, Perveen avait été témoin de nombreuses situations dans lesquelles les enfants adultes dominaient leurs parents et les traitaient parfois même très mal. Mais ça ne servait à rien d'en discuter alors qu'elle avait besoin d'informations supplémentaires.

— Les maharanis savent-elles que vous m'envoyez pour m'entretenir avec elles ?

— Je leur ai adressé une lettre les informant que P.J. Mistry, juriste, leur rendrait visite, répondit Sandringham en la dévisageant longuement. Ma lettre ne mentionnait pas votre sexe. Mon but était de les surprendre.

— Ah. Ainsi, si elles refusent de me rencontrer juste en raison de mon genre, je peux toujours ôter mon chapeau pour leur montrer qui je suis réellement !

Perveen imagina la scène comme dans une pièce de théâtre : un drame plein de suspens, mais sans scénario.

— Je pense que si les femmes souhaitent que le conflit concernant la scolarité du prince soit résolu, elles auront hâte de me recevoir. Je vais régler la situation.

— Résolu ! répéta lentement Sandringham avant de claquer des doigts et d'éclater de rire.

— Qu'y a-t-il ? demanda Perveen, déconcertée.

— Pendant votre séjour à Oxford, vous est-il arrivé de jouer aux cartes ?

— Bien sûr, répondit-elle, surprise. Mais je jouais le soir au St Hilda College avec les autres femmes.

— Personne d'autre ? demanda-t-il, déçu.

Elle réfléchit.

— J'ai joué au bridge une fois avec un groupe mixte à Brasenose.

— Voilà ! s'enflamma-t-il en tapant de la main sur la table. Oui ! Il y a eu en effet une rencontre très excitante du club de bridge à laquelle deux étudiantes ont participé sans chaperon – une Indienne et une Anglaise.

Perveen éclata de rire.

— Monsieur Sandringham, vous parlez de ma bonne amie Alice qui vit désormais à Bombay. Elle est la fille de Sir David Hobson-Jones, le conseiller du gouverneur qui m'a recommandée auprès de l'Agence de Kolhapur.

— Ça commence vraiment à ressembler à une réunion d'anciens élèves, déclara-t-il avec un grand sourire. Vous voulez bien m'appeler Colin ? Après tout, nous avons étudié et joué aux cartes ensemble.

Ce n'était pas tout à fait vrai. Appeler un Anglais par son prénom, c'était encore ne pas respecter le protocole. Mais le vin opérait sa délicate magie, faisant remonter le temps, de sorte que l'homme en face d'elle était devenu un pair.

— Très bien, Colin.

Un sourire illumina son visage.

— Que veut dire P.J. ?

— Perveen est mon prénom. Mon second prénom est Jamshedji.

— N'est-ce pas un prénom masculin ?

— Oui, c'est celui de mon père. Les femmes parsies portent toujours le prénom de leur père comme deuxième prénom.

Jusqu'à leur mariage, quand il est remplacé par le prénom du mari. D'après les registres archivés dans la cour matrimoniale parsie, le nom de Perveen était toujours Perveen Cyrus Sodawalla. Elle était une femme séparée mais pas divorcée. C'était un statut de l'ombre dont elle minimisait l'importance en utilisant encore son nom de jeune fille.

— Je vous proposerais bien de jouer aux cartes ce soir, si vous n'aviez pas tant de courrier à lire. J'ai des lettres de la famille royale et bien d'autres documents.

Elle était contente de revenir à un sujet professionnel.

— Oui, j'aimerais voir ces lettres.

— Je les ai posées sur la table basse, là où je parcourais de la correspondance tout à l'heure. Nous pourrions boire notre thé en lisant.

Ils emportèrent leurs tasses vers les fauteuils bas, et Perveen prit le folio en cuir qu'il lui tendait. Il contenait une pile de lettres.

— Les plus récentes se trouvent sur le dessus, expliqua Colin en s'installant sur son fauteuil.

Dans la lueur de la lampe-tempête, Perveen étudia la lettre de la maharani douairière Putlabai, datée du 10 mai 1921, rédigée sur un fin papier de coton à l'en-tête du palais. Comme la lettre était en anglais, Perveen se demanda si la dame l'avait écrite elle-même ou bien si elle l'avait dictée à un scribe du palais qui l'avait traduite.

Cher monsieur Sandringham,

Je vous adresse les salutations de la Maison Royale de Satapur. Les saisons s'enchaînent et le temps se réchauffe. La pluie sera la bienvenue. J'espère que vous êtes confortablement installé dans votre résidence, qui doit être plus adaptée à la vie anglaise que notre palais.

Le palais est cependant le seul foyer que mes petits-enfants ont connu. Ma belle-fille a proposé qu'on envoie le maharadjah en Angleterre. Je m'y oppose. L'envoyer vivre avec des gens du peuple, dans un endroit froid, pourrait nuire à sa santé. Le danger s'est abattu sur son frère dans la forêt. Je ne pourrais supporter de perdre le maharadjah après avoir vécu la mort de son frère et de son père. Mon propre fils n'a pas été éduqué en Angleterre. Nous ne devrions pas briser la tradition pour une stupide idée de ma bru.

Il serait bon que vous interrogiez également la jeune maharani sur les raisons pour lesquelles elle souhaite envoyer son fils à l'étranger. Je connais la réponse. Depuis la mort de son époux, elle n'a pas les idées claires. Son moral est mauvais ; elle ne s'intéresse plus aux enfants. Je passe la plupart de mon temps à prendre soin du maharadjah et de sa sœur dans mes quartiers pendant qu'elle se livre à ses propres activités.

Pour l'amour de mon petit-fils et l'avenir de l'État, je vous supplie de mettre un terme aux complots mis en œuvre pour l'arracher de Satapur.

Avec mes meilleurs vœux de bonne santé,

Putlabai

Maharani de Satapur

Perveen savait que les gens étaient parfois plus enclins à exagérer par écrit qu'oralement. C'était plus facile d'en faire des tonnes. Elle se demanda si cette lettre exprimait vraiment la position de la maharani douairière, celle de l'officier palatin ou celle du Premier ministre. Elle prit la seconde lettre. Datée du 20 mai 1921, elle n'était pas rédigée sur du papier à lettres officiel mais sur un papier ligné utilisé par les étudiants. Et elle était en marathi soigné.

Mon cher monsieur,

Je vous salue avec respect et je prie pour que perdure la force de Satapur. En qualité de mère du monarque d'un État princier, je demande votre aide.

Mon fils est désormais âgé de dix ans. Dans huit ans, il aura la responsabilité de Satapur. Je cherche à l'envoyer à Ludgrove School en Angleterre. Mon défunt époux croyait qu'une éducation britannique était nécessaire pour qu'un prince puisse régner avec sagesse. Je crois également que, pour assurer la sécurité physique de mon fils, il doit fréquenter une école en Angleterre.

Je fais appel à vous afin que vous m'assistiez, au nom de Son Altesse, dans les démarches auprès de cet établissement.

Il y a certainement assez d'argent dans les caisses royales pour payer sa scolarité, ses frais de voyage et les dons qu'on pourrait nous suggérer de faire à l'école. Je vous prie de m'informer par retour de courrier de vos avancées. J'aimerais m'installer avec mes deux enfants à Poona avant que la saison des pluies ne s'intensifie. Jiva Rao pourra alors prendre le bateau pour l'Angleterre à Bombay en juillet.

Espérant que vous honorerez cette requête légitime
Mirabai
Maharani de Satapur

— Les deux lettres sont simplement signées du titre de *maharani*. De toute évidence, Putlabai ne tient pas à se qualifier de *douairière*, et Mirabai ne veut pas être considérée comme jeune, commenta Perveen en regardant la lettre. On peut penser qu'il existe une sorte de rivalité entre les deux femmes – et elles présentent toutes les deux des arguments valables pour le bien-être de l'enfant. Voilà une situation bien difficile puisque vous n'avez jamais rencontré une seule des personnes impliquées.

Colin but une longue gorgée de thé.

— J'ai lu des rapports rédigés par McLaughlin au sujet du prince Jiva Rao. Apparemment, il est de nature autoritaire, même à son jeune âge. Il n'aime ni les maths ni la littérature, mais il aime dessiner des animaux.

— J'ai appris par Sir David qu'il y a également une jeune princesse ?

— Il s'agit de la princesse Padmabai qui, je crois, est née en 1914. Elle doit avoir sept ans, répondit Colin avant de prendre une nouvelle gorgée de thé. Je ne sais rien de plus à son sujet.

Parce que la princesse n'hériterait pas du trône, l'Agence de Kolhapur ne s'intéressait pas à elle. Perveen soupira en remuant les épaules pour tenter de soulager leur raideur.

— Vous avez mal ?

Elle fut surprise par son observation et son langage.

— Juste un peu.

— Je me rappelle combien le voyage en gari peut être inconfortable.

— Tout s'est bien passé. Je suis juste un peu fatiguée.

Perveen était embarrassée qu'il ait remarqué qu'elle avait des douleurs. Elle ne voulait pas qu'il pense qu'elle n'était pas en forme pour le trajet jusqu'au palais.

— Puis-je emporter les lettres dans ma chambre ? J'aimerais lire encore un peu.

— Prenez tout le dossier, répondit-il en hochant la tête. Il contient l'accord original passé entre le gouvernement et le maharadjah Mohan Rao, qui régnait il y a deux générations, et la correspondance se poursuit jusqu'à l'époque de son fils, le maharadjah Mahendra Rao.

— Je trouve étrange que la maharani Mirabai puisse imaginer que son fils pourra quitter ces montagnes et prendre le bateau pour l'Angleterre en juillet, fit observer Perveen en rassemblant les documents. La saison des pluies est au plus fort. Je me demande aussi si l'on peut trouver trace, dans ces documents, de ce que le maharadjah Mahendra Rao désirait pour ses fils.

— Je sais qu'il a étudié l'histoire à l'université Ferguson de Poona, mais il n'a jamais explicitement exprimé vouloir la même chose pour son fils, répondit Colin en posant sa tasse. En tout cas, c'est à vous de prendre la décision concernant la scolarité.

— Mon but n'est pas que ce soit moi qui décide, déclara-t-elle avant d'ajouter devant son expression étonnée : Il vaudrait mieux amener les deux maharanis à un accord concernant l'éducation du prince. Il n'y aurait alors aucun ressentiment, puisqu'il n'y aurait ni gagnante ni perdante.

— Et qu'en est-il de ce que souhaiterait le garçon ? demanda-t-il en haussant les sourcils.

Perveen marqua une pause pour y réfléchir. Elle ne pouvait imaginer qu'un enfant soit autorisé à décider de son école.

— Je comprends que vous ayez pu choisir votre domaine d'études, répondit-elle lentement. Et c'est peut-être ainsi que ça se passe pour les jeunes Occidentaux. Mais pas en Inde – et ce garçon n'a que dix ans.

— La sensibilité culturelle a toute sa place, convint-il. Mais ce garçon régnera dans huit ans. J'aimerais améliorer la relation entre l'État et l'Agence de Kolhapur. Pourquoi ne pas lui laisser sentir que nous sommes de son côté ? D'après le contrat passé entre notre gouvernement et les états princiers, le Britannique fera office de protecteur du prince en cas de décès de son père. Vous êtes l'incarnation de cette protection.

Perveen réfléchit à ce que cela signifiait.

— La maharani Mirabai est-elle tutrice des enfants qui n'héritent pas du trône ?

Il secoua la tête.

— Parce qu'aucun homme n'est en âge de régner, toutes les femmes et tous les enfants du palais sont sous notre protection.

Cette information choquante laissait une ouverture.

— Si nous sommes responsables de tous, on ne peut ignorer le fait que, dans ces lettres, les deux maharanis ont exprimé des inquiétudes concernant la sécurité du prince Jiva Rao.

— La grand-mère déclare qu'elle s'inquiète pour sa santé. La mère exprime quelque chose d'un peu différent…

— Elle parle de sécurité physique, précisa Perveen en parcourant de nouveau la lettre des yeux. Deux souverains sont morts au cours des deux dernières années.

— Sous-entendez-vous quelque chose ? demanda-t-il en étrécissant les yeux.

— Je fais plus que sous-entendre. On nous fait clairement passer le message que la vie du prince est en danger.

5

La jambe manquante

Aussitôt prononcés, Perveen regretta de ne pouvoir ravaler ses propos. Colin crispait les mâchoires et elle pouvait imaginer ce à quoi il pensait. Elle dramatisait, parce qu'elle était indienne et parce qu'elle était une femme. Elle connaissait bien les stéréotypes.

— C'est une déclaration bien catégorique, dit-il après s'être éclairci la voix.

— Je pourrais me tromper, convint-elle rapidement. Je l'espère. Mais les deux femmes sont inquiètes, et le maharadjah Jiva Rao est le dernier garçon de la lignée. S'il mourait, qui occuperait le trône ?

— J'ai cru comprendre qu'on ne prenait pas ce genre de décision avant que la situation se produise. Le gouvernement choisit parfois un membre lointain de la famille, ou un jeune homme de la même caste en dehors de l'arbre généalogique, selon l'âge ou la convenance.

— Je suis déconcertée d'apprendre que l'Inde britannique peut contrôler qui sont les souverains en Inde non britannique. Dites-moi, qui est le candidat le plus probable à Satapur ? insista-t-elle.

Il secoua la tête.

— Je conçois que cela paraisse exagéré mais, pour le moment, la succession royale ne nous regarde pas. Notre seul sujet de préoccupation, c'est la scolarité du maharadjah Jiva Rao.

— Le bien-être du maharadjah, le corrigea Perveen d'un ton sec, en ayant le sentiment qu'il lui cachait quelque chose. Et son bien-être comprend sans aucun doute sa sécurité comme sa scolarité. Voilà l'interprétation juridique et raisonnable du rôle du gouvernement britannique en ce qui concerne la tutelle.

Au lieu de répondre, Colin se leva avec raideur et sortit du salon. Perveen eut la désagréable impression qu'elle avait outrepassé son rôle. Mais il revint un moment plus tard en portant un autre folio.

— Parce que vous avez parlé de sécurité, ces documents vous apporteront une meilleure compréhension de la structure du palais. Nous sommes en possession d'une carte se basant sur les observations de McLaughlin.

Perveen regarda avec intérêt la grande carte fragile qu'il déplia. Elle montrait principalement deux structures. Colin expliqua que celle de devant était un vieux palais construit en 1704 où la maharani douairière vivait encore et, derrière, de l'autre côté du jardin, se trouvait un palais datant de 1905 où la maharani Mirabai habitait avec les enfants. On voyait également beaucoup de dépendances réservées aux domestiques, des potagers et des jardins d'agrément, des entrepôts, des étables et même un manège.

— L'enceinte comporte des entrées sur les côtés sud et nord, déclara Colin. C'est celle du nord que vous verrez en arrivant.

D'après la disposition des lieux, l'ensemble fortifié paraissait impénétrable.

— J'espère qu'on me laissera entrer. Sinon toute notre discussion autour de la scolarité et de la sécurité du prince n'aura servi à rien.

— J'espère aussi pour vous.

Colin replia doucement la carte et la posa sur le dessus des documents qu'elle emportait dans sa chambre.

— Rama sert le petit déjeuner à sept heures. Le palanquin devrait arriver à neuf heures. Vous devriez être au palais avant midi.

— Merci pour cette organisation et de m'avoir permis de consulter tous ces papiers.

— Nul besoin de me remercier.

Il se pencha sur le côté du fauteuil pour prendre sa canne.

— Je n'avais pas envisagé que le jeune prince pouvait être en danger. Je me rends compte maintenant que j'aurais peut-être dû.

Elle ne s'en était donc pas si mal tirée. Elle lui souhaita bonne nuit d'une voix feutrée et longea la véranda jusqu'à sa chambre.

Après avoir fermé sa porte à clé, elle se lava le visage et se brossa les dents au-dessus de la bassine en porcelaine, sur la table de toilette en teck. Elle étudia encore un peu la carte en s'efforçant de la mémoriser. D'après son expérience, il n'était pas bon de se rendre dans un endroit sans savoir comment en sortir. Puis elle souffla sa bougie et se coucha.

Le sommeil ne vint pas facilement. Malgré la moustiquaire, au moins un moustique vint vrombir près de son oreille. Était-il sous la moustiquaire ou en dehors ? Elle n'aurait su dire. L'insecte finit par s'éloigner, revenant de temps à autre juste pour la réveiller quand elle était presque endormie. Et il y avait pas mal d'autres bruits avec lesquels composer : les rainettes dehors et, plus tard, le hululement des chouettes. Quand elle parvint enfin à s'assoupir, un cri la réveilla dans un sursaut.

Elle se redressa d'un coup avant que le cri ne se répète, et elle comprit qu'il s'agissait d'un jeune coq chantant tôt dans le noir.

Il paraissait faire trop nuit pour que ce soit le matin. Elle se servit des allumettes laissées sur la table de chevet pour allumer la bougie. Il n'était que cinq heures à sa montre-bracelet française. Au cours des dix minutes suivantes, comme aiguillonnés par le seigneur des poules, les rossignols et les coucous du jardin se mirent à bavarder. Le chant des oiseaux lui rappela Lillian, son perroquet à Bombay. Elle se demanda comment Lillian réagirait à pareil environnement sauvage.

Perveen lut des documents à la lueur de la bougie jusqu'à six heures et demi, quand le ciel s'éclaircit suffisamment pour qu'elle puisse enfin distinguer quelque chose par sa fenêtre : une impressionnante chaîne de collines vertes. Elle pourrait peut-être photographier le lever de soleil. S'habillant rapidement d'un sari en soie de coton, elle prit son Kodak Brownie et sortit par la porte de la véranda où un grand chien blanc était allongé.

Dans la pâle lueur du jour, le chien leva la tête et la regarda. Ce devait être le chien de garde que Colin avait mentionné.

— Desi, dit-elle d'un ton cajoleur en se comportant comme s'ils étaient déjà amis.

Desi remua la queue avant de baisser de nouveau la tête. Perveen était contente qu'il ne l'ait pas perçue comme une menace. Était-ce parce qu'elle l'avait approché avec confiance ou bien le chien savait-il que les personnes sortant des chambres des invités n'étaient pas dangereuses ?

Descendant la dernière large marche de la véranda, Perveen contempla tout autour d'elle ce qu'elle n'avait pu voir à son arrivée. Le jardin erratique était planté de champac, d'arbustes de rui, de cassiers birmans et de tamaris. Elle examina les plants d'hibiscus flamboyants, les orchidées violettes et les graminées. Il était difficile de distinguer les fleurs des mauvaises herbes ; il n'y avait peut-être pas grande différence.

Après avoir pris une photo du lever de soleil sur les montagnes, elle contourna le bungalow et s'immobilisa quand elle remarqua un animal en mouvement dans l'herbe. Une famille entière de macaques à queue de lion était rassemblée sous un cassier. Le plus grand, que Colin avait baptisé Hanuman, assis en lisière du groupe, lui adressait un regard de défi. *Ne t'approche pas trop.*

Lentement, elle leva l'appareil photo à ses yeux.

— Allez-vous en, allez-vous en ! cria un petit garçon en courant vers les singes.

Les animaux se dispersèrent.

Perveen se retint de disputer le garçonnet pour lui avoir gâché sa chance de prendre une photo attendrissante.

— Tu es Mohit ou Hari ?

— Mohit. Je vous préviens, Hanuman et sa famille ne viennent que pour nous voler la nourriture, déclara le garçon d'écurie en lui adressant un doux sourire. Rama prépare le petit déjeuner pour sept heures, mais souhaitez-vous le prendre plus tôt ?

Perveen secoua la tête en lui souriant à son tour.

— Pas besoin ! Je déjeunerai avec Sandringham-sahib à sept heures. Je fais juste une petite promenade.

— Vers où ? demanda joyeusement Mohit.

De toute évidence, il n'avait pas été formé à être vu sans être entendu, comme les domestiques du Royal Western India Turf Club. Cela lui plaisait.

— J'ai entendu dire que Marshall Point offre un beau point de vue sur la chaîne montagneuse. Est-ce loin ?

— Mmm, quelques minutes. Il y a un sentier à travers la forêt de bois-de-fer. Mais faites attention, memsahib. Il y a beaucoup de serpents qui se cachent sous les feuilles.

Elle remonta le bord de son sari pour lui montrer ses bottines à boutons en chevreau.

— Je ferai attention. Merci.

Tout en s'éloignant vers la forêt, Perveen songea que le jeune domestique n'avait pas paru perturbé de la voir se promener si tôt. Elle se demanda si d'autres voyageuses étaient déjà venues seules. Dans ce cas, il s'agissait certainement de Britanniques faisant une halte alors qu'elles rejoignaient leurs époux sur leur lieu d'affectation.

Les femmes anglaises n'étaient peut-être pas embarrassées de séjourner ici en compagnie d'un célibataire. Elles n'avaient pas de famille à Bombay s'inquiétant pour leur sécurité et leur réputation. Et de fait, elles pouvaient même rechercher la compagnie de Colin Sandringham. Il n'était ni trop jeune ni trop vieux ; et il avait des manières directes qu'elle avait appréciées. Bien qu'elle ait contesté plusieurs points la veille, il ne l'avait pas harcelée afin qu'elle se range à son opinion. Il semblait être un homme qui savait écouter.

Malgré ses réflexions, elle gardait un œil vigilant sur le sentier. Le ciel s'éclaircissait et, devant elle, à travers les arbres de bois-de-fer, elle aperçut un promontoire herbeux. Ce devait être Marshall Point. Mais elle hésita soudain.

Sur le promontoire, elle vit deux personnes qui ne se tenaient pas debout mais accroupies, exactement comme les singes plus tôt. En s'approchant, elle distingua deux hommes, installés chacun sur une natte, qui pratiquaient apparemment des étirements. Elle reconnut avec surprise, à sa tête épaisse et ses cheveux argentés, l'homme plus petit vêtu d'un dhoti et d'un maillot : c'était Rama. L'Anglais avec lui était Colin. Il portait un pantalon de pyjama ample en coton et le même genre de maillot que

Rama. Ses bras étaient finement musclés et sa peau plus dorée que rose.

— Repoussez en arrière. Plus haut.

Rama, qui parlait en marathi, posa ses mains de part et d'autre de la taille de Colin tandis qu'ils se contorsionnaient pour aboutir à une position formant un triangle.

Perveen s'avança en silence pour voir de plus près. Colin, de nouveau abaissé sur la natte, se courbait désormais tel un arc, le ventre posé au sol. Au bout d'un moment, il passa sur le flanc, puis il se releva. Les deux hommes se firent face puis posèrent les mains sur la natte en s'avançant, les hanches en l'air, tel un chien qui se réveille en s'étirant. Alors qu'elle observait les corps des deux hommes onduler, elle se sentit soudain terrassée par la fatigue, voûtée et raide. Elle imagina ce que cela ferait de s'étirer de cette manière – qui aurait dû paraître disgracieuse mais qui, en réalité, était plutôt belle.

Le corps de Colin s'aplatit comme une planche sur le sol. Il resta ainsi pendant une longue minute. Puis il tira son corps en arrière en une étrange courbure animale avant de lancer une jambe en l'air. Le tissu du pantalon s'affaissa.

Perveen cligna des yeux, incrédule.

Colin Sandringham avait un moignon à la place de la partie inférieure de son mollet et son pied droit. Son pied n'était pas estropié, il n'en avait tout simplement pas.

Elle se souvint de lui en jodhpur et bottes, la veille, se servant de temps à autre d'une canne. Parce qu'il avait porté des bottes, elle avait supposé que son pied était abîmé. Elle comprenait désormais qu'il avait dû porter une jambe de bois pour se donner une apparence normale.

C'était étrange ; malgré tout le camouflage dont il avait usé la veille, son handicap n'avait pas échappé au regard de Perveen. Mais maintenant, alors qu'il ondulait en pratiquant ces exercices sans sa prothèse, il paraissait presque aussi fort et gracieux que Rama. Colin était à présent la tête en bas, appuyée sur le sol entre ses bras pliés de part et d'autre. Perveen était émerveillée par la force de son abdomen et de ses bras. Comment pouvait-on se tenir en équilibre de la sorte ? Elle se rendit soudain compte qu'entre ses bras, il l'avait repérée.

Elle était bien trop loin pour lire ce qu'exprimait le regard de Colin, mais elle vit la partie supérieure de son corps basculer vers la droite ; en un pas, Rama fut là pour le redresser avant qu'il ne s'écroule.

Perveen pivota et se mit à courir maladroitement en se demandant s'il avait pu l'identifier ou s'il avait juste soupçonné que quelqu'un l'observait. Ne vaudrait-il pas mieux qu'elle affirme ne pas s'être trouvée là, afin qu'il soit rassuré sur le fait que l'intimité de son handicap n'avait pas été violée ?

Elle aurait aimé présenter ses excuses, expliquer qu'elle était tombée par inadvertance sur eux deux et qu'elle avait été fascinée par la beauté de leur pratique. Mais ce n'était qu'à moitié vrai. Elle était restée parce qu'elle avait voulu s'emplir le regard de Colin.

Elle trouva réponse à son dilemme quand elle sortit dans la véranda pour petit-déjeuner. Deux places avaient été préparées, un œuf à la coque pour chacun, deux chapatis* et une coupelle de baies violettes. Rama s'avança et se posta, silencieux, près de la table.

— Sandringham-sahib ne prend-il pas de petit déjeuner ? demanda-t-elle, mal à l'aise, en marathi.

— Je ne sais pas s'il va venir, répondit-il dans la même langue. Il a été surpris que vous nous observiez ce matin.

Sentant le reproche dans le ton de sa voix, Perveen commença à se justifier.

— J'avais l'intention de prendre des photos de la montagne. Je ne savais pas que vous seriez là. Est-ce une habitude matinale ?

— Oui. Nous nous exerçons tous les matins, quand il ne pleut pas.

Elle était gênée que cette découverte empêche Colin de se sentir à l'aise avec elle. Mais sa curiosité l'emporta sur la honte.

— Depuis quand enseignez-vous ces exercices à Sandringham-sahib ?

— Presque un an, répondit Rama avant d'ajouter, sur la défensive : c'est bon pour sa santé.

— J'ai vu combien vos exercices l'ont rendu fort.

Les profondes rides sur le front de Rama se détendirent légèrement. Il hocha la tête, comme s'il acceptait son compliment.

Perveen poursuivit audacieusement.

— Hier, il m'a dit qu'il avait fait la guerre, mais il ne m'a pas dit qu'il avait perdu une jambe.

— Parce que ce n'est pas là qu'il a été blessé.

---

* Chapati : Pain indien.

— Oh ? fit-elle en fixant Rama, dans l'espoir qu'il poursuive.

— Il n'en parle pas beaucoup.

— Je vois qu'il se débrouille très bien, commenta Perveen.

Le regard de Rama se perdit dans le jardin, derrière Perveen.

— Quand il était receveur de district, un jour, il s'est rendu dans un village. Beaucoup de gens étaient venus y présenter leurs griefs, et des enfants erraient dans l'endroit sans surveillance. Une fillette s'est trop approchée d'un serpent. C'était une vipère échide carénée.

Perveen frissonna.

— Mais c'est un des serpents les plus venimeux au monde, non ?

— Oui. Le serpent a sifflé et les gens ont supplié la fillette de ne plus bouger. Mais la vipère était toujours tournée vers elle. Sandringham-sahib s'est alors précipité pour que le serpent se détourne de l'enfant et que cette dernière puisse s'enfuir. Mais le reptile s'en est pris à lui.

— Il l'a mordu ?

Il acquiesça, la mine sombre.

— Le médecin le plus proche se trouvait à deux jours à cheval. Quand nous sommes arrivés chez le docteur Andrews, il était trop tard. Le docteur a dû l'amputer du pied pour lui sauver la vie.

Perveen fit la grimace.

— Et ensuite, il a été obligé de continuer à travailler pour l'administration ?

— Personne ne m'a obligé à quoi que ce soit, déclara Colin avec froideur.

Perveen tourna la tête d'un coup et vit qu'il se trouvait dans la véranda.

— Désolé de vous interrompre, mais je n'aime pas trop qu'on raconte des histoires sur moi en mon absence.

Rama baissa la tête comme s'il avait honte d'avoir trahi la confiance de Colin.

— C'est moi qui ai insisté pour que Rama m'explique, dit Perveen, rouge d'embarras. Vous savez, j'ai trouvé vos exercices splendides.

— Pas aujourd'hui, ricana Colin. J'ai failli m'écraser le visage par terre. C'est Rama qui m'a sauvé, tout comme il l'a déjà fait.

— Ne dites pas ça, nia Rama avec modestie.

— C'est la vérité. Tu m'as sauvé la vie en me faisant boire cette atroce sève d'arbre quand nous avons quitté le village, précisa Colin en s'installant à table.

— Je suis très impressionnée que vous ayez souhaité rester dans le mofussil*, dit Perveen.

Le garçon qu'elle avait croisé dans le jardin apparut, portant une théière.

— Pourquoi ne serais-je pas resté ? rétorqua Colin en étalant une serviette sur ses cuisses. Cela a été très difficile de rentrer dans l'administration. J'étais encore capable de travailler – simplement, je ne pouvais plus courir partout. Pendant ma convalescence, mon département m'a cherché une assignation qui ne requerrait pas que je sois continuellement en déplacement. On a considéré que ce poste convenait, parce que les agents politiques d'ici ne voyagent pas pendant les six mois de la saison de pluies. Et ma hiérarchie a accepté que Rama devienne mon valet permanent. J'aurais pu avoir un cuisinier du village, mais j'aime ce qu'il me prépare.

— C'est un régime ayurvédique. Une alimentation adaptée aide à la guérison, déclara Rama en versant du thé dans la tasse de Colin.

Perveen sourit pour remercier Rama quand il la servit ensuite.

— Et vous pratiquez toujours ces exercices pendant les mois secs ?

— Au contraire, je pratique encore plus par mauvais temps. On utilise la véranda, répondit Colin en la fixant avec intensité. L'alimentation ayurvédique et l'exercice ne sont pas seulement bons pour mon corps. Ils agissent aussi sur mon esprit. Cela m'apaise.

Perveen regarda Rama traverser toute la véranda et descendre les marches avant de disparaître dans le jardin. Sa démarche souple et fluide rappela à Perveen le mouvement inhabituel qu'elle avait observé.

— Y a-t-il un nom pour ces exercices ?

— On appelle cela le yoga. Vous avez déjà essayé ?

— Tout ce que je sais du yoga, c'est qu'il s'agit d'une tradition d'adoration hindoue pratiquée par les hommes saints. Je suis surprise que Rama le connaisse si bien qu'il puisse vous l'enseigner.

— Rama n'a pas toujours été domestique, expliqua Colin en étalant un peu de ghee* sur son chapati*. Il était prêtre dans la région où j'ai eu mon accident. Les villageois l'ont appelé à l'aide, et il m'a accompagné jusqu'à l'hôpital. Il a été très rassurant.

* Ghee : Beurre clarifié.

Et je pouvais le payer – ce que les villageois ne pouvaient pas. Sa famille et lui vivaient de très peu ; désormais il peut leur envoyer de l'argent.

Perveen goûta les baies, s'attendant à ce qu'elles soient aigres, mais elle les trouva agréablement sucrées. L'histoire de Rama était celle classique des personnes de la campagne abandonnant leurs villages natals. La propre famille de Perveen employait six personnes, dont cinq avaient quitté leur village pour gagner suffisamment et faire vivre les leurs.

Ses pensées furent interrompues par le son de la voix lointaine de Rama. Elle se tourna et vit qu'il s'adressait, dans le jardin, à un homme élancé et musclé portant une veste élimée et un dhoti. Elle ne s'était pas rendu compte qu'ils avaient un visiteur.

Colin suivit son regard.

— C'est Lakshman.

— Il travaille également ici ?

— Non, il a sa propre affaire dans le village. C'est un homme de très grande expérience et fiable qui dirige l'équipe de porteurs du palanquin.

Rama baissa soudain la voix, et les deux hommes se fixèrent du regard en silence pendant un long moment. Puis Rama revint vers la table du petit déjeuner.

— Lakshman m'informe que le palanquin et les porteurs ne sont pas là.

— Mais il sait que nous avions prévu le trajet en palanquin aujourd'hui, déclara Colin en fronçant les sourcils.

— Il y a deux jours, ils se sont rendus à Lonavala pour une courte prestation. Ils devaient rentrer hier, mais il y a eu un problème avec le palanquin. Un ébéniste est en train de le réparer.

Perveen avait toujours montré quelque réticence à voyager en palanquin. Ce n'était pas seulement embarrassant d'être transportée sur des épaules d'hommes, ce devait aussi être inconfortable.

— Dois-je vraiment me déplacer en palanquin alors que le palais ne se trouve qu'à vingt kilomètres ? Je pourrais m'y rendre à cheval.

Elle repoussa le souvenir des épreuves qu'elle avait vécues en montant Dolly, quelques jours plus tôt.

Colin secoua lentement la tête.

— Il est difficile de faire avancer un cheval de son plein gré dans certaines parties de la jungle. Surtout s'il perçoit le rugissement d'un tigre ou d'un léopard.

Perveen n'était pas non plus très enthousiaste à l'idée d'entendre de tels bruits mais il était hors de question qu'elle abandonne.

— Peut-on m'y emmener en voiture postale ?

— Elle vient de partir, répondit Colin.

— Peut-on louer un autre palanquin ? demanda-t-elle à contrecœur.

— Il y a bien de vieilles calèches dans l'écurie, mais pas de palanquin, répondit Colin. J'ai toujours fait appel à Lakshman. Mais ne vous inquiétez pas. Ils vont finir par arriver et vous pourrez vous rendre au palais.

Elle détestait l'idée d'arriver en retard.

— Peut-on transmettre au palais de Satapur le message que j'ai un problème de transport ? On pourrait certainement m'envoyer un palanquin.

— Comme Rama l'a dit, la voiture postale est déjà partie, alors je crains qu'on ne puisse leur envoyer de lettre, expliqua Colin. En tout cas, je ne suis pas certain que ce soit très sage de demander une telle faveur. Nous leur serions alors redevables.

Elle n'y avait pas songé.

— Vous ne perdrez pas cette journée supplémentaire ici, je vous l'assure, reprit Colin sur un ton joyeux. Nous aurons le temps de discuter de la situation du palais. Et ce soir, je vais inviter quelques personnes d'ici à dîner. Elles seront très excitées à l'idée de rencontrer une avocate, surtout dans cette région.

Perveen ne voulait pas être un fardeau pour lui – après tout, il s'était attendu à ce qu'elle soit partie à neuf heures.

— Je veux bien dîner avec vos amis, mais que pourrai-je faire d'autre aujourd'hui ? Y a-t-il un village que je peux visiter ?

— Oui, il y en a un tout près, mais il n'est pas particulièrement spectaculaire, et il n'y a pas beaucoup de commerces. Que cherchez-vous ?

— Je pensais demander si quelqu'un avait vent d'un autre palanquin. Afin que je puisse partir plus tôt.

— Je suis désolé, mais je ne pense pas qu'il y en ait d'autres.

— On n'en sait rien. Puis-je me rendre au village avec un cheval de l'auberge ? J'ai apporté ma tenue d'équitation.

— Oui, vous pouvez, répondit-il en lui adressant un regard prudent. Mais je ne pourrai pas vous accompagner. J'ai un visiteur aujourd'hui.

Elle se rendit compte qu'il ne saisissait pas qu'elle s'efforçait de rendre la situation plus facile pour eux deux.

— Ça me va tout à fait. Je n'ai pas besoin d'être accompagnée.

Il secoua la tête.

— Il est facile de se perdre ou de tomber d'une falaise quand la brume se lève. Lakshman va vous y conduire.

— Merci.

Perveen finit son petit déjeuner en songeant que le temps avait l'air tout à fait dégagé. Cela semblait suspect que le transport soit soudain tombé à l'eau. Colin souhaitait qu'elle rende visite au palais, mais quelqu'un d'autre ne le souhaitait peut-être pas.

6

Sujets du maharadjah

En dépit des entraînements au Royal Western India Turf Club, Perveen était toujours mal à l'aise à cheval. Apparemment, Rani, le cheval que Mohit le garçon d'écurie lui avait assigné, l'avait aussitôt compris. Tout comme son guide, Lakshman.

Alors qu'ils traversaient la forêt par des sentiers étroits proches du bord de la montagne, la jument tachetée décharnée refusait de tenir compte des coups de talons de Perveen et des appels de rênes. Au bout de dix minutes très frustrantes, Lakshman qui marchait à côté en mastiquant du paan* que Rama lui avait donné, prit les rênes en main pour conduire la jument et sa cavalière jusqu'au

* (Mitha) paan : Spécialité sucrée et goûteuse à base de feuilles de bétel.

village. Perveen pouvait comprendre l'agacement de Lakshman. Elle lui avait déjà demandé s'il connaissait quelqu'un possédant un autre palanquin, et il lui avait répondu par la négative.

Ils progressèrent au milieu d'un quartier de bâtiments détruits et brûlés. Les gens semblaient vivre dans des ruines ; ils avaient bricolé des toits avec des morceaux de bois, de tôle et de tissu. La mousson avait fait des mois de dégâts en déversant les pluies par les trous des toitures.

— Que s'est-il passé ici ? demanda Perveen. On dirait qu'il y a eu un incendie.

— Après que le maharadjah est mort du choléra, les soldats royaux ont tout brûlé.

— Est-il nécessaire de brûler les maisons pour endiguer une épidémie ? demanda-t-elle, consternée.

— Parfois. Mais les gens du palais étaient en colère contre nous. Nous avions contaminé le maharadjah et provoqué sa mort.

Les paroles de Lakshman étaient pragmatiques.

Perveen secoua la tête. D'après Colin, le maharadjah Mahendra Rao avait été un souverain à l'attitude éclairée vis-à-vis de la santé publique, et Perveen se demanda s'il aurait désapprouvé les actions décidées après sa mort.

— Y a-t-il un bureau de poste ?

Un employé de la poste serait une source fiable d'information et pourrait sans doute la renseigner sur l'existence d'un autre porteur de palanquin.

Lakshman secoua la tête.

C'était vraiment un tout petit endroit.

— Et une école ?

Il secoua encore une fois la tête avant de cracher du jus rouge de bétel par terre.

— Dans quel village y a-t-il une école ? s'enquit-elle, mal à l'aise.

— On n'a pas besoin d'écoles à Satapur. Tout le monde cultive la terre.

Les maharadjahs précédents n'avaient donc pas considéré comme opportun d'améliorer l'esprit de leurs sujets.

— Existe-t-il d'autres emplois que dans les champs ? demanda-t-elle, cynique.

Il haussa ses maigres épaules.

— Les hommes comme moi ont des chevaux et des ânes pour transporter les voyageurs. Et il y a quelques commerces. Vous verrez ça dans notre bazar.

Quel réconfort la nature splendide pouvait apporter aux gens qui possédaient si peu ? Perveen se sentit un peu agacée par Colin qui n'avait pas évoqué la condition de ces villageois.

Quand, adolescente, elle avait étudié l'histoire et les affaires actuelles, elle avait imaginé à quoi l'Inde ressemblerait si elle était une tapisserie de petits royaumes, chacun dirigé par un Indien. La jeune Perveen avait imaginé une perspective grandiose, un sous-continent indépendant et diversifié. Mais elle était désormais troublée de voir à quel point cette famille régnante avait pris aussi peu soin de ses sujets.

— Voilà le bazar, annonça Lakshman.

Perveen considéra, devant elle, l'allée boueuse ponctuée de quelques étals de bois vieilli. Assis à leur entrée, on y voyait des hommes habillés de bure brute, arborant des expressions méfiantes. Aucun cri ne vantait leurs marchandises, combien elles étaient délicieuses et de belle facture. Ce n'était pas du tout tentant, comme l'étaient les marchés de Bombay. Mais elle était résolue à ne pas faire demi-tour. La bouche de Lakshman s'était crispée en une ligne arrogante, comme s'il lui rappelait qu'elle n'aurait pas dû venir, et qu'il lui présentait maintenant ce qu'elle y gagnait.

— Lakshman, voulez-vous tenir le cheval ? demanda-t-elle en s'efforçant d'imprimer une note joyeuse à sa voix. J'aimerais traverser le marché à pied.

Lakshman acquiesça et dirigea Rani vers une des boutiques, où se trouvait une marche pour que Perveen puisse descendre. Elle le remercia puis se mit à déambuler, sentant tous les regards tournés vers elle. Un centième de seconde plus tard, les appels commencèrent.

— Memsahib, memsahib, venez acheter ici !

Les commerçants étaient si maigres, le visage inquiet, qu'elle aurait aimé acheter quelque chose. Mais il n'y avait que des noix et des céréales cultivées localement, du sucre et du sel vendus au même prix qu'à Bombay. Elle continua sa déambulation et finit par trouver une boutique de sucreries. Qui n'en vendait qu'une seule sorte : du croquant de noix de cajou appelé chikki. Elle en acheta trois boîtes d'une livre. Elle les mit dans un sac de jute qu'elle acheta, à un autre étal, plus cher que ce qu'elle aurait payé au marché Crawford de Bombay. Elle aurait pu négocier davantage, mais elle avait pitié de ces hommes.

— Je ne suis pas cuisinière, je suis désolée, je n'ai pas besoin de céréales, répondit-elle en souriant au vieillard qui lui avait vendu le sac.

— Vous allez au palais ? lui demanda-t-il d'une voix sifflante.

Elle fut surprise car elle avait supposé que sa visite relevait d'affaires gouvernementales requérant une certaine confidentialité.

— Où avez-vous entendu dire ça ?

— Tout le monde est au courant qu'une voyageuse est sur le point de quitter l'auberge de circuit.

— En effet, mais le palanquin se trouve à Lonavala.

— Il est cassé.

Il paraissait étrange que la nouvelle soit arrivée de Lonavala sans téléphone ni télégramme.

— Comment avez-vous appris que mon voyage était retardé ?

Le vieil homme désigna Lakshman qui attendait avec le cheval.

— Il est rentré à pied de Lonavala.

— Est-ce que quelqu'un d'autre possède un palanquin ?

L'homme secoua la tête. Elle s'enquit encore auprès de quelques personnes puis, convaincue qu'elle avait épuisé toutes les possibilités, elle alla trouver son guide assis à l'ombre d'un arbre. Lakshman, les yeux clos, paraissait faire un somme. Elle songea au dur et long trajet à pied, se sentant coupable d'avoir soupçonné qu'il lui avait menti au sujet du palanquin.

Il se réveilla dans un sursaut.

— Je vous remercie de m'avoir amenée ici, lui dit-elle alors. J'ai tout vu. Je vais rentrer à l'auberge par moi-même. Je connais le chemin.

— Le cheval ne vous aime pas.

Il avait raison. Il était possible qu'elle se révèle incapable d'obliger ce fichu cheval à prendre la direction qu'elle voulait. Mais il fallait qu'elle apprenne à diriger les chevaux seule si elle voulait être indépendante, le temps de son séjour à Satapur.

— Si elle s'arrête et refuse d'obéir, je descendrai et je la ramènerai à pied. Mes bottines conviennent aussi bien à l'équitation qu'à la marche.

— Oui, mais… commença Lakshman en hochant la tête sans enthousiasme.

Il pensait probablement qu'il ne serait payé que de la moitié de sa course s'il ne la raccompagnait pas.

— Quel est votre tarif ? lui demanda-t-elle.

Il lui répondit un anna* et elle doubla la somme.

Avant de remonter à cheval, Perveen planta son regard dans celui de Rani pour l'informer qu'elles rentraient à l'auberge. Il était irréaliste de croire que la jument comprenait le marathi, mais sa place était à l'auberge et l'idée de rentrer à la maison lui parut plus agréable. Se retrouver à cheval et toute seule effraya tout d'abord Perveen, puis l'expérience devint grisante. Elle chevauchait sans guide – et peut-être parce que Perveen était le seul être humain alentour, Rani décida de lui obéir. Au bout de cinq minutes, Perveen s'était assez détendue

* Anna : Unité de monnaie.

pour détacher son regard du cheval et contempler le paysage environnant. En entrant dans la forêt, son attention s'attarda sur un bungalow qu'elle avait remarqué à l'aller. Sur le portail en fer forgé, une plaque en cuivre annonçait *Le Repos des Cieux.* À travers la grille, elle inspecta la grande bâtisse au crépi apparemment neuf, d'un style néogéorgien à la mode.

Au-delà du mur en pierre d'enceinte s'étendait un vaste jardin aux arbres et buissons élégamment taillés, contrastant de manière spectaculaire avec la prolifération luxuriante de l'auberge. Elle se demanda qui vivait dans ce bungalow. Il semblait être deux fois plus grand que la résidence de fonctionnaire de Colin et était certainement trop grandiose pour le médecin local.

Perveen exhorta Rani à avancer. Elles continuèrent à la même allure jusqu'à ce qu'un bruit derrière elles signale à Perveen que quelqu'un remontait rapidement l'étroit sentier. Elle donna de légers mais rapides coups de talons sur les flancs du cheval pour l'obliger à se glisser sur le bord de la route. Sa monture se déporta juste à temps pour laisser passer un grand cheval noir au galop. Perveen s'était attendue à ce que le cavalier incline son chapeau pour la remercier de sa courtoisie, mais il n'en fit rien.

Et elle se contenta de lui adresser un regard noir. Le cavalier était un Indien en jodhpur, coiffé d'un casque colonial. Il était vêtu de manière trop luxueuse pour être un villageois ; c'était peut-être le propriétaire du bungalow, bien qu'il n'ait pas paru émerger du *Repos des Cieux.*

En arrivant à l'auberge, dix minutes plus tard, elle vit Rama mener le même cheval noir dans l'écurie. Puis le domestique revint vers Perveen pour tenir Rani pendant que sa cavalière se laissait glisser au sol.

— Qui est arrivé ?

Elle décida de ne pas confier à Rama combien elle avait été agacée.

— L'ingénieur du gouvernement. Il passe la nuit ici.

— Je vois.

C'était sans doute l'homme avec lequel Colin avait ce rendez-vous important qui l'avait empêché de se rendre au village avec elle.

— Sandringham-sahib a déjà pris son repas. Je vais vous apporter votre déjeuner.

Après s'être nettoyée de la poussière de la promenade, elle s'installa à la table de la véranda pour y prendre un modeste repas : un bol de dal et de petites assiettes de légumes verts, un paratha* et une tasse de thé. Malgré tout, c'était un déjeuner goûteux. Elle remercia Rama avant de se retirer dans sa chambre pour continuer sa lecture de la correspondance du palais, qui consistait essentiellement en échanges entre le dernier agent politique et le défunt maharadjah Mahendra Rao. D'après les lettres, Mahendra s'était enquis du coût d'une potentielle école dans le village qu'elle venait juste de visiter, et il avait suggéré de bâtir une usine de transformation des céréales, plutôt que de les envoyer ailleurs. Elle se réjouit de pouvoir rassembler ces

---

* Paratha : Pain plat indien contenant de la graisse végétale.

bribes d'informations qu'elle pourrait évoquer lors de son entretien avec les maharanis.

À seize heures trente, elle entendit des voix. Colin avait mentionné qu'il était possible que des personnes des environs viennent dîner. Il était bien trop tôt, pensa-t-elle, agacée. Elle n'aurait pas l'occasion de le questionner en privé sur les raisons pour lesquelles les plans du défunt maharadjah n'avaient pas été réalisés.

Perveen, qui s'était allongée en chemise et jupon pendant sa lecture, passa alors un chemisier propre en dentelle blanche de Chantilly et un sari pathani violet au motif de perroquets verts tissé dans le liseré. Elle coiffa rapidement ses cheveux en Pompadour et prit soin de ne pas toucher son collier de perles quand elle se frictionna d'huile de margousier âcre pour éloigner les moustiques.

Dans la véranda, la table en teck où elle avait pris son petit déjeuner et déjeuné avait été dressée pour le thé. Colin, une main sur le bord de la table, faisait face à l'Indien qui avait dépassé Perveen au galop, plus tôt dans la journée. Elle reconnut sa solide silhouette bien qu'il ait troqué sa tenue d'équitation contre un costume de ville en lin beige, assez similaire à celui que portait Colin.

Des claquements de talons annoncèrent d'autres invités. Perveen se tourna vers un couple d'Indiens affichant tous les deux un sourire enthousiaste. L'homme élégant, la soixantaine, avait coiffé ses fins cheveux en arrière avec de la gomina noire, à la manière d'un homme plus jeune ; il était vêtu d'un costume de laine souple qui ne pouvait venir que d'Europe. La dame qui l'accompagnait et qui paraissait avoir la quarantaine portait un sari en mousseline de soie d'un rouge très pâle. Le vêtement ne comportait aucun liseré, vraisemblablement un tissu français. Elle n'avait pas couvert ses cheveux qui étaient coupés court, juste en dessous de la mâchoire. Quand elle s'approcha, Perveen vit les gros diamants à ses oreilles, ses yeux soulignés de noir et ses lèvres rouge cerise.

Colin s'avança pour serrer la main du gentleman avant de se tourner vers Perveen.

— Je vous présente Yazad et Vandana Mehta. Ils possèdent une grande ferme dans les environs. Perveen est une avocate de Bombay qui poursuit son voyage demain.

— Je suis passée devant chez vous aujourd'hui. C'est une superbe demeure, déclara Perveen en les observant.

Alors que l'homme avait la peau pâle et le nez proéminent des Iranis, les Zoroastriens* dont les familles avaient émigré de Perse ces soixante-dix dernières années, l'apparence de la femme était différente. Sa peau était couleur de blé, ses exquises pommettes dravidiennes et ses yeux en amande.

— Comme c'est excitant de rencontrer une femme accomplie ! déclara Mrs Mehta avec un accent comportant des traces d'Angleterre, d'Inde et d'ailleurs.

Était-ce la France ?

— Vous savez, je débute, madame Mehta…, répondit Perveen, mal à l'aise devant l'exubérance de la femme.

---

* Zoroastrien : Membre de la religion du zoroastrisme.

— Appelez-moi Vandana. Nous sommes si peu nombreux dans la région, Colin et Yazad forment comme une famille, nous nous appelons par nos prénoms.

Yazad était un nom parsi aussi sûrement que Vandana était hindou. Pour Perveen, un couple de confessions différentes était aussi stupéfiant que le fait qu'ils s'appellent par leurs prénoms, comme Colin.

— On croise rarement des dames par ici, dit Yazad Mehta en lui tendant la main. Et ce ne sont alors que des Anglaises au nez étroit. Une dame avec un bon nez parsi, voilà une agréable surprise.

Elle émit un petit rire embarrassé, s'efforçant de se concentrer sur ses pensées. Elle décida de s'exprimer en gujarati en lançant de temps à autre une expression parsie.

— Mes parents seraient mortifiés si je m'adressais à mes ascendants sans faire usage de titre. Puis-je vous appeler Oncle Yazad et Tante Vandana ?

— Naturellement, répondit Yazad Mehta en anglais avant de répéter ce que Perveen avait dit, comme si son épouse ne comprenait pas le gujarati. Considérez-nous comme votre famille des montagnes.

— Même si « Tante » me vieillit un peu, ajouta Vandana en lui lançant un regard espiègle. J'aime raconter aux gens que je viens de fêter mes vingt-neuf ans.

— Nous avons tous déjà fêté les vingt-neuf ans de Vandana au moins deux fois ! lança Colin avec un sourire. Perveen, j'aimerais également vous présenter Roderick Ames de la division d'ingénierie de la fonction publique indienne. Roddy est basé à Poona mais passe ici plusieurs fois par an en mission.

— Bonjour, madame, dit Mr Ames avec un accent gallois.

On se serait cru dans un bal costumé. Elle avait rencontré une femme aux cheveux coupés court à l'occidentale, et une famille indienne ; un Parsi marié à une Hindoue ; et maintenant un homme au nom anglais qui avait les traits et le teint d'un Indien. Et celui qui rassemblait toutes ces personnes était un jeune Anglais désinvolte appelant tout le monde par son prénom.

— Je suis ravie de vous rencontrer, monsieur Ames, dit Perveen, décidant de ne pas employer son prénom puisqu'il s'était adressé à elle avec un *madame*. Quel est votre domaine d'ingénierie ?

— Je suis spécialisé en électricité, bien que j'aie également été formé au génie civil, répondit-il avec fierté. Je suis en route pour Lonavala où nous avons quelques soucis avec le barrage.

Perveen se rappela qu'il n'y avait qu'un palanquin utilisable dans le coin. Roderick Ames allait-il lui aussi vouloir s'en servir ? Sa mission gouvernementale dans une ville indienne britannique l'emporterait sûrement sur l'excursion de Perveen pour aller rencontrer la famille royale indienne.

— Comment allez-vous vous y rendre ?

— Je suis venu à cheval et je poursuivrai ma route ainsi, répondit-il en lui lançant un regard de travers. N'étiez-vous pas vous-même à cheval tout à l'heure ?

— Tout à fait, répondit Perveen avec décontraction, décidant de ne pas annoncer devant tout le monde qu'il avait failli la bousculer sur le sentier.

Cela la desservirait d'apparaître comme une femme vulnérable.

— Roddy connaît bien le chemin pour l'avoir emprunté plusieurs fois. Il ne craint rien, déclara Colin. Asseyez-vous. Rama nous prépare des boissons.

Alors que les convives s'installaient autour de la table, Roderick Ames choisit un fauteuil colonial en bordure du groupe. De sa pochette en perles, Vandana sortit un porte-cigarettes en ébène et une boîte dorée décorée d'un motif de diamants entourant une fleur d'améthyste.

— Qui veut une Sobranie ? demanda-t-elle.

— Je vais t'accompagner, répondit Yazad en sortant un fin briquet en argent de sa poche de poitrine.

Roderick Ames considéra longuement la boîte à cigarettes ouverte que Vandana lui présentait, avant de secouer la tête.

— Perveen ? demanda Vandana en haussant ses fins sourcils épilés. Vous êtes une femme sophistiquée, n'est-ce pas ?

— Je n'aime pas le goût, répondit Perveen sans vouloir paraître critique.

— Les Parsis croient que le feu est un élément sacré qui ne devrait pas être pollué. C'est pour cette raison qu'ils ne fument pas.

Yazad adressa à Perveen un regard condescendant tout en prenant une cigarette. Elle lui en voulut ; elle eut l'impression qu'il soulignait devant tout le monde qu'elle était vieux jeu et contrainte par les règles de sa communauté.

— Non merci, dit Colin.

Perveen le regarda, surprise. Leurs regards se croisèrent.

— Je fumais des Players quand j'étais receveur, expliqua-t-il. Mais Rama m'a fait remarquer que fumer affaiblissait ma capacité à accéder à la profondeur de respiration nécessaire au yoga. Alors je ne fume désormais que très rarement.

— Le docteur Andrews fume la pipe. N'importe quel médecin vous dirait que fumer est bon pour la santé, déclara Vandana en soufflant un anneau de fumée vers le ciel. J'ai passé mon enfance à regarder les hommes savourer les plaisirs des cheroots*, de la pipe et des cigarettes. Les femmes devaient se contenter de mâcher du mitha paan*, mais mes dents sont devenues d'un horrible rouge. Alors je me suis mise aux cigarettes et je ne l'ai jamais regretté.

Perveen avait envie de changer de sujet.

— Le feu paraît être la principale source de lumière à Satapur, fit-elle remarquer en regardant Roderick Ames. Y a-t-il une chance qu'on fasse venir l'électricité dans l'État ?

Elle s'était attendue à ce que l'ingénieur lui réponde mais Vandana intervint.

— Comme je le souhaite ! s'exclama-t-elle en levant les mains au ciel comme si elle implorait une divinité. Vous devez nous trouver horriblement en retard sans l'électricité et l'eau courante.

— Bien sûr que non, c'est aussi à cela que ressemble l'Inde britannique, répondit Perveen en adressant un regard en coin à Colin. Comme les décisions en Inde britannique sont prises par le gouvernement, je suppose qu'il revient à la famille du maharadjah de décider pour Satapur, n'est-ce pas ?

— En effet.

Colin, qui ne s'était pas encore assis, se balança légèrement sur un côté, comme si sa prothèse de pied le gênait.

— Ils possèdent la terre et toutes les étendues d'eau – si bien que même si les Mehta voulaient y installer une centrale avec leur propre argent, ils n'en auraient pas le droit.

— J'ai une question à ce sujet, dit Vandana, avec une jolie moue, tapotant le siège vide près d'elle. Venez vous asseoir là. J'ai une question de géographie pour Colin, parce que c'est sa formation. Une cascade est le résultat de nombreux cours d'eau affluant de plusieurs régions, n'est-ce pas ?

— Vous n'avez pas besoin d'un géographe pour le savoir ! Tous les enfants le savent, répondit Roderick avec condescendance.

Voilà donc qu'il s'exprimait. Perveen lui lança un regard froid pour l'irrespect qu'il venait de manifester à l'égard de Vandana et il lui retourna son regard avec nonchalance.

— Les cours d'eau proviennent d'étendues d'eau se trouvant au nord de Satapur, poursuivit Vandana. Cela ne signifie-t-il pas que l'eau n'est pas la propriété de la famille royale ? Et que nous pourrions l'utiliser comme bon nous semble ?

Roderick pinça les lèvres.

— Je ne sais pas. Cela n'a jamais été abordé.

— Quel est votre avis juridique, Perveen ? demanda Colin en la fixant avec attention.

C'était flatteur mais également déstabilisant car on déconseillait aux avocats d'exprimer des avis qui puissent être considérés comme des déclarations officielles aux yeux du public. Malgré tout, elle avait là une occasion de montrer à Ames que Vandana et elle n'étaient pas des potiches.

— Ce n'est pas simple, répondit Perveen. On pourrait faire valoir l'origine des eaux devant un tribunal, mais la famille royale pourrait facilement répliquer que rien ne peut être bâti sur leurs terres sans autorisation. Alors même si on pouvait utiliser l'eau, il serait difficile d'envisager une centrale sans bâtir sur la terre.

— Voilà une question pour un avocat, dit Roderick Ames avec insistance. Je ne crois pas que les femmes puissent être avocates, n'est-ce pas ?

— Je travaille actuellement comme juriste dans la Présidence de Bombay, l'informa Perveen. Mais les cours royales n'ont aucun barreau s'opposant à ce que les avocates défendent des affaires dans leurs tribunaux. La première avocate femme, Cornelia Sorabji, a défendu des affaires dans de nombreux États princiers.

— Merveilleux ! s'exclama Vandana, faisant tomber la cendre de l'extrémité de sa cigarette dans le cendrier en verre. Puisque nous sommes dans un État royal, nous pourrions vous engager pour nous représenter.

Perveen hésita. La perspective d'une telle mission, bien que tentante, générerait un conflit d'intérêts.

— Pour le moment, je travaille seulement pour le compte de l'Agence de Kolhapur. Mais je pourrais vous recommander à quelqu'un plus tard.

— Vandana, pourquoi ne demanderiez-vous pas simplement l'autorisation au Premier ministre ? suggéra Colin. Vous partagez des liens de sang.

La curiosité de Perveen s'embrasa.

— Faites-vous partie de la famille royale de Satapur ?

— Elle aurait pu ! répondit joyeusement Yazad. Mon épouse a failli épouser le défunt maharadjah. Mais j'ai volé son cœur.

— Il exagère, tempéra Vandana dont les joues rosirent encore plus. Je ne suis pas du tout une princesse. Mais ma famille a toujours été liée au palais, et j'ai passé beaucoup de temps là-bas pendant mon enfance.

Dans sa longue chaise coloniale, Roderick étendit ses jambes.

— Selon une croyance, les souverains de Satapur sont voués à mourir jeunes. Si Mrs Mehta avait suivi la tradition, elle aurait pu être une très jeune veuve.

Perveen était déjà au courant du décès du maharadjah à cause du choléra et de la mort de son fils aîné dans un accident de chasse. Roderick Ames sous-entendait-il qu'il y avait eu d'autres tragédies ?

— Cette superstition relève du grand n'importe quoi, intervint Colin sèchement. Le prince Swaroop, le frère cadet du défunt maharadjah, est encore en vie et en bonne santé dans son palais.

— Et au champ de courses de Bombay, ajouta Vandana en écrasant le bout de sa cigarette dans le cendrier posé sur la table basse. Si ce play-boy meurt jeune, ce sera probablement parce qu'une dette de jeu l'aura poussé au suicide.

Perveen observa Vandana qui se tenait assise droite, les épaules en arrière et la poitrine légèrement en avant. Elle paraissait prête à bondir, et non détendue en train de prendre un verre. La franchise de Vandana pouvait être utile à Perveen ; cette femme serait en mesure de lui fournir des informations sur le palais.

— Où sont vos enfants ce soir ? demanda Roderick à Vandana.

Et malgré son sourire, Perveen se demanda s'il insinuait que les femmes ne devaient pas se mêler de sujets n'ayant pas trait à leur foyer.

— Nous n'en avons pas, répondit Vandana vertement. Les Parsis ont bien fait comprendre à Yazad qu'ils ne reconnaîtraient pas ses enfants comme membres de leur communauté religieuse ; quant aux miens, s'ils étaient encore de ce monde, ils auraient fait de même.

— C'est dur d'être à la dérive dans un monde sans être accepté par sa famille, déclara Perveen à voix basse, car elle ressentait de la douleur derrière la réponse crispée de Vandana.

Roderick Ames avait rougi et s'était carré plus profondément dans son fauteuil, comme s'il ne s'était pas attendu à une telle réaction.

— En toute franchise, notre vie est déjà bien assez occupée sans enfant, déclara Yazad en posant une main sur le bas du dos de Vandana, à même la peau. Nous nous sommes rencontrés à Paris, une ville que nous avons vraiment appréciée. Nous avons vécu à Londres et nous avons passé de nombreuses vacances en Suisse. Nous allons ici et là tels des vagabonds. Nous ne ferions pas de bons parents.

— Je suis également allée à Paris, dit Perveen en souriant avec un sentiment de solidarité.

Elle aussi était entravée par la loi conjugale parsie. D'après cette loi, Cyrus et elle n'avaient aucun motif fondé pour divorcer, ce qui signifiait qu'elle ne pourrait jamais se remarier. Et l'expérience la plus proche du rôle maternel qu'elle pourrait vivre se résumerait à ce qu'elle s'apprêtait à faire : servir de protectrice au maharadjah et à sa sœur.

Rama apparut avec un petit plateau d'argent sur lequel était disposé tout un assortiment de verres. Vandana et les hommes prirent chacun un verre rempli d'un liquide doré, probablement du whisky. Devant le dernier verre, Perveen secoua la tête. Elle ne souhaitait pas être trop détendue.

— Vous auriez de la limette ?

— Je vous en apporte, répondit-il en hochant la tête avant de disparaître.

— Comme vous êtes sage ! gloussa Vandana avant de boire une grande gorgée de son verre et de poursuivre : Mes endroits favoris en Inde sont notre cher *Repos des Cieux* à Satapur et notre charmant bungalow à Bombay. Nous habitons près du Willingdon Club. J'y joue au tennis et je monte à cheval au Royal Western India Turf Club. Êtes-vous membres d'un de ces clubs ?

— Nous appartenons à trois cercles parsis, mais pas parce que nous y pratiquons un sport. Aucun des Mistry n'est assez rapide pour jouer au tennis, bien que nous soyons assez prompts à faire disparaître un dhansak* de mouton.

Tout le monde éclata de rire à l'exception de Roderick, le regard plongé au fond de son verre.

---

* Dhansak : Plat parsi populaire à base de viande de mouton ou de chèvre, de lentilles et de légumes.

— Quelque chose vous tracasse, mon garçon ? s'enquit Yazad d'un ton affable.

— Je ne gagne pas assez avec mon salaire de fonctionnaire pour faire partie d'aucun club, répondit l'ingénieur en haussant les épaules. Je suis de Kharagpur où c'est un privilège de rentrer au Railway Officers' Club.

Perveen fut chagrinée. Elle n'avait pas eu l'intention de se vanter mais elle comprit que la réponse qu'elle avait faite à Vandana avait pu être interprétée différemment.

— Allons, allons ! lança Colin en adressant à Roderick un regard compatissant. Je partage votre peine. Les seules institutions dont je suis membre en Inde sont des bibliothèques : la Sassoon et l'Asiatique.

— J'ai entendu dire que vous dirigiez un club au sein de la bibliothèque asiatique, commenta Yazad en lui adressant un clin d'œil. Très impressionnant !

— Je n'en suis que le cofondateur, le corrigea Colin, comme embarrassé par le compliment. Les Penseurs pour le Futur – un groupe d'Indiens et d'Européens – se réunissent tous les quinze jours pour assister à des conférences données par des universitaires – nombre d'entre eux indiens, quelques britanniques, d'autres de pays divers. Évidemment, je manque la plupart de ces conférences en raison de mon affectation reculée. Mais on me dit que le club est devenu un regroupement amical où les gens se sentent assez à l'aise pour s'exprimer librement. Avez-vous entendu parler des Penseurs pour le Futur, Perveen ?

Elle secoua la tête en songeant que ce groupe paraissait être amusant – comme ces clubs dont elle avait fait partie à Oxford. Mais tout cela lui semblait appartenir à un autre monde.

— C'est vraiment une soirée spéciale avec la présence de Perveen, déclara Yazad. Je regrette qu'on ne puisse pas prendre de photo. Où sont ces photographes quand on a besoin d'eux ?

— Je vous remercie, répondit Perveen, flattée. En fait, j'ai un appareil photo. Pas de luxe, juste un Kodak Brownie.

— On pourrait prendre une photo dans la véranda ouest, où la lumière est bonne. Dépêchons-nous ! s'exclama Colin en se levant et en faisant signe aux autres de le suivre.

Perveen alla chercher son appareil photo avant de rejoindre le groupe. Il y avait une jolie vue sur les collines d'un côté et un peu de l'auberge de l'autre. Depuis le dessous d'un buisson, le bel Hanuman les observait comme s'ils étaient des comédiens rassemblés pour son divertissement.

— Très bien, resserrez-vous ! leur ordonna Perveen.

— Et vous, Perveen ? Le but de cette photo, c'est de fêter votre arrivée ! cria Vandana.

— Et celle de Roddy, ajouta aussitôt Colin. Pourquoi ne venez-vous pas avec nous ?

— Pas besoin, répondit Roderick Ames qui se tenait à quelques mètres des Mehta et de Colin. Mais un ingénieur sait se servir d'un appareil photo. Je serai ravi de prendre ce cliché.

— Mais vous êtes également un invité, monsieur Ames. Vous devez figurer sur la photo.

Perveen était consciente que les Mehta s'étaient à peine adressé à lui, même avant son commentaire sur le cours d'eau.

— Rama pourrait-il prendre la photo ?

Le domestique se tenait dans l'ombre de la véranda, discret au point de ne pas être remarqué. Il s'avança à la demande de Colin, et Perveen lui montra comment régler l'appareil et appuyer sur l'obturateur. Ils posèrent, Ames raide à droite de Colin, l'air aussi misérable que ce qu'il avait semblé être depuis que Perveen l'avait rencontré.

Quand elle détourna le regard pour aller prendre place dans le groupe, elle songea à l'étrange comportement social de l'ingénieur. Roderick venait de la ville bengali Kharagpur où les trains de l'Inde britannique étaient à la fois fabriqués et réparés par une main-d'œuvre principalement anglo-indienne. Cette organisation de l'emploi ferroviaire déplaisait aux Indiens pur sang qui étaient surtout embauchés à des postes subalternes. Mais les postes ferroviaires qui avaient été réservés aux Anglo-Indiens les restreignaient également à un seul champ professionnel. Pour que Roderick ait obtenu un poste sophistiqué d'ingénieur de la fonction publique, il avait dû obtenir des bourses et travailler très dur. Et quel que soit l'endroit où il avait étudié, il avait probablement été exclu par les Blancs et moqué par les Indiens.

Après deux photos, le groupe se sépara. Perveen alla reposer son appareil dans sa chambre et, à son retour, les convives étaient assis dans la véranda autour d'une table de jeux.

— Dites-moi, comment allez-vous vous rendre au palais ? demanda Vandana.

— En palanquin, s'il finit par être réparé.

Perveen expliqua la panne du palanquin à Lonavala.

— Je regrette de ne pouvoir m'y rendre à cheval.

Yazad secoua la tête.

— Autour de l'auberge, c'est praticable, mais quand on va vers le sud, la forêt n'est vraiment pas sûre.

— Allons, allons, qui raconte de telles choses ? intervint sèchement Vandana. Franchement, vous vous inquiétez trop.

— Je vous en prie, parlez-moi de la forêt, demanda Perveen en s'avançant sur ce fauteuil colonial bien trop grand pour elle.

— À plusieurs reprises, on y a vu des hommes qui n'étaient pas de la région, déclara Yazad en prenant une voix basse et dramatique. Il se peut qu'il s'agisse d'hommes recherchés par le gouvernement de l'Inde Britannique. Ils vivent dans la forêt car ils sont à l'abri de la justice.

— A-t-on effectivement des preuves de leur existence ? demanda Perveen, un peu dubitative.

— Oh, c'est tout à fait avéré, répondit Yazad en écrasant d'une claque un moustique qui s'était posé sur sa veste. J'en ai même rencontré quelques-uns, un jour. J'étais à cheval et je les ai surpris en train de chercher de quoi se nourrir. L'un d'eux m'a aussitôt pourchassé et a saisi les rênes de mon cheval. L'autre a dégainé un poignard tout droit sorti des *Mille et une nuits*. Ils m'ont vidé les poches des vingt roupies que j'avais sur moi, mais aussi de mon carnet de chèques. Même s'ils n'ont certainement présenté aucun de mes chèques par la suite à la banque de Bombay.

Perveen se demanda pourquoi Vandana ne s'inquiétait pas alors que son époux l'avait échappé belle. Ne l'aimait-elle pas au point de se soucier de lui ? Perveen jeta un regard vers la femme apparemment occupée à redresser le lourd solitaire de son annulaire gauche.

— Vous auriez dû m'en parler afin que je le mentionne dans un rapport ! lança Colin. J'ai si peu de faits à rapporter qui soient considérés comme importants par l'Agence de Kolhapur.

— Tout cela me rend un peu nerveuse, admit Perveen en tournant les yeux vers les collines vertes se dressant au bout du jardin.

Était-on en train de les observer ?

Colin la regarda avec sérieux.

— Il est probable que ce qui est arrivé à Yazad soit un incident isolé. Après tout, j'ai moi-même fait le trajet jusqu'au palais sans rencontrer qui que ce soit. Et j'ai pris des précautions pour assurer votre sécurité. Quatre hommes porteront le palanquin, et il y aura quatre autres porteurs de secours qui seront armés. Et Lakshman sera là !

Perveen se demanda pour quelle raison l'homme austère qui l'avait escortée était autant apprécié.

— Lakshman a-t-il des pouvoirs spéciaux ? demanda-t-elle sur un ton sarcastique.

— Dans un certain sens, oui, répondit Colin. Il n'a nul besoin d'être armé. C'est un chef respecté. Il connaît tous les arbres et toutes les pistes.

— Oui, nous avons fait appel à lui pour qu'il transporte certains de nos visiteurs, ajouta Vandana. Lakshman est cependant assez réservé avec les étrangers. Il sera ravi que vous lui demandiez quel est le bon endroit où faire votre offrande.

— Une offrande ? À qui ?

Un picotement parcourut la colonne vertébrale de Perveen. Elle espérait qu'il ne s'agirait pas d'un quelconque sacrifice.

— Votre offrande à Aranyani, répondit Vandana en prononçant le nom très lentement, comprenant que c'était la première fois que Perveen l'entendait. C'est la mère protectrice de tous les animaux de la forêt. Les gens d'ici lui rendent un puja* juste avant la saison des pluies. Elle est respectée dans toute l'Inde mais on sait ici qu'elle contrôle les pluies – et si la saison des pluies est très mauvaise, avec de nombreuses crues, c'est parce qu'une personne a fait du mal à un animal.

— N'est-ce pas suffisant de vénérer les principaux dieux et déesses – dont certains ont bien plus que deux bras ? s'esclaffa Roderick.

Perveen supposa qu'il était chrétien, mais ce n'était pas une plaisanterie appropriée en compagnie aussi mélangée. Comment Ames pouvait-il ignorer que les gens protégeaient leurs croyances ? Elle ne se permettrait jamais de faire ce genre de commentaire à un Hindou.

Mais Vandana lui adressa un sourire sage.

— Plus il y a de dieux, mieux c'est. C'est un endroit isolé. J'ai vraiment pitié de vous, Chrétiens, qui n'avez qu'un seul Dieu à prier. Comment peut-Il entendre tout le monde ?

* Puja : Rite d'offrande et d'adoration.

— N'avons-nous pas le même problème, Perveen ? gloussa Yazad. C'est pour cette raison que j'obéis à Vandana et que je donne quelques roupies à Aranyani quand je passe devant son sanctuaire. C'est sans doute la femme célibataire la plus riche de Satapur.

Perveen nota la relation décontractée d'Yazad avec l'hindouisme et sa propre foi zoroastrienne*. S'il s'était marié en dehors de sa communauté, sa famille et les prêtres de leur agiary l'auraient renié.

— Je n'ai jamais vu aucune pièce à ce soi-disant sanctuaire, dit Roderick en haussant les épaules. Aranyani ou quelqu'un d'autre les aura prises pour l'argent des commissions.

— Ce n'est pas parce que vous n'avez pas vu de pièces que c'est une raison pour ne pas laisser une offrande, le réprimanda Vandana. La protection d'Aranyani pourrait éviter aux voyageurs de se faire assassiner en traversant les bois. Perveen, emportez quelques douceurs pour Aranyani demain, et quelques paisas* également.

Perveen contempla de nouveau les collines qui changeaient de couleur dans le soleil couchant. C'était vraiment superbe. Malgré son inquiétude, elle se réjouissait de ce voyage dans un endroit inconnu – la jungle des montagnes.

Yazad finit son second verre et fit signe à Rama de lui en apporter un autre.

— Quand allons-nous commencer à jouer aux cartes ? C'est pour cela que vous nous avez invités, Colin !

— En effet, mais il se peut que vous le regrettiez. Perveen était une joueuse aguerrie dans les cercles d'Oxford, répondit Colin avec un clin d'œil.

Elle leva les yeux au ciel en se demandant comment il pouvait aussi bien se rappeler une soirée qu'elle avait oubliée.

— C'est exagéré, le corrigea-t-elle aussitôt. Cependant, nous ne sommes que cinq, nous ne pouvons pas jouer au bridge.

— Je pourrais vous regarder, proposa Roderick Ames. Je suis un piètre joueur de cartes.

— Non. Vous êtes ici alors vous devez jouer, et le docteur Andrews nous rejoint pour être le sixième.

Le regard de Vandana passa d'Ames à l'auberge.

— Doit-on vraiment jouer au bridge ? On pourrait jouer au paplu. Nous n'avons pas besoin d'être un nombre pair.

Colin claqua des doigts.

— Autrement connu sous le nom de rami indien ! Rama m'a appris à y jouer pendant les longs après-midi de mousson.

— La dernière fois que j'y ai joué, c'était avec ma grand-mère. Mais pourquoi pas ? dit Yazad avec ce gloussement qui commençait à agacer Perveen.

Yazad était néanmoins d'une compagnie bien plus agréable que Roderick Ames.

Pourquoi donc l'ingénieur ne s'intégrait-il pas ? Ce fonctionnaire avait tout à fait le droit de séjourner à l'auberge, et Colin paraissait le recevoir comme un ami de longue date. Et pourtant Roderick faisait tout pour rester à l'écart du groupe. C'était peut-être parce que l'Anglo-Indien n'était ni hindou, ni parsi, ni anglais, et qu'il n'était pas non plus riche.

Les préjugés en Inde ne se résumaient pas au simple fait que les Blancs regardaient les Indiens de haut. Le malaise était également propagé par les Indiens qui se classaient entre eux selon la nuance de peau, la religion et la langue maternelle. Il était certain que naître en Inde avec une peau foncée en portant un nom anglais avait dû lui valoir d'innombrables commentaires.

7

Abattre son jeu

Perveen avait toujours pensé que les jeux de cartes ouvraient une fenêtre sur l'âme. Et effectivement, quinze minutes après que Colin eut distribué toutes les cartes, l'amabilité de Yazad se transforma en une humeur tendue et agressive. Vandana, distraite, jouait ses cartes sans aucune stratégie tout en harcelant Perveen de questions au sujet de diverses personnalités de Bombay. Malgré son prétendu manque d'intérêt pour les cartes, Roderick Ames joua avec adresse, chacune de ses cartes provoquant un froncement de sourcils de Yazad.

Colin, quant à lui, apparemment indifférent au fait de gagner comme de perdre, sirotait son verre plus lentement que ses invités et lançait de temps à autre un regard ironique à Perveen. Quel était le sens de ces regards ?

Des hurlements de bêtes explosèrent à l'extérieur et Perveen enfonça la tête dans ses épaules. Rama apparut en compagnie d'un Européen voûté. Il était presque chauve, avec une frange de cheveux roux encerclant son crâne, et sa peau blanche était piquetée de marques rouges et de taches de soleil. Il avait de petits yeux bleus larmoyants. Difficile de savoir si c'était le soleil de l'Inde qui l'avait vieilli ainsi ou s'il avait plus de soixante-dix ans. En tout cas, il n'avait pas l'air en bonne santé.

— Bonsoir, docteur Andrews ! lança Yazad qui se leva et s'inclina avec un faux raffinement devant le docteur, vêtu d'un costume de coton très froissé. Notre joueur champion est enfin arrivé. Nous avons commencé sans vous, je le crains, et la partie est devenue un enfer.

— Peu importe. Vous pouvez tout aussi bien continuer, répondit le médecin en se laissant tomber dans un fauteuil, loin de la table.

Colin posa ses cartes et versa une tasse de thé qu'il apporta au médecin.

— Vous devez être éreinté après une longue journée de travail.

— Deux autres enfants sont morts du choléra, annonça Andrews en acceptant le thé avec un hochement de tête de gratitude.

— Mais Perveen s'est rendue au village aujourd'hui ! s'exclama Vandana en jetant un regard inquiet à la jeune femme. Vous êtes-vous lavée ensuite ?

— Je… hésita Perveen, peu habituée à parler de ce genre de choses avec des gens qu'elle ne connaissait pas vraiment. Je me suis toilettée à l'éponge avant de vous retrouver. Personne ici ne m'a parlé de malades.

— Il n'y a pas encore de signes d'épidémie, mais il faut faire attention, déclara le médecin en fronçant les sourcils. Qui êtes-vous ? Que venez-vous faire dans cette région ?

— Miss Perveen Mistry est une avocate du gouvernement en route vers le palais, intervint Colin. L'Agence de Kolhapur l'a envoyée ici et j'en suis ravi.

Une avocate du gouvernement, ce n'était pas tout à fait juste, mais Perveen décréta que cela ne valait pas la peine d'en débattre. Elle savait dorénavant comment elle devait présenter sa mission.

— Si vous vous rendez au palace, il est très important que vous soyez en bonne santé, conseilla le docteur Andrews en la scrutant. Ils ont suffisamment souffert là-bas. Il ne faut pas que vous transmettiez d'infection.

— Nous nous laverons tous les mains et le visage en guise de précaution, le rassura Colin. Il y a une salle d'eau, à côté de la salle à manger. Rama peut servir le dîner tôt si vous avez faim.

— Et la partie ! protesta Yazad.

— Peu m'importe si nous arrêtons là, dit Colin. Qu'est-ce qu'on gagne après tout ?

Vandana tapota le bras de son époux.

— Nous jouons trop souvent aux cartes parce que c'est notre unique source de distraction. Nous n'avons pas été en aussi nombreuse compagnie depuis le printemps dernier. Profitons-en.

Perveen ne fut pas surprise que le plat principal soit du poulet rôti. Rama servit une soupe froide de tomates en entrée, ainsi que du riz, deux sortes de légumes marinés, du curry de pommes de terre et du dal. On ouvrit deux bouteilles de vin : un bordeaux de la même année que celui qu'ils avaient bu la veille, et une bouteille de champagne. Personne ne but de l'eau, excepté le médecin.

— J'emploie un cuisinier qui a été formé au Taj Mahal Hôtel de Bombay, confia Vandana à Perveen. Viendrez-vous me voir demain ? Je vous invite au petit déjeuner ou au déjeuner, si vous préférez.

Perveen hésita.

— Ce serait merveilleux, mais il est probable que je parte aux aurores demain matin.

— C'est un trajet de trois heures. Vous n'avez pas besoin de partir aussi tôt, répliqua Vandana, l'air pensif, en sirotant son champagne.

— Alors vous n'êtes pas inquiète des bandits qui ont volé Yazad ? demanda Perveen après réflexion.

— Non, et je ne suis pas la seule femme à traverser les bois à cheval ! dit Vandana en décochant un regard de défi à son époux. Les bandits savent bien qu'il ne vaut mieux pas croiser mon chemin. Et il n'y a jamais eu de bandits à mon époque. Tout le monde aimait se rendre au palais. C'était un endroit très festif et vivant.

— Pourriez-vous me parler un peu des maharanis ? demanda Perveen, rassurée.

— Oh oui ! s'exclama Vandana en posant son couteau et sa fourchette, comme si la perspective de quelques commérages la réjouissait. La maharani douairière – tout le monde l'appelle la rajmata – était d'une telle force. Elle nous a à toutes appris comment nous tenir – même si nous étions destinées à vivre toute notre existence recluses dans le palais. C'est elle qui m'a enseigné l'importance de ce qu'elle appelait les bijoux de marque. Elle a suggéré que les diamants soient ma signature. Quelle idée formidable !

— Pour toi et Mr Cartier, commenta Yazad en riant de sa propre blague. Même l'étui à cigarettes doit être couvert de diamants.

Perveen avait bradé la plupart des bijoux qu'elle avait reçus à son mariage, cinq ans plus tôt, afin de financer ses études à Oxford.

— Je crains de ne pas avoir de bijoux de marque en dehors de ma montre-bracelet. Je voyage léger.

Vandana tendit la main pour tapoter le verre de la montre de Perveen.

— Une Longines. Très belle.

— Pourriez-vous m'en dire plus sur la personnalité de la maharani douairière ? demanda Perveen, légèrement humiliée.

— Elle est terriblement sévère ! Elle se plaignait toujours quand les enfants hurlaient et couraient trop vite dans le zénana*. Mais elle est généreuse et sait faire des cadeaux. Que lui apportez-vous comme présents ? s'enquit Vandana en se penchant avec empressement.

Des présents ? Personne ne lui en avait parlé.

— Je n'ai rien. Je ne…

— Il faut apporter des présents, s'exclama Vandana en plissant le front. Racontez-lui ce qui vous est arrivé, Colin !

Colin mélangea le dal avec son riz avant de répondre.

— La dernière fois que j'y suis allé, j'ai apporté une boîte de biscuits Fortnum et Mason. Mais je suis rentré ici avec, je me suis fait refouler.

Vandana jeta sa serviette d'un geste théâtral sur la table.

— Il est fort probable que vous n'ayez pas été admis à cause de cet horrible présent !

— Est-ce que cela pourrait être la raison ? demanda Colin, stupéfait.

— Oui, en effet. C'est pourquoi elle vous a demandé de raconter cette histoire ! plaisanta Yazad.

Mais Perveen ne trouvait pas cela drôle, car elle avait prévu encore moins qu'une boîte de biscuits.

— Je suppose que je pourrais leur offrir le croquant de noix de cajou que j'ai acheté au village ?

— Pas du chikki. Ça colle aux dents ! décréta Vandana en frissonnant.

— Et des herbes de Rama ? suggéra Yazad avec un clin d'œil.

— Vous voulez dire que j'offrirais des herbes pour cuisiner ? demanda Perveen, confuse. Je ne pense pas que les maharanis fassent la cuisine.

— Non, ces herbes sont médicinales, dit Yazad. Certaines plantes poussent très bien ici pendant la mousson et les guérisseurs indiens les utilisent. Rama est réputé pour ce don, et il sait récolter les plantes, n'est-ce pas ?

— Il m'a appris à reconnaître l'hysope d'eau et le ginseng, convint Colin. Et il y a un très joli arbuste sauvage qui pousse un peu partout, le datura*. Ses fleurs en trompettes peuvent atténuer les pires

* Datura : Plante toxique, à floraison nocturne.

douleurs. Il m'a préparé plus d'une fois du thé à partir de cette plante.

— Je crois que j'ai remarqué un de ces arbustes près de la véranda, quand je me suis promenée ce matin.

Le regard de Perveen parcourut toute la longueur de la table jusqu'à Rama, debout dans l'ombre du seuil.

— S'agissait-il de datura* ?

— Oui. Mais on ne doit pas toucher cette plante quand on ne la connaît pas, déclara Rama dont les paroles figèrent tout le monde. Ses graines peuvent tuer.

— Il a raison ! s'exclama Vandana, en prenant une dernière fourchetée de curry de pommes de terre. Mais il n'est pas approprié d'apporter des plantes médicinales au palais. Même si vous en offriez de bonnes, on pourrait vous soupçonner de tentative d'empoisonnement !

— Je ne sais trop quoi penser de ces plantes pour soigner, déclara le docteur Andrews, l'air désapprobateur. Chaque plante pousse différemment. On ne peut contrôler la puissance de leur dosage.

— Nous garderons l'idée de Yazad pour quelqu'un d'autre alors, dit Colin, son assiette vide et une lueur dans le regard. J'ai songé à quelque chose. J'ai une caisse de livres qui m'a été livrée avant la mousson, je ne l'ai pas encore ouverte. Je crois qu'elle contient plusieurs livres pour enfants. Vous pourriez en choisir quelques-uns à apporter au prince et à la princesse.

— Qu'en pensez-vous, Vandana ? demanda Perveen qui souhaitait à tout prix offrir quelque chose.

Vandana, la tête penchée sur le côté, réfléchit.

— Ce serait tout à fait acceptable, si les livres sont neufs et proviennent de l'étranger. Et quant aux maharanis, je vais pouvoir vous aider. J'ai encore des bagages de mon dernier voyage en Europe remplis de ravissants bibelots.

— Il n'est pas question que je vous en prenne.

Perveen éprouvait de l'appréhension, même si elle supposait que tout ce que Vandana pourrait proposer conviendrait.

— Je ne m'inquiéterais pas à votre place, intervint Colin en adressant un sourire chaleureux à Vandana. Merci, Vandana.

— Marché conclu ! s'exclama la dame en applaudissant. Venez pour le petit déjeuner et je vous en dirai également plus sur le palais.

— Quel est exactement votre lien au palais ? demanda Perveen.

Elle ne souhaitait pas mentionner le nom de Vandana au palais si elle y était considérée comme une personne controversée et, à en juger par son visage maquillé et sa coiffure, il était probable qu'elle le soit.

— C'est une cousine royale, répondit Yazad comme s'il ne tolérait pas qu'on le laisse en dehors d'une conversation. Enfant, elle se rendait souvent au palais. Mais aujourd'hui, mon épouse préférerait jeter ses bijoux à nos paons plutôt que d'aller là-bas. Je lui ai conseillé de tourner la page, mais elle ne veut rien avoir à faire avec eux.

— Est-ce parce que vos parents ont été contrariés que vous n'épousiez pas le maharadjah ? demanda Perveen.

Vandana contempla le chandelier sur la table comme si elle cherchait la réponse dans les flammes.

— Ils ont été contrariés, finit-elle par répondre. Mais je préfère cette vie-ci. Qui serait assez stupide pour rêver de devenir une reine indienne ? Quand vous entrerez dans le palais de Satapur, vous découvrirez quelle existence isolée la mère et la veuve du défunt maharadjah doivent supporter. Elles vivent dans ce zénana*, du mariage jusqu'à leur mort. Oui, on donne des bijoux à la maharani, mais quel plaisir peut-on éprouver à les porter quand on est toujours chez soi ? Pendant ce temps-là, le maharadjah peut voyager où il veut.

— Certaines maharanis rompent la purdah et voyagent, glissa Perveen. Suniti, la maharani de Cooch Behar, a dorénavant vraiment intégré la société londonienne. Et sa belle-fille, Indira, n'est-elle pas réputée pour faire souvent la fête ?

— J'ai rencontré les femmes de Cooch Behar pendant mon séjour en Europe, admit Vandana en passant une main dans ses cheveux brillants qui bougèrent à peine. Ce genre d'existence libre n'est possible que si la maharani douairière n'est pas assez ferme avec les épouses qui intègrent le foyer. Celle-ci est très puissante. Elle tient Mirabai, la veuve du défunt maharadjah, en échec.

— Pensez-vous que la maharani Mirabai souhaite vivre la purdah ? demanda Perveen, fascinée par l'histoire.

Vandana haussa les épaules.

— Je ne l'ai jamais rencontrée. Mais elle vient de l'État de Bhor, et ses parents lui ont laissé plus de libertés. Apparemment, on lui a offert son premier fusil de chasse à l'âge de cinq ans, et elle montait à cheval tous les jours. Elle n'a pas connu la purdah avant de vivre à Satapur.

— En vous entendant, on pourrait croire qu'être une maharani à Satapur ressemble à la prison, commenta Roderick. En fait, la plupart des femmes rêvent d'avoir tout le monde à leur entière disposition.

— C'est peut-être un rêve pour vous, mon cher ! s'exclama Vandana et tout le monde éclata de rire.

Roderick vira cramoisi.

— La purdah n'est pas un privilège mais une vie de restriction, poursuivit Vandana avec simplicité. La maharani peut voyager à quelques kilomètres pour prier au temple familial – mais quand elle s'y rend, son palanquin doit être fermé par des rideaux. Personne ne doit voir son visage.

Colin se recula dans son fauteuil avant de s'exprimer avec calme.

— Je comprends que la purdah est une pratique ordinaire pour les mahométans, mais pourquoi les Hindous le respectent-ils ?

— Nous les Hindous avons cette croyance profondément ancrée que nous pouvons être contaminés par les castes inférieures, expliqua Vandana en se tournant vers lui avec une expression plus sérieuse. C'est la raison pour laquelle les intouchables ne sont pas admis dans les temples hindous – et nombre de brahmanes se mettent en colère ne serait-ce que s'ils croisent l'ombre d'un membre de caste inférieure. La seconde raison, c'est que si le public ne connaît pas le visage des maharanis et des princesses, elles ont plus de chance d'échapper au danger si des ennemis pénètrent dans le palais.

— À Bombay, en ce moment, Gandhiji* s'exprime en faveur des intouchables, fit remarquer Perveen. Et nous ne vivons plus dans une société où un roi tenterait de s'approprier un autre royaume.

— Pas un roi, mais des princes, intervint Roderick. On nomme ainsi les souverains des États princiers indiens parce qu'ils sont sujets de George V, notre roi et empereur.

Sa correction servile agaça Perveen. Mais sa présence rappelait à la jeune femme qu'il était imprudent d'évoquer le nom du Mohandas Gandhi dans une maison du gouvernement. Il lui fallait changer de sujet. Elle se tourna vers le médecin qui paraissait sur le point de s'assoupir. Si seulement elle pouvait le questionner sans détour sur les décès du prince Pratap Rao et de son père. Le sujet était cependant bien trop confidentiel pour être abordé devant les autres. Elle prit sa voix la plus respectueuse.

— Docteur Andrews, cela m'intéresserait de savoir comment vous parvenez à pratiquer la médecine dans l'Inde princière. Qui vous paie et où se trouve votre cabinet ?

— Je suis employé par le Service médical indien et je rends compte à l'Agence de Kolhapur, répondit le médecin en levant d'un coup la tête. Je vis et consulte dans un petit bungalow, près du village. La moitié du bâtiment est occupée par une salle d'attente, un petit bloc et un dortoir pour ceux qui nécessitent d'être gardés pour la nuit. Il y a deux infirmières et d'autres assistants. Je sers en Inde depuis 1885 et j'ai parfois travaillé sans aucune aide, c'est pourquoi je me sens vraiment privilégié que le maharadjah ait en partie financé mon activité.

— Votre personnel est-il indien ? demanda Perveen, intriguée par la possibilité qu'il existât, dans la région, des emplois meilleurs que celui de paysan.

— Oui, et mes assistants proposent toujours que je me serve des plantes de Rama au lieu de véritables médicaments, soupira le médecin. Nous avons eu une infirmière irlandaise pendant un moment, mais elle ne supportait pas d'être isolée.

— Yazad et moi l'avons invitée à la propriété, mais elle n'est jamais venue. Je suppose qu'elle avait une trop haute opinion d'elle-même pour se lier d'amitié avec des Indiens, déclara Vandana, blessée.

— Se pourrait-il qu'elle ait été intimidée par votre statut social ? s'enquit Colin avec délicatesse.

— Oh, est-ce ce qu'elle vous a confié ? Vous l'aimiez beaucoup, Colin ! réagit Vandana.

— Je ne joue pas à ça, Vandana, répondit-il en rougissant.

Perveen fut surprise de ressentir le même dépit fulgurant qu'elle avait éprouvé plus tôt, quand elle s'était demandé si d'autres femmes seules séjournaient à l'auberge. Était-elle jalouse ?

Le docteur Andrews se leva en repoussant son fauteuil.

— Je ne suis pas trop enclin au bavardage. Je vais prendre congé car je commence tôt demain.

Perveen s'inquiéta. Si le médecin partait maintenant, elle ne pourrait pas l'interroger sur les décès. Elle replia sa serviette et se leva à son tour.

— Puis-je marcher un peu avec vous, docteur Andrews ? Il fait très sombre.

— Nul besoin, répliqua le médecin sur un ton brusque. Je vais emporter cette lampe jusqu'à l'écurie.

— Oh, bonne idée ! Je vais vous accompagner et je rapporterai la lampe.

Perveen, déterminée à avoir cette discussion, emboîta le pas au docteur, ignorant l'expression perplexe de Vandana.

Perveen avait pensé que le jardin serait calme mais il y régnait une véritable cacophonie : des bavardages d'insectes et un hurlement lointain – de petit chat ou de grand félin ? Le chien Desi trottait près de Perveen tandis qu'ils progressaient sur le sentier couvert de mousse.

— Qu'est-ce que toutes ces histoires ? demanda le docteur Andrews, apparemment outragé. Avez-vous des inquiétudes au sujet de votre santé ?

— Pas du tout, riposta Perveen. J'espérais seulement en apprendre plus au sujet des autopsies que vous avez pratiquées sur le défunt maharadjah et son fils aîné.

— Voilà une requête des plus originales. Et pourquoi donc ? demanda-t-il en durcissant le ton.

— Je me rends au palais sur la requête de l'Agence de Kolhapur, répondit-elle en s'efforçant de ne pas paraître sur la défensive. Je pense que les décès d'un souverain et de son successeur, à moins d'une année d'intervalle, sont inhabituels.

Le médecin était un homme de petite taille – peut-être 1,68 mètre –, mais il se redressa suffisamment pour la toiser.

— Mais il s'agit là d'informations médicales confidentielles.

Son ton lui rappela la réprimande d'un juge.

— Le gouvernement attend de moi de prendre une décision concernant la scolarité du maharadjah, contra-t-elle. S'il existe une possibilité que son grand frère ait été assassiné, c'est un argument pour qu'on envoie l'enfant à l'étranger.

— C'est un animal qui a tué le Prince Pratap Rao, pas une personne. Colin ne vous l'a pas dit ?

— Si, mais que pensez-vous du fait que le maharadjah et son fils soient morts à onze mois d'intervalle ?

Comme pour souligner ses propos, Desi gémit en levant les yeux vers le docteur.

— C'est une pure coïncidence, déclara le médecin d'une voix plus douce. Le maharadjah Mahendra Rao a été mortellement contaminé après avoir inspecté un village où le choléra commençait à se propager. Deux domestiques qui s'occupaient de lui sont également morts. D'autres valets et des membres de la famille sont tombés malades mais ont guéri après avoir pris des médicaments.

Perveen écrasa un moustique qui s'était posé sur son bras.

— C'est une tragédie, en effet. Et que pouvez-vous me dire de plus au sujet de la mort du frère aîné du prince Jiva Rao ? Mr Sandringham est resté vague, et il y a très peu de détails dans les documents qu'il m'a communiqués.

Le médecin pinça les lèvres d'un air réprobateur.

— Le prince a été dévoré par un tigre ou un léopard, finit-il par dire. Ce n'est pas un récit pour les dames.

— Si le prince a été si horriblement mutilé, comment avez-vous été en mesure de procéder à l'identification ? Comment être certain que c'était lui ? insista Perveen.

— Qui cela aurait-il pu être d'autre ? Le jeune maharadjah et son oncle, le prince Swaroop, portaient tous les deux des bottes avec l'insigne royal. Ces bottes étaient toujours sur le cadavre. Les habits avaient presque entièrement disparu, mais ce qu'il en restait correspondait à la tenue d'équitation revêtue par le jeune homme, plus tôt dans la journée. Je connaissais sa taille et la couleur de sa peau – j'étais son médecin.

Le regard de Perveen se perdit dans les ténèbres, le médecin venait de marquer un point.

— Je comprends. Mais qu'en est-il des circonstances qui ont conduit à cette mort ? Comment le léopard a-t-il pu traîner un enfant sans que personne n'intervienne ni abatte l'animal ?

— Parce que le maharadjah n'en faisait qu'à sa tête. Les hommes de cette chasse m'ont confié que le garçon craignait que son oncle, qui est un chasseur aguerri, tue la proie à sa place. Le maharadjah a piqué une crise de nerfs et a insisté pour être le seul armé. Il avait été entraîné, mais quelle expérience a un garçon de treize ans ? soupira le médecin en remuant la lanterne comme si sa main droite lui faisait mal. Les hommes qui l'escortaient savaient qu'ils étaient aux ordres du garçon. Alors ils l'ont accompagné à pied sans arme, bien qu'il y en ait eu plusieurs dans les sacoches des chevaux.

— Laissez-moi prendre la lanterne, proposa Perveen en tendant la main.

Le docteur la laissa faire.

— Les léopards sont des créatures craintives, n'est-ce pas ? Pourquoi cet animal s'aventurerait dans une clairière ?

— Je pense que le garçon avait beaucoup trop d'avance sur son escorte. L'animal l'a repéré et s'est senti encouragé à l'attaquer.

— Qui vous l'a raconté ? demanda-t-elle, tout en se rendant compte que la poignée de la lanterne de cuivre était bien chaude.

— Le même oncle royal que j'ai déjà mentionné. C'est le prince Swaroop qui l'a cherché en vain. J'ai eu confirmation de l'histoire au cours d'une discussion distincte avec Mr Basu, le tuteur, et avec cet homme qui fait office de fou de la cour.

La poignée chaude en métal commençait à gêner Perveen qui tenait malgré tout bon pour ne pas distraire le docteur.

— Cela a dû être terrible pour tout le monde de voir le jeune homme traîné par cet animal.

Le docteur pencha la tête en réfléchissant à cette question.

— Personne n'a été témoin de la scène. Ils se sont rendu compte que le garçon avait pris de l'avance et ils n'ont pas réussi à le rattraper. Les nobles et les valets d'écurie ont cherché toute la nuit, aidés de renforts de la garde du palais, et ils ont poursuivi leurs recherches le lendemain. Au matin, le prince Swaroop est tombé sur les restes du garçon. C'est lui qui a rapporté la mauvaise nouvelle au palais. Depuis cette mort, la santé de la maharani Mirabai m'inquiète.

— Oh ciel, souffla Perveen dont la nervosité augmentait au même rythme que la chaleur de la poignée. Si la maharani Mirabai a un problème de santé, le gouvernement doit également en être informé. Elle est sous tutelle judiciaire depuis le décès de son époux.

— Cela fait deux ans que je ne l'ai pas vue mais, d'après les rapports, elle pourrait souffrir de mélancolie.

— Comment ça ?

Perveen était malgré tout sceptique. On invoquait la mélancolie pour expliquer un peu tout et n'importe quoi, de l'alcoolisme à l'isolement – surtout quand les femmes étaient concernées.

— Les années précédant la mort de son mari, elle voyageait pour rendre visite à d'autres souverains dans une voiture appropriée à la purdah. Elle apparaissait à des événements de l'État – voilée, bien entendu. Ce n'est plus le cas. On dit qu'elle se comporte de manière surprotectrice envers le prince Jiva Rao et la princesse Padmabai. Elle ne reçoit aucune visite et ne se rend pas au temple de la famille royale pour prier. On raconte qu'elle entretient une très mauvaise relation avec sa belle-mère.

— Qui vous fournit tous ces renseignements ? demanda rapidement Perveen car la poignée de la lanterne était chaude à un point insupportable, et elle entendait que quelqu'un était sorti du bungalow et traversait la véranda.

Le docteur toussa avant de répondre.

— Owen McLaughlin, le dernier agent de Satapur. Il entretenait des relations fortes avec un certain nombre de personnes du palais, y compris l'actuel Premier ministre, le prince Swaroop, qu'il a nommé.

Perveen avait bien d'autres questions pour le médecin mais son temps était compté.

— Existe-t-il un médicament moderne contre la mélancolie ? Je pourrais peut-être le lui porter.

— Si seulement ! Il n'existe pas de tel médicament.

Perveen posa la lampe sur le sentier, sachant que le docteur n'avait plus besoin de son aide. Elle avait l'impression d'avoir la main brûlée.

— Il vous faut un linge imbibé d'eau froide pour votre main.

Elle se sentit autant humiliée par ses paroles que par le fait qu'elle s'était obligée à porter la lanterne trop longtemps.

— C'est une brûlure sans gravité.

— Vous vous brûlerez également si vous posez trop de questions. C'est ce qu'on m'a fait comprendre la dernière fois que j'ai vu la famille royale, dit-il d'une voix basse et presque menaçante.

Était-il en train de la menacer ?

— Les avocats se doivent de poser des questions. C'est pour cette raison que l'Agence de Kolhapur a requis mon aide.

Le docteur plongea la main dans la sacoche de son cheval et en sortit une petite lanterne éteinte, à la poignée doublée de cuir. Ouvrant le panneau avant de la lanterne, il en extirpa une bougie dont il tint la mèche contre celle de la lampe allumée par terre.

— Je doute fortement que vous en appreniez plus que moi au palais de Satapur, marmonna-t-il, une fois la lampe allumée.

Il avait probablement posé des questions après la mort du prince et avait été rabroué. Voilà pourquoi il était sur la défensive.

— C'était très aimable de votre part de discuter avec moi, dit-elle en mettant de côté son scepticisme grandissant. Bonne nuit, docteur Andrews.

— Bonne nuit, Miss Mistry.

Il monta sur son cheval avec une facilité surprenante et lui fit signe de lui tendre sa lanterne.

— En tout cas, je vous souhaite bon voyage.

8

Entre les lignes

Après le départ du médecin, la nuit enveloppa Perveen telle une cape de soie noire. La peur ancienne d'être piégée dans un petit endroit sombre enfla en elle, lui coupant le souffle. Elle imaginait ce qu'avait dû vivre le prince Pratap Rao rattrapant un léopard qu'il avait prévu de tuer, mais s'était retrouvé à la place de la proie. L'animal l'avait-il tenu entre ses pattes un moment avant de plonger ses dents dans son corps ? Elle avait entendu dire que les grands félins se comportaient ainsi pour calmer et soumettre leur prise.

Le bruit de talons et la voix de Vandana arrachèrent Perveen à ces horribles visions.

— Perveen, appelez si vous êtes là !

Au loin, une lumière s'approchait en s'agitant.

— Nous vous cherchions partout !

— Présente ! cria-t-elle en se rendant compte qu'elle répondait comme une élève.

— Le docteur est déjà parti ? demanda Vandana.

Yazad, près de son épouse, portait le même genre de lanterne en métal mais de sa main gantée.

— Oui, répondit-elle, heureuse qu'ils ne soient pas arrivés au beau milieu de la discussion tendue.

— Très bien. Nous prenons le petit déjeuner ensemble demain matin. Venez à l'heure qui vous plaira et n'oubliez pas !

— Je serai là, promit Perveen, résolue à préparer ses questions. Il fait tellement sombre. Allez-vous pouvoir rentrer chez vous en toute sécurité ?

— Nous connaissons bien le chemin et le palefrenier de l'auberge peut nous précéder avec une lanterne. À moins qu'il ne soit parti avec le docteur ?

— Non. Le docteur Andrews est parti seul.

Mohit, le garçon qui l'avait aidée le matin même, surgit des ombres pour s'adresser à eux en un marathi respectueux.

— Sahib et memsahib, dois-je vous amener vos chevaux ?

Perveen ne s'était pas rendue compte de sa présence dans les parages. Elle observa Mohit en se demandant ce qu'il avait compris de sa discussion avec le docteur Andrews. Pas assez, espérait-elle, pour aller le colporter au village.

— La question serait plutôt, allez-vous être capable de traverser le jardin jusqu'à la véranda ? dit Yazad à Perveen. Maintenant que nous vous avons retrouvée, il faut qu'on vous raccompagne jusqu'à Colin. Il désirait que vous mangiez du pudding et que vous fassiez votre choix parmi les livres pour enfants.

— Je vois la véranda d'ici, répondit-elle sur un ton badin, car elle n'aimait pas qu'on la prenne pour un bébé. Et regardez. Une lumière vient vers nous.

Elle fut déçue de voir qu'il s'agissait de Roderick Ames et pas de Colin, dans la lueur d'une autre lanterne.

— On se voit demain matin ! lança Yazad.

— Bonne nuit.

Perveen donna à Mohit la lampe qui lui avait brûlé la main.

— De quoi parliez-vous avec le docteur ? demanda Ames d'une voix autoritaire, comme s'il l'avait surprise en train d'enfreindre les règles.

Même si le garçon d'écurie était peut-être au courant du sujet de sa discussion avec le médecin, elle n'avait aucune intention de confier quoi que ce soit à Ames.

— J'ai souhaité une bonne nuit au docteur, tout comme je viens de le faire avec les Mehta, répondit-elle en remontant vivement le sentier vers la véranda. Je suppose que je dois également vous souhaiter bonne nuit.

— Oui, vous devriez aller vous coucher, répliqua Roderick. La journée de demain risque d'être fatigante pour vous.

Alors qu'elle lançait un regard noir à Roderick, Colin apparut dans la véranda.

— Bien, vous voilà. Rama va se vexer si vous ne goûtez pas son pudding. Roddy, et vous ? Vous aimeriez un autre café ou peut-être quelque chose de plus fort ?

— Non. Je pars à six heures demain matin.

Roderick s'inclina légèrement vers eux avant de longer la véranda jusqu'à une porte donnant sans doute sur sa chambre. Il tenait la poignée de sa lanterne avec une serviette. Tout le monde paraissait savoir se servir d'une lanterne, excepté elle.

— Thé ou café ? lui demanda Colin en la conduisant dans la salle à manger. Rama a préparé les deux.

— Thé, s'il vous plaît. Et je vais goûter à cette crème caramel. Elle a l'air vraiment onctueuse, déclara Perveen en s'installant à table.

À sa place seulement, il y avait un petit bol en verre contenant un pudding doré.

— J'espère que votre entretien avec le médecin s'est avéré utile.

Elle ne s'en rappelait plus grand-chose excepté que le docteur n'avait pas manifesté une grande confiance envers elle.

— C'était une bonne idée de l'inviter en même temps que les Mehta, même si je suis plutôt surprise que vous ayez parlé de mes plans de voyage à tout le monde.

Colin haussa les sourcils.

— Tout le monde sait que lorsque l'auberge requiert le service d'un palanquin, c'est qu'une personne est en déplacement officiel. Il vaut mieux que les gens détiennent les bonnes informations plutôt qu'ils répandent des rumeurs.

— J'espère que vous avez raison.

À travers la fenêtre, Perveen vit passer un éclair blanc : c'était Desi qui marchait sur la pelouse.

— C'est un gentil chien. C'est triste qu'il soit en cage toute la journée.

Colin parut surpris.

— Desi travaille la nuit, il parcourt la propriété et veille à notre sécurité. C'est une race du sud de l'Inde appelée Rajapalayam. On dit que c'est le roi des chiens. C'est une race très forte et pleine d'énergie. Une race de chasseurs. Sans sa cage – que je préfère appeler un abri –, il ne prendrait même pas le temps de dormir. Elle est installée à l'ombre, il a de l'eau et, s'il aboie, Rama ou moi le sortons. Que pensez-vous de la crème ? demanda-t-il en s'éclaircissant la voix.

— Elle est délicieuse. Le goût est un peu différent.

— Rama utilise du lait de chèvre, qui est censé être très bon pour la digestion. On en met dans notre thé et notre café également. Je m'y suis habitué et je ne pourrais probablement plus supporter le lait de vache.

— On s'habitue à ce qu'on a.

— Cela me fait penser aux cadeaux pour les enfants royaux. J'ai jeté un coup d'œil dans tout ça.

Il indiqua une caisse en bois qu'elle avait vue plus tôt sur une table.

— Pourquoi êtes-vous en possession de livres pour enfants ? demanda-t-elle.

— J'ai demandé au bureau de Londres de m'envoyer des livres en anglais, et un libraire de Bombay m'a fourni quelques livres en hindi et marathi qu'on pourrait utiliser dans une école de village.

— Mais il n'y a pas d'école.

Un instant, elle se réjouit de pouvoir partager ce qu'elle avait vu dans le village voisin.

— Comment cela se fait-il, alors que le dernier maharadjah désirait qu'il y en ait une ?

— Le Premier ministre, le prince Swaroop, n'a fait aucun progrès dans ce sens, bien que l'Agence soit tout à fait prête à l'aider.

Colin s'exprimait d'une voix plate, et elle sentit que c'était un sujet de mécontentement.

— Je vois. Et il faudra attendre huit ans avant que le prince Jiva Rao puisse prendre des décisions, n'est-ce pas ?

Il hocha la tête, l'air encore plus sombre.

— J'ai quand même tenu à avoir des livres ici. On ne sait jamais. Un missionnaire pourrait arriver dans la région et décider de mettre quelque chose en place. Il y a assez d'espace à l'auberge pour qu'on y aménage une salle de classe.

— Mais si l'école se trouvait ici, vous pourriez rencontrer des problèmes en agissant comme si les Britanniques dirigeaient Satapur.

Perveen marqua une pause, car une idée prenait forme dans son esprit.

— Pensez-vous que si le maharadjah fréquente cette école hypothétique à l'auberge, ce serait assez près du palais pour satisfaire la maharani douairière et suffisamment anglais pour sa mère ?

— Je doute que les maharanis acceptent que le prince se mêle aux paysans, répondit-il en écarquillant les yeux. Et en ce qui concerne les écoles en Inde, il existe déjà des établissements qui accueillent uniquement les fils issus de la noblesse.

Perveen fut déçue qu'il rejette son idée, mais elle comprit ses propos. À Bombay, les parents prenaient soin d'envoyer leurs enfants dans des écoles fréquentées par les membres les plus influents de leur propre communauté. C'était même plus important que la religion des enseignants de l'école.

— J'aimerais connaître les noms de ces écoles pour la royauté.

— McLaughlin les mentionne dans les lettres du dossier. Avant de vous plonger dans ces documents, peut-on jeter un coup d'œil aux livres ?

Son pudding fini, Perveen rejoignit Colin près de la caisse. Il avait sorti un livre à la couverture turquoise sur laquelle un motif doré intrigant figurait un animal qu'elle ne reconnaissait pas. *Le Vent dans les Saules.*

— J'ai lu des centaines de livres anglais dans mon enfance mais je ne connais pas celui-ci.

— C'est une histoire avec des animaux. Avant de venir en Inde, mon neveu m'a demandé de la lui lire, déclara Colin avec un sourire nostalgique. L'Angleterre ne me manque pas vraiment, mais lui si.

Perveen feuilleta l'ouvrage en prenant soin que les endroits de la peau brûlée par la lanterne bouillante n'effleurent pas le papier.

— On dirait un roman très fantaisiste qui se déroule dans une forêt – c'est parfait, n'est-ce pas ? Si nous avons le temps, je pourrai traduire une partie de l'histoire en marathi pour le maharadjah Jiva Rao, et son précepteur pourra aborder le reste au cours de ses leçons d'anglais. Il nous faut maintenant un livre pour la princesse Padmabai.

— J'y songeais pendant que vous étiez dehors, dit-il en prenant un petit livre à la couverture colorée sur une pile, posée sur la table. Que pensez-vous de l'*Histoire de Petite Mingo Noire* ?

Les doutes de Perveen augmentèrent au fil des pages.

— Je ne pense pas que ce soit un bon choix.

— Pourquoi ? demanda-t-il l'air intrigué. Je l'ai tout précisément commandé parce qu'il se passe en Inde.

Perveen désigna la couverture qui figurait le dessin grossier d'une jeune paysanne brune aux pieds nus avec une tignasse bouclée, habillée d'un bout de chemisier et d'une jupe en lambeaux.

— Regardez cette petite fille sur la couverture – on dirait un croquis, c'est tout le contraire des ravissants animaux du *Vent dans les Saules.* Quand la petite princesse comprendra que c'est censé représenter une enfant indienne, elle pourrait être gênée de découvrir que c'est ainsi que les étrangers voient notre pays.

— Je n'y avais pas pensé, répondit Colin, ses hautes pommettes empourprées. J'avais entendu parler de ce livre, mais c'est la première fois que je le vois. Je suis d'accord avec vous.

Elle avait rejeté son choix et, au lieu de protester, il l'avait approuvée. C'était très flatteur, et elle voulut le rassurer sur le fait que certains de ses livres étaient vraiment appropriés.

— *Le Jardin de soucis* pourrait convenir, dit-elle en levant un recueil de poèmes écrits et illustrés par Kate Greenaway. Tous les enfants indiens savent ce qu'est un souci, et les images montrent des fillettes portant des variations de la robe traditionnelle anglaise. C'est une bonne préparation au cas où on l'enverrait à l'école en Angleterre.

Colin prit le livre et se mit à le feuilleter.

— À ma connaissance, rien n'a été prévu concernant l'éducation de la princesse.

— Et pourquoi ? Dans quelques années, la maharani pourrait espérer que sa fille se rapproche de Jiva Rao. Elle pourrait fréquenter une école pour filles en Angleterre.

— Êtes-vous prédisposée à ce que les deux enfants soient éduqués loin du palais ? demanda-t-il en se raidissant.

Perveen considéra ses propos avec précaution.

— Pas du tout. Comme vous le savez, je n'ai pas encore rencontré le prince, je n'ai aucune idée de ce qui pourrait être bon pour lui. Mais d'après les visites que j'ai pu rendre à des femmes recluses, il semblerait que l'éducation à la maison ne leur ait pas été aussi utile qu'un enseignement scolaire. Et l'absence de contacts sociaux ne favorise pas le développement d'une personnalité généreuse et coopérative.

— Cela me paraît logique, répondit Colin en la fixant. Mais promettez-moi que vous ne ferez pas ce genre de déclaration dès votre entrée au palais. Je ne tiens pas à ce qu'on vous mette à la porte.

— Je n'imposerai mes idées à personne, affirma Perveen qui se sentit alors autant sur la défensive que lors de sa conversation avec le docteur. Maintenant que les livres sont choisis, je vais aller me reposer. J'espère que nous aurons, demain matin, de bonnes nouvelles du palanquin.

— Très bien ! dit Colin en commençant à empiler les ouvrages restants dans la caisse. Quand Rama s'est rendu au village y faire des courses pour le dîner, il a entendu dire que les hommes étaient rentrés avec le palanquin réparé. Ils viendront vous chercher demain à dix heures.

— Merci, répondit-elle, soulagée. Cela me laisse le temps de mon petit déjeuner avec Vandana !

— Un dernier point. J'ai autre chose à vous confier pour votre visite au palais.

Il se dirigea vers un placard de l'autre côté de la pièce puis revint avec un instrument. Il cliqua sur un bouton et un énorme faisceau lumineux sortit de l'objet.

— C'est une lampe à piles ? demanda-t-elle, surprise.

— Une Eveready d'Amérique, répondit-il avec fierté. Même si je l'ai rapportée de Londres. C'est une alternative à la lanterne, je m'en sers la nuit. J'ai pensé que vous apprécieriez de l'avoir.

Perveen hésita à lui emprunter son bien le plus cher.

— J'ai entendu parler de ces lampes mais je n'en ai jamais eu une. Si le trajet demain se déroule de jour, je ne sais pas si je vais en avoir besoin.

— Ce sera pour les urgences de nuit : vous aurez peut-être l'occasion de chercher quelque chose dans le noir. Je vais vous montrer comment vous en servir, dit Colin en donnant l'objet à Perveen. Si vous enfoncez la goupille dans le loquet comme ça, la lumière reste allumée.

Ses mains frôlèrent celles de la jeune femme pendant qu'il lui expliquait comment manipuler la lampe. Ce contact mit tous les sens de Perveen en alerte. Elle était si troublée que la lampe lui glissa des mains et elle la rattrapa juste avant qu'elle ne touche le sol.

— Désolée ! Je vais y faire attention.

— Est-ce que votre main va bien ? Elle est rouge.

— J'ai touché quelque chose de chaud tout à l'heure. Mais ça va.

— Je suis désolé, nous n'avons pas de glacière, dit-il avant de marquer une pause. Ne laissez pas la lampe allumée si vous n'en avez pas besoin. Il y a trois piles à l'intérieur, et elles n'ont qu'une durée de quelques heures.

— Je comprends.

Elle déverrouilla la goupille afin d'éteindre la torche. La brève décharge ne s'était pas encore totalement évanouie de sa main, et cette sensation n'avait rien à voir avec la brûlure.

Elle avait donné la main au conducteur du train en descendant de sa voiture à Khandala, la veille. Elle avait déposé des pièces dans la main burinée du marchand de sucreries au village de Satapur. C'était le genre de contact que les femmes n'avaient pas en général, mais elle n'en avait pas été troublée pour autant.

C'était différent. Elle avait ressenti la même décharge physique au contact de Colin que lorsqu'elle l'avait observé s'étirer dans sa pratique de yoga. C'était une sensation dangereuse.

9

Un regard de princesse

Perveen dormit profondément, ne se réveillant qu'une seule fois, quand Desi laissa échapper un aboiement sonore. Se passait-il quelque chose dehors ? Elle était trop confortablement installée pour s'en inquiéter, et le léger bruit de pieds nus se déplaçant dans la véranda la rassura. Rama devait être sorti pour veiller.

Elle ne remua plus avant le chant du coq, encore une fois à cinq heures. S'émerveillant de sa constance, elle s'enveloppa dans un peignoir pardessus sa chemise de nuit et se rendit pieds nus dans la salle d'eau adjacente pour commencer sa toilette. Elle fut surprise de découvrir que sa baignoire était déjà à moitié remplie d'eau chaude.

— Tu es bien matinal ! lança-t-elle au garçon mince qui passa la porte entrouverte de la salle d'eau, donnant sur le jardin et destinée aux domestiques.

— Excusez-moi, memsahib.

Il posa le seau d'eau chaude qu'il portait et se détourna d'elle. Il avait dû être surpris par la tenue de Perveen, car il était sur le point de ressortir.

— C'est toi, Hari ? demanda-t-elle, en prenant conscience qu'il devait être plus jeune que Mohit.

Le garçon hocha nerveusement la tête.

— Ne t'en fais pas, Hari. Je suis ravie de pouvoir prendre un bain tôt, ajouta-t-elle en bâillant. Rama t'a-t-il dit que je partais tôt aujourd'hui ?

— Non. Je ne l'ai pas vu. La porte du jardin était ouverte et j'ai pensé que je pouvais rentrer.

— Elle était ouverte ?

Perveen fixa la petite porte de la salle de bains dont elle était certaine d'avoir fermé le loquet la veille. N'importe qui avait pu entrer et traverser la salle d'eau pour pénétrer là où elle dormait ! Perveen retourna dans la chambre. Sa malle était posée sur un support bas en bois, de l'autre côté de la pièce, face à son lit. Elle avait commencé à y empiler ses vêtements la veille. Inquiète, elle approcha avec un sentiment de terreur. Les vêtements paraissaient en vrac. Elle était certaine que quelqu'un avait fouillé dans sa malle. Mais elle se trompait peut-être. Elle souleva un à un les vêtements et les dossiers pour constater qu'il ne lui manquait apparemment rien. Les livres pour les enfants étaient là, ainsi que la lourde torche de Colin. C'est alors qu'elle comprit ce qui avait disparu.

Le Kodak Brownie.

Elle parcourut toute la pièce du regard au cas où elle se serait trompée sur l'endroit où elle l'avait laissé. Après tout, elle avait bu un verre de vin. Elle aurait pu avoir la tête sens dessus dessous.

Mais non – pas d'appareil photo.

— Le bain est prêt ! appela Hari depuis la salle d'eau.

Elle songea à lui demander s'il avait pris l'appareil, mais qu'il ait pu le voler paraissait trop incroyable. Le visage d'Hari avait brillé d'innocence et de désir de faire plaisir. C'est sûr qu'un appareil photo valait certainement bien plus que son salaire d'une année – mais pourquoi lui, ou Mohit ou Rama, dans ce cas, aurait risqué de perdre son emploi ? Travailler comme domestique à l'auberge leur assurait un avenir sûr et à long terme.

Après le départ d'Hari, elle verrouilla toutes les portes de la salle de bains. Malgré tout, elle éprouva de la réticence à se déshabiller pour entrer dans l'eau. Elle le fit mais en se sentant vulnérable, comme si le voleur se trouvait toujours là.

Quand cela était-il arrivé ? Le vol avait très bien pu avoir lieu quand elle s'était trouvée dans le jardin avec le docteur. C'était plus facile à accepter que l'idée qu'un intrus soit entré dans la pièce pendant qu'elle dormait. Elle était couchée dans une chambre fermée à clé – il aurait pu faire n'importe quoi. Si ses parents apprenaient qu'une telle chose s'était produite, ils lui ordonneraient de rentrer immédiatement.

Elle se rappela alors l'aboiement de Desi. Il avait peut-être signalé la présence d'un voleur dans la propriété. Un voleur venant de l'extérieur et qui ne serait jamais identifié.

Perveen attacha rapidement ses cheveux et se drapa dans le même sari bleu et doré qu'elle avait porté deux soirs plus tôt. Sortant de sa chambre, elle balaya du regard la véranda à la recherche de

Rama avant de se rappeler qu'il devait sans doute être en train de guider Colin dans ses exercices sur le promontoire. Puis la pire des pensées lui vint à l'esprit : et si l'intrus nocturne avait été Colin ou Roderick Ames ? C'étaient les seules autres personnes demeurant dans la maison. Et qu'est-ce que ces hommes auraient bien pu vouloir chercher dans ses bagages ? Elle était censée être en sécurité à l'auberge de circuit, mais l'endroit n'était finalement pas plus sûr qu'un hôtel bas de gamme.

En suivant le sentier vers la propriété des Mehta, un nœud de colère se resserra en elle. Elle ne pouvait limiter ses soupçons aux seuls hommes de la maison. Vandana et Yazad auraient pu être intéressés par les documents concernant le palais. Et le docteur Andrews lui avait déconseillé de poser trop de questions. Était-il revenu enquêter pour savoir si elle détenait des preuves le mettant en défaut ?

Perveen supposa qu'elle arrivait trop tôt pour le petit déjeuner avec Vandana. Les Indiens de la haute société prenaient leur petit déjeuner autour de dix heures, et il n'était pas encore sept heures. Mais elle voulait à tout prix s'éloigner de l'auberge et exprimer ses inquiétudes à Vandana.

Le portail du *Repos des Cieux* était ouvert. Quelqu'un était déjà sorti ou bien on avait anticipé l'arrivée de Perveen. Elle pencha pour la dernière option car elle n'eut pas à expliquer sa venue ; les deux durwans* en uniforme bleu clair lui firent

* Durwan : Garde.

signe d'avancer sur le sentier de pierre menant à la porte d'entrée de la demeure. Une domestique indienne, vêtue à la française d'une robe noire et d'un tablier en dentelle blanche, la devança dans un couloir de marbre verni jusque dans un jardin pourvu d'une large véranda. Vandana, étendue sur une chaise longue coloniale, fumait une cigarette dans l'élégant porte-cigarettes noir qu'elle avait sorti la veille. Bien qu'elle portât un peignoir et une chemise de nuit rosés, ses yeux étaient soulignés de noir et ses lèvres peintes en rose profond. C'était troublant de voir une femme en vêtements de nuit complètement maquillée.

— Bienvenue, ma chère ! Je suis tellement contente que vous ayez pu venir, l'accueillit Vandana en souriant.

— Je craignais d'arriver trop tôt pour vous, répondit Perveen en se glissant sur la chaise vide près de Vandana qui lui tapota la main.

— Il est tôt, mais je me suis levée pour dire au revoir à mon époux. Et je sais que vous souhaitiez aussi partir tôt.

Perveen imagina qu'un doux au revoir conjugal expliquait le maquillage de son hôtesse.

— J'ai appris que le palanquin avait été réparé, mais j'ai le temps. Je vais quitter l'auberge vers dix heures.

Vandana tira sur son porte-cigarettes avant de souffler un rond de fumée.

— À votre expression, je vois que vous êtes pressée de partir. La perspective d'un séjour au palais est toujours attrayante.

— Bien sûr.

Perveen s'efforça de répondre de manière désinvolte, mais elle saisit le ton condescendant du commentaire de Vandana. La dame de Satapur était habituée à une telle grandeur ; Perveen, malgré son diplôme et ses voyages, ne faisait pas partie du même monde.

— Avant que nous prenions le petit déjeuner, je dois vous demander quelque chose.

Vandana hocha la tête.

— J'imagine que vous allez me poser des questions, et je vous aiderai autant que faire se peut.

— Quelqu'un a pénétré dans ma chambre cette nuit et m'a volé mon appareil photo. Seriez-vous au courant de quelque chose ?

— Non, répondit aussitôt Vandana en reposant son porte-cigarettes. Pourquoi le serais-je ?

Perveen aurait dû s'attendre à une franche réfutation, mais elle ne sut quoi répondre à la contre-attaque de la femme.

— Je ne sais pas, dit-elle, gênée. J'ai juste pensé que je poserais la question aux personnes présentes au dîner.

Vandana remua sur sa chaise, elle n'avait plus l'air d'être si confortablement installée.

— Vous avez confié cet appareil au cuisinier de Colin hier soir. L'objet l'a peut-être trop intrigué !

— Je ne pense vraiment pas que Rama volerait quoi que ce soit ! répliqua Perveen.

Vandana prit sa cigarette et tira dessus.

— Qu'est-ce qu'en pense Colin ?

— Je ne lui en ai pas encore parlé.

— Mais vous m'avez posé la question.

Le bord de l'œil gauche de Vandana se mit à tressauter.

Perveen comprit qu'elle l'avait blessée.

— Je n'avais pas l'intention de vous accuser. Mais vous étiez présents hier soir. Vous auriez pu voir quelqu'un sortir de ma chambre…

— Non. Êtes-vous venue prendre le petit déjeuner ou mener une enquête ?

— Je suis venue parce que je vous aime bien. Et j'espère que vous m'en direz plus au sujet du palais.

Perveen la regarda droit dans les yeux – et au bout d'un moment, le visage de Vandana se détendit.

— Je vous aime bien aussi. J'espère que vous retrouverez votre appareil photo avant de partir, murmura-t-elle d'une voix douce.

— Oui. Et je reviendrai à l'auberge après ma visite au palais – alors s'il réapparaît, Colin me le rendra.

Un porteur habillé du même coton bleu empesé que les durwans* du *Repos des Cieux* arriva dans la véranda.

— Le petit déjeuner est prêt, memsahib.

— On nous a préparé le plat favori de Yazad, du kande pohe*. C'est une spécialité locale.

— C'est très populaire à Bombay, répondit Perveen, ravie qu'on ne lui serve pas un plat raffiné français. J'ai hâte de goûter à la version du *Repos des Cieux*.

---

* Kande pohe : Plat populaire de petit déjeuner de l'Inde occidentale à base de riz battu, d'oignons et d'épices.

— Venez ! lui enjoignit Vandana en marchant devant elle, sa robe de chambre en soie traînant avec élégance dans son sillage.

Une table couverte d'une longue nappe blanche était dressée dans la véranda, de l'autre côté de la maison, donnant sur le court de tennis. Perveen s'installa pour savourer la nourriture. Le plat, un mélange de riz pilé, de minuscules piments, de morceaux de tomate, de feuilles de curry et d'épices, était délicieux, surtout accompagné d'un œuf frit et d'une grande soucoupe des mêmes baies violettes qu'elle avait mangées à l'auberge, mais cette fois saupoudrées de sucre blanc.

Comme la veille, Vandana écrasa sa cigarette avant de commencer le repas. Elle encouragea Perveen à manger de bon cœur.

— On ne sait jamais ce qui peut vous attendre question nourriture. Les maharanis jeûnent souvent pour des raisons religieuses.

— Je vois. Et parce qu'elles sont d'une autre caste, il se peut qu'elles veuillent que je mange seule, pensa Perveen à voix haute.

Vandana pinça ses lèvres roses.

— C'est possible. Dites à Rama de vous donner beaucoup d'eau et de la nourriture adaptée à votre voyage. Du riz, du pain puri* et certaines préparations à base de légumes, qui ne risqueront pas de se gâter.

— Où est Oncle Yazad ? demanda Perveen.

— Il souhaitait aller voir un site avec Roderick avant de se rendre à Lonavala, répondit-elle, excitée,

* Puri : Pain indien azyme.

écarquillant ses yeux aux longs cils. Il a une idée de l'endroit où construire une route goudronnée.

Alors quand Yazad avait dit « À demain matin », ce n'était pas à Perveen qu'il s'était adressé mais à Roderick Ames. Cela piqua sa curiosité.

— Pourquoi votre mari souhaiterait-il construire une route ?

— Il y a eu des glissement de terrain pendant la saison des pluies. Une vraie route goudronnée permettrait de transporter nos récoltes sur des charrettes – et également de distribuer le courrier et d'autres denrées, déclara Vandana en haussant les épaules. Ce serait d'une grande aide pour tous.

Perveen comprit que les Mehta devaient être bien plus riches que ce qu'elle avait imaginé.

— La famille royale ne doit-elle pas approuver ce genre de projet ?

— C'est un aménagement qui peut être partagé avec toute la communauté. Je doute que cela les dérange, répondit-elle en fixant Perveen. Vous pourriez en glisser deux mots à l'oreille de la jeune maharani. Je pense qu'elle est plus accommodante que la vieille douairière.

Perveen comprit que toutes sortes d'intrigues circulaient dans le palais sans que les maharanis en aient vent.

— Je ne sais si je peux aborder ce genre de sujets, avoua-t-elle, gênée.

— Pourquoi pas ?

— On m'envoie là-bas pour remplir une mission. Celle de déterminer le besoin du maharadjah de Satapur.

— Son besoin ? répéta-t-elle en haussant un sourcil finement épilé. Ce pauvre bébé maharadjah. Peu importe. Oubliez ce que je viens de dire.

Perveen comprit, au ton sec de Vandana, qu'elle était vexée. Mais une fois le petit déjeuner fini, elle conduisit Perveen dans un petit salon meublé de pièces brutes et courbes qui ne pouvaient être à la mode qu'en Europe. Tout un tas de petites boîtes raffinées décoraient une table d'acajou brillant. Perveen reconnut immédiatement, sur l'une des boîtes, l'insigne de son horloger favori. Les autres, en velours ou en cuir, devaient contenir des objets délicieusement luxueux.

— Yazad adore l'Angleterre, il s'y rend tous les deux ans. Mais il a une faiblesse pour les accessoires français. S'il n'était pas venu à Paris pour y acheter sa première montre Longines, nous ne nous serions jamais rencontrés.

— Y avez-vous fait vos études ?

— Non, répondit Vandana après un moment d'hésitation.

— Alors s'agissait-il d'un voyage pour raison familiale ?

— Je n'en parle pas à beaucoup de gens, mais je travaillais à Paris. J'étais danseuse, ajouta Vandana, presque sournoise.

— Seigneur ! C'est merveilleux ! s'exclama Perveen comme pour camoufler qu'elle était sous le choc.

Elle ne pensait pas que les femmes des classes élevées, qui plus est nobles, avaient le droit de danser. Mais Vandana portait les cheveux courts – c'était clairement une rebelle.

— Était-ce dans un corps de ballet classique ?

— Non. Je pratiquais les danses traditionnelles indiennes, au sein du Royal Hindustan Orchestra. Je dois avouer que nous avions pas mal de succès.

— Comment avez-vous appris à danser ? Vos parents l'ont-ils autorisé ?

— Non. J'ai de bons yeux, n'est-ce pas ? dit-elle en lui lançant un regard pudique derrière ses longs cils. Dans tous les palais, les danseuses vivent dans le zénana*. Toutes les jeunes filles jouent ensemble, peu importe la caste à laquelle elles appartiennent.

— Et vous devez avoir du talent ! ajouta Perveen.

— Un talent pour le mouvement physique et pour saisir les occasions, répondit Vandana d'un air suffisant. Je faisais des courses chez Hermès, il y a douze ans, quand Yazad a croisé mon chemin. Il m'a reconnue car il m'avait vue danser au théâtre la veille, et il s'est précipité pour me baiser la main.

— Quel conte de fées ! soupira Perveen en imaginant la scène.

— C'est vrai ! insista Vandana dont le regard s'embrasa.

— Je vous crois, la rassura Perveen. Je soulignais juste le romantisme de votre histoire. Rencontrer un autre Indien si loin de chez soi – trouver le véritable amour – et que vous puissiez désormais jouir de votre existence ensemble en Inde.

— Ce n'est pas le rêve que j'avais quand j'étais jeune – mais il s'est avéré que tel était mon karma. Allez-y, choisissez quelque chose.

— Je me sens terriblement mal à l'aise à l'idée de prendre quoi que ce soit, avoua Perveen pendant que Vandana ouvrait plusieurs boîtes. Je sais que vous avez dû acheter ces objets pour vous.

— Oh, tout ça n'est pas pour moi. Je ne me rends jamais chez qui que ce soit sans un cadeau, sauf quand je vais voir Colin, qui n'a pas le droit d'accepter de présent parce qu'il est fonctionnaire. Regardez ça, quatre étuis à cigarettes de chez Cartier.

Perveen admira les superbes étuis incrustés de saphirs.

— Les maharanis fument-elles ?

— Je ne sais pas pour la plus jeune, mais la douairière ne le lui permettrait certainement pas.

Elle prit une fine boîte rectangulaire orange.

— Ce sont de très fins gants d'équitation Hermès. J'ai entendu dire que Mirabai était une cavalière passionnée.

— De quelle taille aurait-elle besoin ? Vous le savez ?

Vandana fronça les sourcils, révélant des rides que Perveen n'avait pas remarquées jusque-là.

— Je sais qu'elle est mince et élancée, ce qui peut laisser penser qu'elle a les doigts fins. Pourquoi ne les essaieriez-vous pas ?

Perveen put tout juste faire glisser les gants en chevreau gris pâle jusqu'à la moitié de ses doigts.

— Ils sont très étroits !

— Ils vont se détendre, promit Vandana. Mais prenez aussi une paire plus grande qui vous ira, juste au cas où on vous inviterait à monter à cheval.

Perveen acquiesça parce qu'elle savait que les gants qu'elle avait apportés étaient en comparaison de facture plus brute.

— Merci beaucoup. Et pour la maharani douairière ?

— Comme elle est la plus âgée, son cadeau doit être très spécial, répondit-elle avec une étincelle dans les yeux. J'ai une idée.

Vandana sortit du salon et revint quelques minutes plus tard avec une boîte rouge estampillée Cartier. Elle l'ouvrit pour révéler un pendentif d'une pierre de lune couleur crème, sertie dans de l'or rose.

— Mon Dieu, c'est vraiment magnifique, déclara Perveen. Comment pouvez-vous le donner ?

— Ça n'a aucune valeur pour moi, la rassura Vandana. Je l'ai acheté à Paris, mais je suis sûre que la pierre provient d'Inde. La pierre de lune est une pierre semi-précieuse, mais cette teinte crème et laiteuse la rend unique.

— En effet, c'est très spécial, convint Perveen en prenant une profonde inspiration. Il faut que nous convenions d'un moyen pour que je vous la paie. Et les gants aussi.

Elle n'avait pas l'argent nécessaire avec elle et elle détesterait demander davantage à Colin.

Vandana alluma une nouvelle cigarette et fuma avant de répondre.

— Ne soyez pas idiote. Le gouvernement n'approuverait pas de telles dépenses.

— Mais cela a trop de valeur pour que j'accepte…

Vandana leva la main pour couper court à toute protestation.

— C'est un hommage qu'un souverain approuverait. N'en parlons plus – je l'ai achetée il y a bien longtemps et elle n'a pas grande importance pour moi.

— Je suis très gênée malgré tout, insista Perveen. Ce n'est vraiment pas comme ça que j'ai l'habitude de mener des affaires juridiques.

— Prenez-la, ordonna Vandana. Tout ce que je vous demande, c'est que vous rentriez vite de Satapur et que vous restiez quelques jours avec moi. Je me sens très seule ici sans compagnie féminine.

— J'aimerais beaucoup, répondit sincèrement Perveen.

Au bout de vingt minutes de conversation agréable, Perveen retourna à l'auberge dans un tonga tiré par un cheval et conduit par le chauffeur de Vandana. Ce dernier s'excusa de devoir s'arrêter là où le large sentier finissait près de la colline montant vers l'auberge. Perveen descendit et marcha les dix dernières minutes.

En approchant de la véranda, son attention fut attirée par huit hommes assis dans l'herbe autour d'un engin en bambou brut : deux perches et, entre elles, une boîte d'un mètre vingt de large. Un flanc de la boîte tissé comportait une ouverture d'aération obturée par de crasseux rideaux beiges. Elle avait espéré que les porteurs du palanquin seraient bien charpentés mais ils étaient tous frêles. Des cicatrices sur leurs jambes rappelaient les kilomètres difficiles qu'ils avaient parcourus.

Perveen fit un rapide calcul. Elle pesait au moins cinquante-sept kilos. Sa malle au moins neuf de plus. Bien qu'il y ait huit hommes, on lui avait dit que seuls quatre hommes porteraient le palanquin et qu'ils échangeraient leur place au cours du trajet. Cheminer sur les sentiers étroits et les montées abruptes de la chaîne montagneuse serait laborieux.

Après une journée à avoir espéré l'arrivée du palanquin, elle découvrait désormais que c'était le dernier véhicule dans lequel elle avait envie de voyager. Mais il lui était difficile de s'en plaindre.

10

Les paysages de Satapur

Comme Perveen avait préparé ses bagages et fermé sa malle plus tôt le matin, il ne lui fallut pas longtemps pour sortir avec ses affaires dans la véranda. Colin était là, habillé de son habituelle chemise en lin, de son pantalon en coton et de ses bottes hautes. C'était une tenue pratique qui le faisait plus ressembler à un explorateur qu'à un bureaucrate.

— Le soleil du matin a mis les voiles, dit-il en contemplant les collines enveloppées de brume. J'espère qu'il va réapparaître.

— Il vaudrait mieux qu'il ne pleuve pas. Je sais que le trajet est d'au moins trois heures.

La météo la mettait mal en l'aise, en plus de tout ce qu'elle avait vécu ce matin. Elle souhaitait l'informer qu'un intrus avait pénétré dans sa chambre mais elle ne savait pas comment amener le sujet sans paraître accuser les domestiques.

— Trois heures par beau temps. S'il pleut, les porteurs devront emprunter un itinéraire plus long pour éviter de passer par une cascade, dit Colin en lui adressant un regard compatissant. Vous avez l'air dubitatif. J'espère que ça n'a rien à voir avec les histoires de bandits que Yazad a racontées.

— Non. C'est juste que les porteurs du palanquin paraissent si frêles. Je m'inquiète surtout de ce que mon poids et celui de mes bagages vont leur infliger.

— Vous êtes moins lourde que moi, dit-il en éclatant de rire. Et je suis sûr qu'à votre retour, dans quelques jours, vous me parlerez de toutes ces photos merveilleuses que vous aurez prises dans la forêt.

Pas sans appareil photo.

— Vous allez me manquer, poursuivit Colin. Pas seulement quand vous serez au palais, mais après votre départ pour Bombay.

Perveen absorba ces mots en se demandant si l'affinité qu'il avait pour elle l'avait poussé à venir fouiller dans sa malle. Pouvait-il avoir pris son appareil photo ? C'était une pensée horrible, mais il fallait qu'elle aborde ce problème.

— J'ai beaucoup apprécié les repas et l'atmosphère à l'auberge, commença-t-elle avec précaution. Cependant, je dois vous informer qu'il y a eu un incident.

— Bien sûr. Dites-moi.

Il ne souriait plus.

— Entre hier soir et cinq heures ce matin, quelqu'un a pris mon appareil photo dans ma malle.

— Vous en êtes sûre ? demanda-t-il en haussant d'un coup les sourcils. Vous ne l'auriez pas posé quelque part ?

— Je suis absolument certaine de l'avoir rangé dans ma malle.

— Je vais en parler à Rama, déclara-t-il avec gravité.

— Je vous en prie, ne l'accusez pas, dit-elle aussitôt. Il est très peu probable que ce soit lui qui l'ait pris.

Colin hocha la tête.

— Je n'allais pas l'accuser. Il est avec moi depuis un an et je lui fais une confiance aveugle. Mais il doit être tenu au courant afin de pouvoir mener sa propre enquête.

Elle regarda la rangée de portes closes donnant dans la véranda.

— Bien sûr, Mr Ames était présent.

— Il a séjourné à plusieurs reprises ici et rien n'a jamais été dérobé, déclara Colin en fronçant les sourcils.

Perveen supposait qu'un ingénieur fonctionnaire pouvait se payer un appareil photo. Et la veille, il avait mentionné savoir comment s'en servir.

— J'aimerais malgré tout pouvoir lui parler avant de partir.

— Ce ne sera pas possible. Je l'ai entendu quitter sa chambre avant le lever du soleil, répondit Colin.

Devant l'expression surprise de Perveen, il ajouta :

— Il avait annoncé hier qu'il partirait tôt. Afin de profiter des températures matinales, c'est une habitude qu'on prend pour les déplacements officiels.

— J'ai entendu dire qu'il avait quelque chose de prévu avec Yazad Mehta, ce matin.

— Comment ça ? demanda Colin d'une voix étonnamment sèche.

Perveen n'avait aucune intention de discuter de l'éventuelle construction d'une route.

— Une affaire qui les a fait partir du *Repos des Cieux*. Je n'en connais pas la raison précise.

— Ames ne m'en a rien dit, répliqua-t-il en secouant la tête. J'espère qu'il ne travaille pas en parallèle pour le compte de Yazad Mehta. Le barrage électrique est un projet du gouvernement. Mais un fonctionnaire ne peut pas travailler à titre privé pour un Indien. C'est une règle que nous devons tous respecter.

Tout comme les fonctionnaires n'avaient pas le droit de recevoir de présents.

— Vous connaissez bien les Mehta ?

— Je les connais depuis mon arrivée. Pourquoi cette question ?

Elle rougit. Elle n'avait pas à partager qu'elle soupçonnait que les Mehta comptaient qu'il ferme les yeux sur leurs projets de développement alors que tous les faits n'avaient pas été portés à sa connaissance. À son retour du palais, elle questionnerait Vandana pour savoir si son mari espérait vraiment aller jusqu'au bout de son projet de route goudronnée.

La voix de Colin l'arracha à ses pensées.

— Perveen, il y a autre chose dont nous devons nous entretenir.

— Ah ? fit-elle en se demandant si elle avait eu des propos qui avaient pu l'offenser.

— Je serai à Bombay pendant deux semaines en novembre, déclara-t-il en la regardant, les yeux brillants. Tous les agents politiques régionaux sont convoqués à une réunion avec les conseillers du gouverneur.

— Vous devez parler de Sir David. Il va falloir que je vous prépare à le rencontrer. Je crois qu'il se trompe sur qui vous êtes.

— Très bien.

Colin changea de position comme elle avait déjà remarqué qu'il faisait parfois, comme s'il cherchait à s'ancrer plus sûrement.

— Mes journées vont probablement être occupées par des affaires officielles, mais je voudrais vous inviter à une conférence sur les canaux artificiels de l'Inde qui aura lieu à l'Asiatic. Comme je vous l'ai dit, je fais partie d'un club qui s'appelle Penseurs pour le Futur. Votre famille vous autoriserait-elle à assister à une conférence de ce club en ma compagnie ?

— Je suis tout à fait libre d'assister à des conférences, répondit Perveen au bout de quelques secondes. Mais je ne suis pas certaine que ce soit bien sage.

— Pourquoi donc ? demanda-t-il en rivant son regard au sien.

Perveen s'efforça de trouver une réponse adéquate.

— Votre invitation à cette conférence est-elle mondaine ?

— Oui, cela n'a rien à voir avec le fonctionnariat ou l'Agence de Kolhapur. J'aimerais beaucoup que nous puissions nous y rendre ensemble. Je pourrais passer vous prendre chez vous.

Elle anticipait déjà la réaction de ses parents.

— La vie mondaine à Bombay est moins libre que celle que vous menez ici, avança-t-elle en s'efforçant de ne pas grimacer. Je suis au regret de devoir décliner votre proposition.

Il la considéra, le visage rougissant comme la veille, quand elle avait souligné le problème posé par le douteux livre pour enfants.

— Vous me dites donc que nous pouvons être amis ici mais pas à Bombay ? Même si vous fréquentez librement Alice Hobson-Jones, la fille d'un conseiller anglais ?

Perveen planta ses yeux dans ceux de Colin.

— Une femme qui espère garder une image respectable dans la communauté des avocats ne peut se permettre de sortir avec un célibataire, peu importe sa nationalité.

— Pas même quand ses intentions demeurent honorables ? insista Colin en la dévisageant. Je rendrai visite à vos parents au préalable.

Perveen se sentit submergée par la panique, le souffle court.

— Non. Il ne faut pas.

— Qu'y a-t-il comme problème avec moi ? demanda-t-il, tendu.

— Je ne comprends pas.

— Est-ce parce que j'ai une jambe de bois ou parce que je suis anglais ?

Le cœur de Perveen se brisa.

— Rien de tout ça ! Vous êtes un homme très bien, intelligent et moral !

— Si vous le pensez, pourquoi ne me permettriez-vous pas d'être votre ami comme à n'importe qui d'autre ?

Elle s'était essayée à l'amitié autrefois avec un homme très attirant – et cela l'avait conduite à l'échec à bien des égards. C'était une leçon qu'elle ne pouvait pas se permettre d'oublier.

— Nous vivons dans un monde de règles gouvernant nos comportements, répondit-elle avec tristesse.

— Pour l'amour de Dieu, nous ne sommes pas à Oxford. Il n'y a plus de règles de chaperonnage !

Mais elle établissait ses propres règles. Elle s'était drapée dans un code de conduite qui l'enveloppait aussi sûrement que son sari.

— Je suis mon propre chaperon, déclara-t-elle d'une voix sinistre.

— Pourquoi ? répliqua-t-il. Si vous m'avez fait suffisamment confiance pour séjourner ici, pourquoi ne pouvez-vous pas me revoir ? Vous savez que je ne suis pas marié.

Son insistance irrita tant Perveen qu'elle ne put se retenir de parler sans mâcher ses mots.

— Tant mieux pour vous. Je n'ai pas cette chance.

— Quoi ? s'exclama-t-il, les yeux écarquillés, en digérant l'information. Êtes-vous en train de me dire que vous êtes mariée ?

Elle ne voulait pas que le gouvernement soit au courant, mais il fallait qu'elle le repousse.

— Oui. C'est une information confidentielle que vous devez garder pour vous.

Il vacilla, s'appuyant sur sa jambe gauche comme s'il avait perdu l'équilibre.

— Vous voulez dire que vous êtes Mrs Mistry ? demanda-t-il en se redressant. Pourquoi ne pas l'avoir signalé ?

Elle secoua la tête.

— Mon ex-mari porte un autre nom. J'utilise mon nom de jeune fille dans ma profession.

— Et votre mari ? Ça ne le dérange pas que vous voyagiez ainsi ?

Les questions se succédaient à un rythme soutenu.

— Cela ne vous regarde pas, répondit Perveen d'un ton sec. Et pendant que nous perdons notre temps à discuter de celui que nous pourrions partager, le ciel a commencé à s'assombrir. Je ferais mieux de m'en aller.

Colin observa le ciel et acquiesça.

— Je souhaite que vous voyagiez en sécurité.

Elle devait se protéger – pas juste son corps, mais aussi son cœur.

— Quand je reviendrai, dans quelques jours, je pense qu'il vaut mieux que j'accepte la proposition que m'a faite Vandana de passer la nuit chez elle, déclara-t-elle lentement.

Colin étrécit les yeux.

— Vous avez oublié le rapport que vous êtes censée me faire ? Nous avons des choses à régler ensemble.

— C'est la raison pour laquelle je suis ici !

Perveen était à deux doigts de pleurer. Tout allait de travers, c'était terrible. Voilà pourquoi les femmes n'étaient pas censées voyager sans leur mari ou leur père ; les hommes qui les rencontraient pensaient qu'elles étaient disponibles. Les vieilles histoires se confirmaient.

— Je ne suis jamais venue ici en quête d'un ami ou d'un galant. Je viendrai vous voir le lendemain de mon retour pour vous délivrer mon rapport. Puis je me rendrai directement à la gare de Khandala.

— Très bien, répondit-il en lui lançant un regard méprisant. Je ne souhaite pas que vous restiez là où vous ne désirez pas être.

Perveen songea au livre d'or de l'auberge et à l'espace où elle était censée écrire un commentaire. Que pouvait-elle dire après tout ce qui s'était passé ? Elle ne mentirait pas en inscrivant que le séjour avait été agréable. Elle laisserait un espace vide à côté de son nom.

Rama transporta sa malle, ainsi qu'une gamelle pour son repas, jusqu'au palanquin. Sa moue tombante vieillissait encore plus son visage parcheminé. Elle se demanda ce qu'il désapprouvait le plus : qu'elle ait rejeté aussi vite Colin ou bien sa décision de loger chez les Mehta ?

Perveen prit une roupie dans son porte-monnaie – un geste normal pour une invitée séjournant chez quelqu'un. Un peu d'argent remerciait pour la cuisine et le ménage supplémentaires. Mais Rama joignit les mains dans son dos.

Elle l'avait offensé. Perveen remit sa pièce dans son porte-monnaie et se tourna vers les porteurs. Ceux de devant, qui avaient remarqué la roupie qu'elle avait proposée à Rama, lui adressaient un large sourire. Les hommes devaient compter sur de bons pourboires. Elle ne prévoyait cependant de les rétribuer qu'au terme d'un aller-retour sans encombre. Son père lui avait appris que c'était ce qu'il y avait de mieux à faire.

Perveen grimpa dans la petite cabine qui empestait la sueur et quelque chose d'organique indéfinissable. Était-ce le bambou qui pourrissait ? Une souris morte ? Elle découvrit une rangée de coussins légèrement humides ainsi que des cheveux sombres traînant sur le fin matelas de sol du palanquin.

Elle décida d'étaler un châle entre elle et les surfaces et s'assura que le bout de son sari couvrait l'arrière de sa tête quand elle s'appuya contre les coussins bosselés. Un des porteurs tira les rideaux pour les fermer, les boutonnant au centre.

— Non ! s'exclama-t-elle en posant la main sur les rideaux. Je ne pratique pas la purdah. Je veux pouvoir regarder au-dehors.

— Mais vous pourriez tomber, répondit Lakshman avec une expression dubitative.

Elle remua dans la cauchemardesque petite boîte pour se rapprocher le plus possible de l'ouverture garnie de rideaux.

— Je ferai très attention. Si cela devient trop difficile, je reboutonnerai les rideaux, même si ce n'est pas du coton qui va m'empêcher de tomber.

— Vous ne devez pas le toucher. Vous devez nous demander de nous arrêter.

Perveen acquiesça en grommelant. Puis Lakshman disparut et les hommes hissèrent le palanquin sur leurs épaules. Elle perçut un déséquilibre, le devant était un peu plus bas que l'arrière, de sorte qu'elle devait se tenir aux côtés de la boîte pour éviter de glisser. L'inclinaison fut accentuée par la descente du début du trajet.

Perveen s'efforça de ne pas tenir compte du roulis inconfortable du palanquin. Ayant ouvert les rideaux sur le côté gauche, elle bénéficiait d'un tableau d'environ soixante centimètres de côté du monde extérieur. La brume s'épaississant, on ne voyait qu'à six mètres. Et elle ne distinguait que des bois-de-fer tordus qui paraissaient s'étaler à perte de vue.

Le palanquin approchait du village dans lequel elle s'était rendue la veille, et les gens sortaient des habitations pour les regarder passer. Gênée d'être la charge sur le dos des porteurs, Perveen se recula de l'ouverture et ferma les rideaux. Elle avait déclaré ne pas pratiquer la purdah, mais elle n'aimait pas pour autant être observée avec des yeux de merlans frits.

Des enfants chantonnaient, « Donne, ma mère, donne ! » Leur litanie se poursuivit en s'accordant exactement au rythme du palanquin. Ils ne la laisseraient pas en paix. Se sentant sans cœur à les ignorer, elle leur jeta deux paisas* qu'ils attrapèrent aussitôt. Sur un coup de tête, elle jeta également un crayon de sa boîte qui en contenait une demi-douzaine. Il pourrait servir à un commerçant, ou peut-être à quelqu'un essayant d'apprendre à écrire.

Passé le village, ils traversèrent une vallée verte puis un type de paysage différent. Les arbres étaient plus variés : il y avait de grands pipals aux feuilles en forme de cœur et des pruniers noirs. Malgré l'isolement, la jungle était bruyante, résonnant du chant des oiseaux et du grésillement des insectes. Les perroquets poussaient des cris stridents et d'autres animaux inconnus des hurlements qui firent frissonner Perveen. Il était certainement trop tôt dans la journée pour que les fauves rôdent. Si un tigre bondissait des arbres, se demanda-t-elle, les porteurs tenteraient-ils de le repousser – ou bien laisseraient-ils tomber le palanquin pour s'enfuir ? Que ferait-elle si elle portait une étrangère dans un palanquin ? Prendrait-elle aussitôt la décision de protéger cette personne au péril de sa propre vie, tout en sachant que tous deux pouvaient mourir ?

C'était une question trop philosophique. Les Penseurs de Colin pourraient peut-être s'y atteler. Mieux valait réfléchir à ce genre de choses dans une bibliothèque plutôt qu'au beau milieu de la jungle.

Au bout d'une heure de trajet environ, elle aperçut un petit temple hindou décoré d'une statue de femme, les bras pliés et les doigts se touchant dans la pose classique de la danseuse.

Les porteurs laissèrent tomber le palanquin d'un coup. Perveen ne s'était pas préparée au choc de l'atterrissage et elle frotta son coccyx endolori. Puis elle rampa avec précaution par la fenêtre pour inspirer la bonne odeur de fleurs de frangipaniers. Mais elle recula aussitôt la main quand elle manqua toucher une gigantesque araignée brune.

— Mon Dieu !

Lakshman leva son lathi* et en frappa si violemment l'araignée que le palanquin émit un craquement. Tandis qu'il balayait les pattes et le corps écrasés de l'insecte, les tremblements de Perveen se calmèrent petit à petit.

— Merci.

Elle n'était plus tout à fait certaine d'être capable de sortir du palanquin mais, après une heure de claustrophobie et de secousses, elle avait besoin

* Lathi : Bâton utilisé pour se battre.

de s'étirer. Elle prit donc la main que lui tendit Lakshman et se hissa debout.

— Là, vous voyez ? Voici l'autel de la déesse Aranyani. Allez-vous faire une offrande ? demanda Lakshman avec empressement.

Vandana le lui avait conseillé. Perveen soupçonnait Lakshman de l'avoir conduite ici dans l'espoir qu'elle ferait un don de valeur que l'équipe pourrait revenir prendre plus tard. Elle n'aimait pas cette idée ; cela contrariait ses plans car elle avait prévu de leur laisser un bon pourboire à la fin de la prestation complète.

Elle hésita puis finit par trouver une excuse pour ne pas faire d'offrande.

— Il ne vaut mieux pas. Je ne suis pas hindoue.

— C'est pour votre sécurité. Peu importe votre religion ! insista-t-il.

— Mais cela importerait pour mes prêtres.

Lui tenir tête en terrain étranger la crispait. Allait-il voir clair dans son jeu ?

Il acquiesça avant de se diriger vers ses hommes. Ils discutèrent un peu en lui lançant des regards désapprobateurs, puis Lakshman s'éloigna vers la statue. Il mit quelque chose dans le bol posé devant Aranyani. Il devait s'agir de l'argent qu'elle lui avait donné quand il l'avait accompagnée au village, la veille. Il avait fait un don parce qu'il croyait que la protection de la déesse était primordiale. Perveen se sentit coupable, et quand il revint, elle lui dit :

— Je vous donnerai à tous un bakchich à la fin de ce voyage.

Il secoua la tête, comme lassé par ses paroles.

— Memsahib, nous allons tous manger maintenant. Je vous prie d'emporter votre gamelle près de ce kombadnakhi.

Cela ne faisait qu'une heure qu'ils avaient quitté l'auberge, mais cela ne plairait certainement pas aux hommes qu'elle leur ordonne de poursuivre la route. Ils avaient posé le palanquin ; ils voulaient manger.

Ramassant la boîte en cuivre que Rama lui avait donnée, elle regarda le petit arbre dont la masse de racines exposées lui faisait penser à des griffes.

— Quel arbre intéressant.

— *Kombadnahki* signifie « l'arbre de la poule », expliqua Lakshman en étalant une légère natte de bambou au sol. Asseyez-vous là. Il y a toutes sortes de créatures par ici.

— Y a-t-il des poules sauvages dans ces bois ? demanda-t-elle en ouvrant la partie supérieure de la gamelle en cuivre pour y découvrir deux puris* et deux œufs durs.

— Non, memsahib. L'arbre s'appelle ainsi parce que ses racines ressemblent à des griffes de poules, répondit-il avec un léger sourire, courbant ses doigts pour leur donner la forme de griffes. On coupe ces racines et on les utilise pour soigner des blessures. Elles sont également bienfaisantes en cas de morsures de serpent.

Se montrait-il serviable ou bien essayait-il de lui faire peur ? Probablement les deux. Après les œufs durs, Perveen entama sa portion de kitchuri*

* Kitchuri : Plat ayurvédique à base de riz basmati et de dal de mungo.

en mangeant de la main droite, car on ne lui avait pas donné de fourchette. Elle écouta le chant des oiseaux, essayant de distinguer ce qui était nouveau de ce qu'elle connaissait. Des perruches volaient tout autour en croassant comme Lilian, son perroquet. Elle crut entendre le chant de coucous et, au loin, des piverts qui tapaient. Une famille de macaques à bonnet gambada jusqu'à elle, s'arrêtant pour considérer sa nourriture avec des yeux perçants pleins d'envie.

— Je vous laisserai quelque chose, dit-elle, essayant de les apaiser avant qu'ils bondissent sur la natte.

— Ils ne comprennent pas quand on leur parle, commenta un porteur en riant dans sa barbe.

Évidemment, mais elle avait espéré que le ton de sa voix allait les pousser à déguerpir. C'était assez désagréable d'être encerclée par les singes, telle une proie. Finalement, Lakshman cria en agitant une canne et les singes s'en allèrent.

Perveen était gênée qu'il soit venu la sauver.

— Le palais est-il encore loin ?

— À un peu plus de deux heures, répondit-il avec un geste de la main. Je suis allé vérifier ces buissons. Il n'y a pas de serpents.

Il fallut un moment à Perveen pour comprendre ce qu'il sous-entendait. La dernière fois qu'elle avait fait ses besoins dehors, c'était enfant, lors d'un voyage en montagne. Non seulement ce n'était pas hygiénique mais elle était de plus gênée que les hommes sachent ce qu'elle était en train de faire. Mais en se dirigeant d'un pas hésitant vers l'endroit désigné, elle comprit que Lakshman avait dû guider des centaines de voyageurs dans ce genre de situation.

À son retour, les porteurs entouraient le palanquin et ceux qui montaient la garde auparavant empoignaient désormais les perches. Elle rentra le ventre pour ramper par l'étroite ouverture dans la cabine du palanquin. Lakshman lança un ordre et la boîte se leva d'un coup.

On entendit alors un grondement de tonnerre et le ciel s'assombrit. C'était bien sa chance de se retrouver au milieu des dernières manifestations de la mousson. Les gouttes de pluie se mirent à tambouriner sur le toit du palanquin, et elle tira les rideaux. Les hommes se déplaçaient maintenant plus lentement dans la forêt en faisant attention où ils posaient les pieds. Ils ne cessaient cependant pas de chanter. Elle ne comprenait que quelques mots de leur dialecte à base de marathi, mais elle devina que la chanson joyeuse était destinée à leur donner du courage et de la force.

Ils continuèrent ainsi pendant une heure encore et, vers la fin, une dispute éclata entre certains d'entre eux pour savoir s'ils devaient s'arrêter ou continuer. Lakshman était d'avis de poursuivre, mais les hommes protestèrent avec tant de colère que Perveen commença à s'inquiéter. Puis, soudain, les hommes stoppèrent et le palanquin tomba, de travers, avec un bruit de bois qui casse.

Les hommes se mirent à se disputer de plus belle. Au contraire de l'arrêt précédent, Lakshman n'apparut pas à la fenêtre pour aider Perveen à sortir. Était-ce uniquement parce qu'il pleuvait ? L'estomac noué, elle écouta la voix grondante du porteur au milieu de celles des autres. Au bout de cinq longues minutes, elle sortit pour découvrir que la perche droite avait craqué et ne tenait quasiment plus d'un morceau. Les porteurs du palanquin dégoulinaient, et Perveen serait bientôt tout aussi trempée.

— Oh mon Dieu, dit-elle en anglais.

Il lui vint à l'esprit quelques grossièretés parsies, mais les porteurs ne les auraient pas non plus comprises. Elle se demanda si la perche avait cassé suite au coup que Lakshman avait donné avec son lathi* quand il avait écrasé l'araignée. Elle était peut-être coupable d'avoir surréagi.

Lakshman fit une grimace.

— La nouvelle pièce en bambou n'a pas tenu. Mais ne vous inquiétez pas, madame. On va pouvoir continuer en la tenant avec précaution.

— Mais elle est vouée à se casser complètement comme elle a déjà commencé à le faire, dit-elle en secouant la tête.

— On doit avancer. Il n'est pas sûr de rester trop longtemps dans cette partie de la forêt.

Perveen regarda autour d'elle le paysage baignant dans la pluie.

— On peut s'abriter quelque part en attendant que la pluie cesse.

— Non, répondit-il d'une voix sèche. Mon frère a vu les restes d'un singe probablement dévoré par des fauves. Les tigres et les léopards chassent la nuit. Nous devrions avancer.

— Serait-ce plus facile de porter le palanquin sans mon poids ? demanda Perveen en essuyant l'eau dans ses yeux. Je peux marcher et quelqu'un pourrait peut-être porter ma malle.

— Mais vos chaussures.

Elle baissa les yeux sur ses bottines en chevreau.

— Elles sont assez robustes pour la marche et pour me protéger des serpents.

— Il n'est pas normal que vous marchiez, répliqua-t-il, malgré tout méfiant.

— Il faut qu'on avance. Je n'ai pas plus envie que vous de me faire dévorer par un tigre, répondit Perveen en s'efforçant de plaisanter sans grande conviction.

— Permettez-moi d'en parler avec les autres.

Elle les entendait échanger en un grondement désapprobateur et angoissé. Elle hocha la tête et il s'éloigna.

— Quatre hommes vont se rendre à l'endroit le plus proche pour y trouver de quoi réparer le palanquin, dit-il à son retour. Les autres porteront votre malle jusqu'au palais. Je marcherai à votre côté.

— Atteindrons-nous le palais dans moins d'une heure ? demanda-t-elle avec espoir.

— Non, dit Lakshman en secouant la tête. Il faudrait courir. Et on ne peut pas courir si vous marchez avec nous, sans compter que la météo est mauvaise. Cela va nous prendre au moins deux heures. Cela dépendra de vous.

Et tout ça parce qu'elle avait hurlé en voyant une araignée.

— Je ferai de mon mieux, répondit-elle avec humilité.

Quelques minutes plus tard, Perveen crapahutait, l'épaule chargée de sa sacoche de juriste contenant ses plus importants documents et les présents destinés à la famille royale. La pluie intense alourdissait tellement ses vêtements et ses bottines que marcher lui faisait mal au dos et aux hanches. Elle se rappela les longs étirements de Colin, et comment les muscles de ses bras avaient sailli pendant les exercices de yoga. Si seulement elle avait autant de force et d'équilibre, marcher sur ce terrain mouillé et accidenté ne serait pas aussi laborieux.

Alors qu'elle avançait, les yeux fixés sur le sentier devant elle, elle remarqua le nombre incroyable de racines en travers du chemin – tous ces trous, ces bosses et ces endroits où trébucher. L'eau remplissait tant de creux qu'il était difficile d'estimer la profondeur des flaques avant d'y mettre le pied. Si elle se tordait la cheville, elle serait une charge impossible à porter. Les hommes qui avaient trotté d'un pied si sûr en portant le lourd palanquin ne chantaient plus ; sûrement parce que leurs chansons étaient trop rapides et que Perveen les obligeait à marcher plus lentement. Ou bien peut-être détestaient-ils eux aussi la pluie.

Colin avait-il déjà enduré un tel trajet en palanquin ? Patauger dans la boue devait être impossible avec une jambe de bois mais, s'il choisissait de ne pas la porter, sa canne aurait des chances de se coincer. Ces réflexions lui firent accélérer le pas. Ce voyage aurait bien une fin.

Le nuage sombre était à la fois devant et derrière eux, et les gouttes les frappaient telles de minuscules et froides piqûres de couteau. Il devait aussi pleuvoir à l'auberge et Colin s'inquiétait certainement pour elle.

Quand ils sortirent du couvert des arbres, ses bottines étaient remplies de boue. Mais le voyage paraissait arriver à son terme. Ce qui ressemblait à une tour de sentinelle se dressait devant eux.

— Nous y sommes presque ! lança Perveen en la montrant du doigt.

— Non, répondit Lakshman. C'est une vieille tour de chasse.

— Ne devrions-nous pas attendre que la pluie cesse ? demanda-t-elle avec espoir.

Lakshman essuya l'eau de son visage avant de lui répondre.

— La famille royale de Satapur avait l'habitude de chasser ici car c'est un bon endroit pour les tigres et les léopards. Nous ne sommes plus très loin du palais. Il faut continuer.

Lakshman voulait les protéger de tous les prédateurs et espérait naturellement mener sa mission à terme. Perveen s'efforça d'imaginer un palais confortable et clair empli de lumières et de chaleur. Voilà qui pourrait l'encourager si elle pouvait continuer de mettre un pied devant l'autre.

Au bout d'un moment, à travers une percée dans les arbres, elle distingua au loin un mur qui s'étirait. On aurait dit une cité fortifiée, mais elle craignait d'entendre de nouveau que c'était un endroit où ils ne pouvaient faire halte.

Pour la première fois, Lakshman sourit.

— C'est le palais de Satapur ! C'est votre destination.

Elle était trop épuisée pour répondre, mais les paroles de Lakshman l'encouragèrent à s'activer. Quand la brume s'éclaircit, elle découvrit que le mur était la façade d'un palais géant en pierre grise, ponctué d'une série de tours coiffées de dômes en forme d'oignon. Le palais était si immense qu'il était étonnant que son imposante entrée voûtée ne soit gardée que par deux durwans*. À leur livrée rouge sang, elle supposa qu'il s'agissait de gardes, bien qu'ils ne se tiennent pas au garde-à-vous mais étaient accroupis sous le toit de cuivre de l'entrée, à l'abri de la pluie.

Il leur fallut un quart d'heure pour atteindre l'enceinte du palais. Arborant un grand sourire, Perveen parcourut les derniers cinquante mètres à toute vitesse pour rejoindre le couvert du toit. Mais elle comprit que son élan avait pu paraître agressif car les deux durwans* saisirent leurs baïonnettes en poussant des cris.

— Ne vous inquiétez pas, mes frères ! Elle vient voir les maharanis, dit aussitôt Lakshman qui s'était rué à la suite de Perveen.

— C'est impossible, rétorqua un des gardes avant de cracher sur le côté tout en considérant les deux visiteurs. Qui êtes-vous ?

Perveen comprit qu'elle était trop dégoulinante pour qu'on puisse imaginer qu'elle était avocate. Et comme elle n'avait pas été explicitement convoquée, elle ne pourrait reformuler ce que les maharanis avaient demandé à Colin.

— Mr Sandringham, l'agent politique, a envoyé une lettre me concernant, déclara-t-elle d'un ton ferme. Je suis P. J. Mistry, avocate. Je viens ici à la demande des maharanis afin de les assister.

À ces derniers mots, les deux gardes échangèrent un regard. Puis ils lui tournèrent le dos pour discuter à voix basse. Un des hommes poussa la porte et disparut sans un mot.

— Je pense qu'il va vérifier la véracité de votre histoire auprès des maharanis, lui expliqua Lakshman.

Perveen lut l'inquiétude sur son visage. Après tout, Colin avait été refoulé la dernière fois qu'il était venu. Si on rejetait Perveen, ce voyage laborieux n'aurait servi à rien.

Le garde réapparut avec une expression sévère. Il appela Lakshman et s'adressa à lui de manière dure et rapide. Quand Lakshman revint vers Perveen, il avait l'air sombre.

— Ils refusent. La maharani a bien eu la lettre mais elle ne veut pas vous recevoir.

— Ne comprend-elle pas que je suis une femme ?

— Le garde dit que maintenant elle est au courant.

— Alors pourquoi refuse-t-elle ?

— Je ne voudrais pas me montrer irrespectueux, dit-il en baissant les yeux.

— Parlez ! Nous avons tous voyagé trop loin et dans de terribles conditions pour avoir à supporter ce genre d'absurdités.

— La maharani a regardé par la fenêtre et a déclaré au garde que vous étiez trop sale pour rentrer.

Il lui lança un regard plein de colère et, dans ces yeux, elle imagina toutes ces fois où il n'avait pas été autorisé à mettre le pied à l'intérieur d'une maison parce qu'il était pauvre et n'appartenait pas à la bonne caste.

Perveen baissa la tête : le bas de son sari était désormais marron, éclaboussée de terre trempée. Le reste du vêtement lui collait au corps, et l'eau ruisselait dans ses yeux. Personne ne verrait jamais les habits délicats qu'elle avait mis dans sa malle pour les porter au palais, ni les cadeaux qu'elle transportait.

Les cadeaux ! Si elle les donnait aux gardes, les présents risquaient de disparaître. Mais avait-elle une autre option ? Perveen plongea la main dans sa besace et sortit les deux boîtes enveloppées de papier doré.

— Portez ces présents aux maharanis et dites-leur qu'ils sont de la part de la dame qui est venue les aider dans les affaires concernant le maharadjah. Expliquez-leur que je ne suis dans ce terrible état que parce que le palanquin a cassé. Je leur prie de m'excuser d'avoir été obligée de sortir et de marcher.

Le garde hocha la tête. Il comprenait certainement ce que c'était de rester pendant des heures sous la pluie. Il repassa la porte et elle croisa les doigts.

La pluie continuait de tomber. L'attente parut interminable. Combien de personnes examinaient la pierre de lune et les gants ? On se moquait peut-être des cadeaux considérés comme bas de gamme : on la renverrait quand même pour humilier l'administration.

Mais les maharanis avaient besoin d'elle – ne le comprenaient-elles pas ? Leurs lettres avaient été lourdes de demandes.

À son retour, le durwan* n'avait plus les boîtes. Il était cependant accompagné d'un bel homme bien rasé, la petite vingtaine, habillé d'une veste sherwani* en soie rouge et d'un pantalon étroit coordonné. Sous le large bord de son parapluie, l'homme avait un visage étroit et rusé qui était étrangement familier à Perveen.

L'homme élégant, d'un geste du doigt, demanda à Perveen d'approcher.

Elle hésita. Elle ne pouvait pas répondre ainsi à l'appel d'un étranger, mais les circonstances étaient particulières. Perveen approcha, le dos droit, en s'imaginant avancer dans les couloirs de la Haute Cour avec son père.

Elle joignit les mains en Namasté et l'homme lui répondit de même.

— Mistry-memsahib, j'ai tout arrangé, déclara-t-il d'une voix chaleureuse qui contrastait avec celle des gardes. J'ai parlé à la maharani. Elle vous autorise à entrer.

* Sherwani : Long et élégant manteau masculin avec un col montant.

11

L'entrée au palais

— Êtes-vous le précepteur des enfants ? demanda Perveen, perdue dans une brume de gratitude alors qu'elle passait la porte en compagnie du gentleman qui lui en avait ouvert l'accès.

— Ah ah ! s'esclaffa son sauveur, l'air ravi. Ai-je l'air d'avoir quatre-vingt ans ?

Se rappelant trop tard ce que lui avait raconté Colin, Perveen fut embarrassée.

— Pas du tout, monsieur.

Il éclata de rire.

— Je n'ai que vingt-quatre ans, finit-il par avouer à bout de souffle. Et cela m'amuse de vous entendre me donner du « monsieur », alors que je ne suis que le bouffon.

— Le bouffon ? répéta-t-elle, sans comprendre.

Étirant son long foulard aux broderies d'or sur le côté, il fit une révérence théâtrale.

— Je m'appelle Aditya. Tout le monde m'appelle Aditya-yerda cependant, ou Bouffon.

— Aditya le fou ? traduisit-elle à voix haute.

Voilà un titre bien inapproprié pour ce jeune homme élégant.

— Yerda ne me blesse pas, répondit-il avec un clin d'œil. Depuis que j'ai quinze ans, je distrais le maharadjah et ses hôtes avec mes plaisanteries et mes récits. Suivez-moi.

Ils se tenaient dans une véranda qui faisait face à une cour en pierre, battue par la pluie. Ils allaient vraisemblablement devoir la traverser. Mais un valet émergea d'un recoin de la véranda avec un autre grand parapluie et se mit à marcher à côté de Perveen.

Ainsi protégée, elle suivit Aditya jusqu'à une nouvelle véranda en pierre, puis ils franchirent une porte donnant sur un sombre couloir qui sentait l'humidité.

Les grandes portes et les mosaïques élaborées incrustées dans les murs de marbre étaient les seuls éléments caractéristiques d'un palais ; sans lumière ni meuble, le couloir était déprimant. Elle se tourna vers le bouffon.

— Je crois que vous exercez le métier le plus inhabituel et le plus historique qui soit ! déclara-t-elle en songeant au jeu de cartes qu'elle avait examiné à l'auberge.

La tenue d'Aditya était plus raffinée que le costume étriqué rouge d'Arlequin sur la carte du joker, mais sa position était identique à celle que la carte figurait.

— Ces temps-ci, il y a peu matière à rire, mais je suis encore là. C'est parce que je suis le seul à avoir la confiance de la rajmata, ajouta-t-il avec un sérieux satirique.

— *Rajmata*, répéta-t-elle en se rappelant Vandana prononcer le même mot. Est-ce que cela signifie « mère du souverain » ?

— Oui. Mais la dame que nous appelons encore la rajmata est vieille, c'est la maharani douairière. Elle ne voulait pas que l'on change son titre. Nous appelons la plus jeune « choti-rani » ou « rani-sahib ».

— Je vous remercie pour vos explications.

Il était intéressant qu'on appelle Mirabai la petite reine alors même que son fils était le maharadjah. Tous les habitants du palais devaient manifester leur profond respect à l'égard de la belle-mère. La petite reine se sentait-elle rabaissée par ce titre ?

Perveen se demanda également qui était responsable de la décoration du palais. Elle s'était attendue à ce que cela soit l'endroit le plus grandiose qu'elle ait jamais visité mais, bien que le couloir comportât de délicates mosaïques de pierre et d'élégants ouvrages de cuivre près du plafond, l'espace était à peine meublé : seulement quelques lourds fauteuils sculptés et un cabinet fermé. En levant les yeux, elle découvrit une rangée de lustres grandioses en cristal belge, mais aucun d'eux n'était allumé.

— Rajmata souhaitait que vous logiez près d'elle dans le vieux palais, mais Choti-rani a décrété que vous deviez séjourner dans la partie neuve équipée d'électricité et d'eau courante.

— Nous nous trouvons alors dans le vieux palais original ? demanda-t-elle en supposant que l'autre partie devait être mieux entretenue.

— Non, c'est la nouvelle structure qui a été bâtie pour le mariage du défunt maharadjah Mahendra Rao et de la choti-rani. Nous avons déjà traversé le vieux palais.

Elle s'imagina l'expression choquée de sa belle-sœur si elle avait pu voir l'état du palais.

— Et… je vais loger ici ?

— En haut, dans les plus beaux quartiers réservés aux invités. Au bout à droite de ce couloir, vous trouverez un escalier.

Elle gravit les larges marches de marbre, glissantes d'humidité, en espérant se rappeler le chemin de la sortie.

— J'ai dit qu'il fallait vous installer confortablement ou vous rendriez un mauvais rapport au gouvernement.

Aditya la dévisagea comme s'il essayait de deviner sa réaction.

— C'est très élégant ici, constata Perveen, la respiration plus laborieuse devant la montée sombre de l'escalier s'étirant devant elle. Quand allumez-vous les lampes ?

— On n'allume qu'après la tombée de la nuit, dans les pièces qui sont utilisées, répondit-il en haussant les épaules. C'était différent à l'époque du défunt maharadjah. Mais il savait tout des récoltes et ce qu'elles lui apporteraient en termes de revenus.

— On n'en informe pas les maharanis ? demanda Perveen, marquant une pause sur un palier pour reprendre son souffle.

— Choti-rani a posé des questions, mais le ministre du palais n'a aucune réponse à lui donner. Alors tout le monde angoisse.

Son regard laissait transparaître à la fois de la frustration et du mépris.

— Profitez bien de votre séjour. Dans le nouveau palais, aucun oiseau ne traversera votre chambre en pleine nuit et vous ne trouverez aucun serpent dans votre bain, ajouta-t-il en gloussant.

Elle regarda derrière elle, se rappelant trop tard son bagage.

— J'ai une malle. Les hommes qui ont suivi mon guide s'en sont chargés à tour de rôle.

— Vos porteurs l'ont confiée à notre personnel.

Il avait atteint le sommet de l'escalier sans être essoufflé.

Ils faisaient face à un long couloir percé, d'une part, de grandes fenêtres sans moustiquaire donnant sur la cour et, de l'autre, de douzaines de portes. On se serait cru dans un hôtel, excepté que les portes étaient en cuivre luisant gravé et étaient équipées de multiples serrures. Les portes étaient magnifiques, et Aditya expliqua qu'on avait choisi le cuivre plutôt que le bois autant comme signe de richesse que pour protéger des intrus.

Bien que pressée d'explorer ce nouveau monde, Perveen pensait toujours aux porteurs du palanquin.

— Mes porteurs vont-ils être logés et nourris ?

— Vous êtes bien gentille de penser à eux, s'étonna-t-il en haussant les sourcils. C'est même remarquable de votre part !

— Ils ont vraiment fourni beaucoup d'efforts, dit-elle en se demandant s'il était sarcastique.

Je pourrais être encore en pleine jungle dans un palanquin cassé. C'est grâce à eux si je suis arrivée jusqu'ici.

— Ne vous inquiétez pas ! la rassura-t-il, perplexe. Je vais m'assurer qu'ils soient accueillis dans les quartiers des domestiques des invités jusqu'à votre départ. Et qu'est-ce que cette histoire de palanquin cassé ?

Elle était trop gênée de raconter qu'elle avait eu peur d'une araignée.

— Une des perches s'est brisée. Le reste de l'équipe arrivera quand le palanquin aura été réparé.

— Le minuscule pont de bambou sur la rivière Satapur a porté le poids de nombreux hommes, gloussa Aditya. Quel genre de palanquin peut se briser sous le poids d'une dame ?

— On m'a raconté qu'il s'était cassé pour une autre raison, deux jours avant mon trajet, répondit-elle d'un ton sec, supposant qu'il faisait un commentaire sur sa silhouette robuste. Les porteurs ont réparé, mais cela n'a pas tenu.

— Je vois. Avec de la chance, les nuages vont s'éclaircir demain et ils pourront venir, dit-il avec un sourire chaleureux. Alertez-moi si vous avez un problème ou une question. Et je me ferai un plaisir de vous aider.

— C'est très gentil à vous.

Ils avaient atteint l'extrémité du long couloir et tourné à droite pour faire face à une autre rangée apparemment sans fin de portes.

— Où sommes-nous maintenant ? demanda Perveen.

— Nous sommes toujours dans la section des femmes invitées. Par le passé, pendant les saisons des fêtes, des centaines de personnes venaient ici. Et les dames logeaient dans ces quartiers.

— Est-ce un zénana* ?

— En quelque sorte. Mais je peux me trouver dans la pièce en compagnie des maharanis sans que cela les dérange.

Aditya lui adressa un long regard en biais. Il avait des yeux en amande qui lui rappelèrent ceux de Vandana, bien que ceux du jeune homme fussent différents et pailletés d'or.

— Qu'êtes-vous venue leur demander ?

Perveen, supposant qu'un bouffon de la cour était sans doute versé dans les commérages, lui répondit avec prudence.

— Le gouvernement m'a demandé d'entendre les maharanis. J'ai été envoyée parce qu'elles ont refusé de rencontrer Sandringham-sahib, l'actuel agent politique de l'État.

— Que vos oreilles entendent la vérité ! s'écria-t-il en s'arrêtant devant une porte près de laquelle une lampe était allumée. Et que se passera-t-il quand vous partirez ?

— J'irai rapporter leurs propos au gouvernement.

— Alors vous racontez des histoires, tout comme moi ! s'exclama-t-il en tournant le bouton de porte. Vous paie-t-on en roupies ou en bijoux ?

— Avec un salaire ordinaire…

Elle s'interrompit en découvrant la chambre où il l'avait conduite. Sur le sol de la vaste pièce, carrelée de marbre noir et crème disposé en motif de diamant, étaient parsemées des peaux de tigres et de léopards. Des panneaux de verre opaque dans des cadres en bois doré ornaient les murs de six mètres de haut. La seule décoration sur ces murs spectaculaires consistait en un grand portrait photographique d'un homme moustachu à l'expression grave, coiffé d'un pagri* incliné avec désinvolture. Aux lourds colliers de perles autour du cou de l'homme et à la guirlande de jasmin qui drapait le portrait, Perveen devina qu'il devait s'agir du défunt maharadjah Mahendra Rao.

— Cette chambre est charmante !

Perveen poursuivit son inspection en sachant qu'elle décrirait tout cela dans les lettres qu'elle adresserait à sa famille et à Alice. Le mobilier de la chambre était en ébène finement sculpté. Il comprenait un lit à baldaquin dressé de courtepointes en soie, une très haute almirah* à miroir et une table de toilette, les deux meubles gravés de motifs de serpents et de fleurs. Entendant un bruit d'eau coulant telle une cascade au loin, elle jeta un regard vers une porte voûtée où une jeune domestique la fixait bouche bée.

— Votre servante se nomme Chitra, déclara Aditya. Elle vous prépare un bain car Choti-rani a demandé que vous vous baigniez quatre fois.

— Pourquoi quatre ?

— Au palais, on ne demande pas ce genre de choses, répondit-il avec un clin d'œil.

Elle acquiesça. Aditya était franc et se révélerait sans doute son plus proche allié au cours de son séjour. Elle regretta presque que les hommes

* Pagri : Turban.

arrivent avec son bagage et que le bouffon prenne sur lui de partir.

— Votre bain est prêt, memsahib, dit Chitra en un marathi respectueux. Je vais défaire votre bagage.

— Merci. J'espère que les vêtements à l'intérieur sont secs.

Perveen ouvrit la malle avec une clé qu'elle avait gardée dans sa besace. Le tissu du dessus était trempé mais tout, en dessous, était sec.

— Je vais faire repasser toutes vos affaires ! déclara Chitra avec enthousiasme comme si les vêtements révélaient que l'invitée n'était pas aussi grossière que son apparence aurait pu le supposer. Memsahib, quel sari choisirez-vous pour le dîner ?

— Je n'ai jamais dîné dans un palais, confessa-t-elle. Ce repas sera-t-il luxueux ?

— Pas vraiment. Les maharanis sont veuves et leur tenue est assez simple. Je pense que celui-ci fera l'affaire.

Chitra désigna un sari de soie bleue avec des broderies chinoises. C'était un gara* classique qui avait fait partie du trousseau de mariage de Gulnaz, le plus beau sari que Perveen avait apporté.

— Très bien, dit Perveen en espérant qu'il n'y aurait pas d'occasions plus officielles. Une amie m'a rapporté qu'autrefois l'atmosphère était très joyeuse ici.

---

* Gara : Sari de satin de soie très brodé ; la broderie est en général faite en Chine ou au Gujarat, et ces saris sont traditionnellement appréciés par les femmes parsies.

— Quelle est cette amie qui a séjourné ici ? demanda Chitra tout en commençant à dérouler le sari trempé que Perveen portait.

Perveen prit conscience qu'elle risquait de se présenter comme la connaissance d'une personne ayant manqué de respect envers le défunt maharadjah. Mais elle ne pouvait revenir sur ses paroles sans mentir.

— Elle s'appelle Vandana, admit-elle en quittant son jupon. Je crois que c'est une parente éloignée de la famille royale.

— Vandana est un nom assez commun. Je ne la connais pas, dit Chitra dont les yeux se posèrent sur la taille de Perveen. Qu'est-ce que cette ficelle mouillée ?

La domestique avait remarqué la mince cordelette blanche que Perveen portait toujours enroulée trois fois autour de la taille et qu'elle nouait devant et derrière son fin sous-vêtement.

— C'est un kusti*. Dans ma religion, c'est une sorte de… expliqua-t-elle en cherchant le bon mot. Une sorte d'armure.

— Il y a de vieilles armures dans la crypte du palais, déclara Chitra en haussant les sourcils. Mais cette cordelette ne me paraît pas bien solide.

— Le kusti* protège les Parsis en les empêchant de s'engager dans la mauvaise voie. Cela me rappelle que quels que soient les obstacles, je dois dire la vérité et faire ce qui est bon.

* Kusti : Cordelette sacrée zoroastre* portée autour de la taille.

C'était le cœur même du zoroastrisme*. De nombreux Zoroastriens* priaient trois fois par jour en faisant courir le kusti* entre leurs doigts. Perveen ne pratiquait pas à ce point mais le kusti* s'était révélé particulièrement rassurant pendant ce voyage. Il lui assurait conseil dans la conduite d'une honnête enquête et la liait également à sa famille bien-aimée.

Chitra hocha la tête.

— C'est bien d'avoir une telle protection, dit-elle en tendant la main à Perveen alors que cette dernière enjambait le haut rebord de la longue baignoire en marbre.

L'eau était bouillante. Perveen s'y glissa progressivement en ressentant un sentiment de triomphe et de soulagement. Son voyage avait failli s'écrouler en même temps que le palanquin – mais elle avait insisté et elle avait réussi. Elle avait tout d'abord été refoulée à la porte du palais mais elle était malgré tout parvenue à les convaincre de la laisser entrer. Il lui revint un vieux dicton parsi que son défunt grand-père marmonnait souvent : *L'épée appartient à celui qui l'utilise.* Il lui avait expliqué que le proverbe voulait dire qu'un homme qui se comportait avec puissance l'emportait toujours. Au cours de cette difficile journée, elle avait également compris que ce dicton s'appliquait tout autant aux femmes. Si elle agissait avec détermination, elle pourrait sans aucun doute résoudre le différend concernant l'éducation du maharadjah.

Perveen se frotta avec un gant de toilette. L'eau vira au marron, et elle fut bien contente quand Chitra toqua à la porte pour lui signaler la fin du bain. Frissonnant dans une serviette, elle observa l'eau sale disparaître par la bonde scintillante. Chitra nettoya la baignoire afin qu'elle redevienne d'un blanc étincelant avant de la remplir de nouveau. Le fastidieux procédé prit une demi-heure. Perveen entra une seconde fois dans l'eau et ce bain-ci fut délicieux. Quand elle sortit, elle eut réellement envie de finir de se sécher pour aller se coucher. Mais c'était impossible ; il y avait encore deux ablutions prévues. Il fallait qu'elle prenne les deux bains car, si elle désobéissait aux instructions royales, Chitra le rapporterait probablement.

Comme si elle sentait la réticence de Perveen, Chitra lui proposa une série de pâtes cosmétiques à appliquer sur le visage et les cheveux en attendant le bain suivant. Il y eut d'abord une pâte de curcuma, puis un fin masque de babeurre. Pour ses cheveux, ce fut un shampoing d'amla* puis de l'huile de noix de coco.

Le troisième bain était plus tiède que chaud ; la réserve en eau chaude du palais devait toucher à sa fin. Le quatrième fut froid.

— Vous allez bien, memsahib ? demanda Chitra avec inquiétude quand Perveen bondit hors de la baignoire quelques secondes à peine après les derniers soins pour les cheveux et la peau.

— Oui. Il reste des serviettes ?

Cette fois, Chitra enroula Perveen dans la plus grande et la plus épaisse serviette avant d'entreprendre de la sécher. Perveen, qui avait l'impression de redevenir une enfant, fut incapable d'arrêter la domestique. Chitra drapa une seconde

* Amla : Une baie aux propriétés ayurvédiques.

serviette, légèrement plus petite, autour de la tête de Perveen, puis lui ordonna d'aller s'allonger dans le lit qui se révéla réchauffé, à la tête et au pied, par des bouillottes en cuivre. Écartant celle de la tête, Perveen vit qu'elle était gravée d'un anneau de millet entourant deux tigres. Cet emblème figurait en tête de la lettre de la maharani douairière, Putlabai, mais la lettre de Mirabai avait été rédigée sur du papier vierge. Elle se demanda si cela signifiait quelque chose.

Son besoin de sommeil l'emporta sur ses inquiétudes. Elle somnola dans un cocon cotonneux jusqu'à ce que Chitra revienne quarante-cinq minutes avant le dîner pour l'aider à se vêtir et se coiffer. La domestique avait un instrument inconnu de Perveen – une longue pince en cuivre – qu'elle passa dans ses cheveux pour les onduler. Elle lui arrangea sa longue chevelure en vagues qui cascadaient jusqu'en dessous des omoplates. Alice aurait ricané devant tant de frivolité, mais Gulnaz aurait soupiré d'admiration.

— C'est très joli, déclara Perveen. D'habitude, je coiffe mes cheveux en chignon.

— Autrefois, ma maharani arborait de splendides coiffures, dit Chitra avec un demi-sourire. Mais aujourd'hui qu'elle est veuve, elle est plus simple. J'avais envie de vous coiffer de manière spéciale car vous dînez dans le zénana*, ce soir. C'est dans l'ancien palais, là où les dames vivent depuis plus d'un siècle.

Perveen avait hâte de rencontrer tout le monde mais elle pouvait imaginer que les maharanis ne s'exprimeraient peut-être pas de manière trop franche si elles se trouvaient toutes les deux dans la même pièce.

— Est-ce que la maharani Mirabai et les enfants dîneront également avec nous ?

Chitra posa avec précaution le fer chaud sur une desserte, à l'autre bout de la pièce.

— Je ne sais pas si la choti-rani et les enfants seront là, répondit-elle ensuite. En tant que visiteuse, vous devez tout d'abord aller exprimer votre respect à la rajmata qui est à la tête de la famille royale. Où sont les bijoux que vous allez porter ?

— Je n'en ai pas beaucoup. Un collier de perles, des boucles d'oreilles et des bracelets assortis.

Concluant qu'aucun de ses bijoux ne pourrait rivaliser avec ceux d'une princesse, Perveen avait pris le parti de rester simple.

Au moment où Chitra fermait le ras-de-cou de perles de Perveen, on frappa à la porte. Aditya, le bouffon, attendait. Il avait changé de tenue et portait désormais un kurta pajama* au motif cachemire vert foncé. Il était coiffé d'un petit pagri* orange arrangé de travers. Un diamant de la taille d'un grain de raisin scintillait à la lisière du turban. Mais l'ornementation la plus spectaculaire de toutes était vivante : un petit singe gris, habillé d'une veste verte coordonnée, était assis sur l'épaule du bouffon et scrutait Perveen.

— Qui est-ce ? demanda Perveen, ravie.

---

* Kurta pajama : Costume masculin composé d'une tunique et d'un pantalon coordonné à la taille fermée d'un cordon.

— C'est Bandar, répondit Aditya en tapotant le singe sous le menton.

— Oui, je vois bien que c'est un singe, un macaque à bonnet, affirma-t-elle en s'efforçant de cacher son impatience. Mais est-ce que ce bandar* a un nom ?

— C'est Bandar, répéta-t-il. Dans ce palais, on appelle les choses par leur nom.

Tout comme on appelait Aditya Yerda ou Bouffon – plutôt que par son prénom. Il jouait, dans ce palais, un rôle qu'on ne pouvait oublier.

— Votre singe sait-il faire des tours ? demanda-t-elle.

— Oh oui ! Vous le verrez bien. Mais c'est surtout mon petit ami.

Comme pour souligner les paroles de son maître, Bandar se lova tout contre l'épaule d'Aditya en fixant Perveen.

Elle lui sourit et fut touchée qu'il lui sourie en retour.

Pour se rendre du nouveau palais jusqu'au vieux, il fallait traverser la même cour que plus tôt. L'eau qui, à l'aller, montait à la cheville, s'était désormais écoulée dans les caniveaux et la pluie était moins intense. Un valet marcha néanmoins près d'elle avec un parapluie. Le domestique qui courait à côté du bouffon était incapable de placer le parapluie complètement au-dessus du turban du grand homme.

---

* Bandar : Singe.

En entrant dans le vieux palais en calcaire, le bouffon eut un mouvement rapide du poignet. Les domestiques hochèrent la tête avant de s'éloigner.

— Combien de domestiques y a-t-il au palais ? Je crains de ne pas me souvenir du visage de tous.

Chitra était la seule qui lui avait parlé.

— Rajmata en a environ une vingtaine qui travaillent dans l'ancien palais, plus difficile à entretenir. Choti-rani en a quatorze dans le palais moderne. Les enfants ont deux ayahs*, un écuyer pour les aider à monter à cheval et leur précepteur. Et des gardes pour l'extérieur… dit-il, la voix traînante, tout en la regardant d'un air suspicieux. Pourquoi cela vous intéresse-t-il ?

— J'ai remarqué que le palais avait l'air bien entretenu, répondit-elle aussitôt, bien que ce ne soit pas la pure vérité.

Elle s'était au moins attendue à une centaine de domestiques pour un palais royal.

— Et que savez-vous de ce qui se fait dans les palais ? gloussa-t-il.

— En effet, je n'en sais pas grand-chose. Je ne suis allée qu'au palais de Kensington. C'est un palais moins conséquent à Londres, ajouta-t-elle au cas où il n'aurait pas connu le nom.

Perveen et d'autres étudiantes des universités pour femmes d'Oxford et de Cambridge avaient été invitées à rencontrer la comtesse d'Athlone, mais la dame n'avait fait qu'accueillir brièvement tout le groupe avant de se rendre à des rendez-vous plus importants.

---

* Ayah : Nourrice ou servante pour une dame.

— Je connais George V, répondit-il en fronçant son grand nez. Il a la barbe trop clairsemée !

— Vous avez rencontré le roi d'Angleterre ? demanda Perveen, stupéfaite.

— En 1911, à la darbâr* de Delhi.

Elle avait vu un film sur la darbâr* royale qui avait eu lieu dix ans plus tôt. George V et la reine Mary avaient voyagé dans toute l'Inde et leur visite s'était clôturée par une réunion géante des princes à Delhi. Plus de deux cents maharadjahs y avaient assisté.

— Notre maharadjah a eu droit à un salut donné par douze fusils, déclara-t-il avec fierté. Ensuite, nous sommes allés chasser avec Sa Majesté au Népal. Je n'étais qu'un adolescent, mais le maharadjah a insisté pour que je les accompagne.

— Pour les amuser ? demanda Perveen

— J'étais spécial à ses yeux, répondit-il avec un sourire nostalgique.

Perveen perçut de l'amour dans la voix d'Aditya. Elle décida de ne pas lui demander pourquoi les Britanniques avaient considéré le défunt maharadjah suffisamment important pour le saluer de douze coups de fusil. D'après ce qu'elle savait, les plus petits États avaient droit à neuf coups de feu. Si Satapur était aussi important pour les Britanniques, pourquoi avaient-ils perdu le contact aussi longtemps ? C'était peut-être une des raisons pour lesquelles Mirabai souhaitait envoyer son fils en Angleterre. Elle espérait probablement que

---

* Darbâr : Réunion de nobles au sein d'un palais royal.

l'expérience lui donnerait le type de statut privilégié dont son père avait bénéficié.

— La salle du zénana* royal, annonça Aditya en désignant d'un grand geste la large arche ouvrant sur une pièce gigantesque, au plafond très haut.

Perveen entra, le regard attiré par les murs de marbre et les colonnes incrustées de pierres précieuses en motifs de mosaïque. La salle était illuminée de bougies dans des candélabres. Il y avait une longue table en acajou entourée peut-être de trente chaises et cinq places dressées à une extrémité. En dépit du caractère grandiose de la pièce, il planait une désagréable odeur d'humidité et de décomposition qui donnait envie de se boucher le nez.

— Je suis en avance.

La montre de Perveen indiquait vingt heures passées de cinq minutes : une heure et demie plus tôt que l'heure habituelle du dîner à Bombay.

— Vous ne voyez donc pas ? chuchota Aditya. Rajmata est déjà là.

12

Un festin royal

Suivant le regard du bouffon, Perveen découvrit une femme minuscule nichée dans un fauteuil en acajou bien trop grand pour elle. Le fauteuil de la maharani comportait un dos rembourré, brodé du même cimier qu'elle avait vu sur le blason de Satapur : deux tigres debout sur leurs pattes postérieures se faisant face, encerclés de gerbes de millet. L'emblème se trouvait à un mètre au-dessus de la tête grise de la femme. Pourtant, malgré la petite taille de la maharani Putlabai, son visage et son corps très ronds lui donnaient l'air d'une friandise laddu*.

— Venez ! lança-t-elle d'une voix qui n'avait rien de sucrée. Cela fait un moment que je suis là. Autrefois, c'étaient les gens qui attendaient la

* Laddu : Friandise ronde à la farine de pois chiches.

famille royale. Aujourd'hui, c'est la famille royale qui doit attendre.

— Je suis désolée, Rajmata ! chantonna Aditya. Les esprits de la pluie se sont accrochés à nos pieds.

La maharani douairière était habillée pour le veuvage d'un sari blanc de soie brute. Perveen savait, d'après les documents dont elle avait pris connaissance à l'auberge de circuit, que la maharani douairière avait soixante ans, ce qui signifiait qu'il lui restait potentiellement beaucoup d'années à vivre. La vieille maharani arborait un seul bracelet d'or à chaque poignet, les bijoux brillant dans la lueur d'une douzaine de chandeliers disséminés sur la table.

La rajmata la scrutait. Perveen ne savait pas quel geste de respect elle devait adopter mais, se rappelant la préparation à la visite du palais de Kensington, elle courba la tête et fit la révérence.

— Rajmata, je m'appelle Perveen Mistry. Je suis avocate et le gouvernement m'a demandé de répondre à l'inquiétude exprimée dans votre lettre. Je vous remercie de me recevoir.

Maharanai Putlabai continuait de la scruter.

— Vous êtes musulmane ?

Perveen devina l'appréhension dans la question de la reine. Aux XVIIe et XVIIIe siècles, les seigneurs de guerre marathes avaient longtemps combattu les envahisseurs moghols qui avaient pris une grande partie du sous-continent. La maharani douairière, née des générations plus tard, pouvait-elle encore nourrir une certaine rancune ?

— Non, je suis parsie, répondit Perveen, mal à l'aise. Parce que l'histoire ancienne de ma famille est en Perse, je porte également un prénom commun chez les filles musulmanes.

— Une Parsie ! C'est pour cette raison que votre sari est aussi voyant. Asseyez-vous.

La dame désigna du doigt un fauteuil sur sa droite.

Voyant ! Les oiseaux et les vignes colorés, en broderie de Shanghai, sur le sari chatoyant étaient considérés comme de bon goût dans la communauté de Perveen. Elle se dirigea, nerveuse, manquant de trébucher, vers le fauteuil surdimensionné en acajou.

Aditya s'assit également de l'autre côté de la table, mais à bonne distance des places dressées de porcelaine de Limoges liserée d'or. Le singe dévala alors le long de son bras pour s'immobiliser sur la table et surveiller la scène.

La maharani Putlabai frappa des mains avec colère en direction du singe qui bondit au sol. Perveen, bien que contente que l'animal soit descendu de la table, fut surprise que le bouffon soit autorisé à s'asseoir avec elles. Il paraissait être davantage traité comme un courtisan que comme un domestique.

— Notre honorable invitée est une juriste de Bombay, expliqua Aditya à la maharani douairière sur un ton onctueux.

— Et comment se fait-il qu'une juriste de Bombay se présente à moi avec mon pendentif de pierre de lune ?

Observant plus attentivement la maharani, Perveen vit qu'elle portait une fine chaîne d'or à laquelle était accroché le pendentif en pierre de lune. Elle ne l'avait pas remarqué tout de suite car le bijou laiteux reposait sur la soie blanche du sari.

— Il vous va très bien ! Je suis si contente que vous l'aimiez.

Elle remercierait abondamment Vandana la prochaine fois qu'elle la verrait.

— Comment êtes-vous entrée en possession de mon pendentif ? demanda de nouveau la rajmata qui refusait de se décourager.

— Il vient de France, répondit Perveen.

Elle espérait ne pas être obligée d'avouer que c'était une autre personne qui l'avait acheté et lui avait transmis parce qu'elle n'avait pas songé à apporter de cadeaux.

— De France ? répéta-t-elle en haussant des sourcils épais et étonnamment bruns étant donné ses cheveux blancs. Mon fils a toujours rêvé de visiter ce pays. Mais il ne s'agit pas d'une pierre française. C'est ma pierre de lune indienne, qui m'a été offerte en cadeau de mariage par ma tante préférée.

Perveen ne comprenait pas.

— Êtes-vous en train de me dire que vous aviez déjà une pierre de lune comme celle que je vous ai offerte ?

— Vous êtes une idiote ! lança la minuscule dame en se raidissant dans son fauteuil et en lançant un regard noir à Perveen. Je sais que c'est mon pendentif, celui précisément qui a été perdu il y a au moins seize ans. L'or indien est de 18 ou 22 carats, et l'or européen seulement de 14. Il s'agit d'un or de 22 carats et c'est pour cette raison que c'est un pendentif indien.

Les pensées de Perveen se bousculaient, et elle se mit à transpirer. Vandana s'était-elle rappelé que la douairière avait perdu son pendentif chéri ? Elle avait dû penser qu'elle apprécierait qu'il soit remplacé, mais le cerveau de la vieille dame était trop confus. Si seulement Vandana avait raconté cette histoire à Perveen ! C'était une situation embarrassante car la maharani devait supposer que Perveen avait acheté le pendentif à un receleur. Pour une avocate, ce n'était pas bon. Et voilà qui créait une énorme distraction et les éloignait du sujet de l'éducation du maharadjah.

— Je ne m'y connais pas vraiment en pierres précieuses, reconnut Perveen après avoir pris une profonde inspiration. Mais il se peut que ce soit une pierre de lune venant d'Inde. Et de nombreux souverains indiens font monter leurs pierres précieuses chez des joailliers français.

— Vous êtes un bijou d'avocate pour avoir rapporté ceci ! l'interrompit le bouffon avec une politesse exagérée. Il nous revient maintenant de vous faire un cadeau.

— Ne parle pas à ma place ! tonna la douairière. Pourquoi devrais-je faire un cadeau à une femme qui vit dans la poche d'un voleur ?

— Je ne veux rien, répondit Perveen en rougissant. En qualité d'employée du gouvernement, je ne peux accepter aucun cadeau.

— Oh ? Ce n'est pas ce que nous a raconté le dernier agent politique !

Perveen mit un peu de temps avant de se rappeler le prédécesseur de Colin.

— Est-ce de Mr McLaughlin dont vous parlez ?

— Oui. À chacune de ses visites, il choisissait toujours un cadeau très luxueux dans le trésor du palais. Il aurait pris la couronne du maharadjah s'il avait pu.

— Oh.

Perveen ne mentionna pas que cela ressemblait à de la corruption, mais elle évoquerait ce sujet avec Colin. Tous ces bijoux offerts à l'agent politique expliquaient-ils le salut de douze coups de fusil ?

La maharani douairière repositionna le pendentif bien au centre sur son sari.

— Maintenant racontez-moi comment une femme devient avocate.

Perveen essaya de ne plus penser à la remise gâchée du cadeau, et ses épaules se détendirent. Il n'y aurait au moins aucune surprise quand elle raconterait son histoire.

— J'ai étudié le droit à l'université d'Oxford en Angleterre. J'avais les qualifications requises pour devenir avocate et je suis rentrée pour travailler dans le cabinet de mon père.

— L'Angleterre, répéta la douairière d'un air pensif. Je ne crois pas que les écoles y soient meilleures que celles que nous avons en Inde. Qu'en pensez-vous ?

— Cela dépend de l'institution, répondit Perveen. Il y en a d'excellentes dans les deux pays et, pour certains domaines, il vaut mieux étudier ici. Souhaitez-vous discuter de votre impression concernant l'éducation de votre petit-fils ?

Un domestique tout habillé de blanc, portant une soupière en argent, entra dans la pièce mais la vieille dame agita une main dans sa direction et il fit aussitôt marche arrière.

— Ce n'est pas une question d'impression mais de vérité, déclara-t-elle en se tournant de nouveau vers Perveen. Mon petit-fils ne devrait pas partir à l'étranger alors que son dharma* est de régner ici.

Ses propos confirmaient la lettre que Perveen avait lue. Mais elle attendait plus qu'une polémique de la part de la maharani.

— J'ai lu votre avis dans votre lettre. Seriez-vous assez aimable pour m'exposer ce qu'on attend intellectuellement d'un maharadjah ?

La maharani douairière pencha la tête sur le côté comme si elle réfléchissait à la question.

— Avoir des connaissances en agriculture, savoir compter et être capable de rédiger une bonne déclaration et de retenir sa force en public, déclara-t-elle d'une voix puissante. Le garçon peut apprendre tout cela de son précepteur. Basu-sahib était assez brillant pour enseigner à mon époux et à mes fils, alors pourquoi pas à mon petit-fils ?

La maharani n'avait peut-être pas les idées aussi confuses que Perveen l'avait cru quand elles avaient échangé au sujet de la pierre de lune.

— Et quel âge a Mr Basu ?

— Presque quatre-vingts ans. Il a toute une existence de sagesse.

Perveen était mal à l'aise. Mr Basu était sûrement très bon en histoire indienne, y compris la période des guerres marathes. Mais qu'en était-il des courants actuels en sciences et lettres ?

— Il semble qu'il ait beaucoup d'expérience. Mais comment se tient-il au courant du savoir moderne qu'on attend aujourd'hui des jeunes hommes ?

---

* Dharma : Comportement et conduite correspondant à une vie saine.

La maharani Putlabai la considéra avec sévérité.

— Ce n'est pas seulement l'information qui fait un bon précepteur. C'est l'amour de la famille. Êtes-vous au courant que mon fils est mort il y a deux ans et mon petit-fils aîné l'année dernière ?

— Oui. J'ai été très attristée d'apprendre ces tragédies, Rajmata, glissa Perveen qui avait le sentiment qu'elle ne devait en dire plus au risque que cela soit détourné par l'habile douairière. Puis-je savoir quand votre époux est mort ?

— Il y a dix ans. Voilà un portrait de lui pris cinq ans avant son décès.

Sur le mur était accrochée une photographie colorée à la main dans un lourd cadre doré. L'homme, aux cheveux blancs et à la moustache bouclée, semblait un maharadjah différent de celui du portrait de la chambre d'invité. Un tigre mort reposait aux pieds du maharadjah. La soi-disant malédiction s'abattait sur les souverains qui mouraient jeunes, mais celui-ci avait apparemment bénéficié d'une longue existence.

— Aujourd'hui, ses deux petits-enfants sont tout ce qui reste à Satapur, poursuivit la douairière en pointant vers Perveen un petit doigt rongé par l'arthrite. Et ils viennent me voir tous les jours pour trouver l'amour et la compagnie que leur mère leur refuse.

Perveen, silencieuse, ne souhaita pas paraître prendre parti.

— Vous n'aviez pas besoin de venir, poursuivit la maharani Putlabai bien que la jeune femme ne l'ait pas contredite. Tout aurait pu être arrangé si ma lettre avait été lue par ce nouveau *gora* à l'auberge de circuit.

— Mr Colin Sandringham, corrigea Perveen, n'appréciant pas que la maharani utilise le terme péjoratif pour « étranger ». Il a lu la lettre quand elle lui a enfin été distribuée, mais il ne peut pas y répondre sans avoir eu confirmation des opinions de tous. Comme vous le savez, sans maharadjah régnant sur le trône, cette famille tout entière est sous la tutelle du gouvernement. L'Agence de Kolhapur m'a demandé d'incarner cette protection.

— Donc vous, une femme, avez été désignée pour nous protéger ? demanda la maharani Putlabai, choquée.

— J'ai été envoyée ici parce que je suis indienne, que je parle le marathi, que j'ai de l'expérience en droit et que je ne violerai pas votre pratique de la purdah, expliqua Perveen en s'efforçant de ne pas paraître péremptoire. Je vous écouterai avec attention, ainsi que la choti-rani, car nous pouvons même nous asseoir à la même table.

Le domestique habillé de blanc réapparut.

— Rajmata, ils sont là, murmura-t-il, la tête baissée.

— Très bien, répondit la maharani Putlabai avant de s'adresser à Perveen sur un ton méprisant. Vous rencontrerez Basu-sahib demain. Vous comprendrez alors qu'il enseigne aux enfants tout ce qui leur est nécessaire.

On entendit un bruit de course et Perveen se tourna d'un coup vers la porte. Une petite fille vêtue d'une robe en dentelle rose se précipita dans la pièce en serrant quelque chose contre sa poitrine. Un garçon plus grand, vêtu d'une veste de brocart bleu marine brodé d'or, courait derrière elle.

Il s'arrêta net quand la fillette se jeta dans les bras ouverts de la rajmata.

— Elle m'a pris mes jumelles ! accusa le garçon, le visage tout tordu par l'agacement. Elle va les salir avec ses gros doigts.

— Elles ne sont pas qu'à lui, elles sont à nous. C'est mon tour.

— Les enfants, elles ne vous appartiennent pas. Elles sont à moi, trancha la maharani Putlabai en tendant les jumelles au bouffon. Je te prie de les porter dans mes quartiers.

Le maharadjah et sa sœur la princesse étaient de beaux enfants aux yeux marron doré, à la peau pâle, aux cheveux sombres et bouclés et au comportement aussi vif et espiègle que n'importe quels enfants de Bombay. Perveen s'amusa de voir la vieille reine s'inquiéter autant de ses jumelles. Elle s'occupait probablement en épiant depuis la rangée des hautes fenêtres en voûte du vieux palais. Pas étonnant que la douairière ne souhaite pas emménager dans le nouveau palais ; cela l'empêcherait d'être au premier rang pour voir le monde.

— Mais je les veux ! pleurnicha le garçon.

La maharani Putlabai sembla hésiter.

— *Wagh*, il fait nuit, dit-elle d'une voix douce. Je vous prie d'attendre gentiment jusqu'à demain matin pour jouer avec.

Le regard de Perveen passa de la grand-mère au petit-fils. Bien qu'elle se soit adressée à lui en utilisant un surnom signifiant « tigre », le ton utilisé avait été solennel. Elle s'adressait autant au roi qu'à l'enfant.

Aditya se leva pour prendre les jumelles à la douairière mais, à son pas rapide et sa tête rejetée en arrière, on pouvait deviner que cela l'ennuyait qu'on l'envoie les ranger. Perveen se réjouit malgré tout qu'il y ait une personne de moins dans la pièce. Devant un public, la maharani Putlabai se sentait peut-être obligée de se montrer plus dure pour ne pas perdre la face.

— Qui est cette dame ? demanda la princesse Padmabai en regardant timidement Perveen.

— Oui, qui est-ce ? répéta le prince Jiva Rao sur un ton plus autoritaire.

— Les Britanniques nous ont envoyé cette dame que vous appellerez Perveen-memsahib, répondit la douairière en se levant comme pour affirmer son pouvoir sur le garçon.

Padmabai se cogna contre ses cuisses en gloussant.

La maharani se rassit avec l'aide de deux valets.

— Perveen-memsahib veut décider de votre éducation, dit-elle avec sévérité au maharadjah.

— Perveen-memsahib, êtes-vous notre nouveau professeur ? demanda le prince Jiva Rao en la scrutant d'un air suspicieux.

— Non, ne vous inquiétez pas. Je suis avocate. Savez-vous en quoi consiste ce métier ?

Le prince secoua la tête et Perveen reprit :

— Mon métier consiste à écouter tout le monde et à trouver des moyens de tomber d'accord. Mon nom complet est Perveen Mistry. Si vous le souhaitez, vous pouvez m'appeler Tatie Perveen…

— Ils doivent vous appeler memsahib, insista la rajmata. Parce que vous travaillez pour les Britanniques.

Était-ce une pique ? La famille royale devait être mécontente des Britanniques qui l'imposaient autant sur ses richesses. Perveen regrettait de ne pas pouvoir dire à la rajmata ce qu'elle pensait personnellement de la loi britannique.

— Je ne suis pas habituée à la vie de palais, déclara-t-elle en regardant Jiva Rao. Votre Majesté, comment souhaiteriez-vous que je vous appelle ?

— Tout le monde l'appelle *Wagh*, intervint Padmabai. Quand il était petit, il criait aussi fort qu'un tigre !

— Et le tigre fait partie de notre blason. Cependant, ce surnom est réservé à la famille. C'est faire preuve de respect que de l'appeler « maharadjah », dit la douairière à Perveen.

— Maharadjah Jiva Rao ? demanda Perveen qui cherchait à créer un contact avec le garçon.

— Non ! Prononcer son nom devant lui est irrespectueux ! Dites seulement « maharadjah ». Et à sa sœur, « rajkumari ».

— En fait, Mr Basu les appelle prince et princesse. C'est une autre possibilité tout aussi convenable.

Perveen se tourna au son de la plaisante voix basse s'exprimant en un mélange de marathi et d'anglais. La grande femme qui se dirigeait vers la table d'un pas rapide et athlétique portait un sari jaune citron aussi modeste que celui de la maharani Putlabai, mais confectionné dans une mousseline de soie française, tout comme celui de Vandana Mehta. Là s'arrêtait la ressemblance entre les deux femmes. La peau de la maharani Mirabai, plus sombre, avait une apparence légèrement burinée assez inhabituelle chez une femme de la haute société. Les grands yeux marron et magnétiques de la princesse étaient cernés de fines rides, qui entouraient également ses lèvres minces. Elle n'était pas d'une beauté classique, mais elle était élancée et paraissait forte, ce qui surprit Perveen. Elle avait imaginé que Mirabai ressemblerait aux maharanis figurant sur les peintures miniatures, des femmes passant leurs journées à se prélasser au lit ou autour de tables chargées de mets fins.

L'attention de Perveen fut distraite par le compagnon de Mirabai, un grand chien de chasse blanc comme neige à la truffe rose vif. L'animal était la copie conforme de Desi, le chien de garde de l'auberge. Mais au contraire de ce dernier, qui était un chien rapide d'extérieur et pas particulièrement sociable, celui-là se comportait comme un animal de compagnie et se dirigea avec confiance vers Perveen pour la renifler.

Elle tendit la main pour que le chien la sente, et il agita la queue pendant qu'elle le grattait sous le cou. Son poil soyeux et doux dégageait un léger parfum. Était-ce du bois de santal ? De près, elle vit que son collier était vraisemblablement piqué de véritables rubis.

— Ganesan vous aime bien ! pépia Padmabai. Voyez comme sa queue va vite-vite !

Perveen était aimée de la plupart des chiens – même les peureux. Les animaux devaient être capables d'identifier les humains qui leur voulaient du bien.

— Je m'appelle Perveen Mistry, l'avocate déléguée par le gouvernement, déclara Perveen en baissant la tête devant la jeune maharani. Je vous remercie ainsi que votre belle-mère de m'accueillir au palais. J'ai espoir que nous puissions résoudre les conflits si nous œuvrons ensemble.

Mirabai acquiesça avant d'aller s'asseoir dans le fauteuil près de sa fille. Jiva Rao avait bondi dans celui à la gauche de Putlabai. La hiérarchie était claire. Même le chien connaissait sa place. Il s'allongea sur le sol de marbre du côté libre du fauteuil de Mirabai.

Une série de domestiques entra, tout d'abord pour apporter des rince-doigts. Quand on posa le bol devant Perveen, elle trempa avec plaisir ses doigts dans l'eau chaude où flottaient une rondelle de citron et une rose minuscule. Quelle élégance.

Une fois les rince-doigts enlevés, les valets revinrent avec des assiettes fumantes. Perveen ferma un instant les yeux, savourant les riches effluves de safran et d'oignons doux. Elle avait tellement faim. Elle se demanda qui serait servi en premier : le maharadjah ou la maharani douairière. Elle fut surprise de voir un domestique déposer un grand plat en acier pour thali* sur le sol de marbre et chaque valet portant une soupière s'accroupir pour y servir une cuillerée de nourriture. Le chien gémit, mais Mirabai lui ordonna sévèrement de ne pas bouger. Finalement elle l'autorisa à manger et il se rua sur le plat.

— Les Parsis disent de toujours donner la première bouchée de nourriture au chien ! déclara Perveen, bien déterminée à montrer qu'elle n'était pas surprise.

* Thali : Assortiment de plats généralement servis dans de petits récipients en métal disposés sur un plateau rond, également en métal.

— Vous aussi, vous craignez qu'on vous empoisonne ? demanda la maharani Mirabai, les yeux écarquillés.

Perveen fut ébranlée. Y avait-il des raisons de craindre d'être empoisonné au palais ? Elle qui avait cru que de tels récits de trahison appartenaient au passé. Sans voix, elle fut incapable de formuler la moindre réponse.

— Votre famille est également entourée d'ennemis ? insista Mirabai.

Il valait mieux que Perveen explique cette coutume.

— En fait, nous nourrissons le chien en premier comme acte de bonté envers les animaux. Cela fait partie de notre religion.

— Cette angoisse de l'empoisonnement est tout aussi stupide que ce chien baveux, marmonna la douairière. Autrefois les chiens restaient dehors. Elle l'a pris avec elle juste après la mort de mon fils.

— Ganesan ressemble à la race du sud de l'Inde, le Rajapalayam, dit Perveen qui s'efforçait d'empêcher la vieille maharani de dénigrer davantage sa bru. L'agent de Satapur a un chien assez similaire à l'auberge de circuit.

Mirabai parut regarder Perveen pour la première fois.

— C'est exact, mon chien est un Rajapalayam. C'est le dernier agent officiant à l'auberge de circuit qui nous l'a offert après le décès de mon mari.

Il était donc possible que Ganesan soit de la même lignée que Desi – probablement un frère ou un fils.

— *Ganesan* signifie « celui qui surveille et garde », expliqua la maharani Mirabai.

— Comme un grand frère ! s'exclama Perveen avant de prendre conscience combien son commentaire était irréfléchi étant donné la mort du prince Pratap Rao.

Mirabai prit une expression renfrognée.

— Comme si un chien pouvait remplacer un enfant ! lança la maharani douairière.

Le temps de leur bref échange, Ganesan avait nettoyé le thali* de toutes les petites portions de nourriture. Il leva les yeux comme pour en réclamer plus.

Mirabai hocha la tête vers le domestique debout et silencieux près de la table.

— Allez-y.

Puis à Perveen :

— Normalement, j'attends quelques minutes de plus – mais les enfants et moi allons manger.

Les valets s'approchèrent tout d'abord de Mirabai et se tinrent là avec l'ensemble des plats, prêt à servir.

— Seulement du riz, du dal et du yaourt pour lui aujourd'hui, ordonna Mirabai. Il ne se sent pas bien.

— Encore ? Il lui faut de la viande pour avoir de la force, protesta la douairière, mais Mirabai secoua la tête.

Perveen, relevant qu'aucune des deux femmes ne mangeait de viande, supposa que c'était parce qu'elles étaient veuves. La princesse Padmabai eut droit à tout. Elle voulut du curry d'agneau, du curry de pommes de terre, des paneer kofta*, du pilaf au safran ainsi que du riz blanc, du dal, du raïta** de

* Paneer kofta : Boulettes de fromage indien.

** Raïta : Sauce à base de yaourt.

concombre, et des feuilles de fenugrec frites. On servit en même temps des douceurs dans de petits bols ; elle prit du gâteau de riz et des gulab jamun*.

Perveen mangea tout ce qu'on lui proposa en utilisant sa main droite, imitant la maharani douairière, bien que l'argenterie soit dressée devant chaque convive. La nourriture, excellente, laissait deviner un cuisinier prudent qui épiçait légèrement ses plats.

Mirabai mangea à la manière anglaise, comme son fils, qui maniait à la va-vite sa fourchette et son couteau. La princesse Padmabai alternait les méthodes, piquant le curry de pommes de terre à la fourchette de sa main gauche et mélangeant le riz et le yaourt de la droite. C'était peut-être pour apaiser sa mère et sa grand-mère, qui mangeait avec élégance les aliments de ses premières phalanges.

— Quel repas délicieux. Difficile de dire ce que je préfère, mais le curry d'agneau est particulièrement savoureux, déclara Perveen après avoir goûté à tout.

— Vraiment ? répliqua la douairière. Dites-nous donc, quel est le plat traditionnel de Bombay ?

— Il y a tellement de styles de cuisine différents à Bombay, répondit Perveen à qui on faisait apparemment comprendre qu'elle n'avait pas le droit d'exprimer de quelconques jugements sur la nourriture du palais. Mes ancêtres sont venus de Perse il y a des siècles, et on cuisine encore certaines anciennes

* Gulab jamun : Boulettes de pâte, cuites dans l'huile et servies avec un sirop épais à la cardamome.

recettes. Nous mangeons du riz avec des raisins et des noix, et nous sucrons nos currys.

— La cuisine royale utilise jusqu'à quarante ou cinquante épices par plat, se vanta la maharani douairière.

— Pendant la mousson, la nourriture peut devenir écœurante, déclara Mirabai en regardant Perveen. C'est sûrement à cause des pluies que *Wagh* est tombé malade. C'est pour cette raison que son régime est limité aujourd'hui.

— Quand était-ce ? demanda Perveen en déchirant un morceau de paratha*.

— J'ai passé toute la semaine alité, déclara Jiva Rao dans un bâillement révélant le riz à moitié mâché dans sa bouche. Je me suis tellement ennuyé ! Et je ne pouvais manger que de la soupe.

— De la soupe que je t'ai préparée, précisa Mirabai en adressant un regard lourd de sens à Perveen. Son estomac n'est pas encore prêt à supporter de la nourriture riche.

— La soupe n'était pas bonne, continua le maharadjah sur le ton de la jérémiade. Et le vieux Basu n'a pas cessé de me répéter que je devais lire alors que je peinais à voir les mots. Et j'avais mal à la tête.

Perveen concentra son attention sur la maharani Mirabai qui encourageait sa fille à finir son dal.

— Un docteur a-t-il vu le maharadjah ? demanda Perveen.

— Elle ne le souhaitait pas, répondit la jeune reine en jetant un regard en biais à la douairière.

Putlabai s'adressa à Perveen sans lever les yeux tout en mélangeant son riz et son yaourt.

— Le docteur Andrews vient toujours trop tard. L'appeler, c'est comme souhaiter la mort du malade. Mon prêtre peut s'occuper des maladies.

— J'espère pouvoir rencontrer votre prêtre, dit Perveen d'une voix neutre.

Il était approprié que, dans son rapport, elle puisse mentionner si le prince avait accès à des soins médicaux fiables. Certains prêtres hindous étaient experts en médecine ayurvédique, mais d'autres avaient très peu de savoir et pouvaient faire des dégâts.

La douairière mastiqua à grand bruit avant de boire longuement de l'eau.

— C'est dommage, mais ça ne va pas être possible. Notre prêtre est parti faire la tournée des villages – il va procéder aux bénédictions dans les temples des petites villes dès que la météo permet de voyager.

— Les habitants doivent être reconnaissants de cette visite spéciale.

Perveen se demanda si la douairière avait envoyé le prêtre en mission afin d'éviter qu'elle s'entretienne avec lui.

— Maharadjah, y a-t-il des livres que vous aimez lire ? demanda-t-elle en se tournant vers le prince.

— Le *Mahābhārata*, marmonna Jiva Rao.

Depuis qu'il avait perdu les jumelles et qu'on lui avait servi un repas simple, il paraissait moins vivant.

— Et, bien sûr, l'histoire de tous les souverains marathes – pas seulement de notre État, mais des dizaines d'autres.

La grand-mère tendit la main pour pincer la joue du garçon d'un air approbateur.

— Étudiez-vous le *Mahābhārata* en hindi ou en marathi ? demanda Perveen au prince qui se tortillait sur son siège.

— En sanskrit ! La langue originelle qui nous vient de Brahma, répondit sèchement la maharani douairière Putlabai.

— Il y a très peu d'enseignement en anglais, marmonna la maharani Mirabai comme si cela lui déplaisait.

— Ce n'est pas parce que vous venez de Bhor que cela signifie que vous valez mieux que nous ! rétorqua sa belle-mère.

— Je n'ai jamais rien dit de tel, rétorqua Mirabai qui laissa tomber sa fourchette dans son assiette. Nous savons toutes les deux que le maharadjah souhaitait que ses fils parlent couramment l'anglais. Il n'y a qu'ainsi qu'ils pourraient régner avec force.

— Mais Basu enseigne très bien l'anglais !

La maharani douairière tapa de son minuscule poing sur la table, faisant trembler une fourchette et ricaner ses petits-enfants.

— Êtes-vous en train d'insinuer que feu votre honorable époux n'a pas appris à parler convenablement ?

— Ce n'est pas ce que j'ai dit, répliqua aussitôt Mirabai. C'était l'homme le plus intelligent que j'aie jamais connu. Mais il n'avait pas le bon accent pour ces Anglais. Quand il parlait, ils se moquaient de lui en se cachant derrière leurs mains. Il aurait pu obtenir davantage s'il s'était exprimé comme cette avocate.

La situation tendue et inconfortable avait rapidement tourné à la dispute complète. Perveen prit conscience que les deux femmes la considéraient comme une potentielle troisième guerrière. Il fallait qu'elle désamorce les choses.

— En fait, je ne me suis adressée à personne en anglais ici. J'ai bien étudié à Oxford mais je n'ai jamais tenté d'affecter un accent. Il existe de toute façon tant d'accents différents en Angleterre que cela ne sert à rien d'essayer de déterminer lequel est le meilleur.

— Ce n'est pas vrai dans notre cas. Il n'existe qu'un seul accent pour les hommes du gouvernement. Et c'est celui que mon fils doit apprendre, décréta Mirabai en reprenant sa fourchette pour piquer ses aliments.

— Je parle anglais ! La météo pleut, dit la princesse Padmabai en anglais d'une voix guindée mais douce. Quand pluie tombe, je prends parapluie. Qui a pris parapluie à moi ? Le chien a pris !

Malgré son jeune âge, Padmabai avait déjà les talents d'une pacificatrice – ainsi que suffisamment de confiance en elle pour tester son anglais. Perveen ressentit une pointe d'admiration, aussitôt suivie de regret. Le destin de la rajkumari était d'épouser un homme de sang royal.

— Pourquoi avez-vous dit que Ganesan avait pris le parapluie ? demanda Perveen en anglais tout en souriant à la fillette.

— Les chiens ne peuvent pas tenir un parapluie ! répliqua Jiva Rao en marathi. Ils ne font que rester allongés par terre.

— Le chien met parapluie dans bouche et porte parapluie à la reine ! déclara Padmabai en anglais, prenant le ton empressé de sa grand-mère.

Puis elle prit une boulette de viande qu'elle jeta dans sa bouche.

— Vous savez bien viser et également bien parler anglais, rajkumari ! la complimenta Perveen.

La princesse Padmabai éclata de rire, mais la maharani Mirabai pinça ses lèvres sèches.

— Mon fils lui aussi est intelligent, mais il a besoin d'être en compagnie d'autres garçons pour s'intéresser aux études. Un homme s'affaiblit à être entouré de trop de femmes.

Perveen hocha la tête – bien qu'elle ne fût absolument pas d'accord – mais elle comprit que complimenter la fillette avant d'avoir dit quoi que ce soit de positif au sujet du fils avait offensé Mirabai.

— Maharadjah, puis-je vous demander quelle est votre matière préférée ?

Le garçon poussa la nourriture dans son assiette sans répondre.

— Aimez-vous l'histoire, préférez-vous faire des additions ou bien autre chose ? insista-t-elle en se rappelant ce que Colin lui avait confié. N'êtes-vous pas bon en dessin ?

Il marqua une pause et, quand il lui répondit, sa voix parut détendue pour la première fois à Perveen.

— Un maharadjah n'a pas le temps de dessiner. J'aime faire voler des cerfs-volants. Aditya-yerda m'en rapporte et, quand il fait soleil, je peux courir et faire voler leurs couleurs depuis le chemin de ronde des remparts. Là-haut avec les oiseaux.

— Elle ne vous demandait pas si vous aimiez jouer ! intervint sèchement la douairière. Mais quels étaient les sujets importants que Basi vous enseigne.

Jiva Rao grimaça avant de reprendre le même ton maussade que plus tôt.

— Je n'aime pas Basu. Il est trop vieux et tousse tout le temps.

— Il tousse tant et tant sans mettre son mouchoir ! pépia Padmabai avant d'entreprendre de l'imiter.

La grand-mère réprimanda l'enfant en agitant le doigt.

— Vous avez beaucoup de chance qu'il n'entende pas combien vous êtes grossière ! Ce repas est fini.

À ces mots, les valets qui patientaient le long des murs s'avancèrent pour débarrasser les assiettes. Alors qu'ils remplissaient leur fonction, Perveen tenta encore une fois de créer une alliance.

— Si vous me le permettez, je souhaiterais donner aux enfants de petits cadeaux après le dîner, dit-elle en s'adressant aux deux femmes.

— Je savais qu'elle nous apporterait quelque chose ! s'exclama Padmabai en bondissant dans son fauteuil à haut dossier. C'est ce que les invités font toujours !

— Vous m'avez apporté un cerf-volant ? demanda Jiva Rao en fixant Perveen avec envie.

— Non, je suis désolée, répondit-elle, devinant que Jiva Rao serait très déçu de recevoir un livre.

— Elle m'a rendu la pierre de lune de Satapur, déclara la douairière en caressant le pendentif sur sa poitrine. Que vous a-t-elle donné ?

— Elle m'a offert des gants.

Au ton plat de Mirabai, Perveen eut le sentiment que le présent n'avait pas été à la hauteur.

— J'espère qu'ils vous vont, dit-elle, inquiète.

— Ils sont un peu larges aux doigts. Comme si quelqu'un les avait déjà portés, expliqua Mirabai avec prudence. Les cadeaux des enfants se trouvent-ils dans les quartiers des invités ?

Perveen acquiesça, quasiment sûre que la jeune reine trouverait à redire aux livres qu'elle avait choisis. Mais il était trop tard pour changer quoi que ce soit maintenant.

— Nous irons ensemble, soupira Mirabai. Une fois que les rince-doigts nous auront été apportés. Les mains de la princesse Padmabai sont dans un tel état…

13

Une visite nocturne

Le papier cadeau que Colin avait proposé pour les paquets des enfants arborait un joyeux motif de Noël, de feuilles de houx et de baies rouges. Perveen espérait que la famille royale de Satapur ne serait pas offensée par ce lien avec une fête chrétienne, ni par l'état du papier. À l'auberge, Perveen en avait aplati les plis – il avait clairement déjà été utilisé – et avait enveloppé les livres du mieux possible, nouant tout autour du ruban officiel rouge du gouvernement. Mais elle n'aurait pas dû s'inquiéter. Les enfants, sans prêter attention au papier, le déchirèrent aussitôt pour examiner les livres.

— Mes enfants sont trop excités, je suis désolée.
Allongée sur un divan, Mirabai les regarda jeter le papier sur le sol de marbre. Chitra se rua pour ramasser tous les morceaux.

— Ça ne me dérange pas, la rassura Perveen. Laissons-les apprécier la surprise.

Jiva Rao feuilleta rapidement *Le Vent dans les Saules.* Quand il leva les yeux, son expression était légèrement intéressée.

— Pourquoi ces animaux portent-ils des vêtements ? Et qui sont-ils ?

Padmabai, qui avait regardé par-dessus son épaule, livra son propre commentaire.

— Ces animaux portent des vêtements de garçon. C'est très étrange !

— Comme c'est amusant. Pouvez-vous m'apporter vos livres ? demanda Mirabai.

Perveen les suivit et se tint près du petit groupe familial. Elle était contente que la douairière ne soit pas venue – elle aurait gâché l'atmosphère.

— Il s'agit de la tenue anglaise typique des gentlemen, déclara Perveen. Je peux vous lire un peu de chaque livre, si votre mère pense que nous avons le temps.

— Pourquoi pas ? dit Mirabai avec un léger sourire. Mais leur anglais n'est pas très sûr.

— Alors je traduirai en marathi.

Perveen commença à lire, bien que quelques mots ne soient pas traduisibles. Assise dans un coin, Chitra gloussait derrière sa main.

— Cette forêt en Angleterre est-elle aussi grande que la nôtre à Satapur ? l'interrompit Jiva Rao au beau milieu d'une phrase.

— La forêt de ce livre n'existe pas en vrai, il est donc difficile de répondre. Cependant, la chaîne montagneuse qui englobe la jungle de Satapur est beaucoup plus étendue que toute l'île d'Angleterre.

— C'est vrai, confirma Mirabai en remuant sur le canapé pour regarder son fils. La chaîne montagneuse Sahyadri, qu'on appelle également les Gahts occidentaux, commence tout au sud à Travancore et remonte jusqu'au Gujarat. C'est là que la famille de Perveen-memsahib est arrivée il y a des siècles de cela.

— Avez-vous étudié la géographie et l'histoire ? demanda Perveen avec intérêt.

— Oh oui. J'ai reçu une éducation convenable dans une école religieuse, au contraire de mes pauvres enfants.

La reine n'était pas très subtile dans sa manière de faire pression pour obtenir une éducation à l'étranger pour ses enfants. Une femme intelligente qui avait conservé autant de son éducation considérait sûrement que cela représentait beaucoup pour ses enfants. La jeune avocate reprit la lecture à voix haute jusqu'à ce que des coups frappés à la porte l'interrompent.

— C'est probablement elle qui veut les envoyer au lit, marmonna Mirabai.

Chitra s'excusa d'un hochement de tête auprès de la maharani avant de se ruer sur la porte pour répondre.

Mais ce n'était pas la maharani douairière. Aditya le bouffon entra dans la pièce avec Bandar sur l'épaule. Voyant le groupe rassemblé, le singe bondit au sol et se précipita vers eux, s'installant sur les genoux de Padmabai, à quelques centimètres de Perveen. Bien qu'elle ait été charmée par la famille d'Hanuman et par le spectacle de Bandar sur l'épaule d'Aditya, Perveen aurait préféré s'éloigner un peu de l'animal qui lui donnait l'impression qu'une des étranges gargouilles de pierre décorant la façade de la Haute Cour de Bombay avait pris vie.

— Et que faites-vous tous là ? demanda Aditya, se rapprochant pour jeter un regard au livre.

Était-il vexé de ne pas avoir été mis au courant de ce programme d'après-dîner ?

— Nous lisons, répondit Perveen avec un sourire au moment où le singe tendit la main pour lui arracher le livre.

Aditya batailla pour reprendre l'ouvrage en assénant un coup sur la tête de l'animal.

— Bandar, idiot ! Tu ne sais pas lire.

— Bandar doit être jaloux que nous regardions d'autres animaux, gloussa Padmabai alors que le singe grimpait de nouveau sur l'épaule d'Aditya. Tu devrais lui acheter une casquette plate pour la voiture comme celle de Crapaud.

— Les animaux de Satapur, ceux en dehors du palais, portent-ils aussi des vêtements ? demanda Jiva Rao à Aditya.

— Le tigre est notre animal royal. Il existe peut-être dans la forêt une famille de tigres royaux portant nos couleurs !

Le bouffon découvrit ses dents pour imiter un tigre en train de grogner, et les deux enfants éclatèrent de rire.

Mirabai, se rappelant sans doute de quelle manière son fils aîné était mort, ne souriait pas. C'était probablement aussi douloureux d'entendre son second fils être appelé par son surnom.

— La prochaine fois que tu iras en forêt à cheval, essaie de repérer les animaux qui sont habillés, ordonna Jiva Rao à Aditya. Tu pourras prendre les jumelles de Rajmata.

— Elle ne me les confiera pas. Elle est trop occupée à surveiller les envahisseurs depuis le vieux palais.

Aditya porta des jumelles imaginaires à ses yeux tout en abaissant les commissures de ses lèvres dans une parfaite imitation de l'expression aigrie de la douairière. Les enfants rirent de nouveau, mais Mirabai fronça les sourcils.

— Elle cherche peut-être aussi Oncle Swaroop ! Il apporte toujours de merveilleux cadeaux ! dit Padmabai en jetant des regards inquiets vers sa mère.

La princesse se rapprocha de Mirabai qui lui adressa un gentil sourire.

— Vous devez souvent voir votre oncle, dit Perveen.

Après tout, c'était le Premier ministre.

— Très souvent. Comme il n'a pas d'enfants, il nous aime beaucoup, déclara Jiva Rao sur un ton joyeux.

— Moi, j'appellerais cela autrement, commenta Mirabai sur un ton sinistre.

Que pensait exactement Mirabai des motivations de son beau-frère ? Son commentaire mystérieux, de toute évidence destiné à Perveen, avait apparemment contrarié Jiva Rao et Padmabai.

Perveen se réjouit que le bouffon reprenne la parole.

— Ne croyez-vous pas qu'il est temps de fermer ces livres ? demanda-t-il gaiement. Je suis venu pour aller coucher le maharadjah et la rajkumari.

— Vous n'êtes pas leur ayah*. Ce n'est pas votre devoir, réagit Mirabai en caressant les cheveux de Padmabai.

Perveen devina que la maharani avait eu envie que les enfants restent un peu plus longtemps avec elle.

— C'est Rajmata qui me l'a demandé, répondit-il en baissant la tête comme pour s'excuser. Comme vous le savez, elle surveillera depuis la galerie du vieux palais pour voir si la lumière s'allume dans la nurserie.

— Eh bien, vous feriez mieux d'y aller alors. Vous reprendrez la lecture avec Perveen-memsahib demain, déclara Mirabai avant de se tourner vers l'avocate : Et vous verrez Mr Basu leur prodiguer ses misérables leçons.

— À quelle heure ? demanda Perveen en relevant que Mirabai avait choisi d'obéir à sa belle-mère concernant les enfants, bien que la reine ne soit pas présente.

Elle haussa les épaules.

— Ils étudient peu après le petit déjeuner.

— S'il ne pleut pas, je ferai plutôt voler mon cerf-volant. Je vous montrerai, dit Jiva Rao, magnanime.

— J'aimerais beaucoup voir ça, lui répondit Perveen en souriant.

Elle commençait à percevoir le vrai garçon sous le costume royal brodé d'or. Il aimait les animaux et passer du temps dehors ; et il était mal à l'aise avec toutes les restrictions et le décorum que ses aînées souhaitaient le voir respecter.

— Venez avec moi, les petits. Vous pouvez emporter vos livres dans votre chambre.

Aditya, Bandar accroché fermement à son épaule, se pencha pour ramasser les livres sur la table basse en ivoire. Perveen, observant les mains du singe, prit conscience qu'elles étaient très humaines. Elle avait déjà remarqué cela à propos des singes mais, dans ce contexte, la façon dont les mains de l'animal s'accrochaient à son maître lui évoqua un enfant et son parent.

Le prince et la princesse se levèrent à contre-cœur. Ils serrèrent leur mère et Chitra dans leurs bras avant de se diriger vers la porte.

— Est-ce qu'on peut échanger nos livres ce soir ? demanda la princesse Padmabai à Perveen. Jiva Rao peut lire mon livre et je regarderai *Le Vent dans les Saules.*

— Non ! Pourquoi je regarderais des images pour filles ? se moqua Jiva Rao.

— Je vais vous confisquer les livres si vous vous disputez, les avertit Mirabai.

Et bien que ses propos soient sérieux, son regard était affectueux.

Alors que les enfants reprenaient leur livre respectif auprès d'Aditya, Perveen s'adressa à Mirabai.

— M'accorderiez-vous cinq minutes ? J'aimerais m'entretenir avec vous seule à seule.

— Non, répondit la maharani en se levant, ignorant la main tendue de Chitra. Je suis trop fatiguée et je me lève très tôt demain matin.

À l'expression méfiante de la maharani, Perveen comprit que Mirabai avait pu être blessée par le fait qu'on lui demande de faire quelque chose. Ou c'était peut-être la mélancolie qui lui infligeait un sentiment de peur constante.

— Très bien. Bonne nuit alors.

Mirabai parcourut une dernière fois du regard la chambre de Perveen.

— Je n'ai pas inspecté cette pièce avant votre arrivée et elle sent le renfermé. Vous devez laisser ouvertes les portes donnant sur le balcon ce soir, pour l'aérer. Quand une pièce reste fermée, elle se remplit de moisissure. C'est ce qui est arrivé au vieux palais. Il empeste des siècles de moisissures.

— Ah, fit Perveen en se rappelant qu'elle avait relevé cette odeur dans la salle du darbâr*. Le problème, c'est qu'il pleut…

— La pluie va cesser. Et vous apprécierez alors l'air frais.

Une fois en chemise de nuit, après que Chitra lui eut natté les cheveux, Perveen se glissa au-dehors sur son balcon couvert. La rumeur des reinettes et des criquets et le fracas de la pluie battante remplissaient autant ses oreilles que le brouhaha de la circulation à Londres. Mais au contraire de Londres ou de Bombay, ici, le ciel était très noir ; la seule lumière visible était une tête d'épingle placée bas, au loin. Peut-être la lanterne d'un garde. Cette pensée lui rappela que Lakshman et les autres porteurs étaient à l'abri dans les quartiers des domestiques. Il était probable qu'ils soient en train de dormir profondément après leur voyage épuisant. Ils ne se souciaient certainement pas des montagnes sombres environnantes, ni de quoi que ce soit d'autre.

Perveen n'avait pas eu peur dans le bungalow de Colin, une petite propriété au cœur de la forêt – et pourtant elle n'y avait pas été en sécurité, puisque quelqu'un avait cambriolé sa chambre. Depuis cette découverte, elle avait les nerfs à fleur de peau. Peut-être parce que Mirabai avait parlé de poison, émettant des sous-entendus sur son beau-frère sans scrupule ; ou parce que Putlabai s'était révélée une telle adversaire. En tous les cas, cela faisait très longtemps que Perveen ne s'était pas sentie aussi seule, même dans ce palais sécurisé empli de domestiques et de gardes.

La maharani douairière ressentait-elle la même chose ? Cela faisait dix ans qu'elle était veuve et elle affrontait d'un coup les décès de son fils et de son petit-fils aîné. Sa solitude et sa crainte d'autres morts devaient être écrasantes.

C'était triste à dire mais le mépris que la douairière manifestait à l'égard de sa belle-fille et de Perveen était assez ordinaire. Perveen reconnaissait la colère secrète provoquée par le traitement dédaigneux d'une femme plus âgée. Elle allait devoir faire beaucoup d'efforts pour ne pas répondre à Putlabai comme elle avait répondu à Behnoush Sodawalla, sa propre lointaine belle-mère. Si elle avait pu divorcer de Cyrus, elle ne serait plus attachée à cette femme et goûterait enfin un immense soulagement psychique. Mais Perveen n'avait pu obtenir le divorce sous la loi parsie, seulement une séparation légale.

Inspirant profondément, elle se rappela qu'elle ne vivait pas dans le passé. Elle ferait plus attention aux mots qu'elle prononcerait, serait plus vigilante à ces histoires de poison et elle comptait bien s'en tenir à sa mission. Sortant son carnet de notes de sa malle, elle commença à retranscrire ce que les deux maharanis avaient dit pendant le repas. Elle voulait avoir une idée très précise de ce que chaque femme désirait, même s'il était évident qu'il serait impossible de les contenter toutes les deux.

Cette tâche lui prit environ une demi-heure et, une fois qu'elle eut fini, elle ne se sentait toujours pas prête à aller se coucher. Elle s'approcha d'une bibliothèque en acajou sculpté, de l'autre côté de la pièce, pour en inspecter le contenu. Elle y découvrit un mélange de littératures anglaise, hindie et marathe et, étrangement, quelques livres de mathématiques et de géographie. Mais rien sur l'État de Satapur en particulier. Perveen choisit une édition somptueusement illustrée du *Mahābhārata* et l'emporta au lit où elle lut le texte hindi à la lumière de la bougie jusqu'à ce qu'elle se sente assez fatiguée pour souffler la flamme. Elle avait la tête pleine à ras bord de noms de sages et de princes, et elle se demanda si c'était la raison pour laquelle le prince Jiva Rao s'ennuyait. Fermant les yeux, elle laissa le chant des insectes lui emplir les oreilles et s'endormit.

Il faisait encore noir quand elle se réveilla. Aucun bruit dans la pièce – presque aucun. Elle perçut un bruissement de tissu et une respiration très légère.

Quelqu'un était entré dans sa chambre à l'auberge et elle n'avait rien entendu. Mais cette fois, elle s'en apercevait. Mais qui était là ? Devait-elle faire comprendre qu'elle était réveillée ? Cela obligerait sans doute à une confrontation. Si elle ne bougeait pas, la personne pouvait très bien prendre ce qu'elle était venue chercher et repartir.

La panique enfla en elle, elle avait du mal à discerner ce qui était réel ou pas. La personne se dirigeant vers le lit à pas feutrés pouvait être un assassin envoyé là pour l'empêcher de décider de l'éducation de Jiva Rao.

Envahie par la peur, elle demeura immobile, imaginant la réaction horrifiée de Colin si elle ne revenait jamais. L'évocation de l'agent anglais lui rappela qu'elle possédait une arme secrète et elle passa la main sous son oreiller à la recherche de la lampe torche.

— Qui est là ? cria-t-elle en se redressant d'un coup et en braquant la lampe allumée dans le noir.

— *Bhagwan ke liye !* Pour l'amour de Dieu ! murmura assez fortement une voix féminine.

Dirigeant le faisceau vers l'origine de la voix, Perveen découvrit Mirabai, le visage tendu mais, au grand soulagement de Perveen, la reine ne brandissait ni couteau ni pistolet.

— Vous m'avez dit de laisser les portes du balcon ouvertes afin de pouvoir pénétrer par effraction dans ma chambre ! s'exclama Perveen, furieuse d'avoir été aussi naïve.

— Je ne pénètre pas par effraction, je suis chez moi, répliqua Mirabai. Et vous avez dit que vous souhaitiez me parler. Ne me braquez pas cette lumière dans les yeux.

Perveen écarta le faisceau pour balayer toute la pièce. Elle voulait s'assurer que Mirabai n'était pas venue accompagnée. Perveen avait eu tellement peur qu'elle en tremblait encore.

Mirabai s'approcha aussitôt du bureau pour allumer une bougie.

— L'électricité ne fonctionne plus la nuit, expliqua-t-elle à Perveen. Notre consommation est limitée.

Perveen s'efforça de prendre une voix plus douce, même si elle était encore très remuée par cette intrusion. Mirabai portait un pantalon salwar sous un sari très court – le tout en soie souple beige à la trame dorée. Le fait que la maharani ait revêtu des habits lui permettant d'escalader tel un homme révélait à quel point son intrusion avait été audacieuse.

— Pourquoi venir la nuit plutôt qu'au matin ?

Mirabai s'assit dans une des chaises longues matelassées de velours. Mais au lieu de s'étendre, elle resta droite comme si la solennité était une manière de se défendre.

— Croyez-vous que j'aime mon fils ?

— Bien sûr !

Pas un instant Perveen ne pensa que l'inquiétude de la femme près de la table était feinte. Mais elle avait besoin d'en entendre davantage de la part de la maharani. Elle écarta résolument la moustiquaire entourant son lit. Posant les pieds sur la douce fourrure du tapis, elle se leva et traversa la vaste pièce pour aller s'asseoir sur la chaise coordonnée, face à Mirabai. Elle remarqua alors le regard de la maharani sur sa simple chemise de nuit de coton blanc. La belle-sœur de Perveen l'avait suppliée d'emporter une chemise de nuit garnie de dentelle, plus luxueuse, mais Perveen avait protesté : elle ne risquait pas d'être en contact avec la famille royale pendant les heures de sommeil.

— J'aime mon fils, répéta Mirabai.

Perveen était désormais suffisamment proche pour constater que les yeux de la maharani brillaient de larmes.

— Si le prince Jiva Rao part en Angleterre, je perdrai de précieuses années avec lui. Mais je sais que c'est le seul moyen de le garder en vie.

Un frisson parcourut Perveen. Depuis qu'elle avait lu la lettre que Mirabai avait adressée à Colin, la jeune avocate se demandait ce que la reine avait voulu dire quand elle avait évoqué la sécurité physique de son fils. Et la douairière s'inquiétait également. Voilà un sujet sur lequel les maharanis s'accordaient, et c'était peut-être le moyen de négocier une solution.

— Choti-rani, vous avez écrit une lettre à l'agent de Satapur pour défendre une certaine éducation, dit-elle doucement. C'était votre principal argument. Ce n'est pas totalement vrai ?

— Je m'inquiète également pour son éducation, répondit-elle en fixant calmement Perveen de ses yeux lumineux. Il apprend très peu avec Basu. Mais au final, ce qui importe, c'est qu'il soit en vie. Et je n'ai jamais autant eu peur pour lui.

Un nouveau frisson glacé traversa Perveen. Ne souhaitant pas que Mirabai devine sa réaction, la jeune femme se dirigea vers l'almirah* pour y prendre son peignoir en soie. Elle le noua avant de retourner vers sa chaise.

— Pour quelle raison craignez-vous pour sa vie ?

— La mort de son frère aîné n'était pas un accident. C'était intentionnel, révéla Mirabai avant d'inspirer profondément. Je crois que quelqu'un souhaite exterminer tous mes enfants. Je ne sais pas qui, mais je le sens. C'est aussi réel que la pluie qui tombe dehors, que l'air que je respire.

Pour déclencher une enquête sur des faits passés, Perveen avait besoin de preuves solides.

— Je vous en prie, dites-moi pour quelles raisons vous croyez que la mort du prince Pratap Rao n'était pas naturelle.

— Écoutez-moi ! s'écria Mirabai, agrippée aux accoudoirs du fauteuil. Le jour où on a emmené mon fils aîné à la chasse, j'étais ici au palais, avec mes autres enfants. Le matin, nous avons prié ensemble dans le temple du palais. D'abord nous avons prié Shiva, le destructeur du mal. C'est notre principale déité. Nous avons un temple annexe avec une statue en pierre d'Aranyani qui protège les forêts. Je fais toujours offrande de fleurs et de fruits à cette déesse. Mais cette fois-ci, quand j'ai regardé le visage de la statue, il y avait des larmes sur ses joues.

Perveen prit soin de garder une expression neutre, même si sa première réaction fut de douter, car n'importe qui aurait pu laisser tomber accidentellement de l'eau sur une statue de pierre, ou de l'eau aurait pu couler d'une fissure dans le plafond. Mais s'il s'agissait d'authentiques larmes ? Aranyani était une puissance inconnue de Perveen.

— J'aurais dû montrer ce miracle aux enfants. Mais ils m'auraient demandé ce que cela signifiait. Et je pensais que les larmes avertissaient qu'il s'était passé quelque chose dans la forêt.

Baissant les yeux sur ses cuisses, elle joua avec les bracelets de son poignet gauche.

— Plus tard cet après-midi-là, je suis montée au sommet du palais. Il y a un chemin de ronde d'où l'on peut voir très loin, au-dessus des bois.

Perveen acquiesça, elle ne voulait pas l'interrompre.

— Le terrain de chasse se trouve à huit kilomètres. Je n'ai entendu aucun coup de feu, mais je savais qu'il avait dû se passer quelque chose, parce que j'ai remarqué des vautours qui volaient en cercle.

— Il y a beaucoup d'oiseaux dans cette région.

— Les vautours se nourrissent de ce qui est déjà mort. Je l'ai observé de nombreuses fois parce que j'ai chassé de mon enfance jusqu'au décès de mon époux. Ce jour-là, j'ai cru que la présence des vautours signalait que mon fils avait tué un léopard ou un tigre, et que la carcasse dépecée avait été abandonnée aux rapaces. Je me suis sentie soulagée et j'attendais leur retour, quelques heures plus tard.

— Qui dépèce les animaux ? demanda Perveen, dérangée par le tableau que la maharani lui présentait avec calme.

— Pas mon fils, répondit Mirabai avec un regard bienveillant. Les écuyers qui les accompagnaient étaient habitués à cette tâche. Ils prélèvent la peau comme trophée pour celui qui a abattu la bête, afin d'en faire un tapis.

Elle marqua une pause.

— Les tapis de cette chambre proviennent d'animaux abattus par mon époux.

— Je vois.

Perveen ne lui confierait pas qu'elle était triste pour le léopard, elle avait évité de marcher sur les peaux. Elle savait que de tels trophées étaient synonymes de vie royale.

— Mais aucun léopard, aucun tigre, n'avait été tué. Tous les hommes de la chasse l'ont confirmé, poursuivit Mirabai d'une voix tremblante. Mon beau-frère a raconté que, ce jour-là, mon fils s'était perdu dans la forêt et qu'il avait été tué pendant la nuit par un léopard, ou peut-être un autre animal. Mais comme je vous l'ai dit, j'ai vu les vautours tourner tôt dans l'après-midi. Aujourd'hui, je pense qu'ils étaient là pour mon fils.

Dans la religion de Perveen, le zoroastrisme*, les vautours faisaient partie intégrante du processus de mort. Après les rites funéraires, les corps étaient transportés sur une tour afin que les rapaces puissent consommer leur chair. C'était un moyen simple pour les humains de rendre au monde sans contaminer la terre ou l'eau. Mais Perveen devinait que ce n'était pas le moment de parler de la manière dont les siens considéraient les grands oiseaux. Il lui fallait démêler la théorie troublante de Mirabai sans la bouleverser davantage.

— Je comprends ce que vous me confiez. Mais est-ce qu'un animal aurait pu tuer le défunt maharadjah et s'enfuir ensuite ? Les vautours seraient arrivés après.

— Possible, mais je n'ai jamais vu le corps de mon fils.

Mirabai relâcha sa prise sur le fauteuil et s'étreignit, comme pour se consoler.

— Mon beau-frère a dit que je pourrais être trop perturbée de le voir. Ma belle-mère et sa dame de compagnie ont lavé son corps sans m'en informer. Puis il a été emmené pour l'enterrement.

— Je comprends que vous vous interrogiez, convint Perveen en hochant la tête.

— J'ai demandé qu'on me donne les vêtements de mon fils. On m'a répondu qu'ils avaient disparu. Mais les animaux ne mangent pas le tissu. Il aurait dû en rester des lambeaux !

— Pensez-vous qu'une personne qui faisait partie de la chasse ait pu tirer sur votre fils ? demanda Perveen.

— Le rapport du docteur ne mentionne pas qu'il a été tué par balle. Le prince Swaroop et Aditya me l'ont tous les deux assuré. Mais cela n'a pas pu être totalement confirmé puisqu'on n'a pas retrouvé son arme.

Voilà une information intéressante.

— Hormis le prince Swaroop et Aditya le bouffon, qui prenait part à cette chasse ?

— Trois ou quatre écuyers. Je ne connais pas leurs noms, mais deux sont de notre palais et les deux autres de la maison du prince Swaroop.

— Le prince Pratap Rao montrait-il des signes de nervosité avant la chasse au léopard ?

Perveen se demandait si le jeune maharadjah avait senti qu'une personne dans le groupe avait de mauvaises intentions.

— Oui. Il était très nerveux ! s'exclama Mirabai. Il pleurait et, quand je lui ai demandé pourquoi, il m'a répondu qu'il pensait que le prince Swaroop allait abattre tous les animaux, comme cela s'était déjà produit. Il désirait tant avoir sa propre peau de léopard. Bien des princes plus jeunes que lui ont déjà tué des léopards et des tigres à cet âge et ont leurs peaux en trophée dans leur nurserie.

Ce n'était pas le genre de détail après lequel Perveen courait, mais les propos de Mirabai accordaient du crédit à ce que lui avait raconté le docteur : le garçon avait insisté pour être le seul armé. Il avait peut-être laissé tomber ou abandonné son arme quelque part dans la forêt parce qu'il la trouvait trop lourde à porter. Perveen avait une théorie plus sombre qu'elle n'exprima pas à Mirabai : quelqu'un avait coincé le garçon et l'avait frappé à l'aide de l'arme avant de s'en débarrasser.

La jeune maharani, penchée en avant, fixa Perveen avec intensité.

— Mon fils était inquiet, et j'espérais qu'il pourrait avoir sa chance. Il était comme moi, toujours animé par de puissantes émotions. Je regrette aujourd'hui de ne pas lui avoir dit : « Tu es trop jeune pour réussir. Reste à la maison, tu iras chasser une autre fois. » Il serait encore avec moi aujourd'hui !

Le chagrin à l'état pur vibrait dans la voix de Mirabai, réveillant la propre tristesse de Perveen. Elle savait ce que c'était de regretter ses actes.

— Je suis profondément désolée que vous ayez perdu votre fils aîné. Et je ne suis pas certaine qu'on n'apprenne jamais toute la vérité sur ce qui s'est passé.

— Il n'est plus et rien ne le fera revenir, déclara Mirabai, lugubre, en secouant la tête. Tout ce que je peux faire aujourd'hui, c'est protéger Jiva Rao. J'ai parlé de maladie due à la mousson pour apaiser la rajmata, mais je peux vous le confier, il a été empoisonné la semaine dernière par quelqu'un du palais. Il n'est avec nous aujourd'hui que parce que j'en ai reconnu les signes et que je lui ai fait boire du yaourt.

Perveen compatissait, mais les nombreuses théories de meurtre de Mirabai n'aidaient pas à ce qu'on la prenne au sérieux.

— Pourquoi pensez-vous qu'il s'agissait de poison et pas d'un simple mal de ventre ?

Mirabai ferma les yeux un instant.

— On trouve de nombreuses plantes dans les bois, dit-elle après avoir rouvert les yeux. Et nous sommes désormais si peu nombreux à vivre ici que la nourriture qui est servie dans mon propre palais provient parfois de l'ancien, où *elle* loge avec ses domestiques – ceux qui m'ont toujours détestée. Jiva Rao est tombé malade après avoir déjeuné avec elle, alors que j'étais absente. Je ne savais pas qu'il mangerait là-bas et j'avais emmené Ganesan. J'aime qu'il coure à côté de mon cheval.

— Si Ganesan était avec vous, il ne pouvait pas goûter la nourriture !

Après cette rapide prise de conscience, Perveen douta aussitôt des choix de la maharani. Il était certainement possible d'avoir un chien qui resterait en permanence avec son fils, et un autre pour la protéger pendant qu'elle montait à cheval.

— Avez-vous l'habitude de sortir avec Ganesan pendant le déjeuner des enfants ?

— Jamais. Je n'avais pas prévu de m'absenter aussi longtemps. Mais il s'est mis à pleuvoir et, pour éviter les endroits inondés, j'ai dû emprunter un autre chemin pour rentrer au palais. J'ai été idiote de partir à cheval alors que le ciel était si noir.

Son expression s'assombrit.

Perveen avait du mal à croire à la théorie de la maharani – car la douairière s'inquiétait également de la sécurité du même enfant.

— Quelle raison aurait une grand-mère d'empoisonner son petit-fils ? Elle doit beaucoup l'aimer.

— Il existe différentes sortes d'amour. Et la question est, qui aime-t-elle le plus ? dit Mirabai en fixant intensément Perveen. Mon fils n'est pas l'enfant calme et obéissant qu'elle aimerait qu'il soit. Et s'il mourait, mon beau-frère pourrait accéder au gaddi*. Le prince Swaroop est le fils qu'elle a toujours choyé. Il a toujours été son préféré.

— Je ne suis pas certaine que le trône puisse se transmettre de cette manière, déclara Perveen. Quand une lignée royale s'éteint, je crois que l'Agence de Kolhapur doit être impliquée.

Mirabai entrouvrit les lèvres comme si elle avait besoin d'aspirer de l'air.

— Vous êtes certaine ? Et quel homme exercerait ce droit ? Est-ce le vice-roi ou le roi George en personne ?

Perveen ne souhaitait pas donner une réponse qui puisse être interprétée comme sa propre décision. Elle para au mieux.

— Je ne sais pas. Je pense que cette discussion au sujet de la succession est abordée avec beaucoup d'attention.

— Il se peut que vous ayez raison, répondit Mirabai, stoïque. Après tout, les Britanniques arrangent bien les mariages royaux.

— Voulez-vous dire que votre propre mariage n'a pas été arrangé par vos parents ? demanda Perveen, surprise.

— L'administrateur de l'Agence de Kolhapur a écrit au mari de la douairière pour me proposer comme épouse au prochain maharadjah de Satapur. Il a fallu quelques années pour que tout le monde tombe d'accord – et évidemment, je n'ai jamais rencontré mon époux avant le mariage. J'avais seize ans. Je finissais ma dernière année de lycée.

Elle jeta un regard vers la bibliothèque d'acajou de l'autre côté de la pièce.

— Ce sont mes anciens manuels scolaires.

L'étrange assortiment de livres s'expliquait.

— Pourquoi ne se trouvent-ils pas dans vos quartiers ?

— Ma belle-mère n'en a pas voulu. Quand je suis devenue maharani, elle a déclaré que je n'en avais aucune utilité. Tout ce que j'avais besoin de connaître, c'était la culture du zénana*.

Elle adressa un regard espiègle à Perveen.

— Je reçois encore les journaux. Ils étaient livrés à mon défunt mari quand la voiture postale pouvait passer, et il n'y avait aucune raison que je mette un terme aux abonnements.

— Mais nous sommes en Inde princière, pas en Inde gouvernée par les Britanniques. Pourquoi les familles indiennes laisseraient-elles les Britanniques contrôler les mariages de leurs enfants ?

Alors même que la question quittait ses lèvres, Perveen comprit que le mépris de la douairière Putlabai envers Mirabai provenait probablement du fait qu'on avait obligé son fils à choisir cette épouse. La douairière aurait probablement préféré une des filles nobles de la région de Satapur.

— Si les États princiers ne se conforment pas à ces délicates suggestions, le montant de la taxe que nous payons au gouvernement peut augmenter. De plus, je sais pourquoi j'ai été choisie. Mon père ne s'est jamais opposé au gouvernement, et il m'a autorisée à fréquenter le pensionnat de Panchgani que les Anglais avaient suggéré. Ni ma mère ni moi n'avons été soumises à la purdah. À une époque, on me considérait comme un modèle pour la femme indienne, ajouta-t-elle en tordant ses minces lèvres. Mais aujourd'hui, je reste assise seule dans ce palais parce que, selon la douairière, si je romps la purdah, les gens seront malheureux.

L'esprit de Perveen s'activait. De toute évidence, les femmes royales ne pratiquaient pas la purdah de manière traditionnelle dans leur foyer ; c'était juste une apparence pour l'État. La rébellion de Mirabai lui rappela Vandana, qui se sentait également seule. Ces deux femmes d'esprit s'entendraient peut-être.

— J'ai rencontré une femme charmante qui vit à une vingtaine de kilomètres d'ici. Elle s'appelle Vandana Mehta et, autrefois, elle a été liée au palais. J'ai interrogé Chitra à son sujet mais elle ne connaissait pas son nom. Vous dit-il quelque chose ?

Mirabai fronça les sourcils et resta un moment silencieuse.

— Je ne la connais pas, mais je n'étais jamais venue au palais avant mon mariage, finit-elle par répondre. Et Chitra ne la connaît probablement pas parce qu'il se peut que Vandana ne soit pas son vrai nom ?

— Pourquoi pensez-vous cela ? demanda Perveen, intriguée.

— Beaucoup de femmes hindoues ont leur prénom changé par les familles des époux. Quand je suis arrivée ici en 1905, on ne m'a plus appelée par le nom que mes parents m'avaient donné.

— Et quel était ce nom ?

— Keya, répondit-elle tout doucement. En sanskrit, cela veut dire « fleur de la mousson ». Je suis née au cours d'une mousson particulièrement rude. Mais dites-moi, vous avez mentionné que son nom d'épouse est Mehta. Est-elle mariée à un homme d'affaires parsi ?

— En effet ! Il s'agit de Yazad Mehta. Je les ai rencontrés tous les deux à l'auberge.

Perveen se demanda si être dans les affaires était socialement disqualifiant.

— J'ai entendu le bouffon parler de cet homme, répondit Mirabai en posant une main sur son front comme si elle avait mal à la tête. Il souhaiterait construire des barrages électriques dans les montagnes.

— Que pensez-vous de cette idée ? demanda Perveen qui avait remarqué la réaction dramatique de la maharani.

— Ce serait triste d'abîmer la nature. Quand on abat des forêts, les animaux perdent leur habitat. Aranyani n'aimera pas ça.

— Mais n'appréciez-vous pas qu'il y ait l'électricité et l'eau courante dans ce palais ? demanda Perveen, perplexe.

Mirabai changea de position dans son fauteuil comme s'il était tout d'un coup moins confortable.

— Nous avons notre propre centrale électrique qui nous fournit en énergie dans l'enceinte du palais. La rajmata affirme que nous devons avoir un palais moderne pour que nos visiteurs s'y sentent bien, mais les autres n'ont pas besoin d'un tel confort. Les villageois n'ont pas les moyens de payer la lumière électrique, alors pourquoi l'installer ? Je suis certaine que c'est ce qu'elle vous répondrait.

Le luxe de la lumière électrique et de l'eau chaude courante aurait pu permettre à Perveen de se sentir plus à l'aise qu'à l'auberge, mais ce n'était pourtant pas le cas. Elle songea aux personnes maigres et désespérées qu'elle avait croisées au village, aux bâtiments brûlés qui n'avaient pas été réparés. Mirabai lui signifiait clairement que l'État était convaincu que c'était ainsi que ce devait être. Elle se rappela à contrecœur que ça ne la regardait pas ; elle était venue uniquement pour décider de l'avenir du maharadjah.

Remarquant que Mirabai paraissait aussi tendue qu'à son arrivée, Perveen s'efforça de la rassurer.

— Je ne suis pas engagée pour plaider en faveur de l'électricité. Je me contenterai de discuter avec vous de vos inquiétudes concernant l'éducation du maharadjah.

— Vous devez demander aux Britanniques d'accepter qu'il aille étudier en Angleterre. Peu importe l'école – juste pour qu'il puisse renforcer son corps et son esprit pendant huit ans.

Mirabai se leva et jeta un regard vers la porte close avant de se tourner vers Perveen.

— Si Dieu le veut, elle mourra pendant cette période. Elle n'est pas en bonne santé : elle mange trop de sucreries. Dans huit ans, mon fils en aura dix-huit. Jiva Rao pourra alors prendre ses fonctions sans être entravé.

— Je vois.

Perveen savait d'expérience que c'était une erreur d'attendre que les gens se comportent comme on espérait. Il était tout à fait possible que Mirabai endosse le même rôle négatif au palais que la douairière.

— Je vais y aller.

Mirabai hocha la tête avant de traverser la chambre vers le balcon.

— Pourquoi ne passez-vous pas par la porte ? suggéra Perveen. C'est plus sûr que d'escalader !

— Les gardes dans le couloir me verraient, répondit Mirabai en rappelant à Perveen le nombre d'observateurs invisibles. Au fait, ma chambre est juste en dessous de la vôtre. Au cas où vous auriez besoin de me voir.

Il n'y avait aucune chance que Perveen escalade la façade pour aller bavarder avec la maharani. Alors que Mirabai s'approchait de la rambarde, Perveen, nerveuse elle aussi, sur le balcon, alluma la lampe torche afin que la maharani puisse mieux se repérer.

— Non ! souffla Mirabai. Tout le monde pourrait voir cette lumière d'en bas !

La reine n'avait vraiment aucune intimité. Perveen éteignit aussitôt la lampe.

— Que Dieu vous garde.

S'agrippant aux trous dans le marbre humide, Mirabai laissa pendre ses jambes et fit courir ses mains sur le mur du balcon. Elle releva la tête une dernière fois.

— Ne vous inquiétez pas pour moi, siffla-t-elle. Inquiétez-vous plutôt pour mon fils !

Elle disparut et, l'instant d'après, Perveen entendit le bruit léger d'un impact.

— Ça va ? murmura-t-elle depuis le balcon en priant pour qu'on lui réponde.

Au son de l'impact, elle avait eu l'impression que c'était son propre corps qui était tombé.

— Oui ! lui chuchota avec force Mirabai. Mais ne parlez à personne de ce chemin, surtout pas aux enfants. Je ne veux pas qu'ils essaient de m'imiter !

14

La parole du maharadjah

Perveen plissa les yeux pour consulter sa montre Longines. Il n'était vraiment que six heures ? Non. La nuit passée, elle avait oublié de remonter sa montre. Le soleil illuminait sa chambre et l'ancienne horloge près de la porte annonçait neuf heures quinze.

Elle s'était réveillée lentement, épuisée du voyage difficile de la veille et du sommeil entrecoupé qui avait suivi la visite nocturne de la maharani. Bien que personne ne l'ait informée de l'heure du petit déjeuner, Perveen avait la terrible intuition de l'avoir manqué. Elle avait aussi manqué l'occasion de voir Mr Basu enseigner aux enfants, ce qui était précisément ce qu'elle était venue évaluer.

Les rideaux étaient ouverts, et un large rayon de soleil traversait en biais le sol de la chambre. Les grands carreaux de marbre crème étaient ponctués de petits diamants d'onyx noir. Ce sol moderne était très différent des plus petits carreaux de marbre et des pierres semi-précieuses incrustées en une mosaïque complexe dans la grande salle à manger de la maharani douairière. Malgré son manque de lumière et l'odeur de moisissure, le décor de joyau du vieux palais réveillait l'imagination de Perveen et les illusions qu'elle avait nourries, enfant, de grandeur et de pouvoir des familles royales indiennes. Putlabai et Mirabai l'avaient toutes deux renseignée sur les restrictions que subissaient les femmes royales dans l'Inde des États princiers, quand il n'y avait aucun maharadjah adulte pour rassembler des invités lors d'une fête ou pour accompagner les femmes à l'extérieur.

Une tasse rose de thé tiède et trois biscuits attendaient sur la table de chevet. La domestique avait fait couler un bain, également tiède. À la température, elle devina que Chitra était probablement venue porter l'eau plus d'une heure plus tôt.

Perveen se plongea brièvement dans la baignoire avant de revêtir un sari couleur citron vert, brodé de vignes et de camélias rouges, un des plus élégants que Gulnaz avait mis dans ses bagages. Il sentait l'humidité, comme si la pluie avait trempé la malle au cours du long voyage pluvieux. Aujourd'hui, cependant, le soleil brillait et, avant de descendre, Perveen prit le temps de passer tout d'abord sur le balcon pour jeter un rapide regard dehors.

Le balcon de la chambre se trouvait au coin de la bâtisse, ce qui lui offrait une vue spectaculaire sur le nord et l'est. De rondes collines vertes étaient comme des bras entourant la vallée dans leur berceau mais, à l'est, où le soleil du matin brillait, elle distingua un petit groupe d'habitations aux toits de tuiles. Elle se demanda s'il s'agissait d'un village dont la population venait travailler au palais. Au nord se dressait une forêt impénétrable d'arbres verts. C'était sans doute là que le prince Pratap Rao avait été tué. Les décès de la famille royale faisaient autant partie de la terre que ces milliers d'arbres.

Perveen s'approcha du bureau et y prit un dossier à la reliure de cuir contenant son carnet de notes et deux crayons bien taillés. Elle sortit de la chambre et ferma la porte derrière elle en regrettant de ne pas avoir de clé pour la verrouiller. Dans le couloir, le soleil se déversant par une rangée de grandes fenêtres faisait étinceler le sol en marbre. Un homme mince, la vingtaine, vêtu d'une veste d'uniforme rouge du palais et d'un lungi*, était assis, dos appuyé contre le mur, au bout du couloir. Il se leva à contrecœur à son approche. Elle pensait que sa chambre se trouvait dans une partie réservée aux femmes, mais elle avait dû mal comprendre.

— Où est Chitra ? demanda-t-elle, car il était étrange que la domestique qui l'avait assistée avec tant d'attention la veille ne se soit pas attardée pour l'aider.

— Rajmata l'a fait appeler. Y a-t-il un problème ? demanda-t-il, sur ses gardes.

Il n'y avait donc pas assez de domestiques pour que l'une d'elles reste en poste près d'une invitée.

— Tout va bien. Où les enfants prennent-ils leur petit déjeuner ?

— Dans la nurserie. Mais ils ont déjà mangé.

Elle se mordit la lèvre, désolée de les avoir manqués.

— Est-ce l'heure de leurs leçons ?

— Peut-être, répondit le garde en la regardant d'un air hésitant. Cela change tous les jours.

— Et les maharanis ?

— Rajmata est allée prier au temple et rentre tout juste au zénana*. Choti-Rani est sortie à cheval.

Elle hocha la tête, la définition de Mirabai d'une purdahnashin était bien différente de celle que connaissait Perveen.

— Chitra m'a informé que vous deviez vous rendre dans le jardin intérieur. Elle a préparé votre petit-déjeuner là-bas.

— Quel jardin ?

Le palais comportait un labyrinthe de petits espaces verts, à l'intérieur et tout autour.

— Une fois en bas, vous verrez une grande arche. C'est là que se trouve le jardin.

Perveen le remercia et descendit l'escalier. Les pantoufles bordées de perles qu'elle avait empruntées à Gulnaz glissaient sur le sol en marbre et elle dut s'agripper à la rampe. Ses mollets étaient encore douloureux d'avoir pataugé dans la boue la veille, et les muscles de son dos étaient parcourus d'une douleur subtile. Elle ne se sentait pas aussi forte qu'elle en aurait eu besoin.

Elle dut explorer toute une série de grandes arches avant de trouver la bonne menant à une salle à manger et au jardin voisin. Un valet la précéda dans une salle moderne, aux murs décorés de grands portraits d'hommes coiffés de pagris* luxueux incrustés de joyaux, tous inclinés selon un angle de 45 degrés.

Même si leurs vestes n'avaient pas été drapées de colliers de diamants et de perles, elle aurait deviné qu'il s'agissait des trois derniers maharadjahs souverains ne serait-ce qu'à la confiance qui transparaissait dans leurs yeux marron doré.

Le mobilier ornementé était en acajou chinois, et un bouquet de candélabres en verre belge était suspendu au haut plafond. Des chauffe-plats en argent étaient disposés sur une longue table. Elle se sentit écrasée à la vue du petit déjeuner qui avait été préparé pour elle. Elle serait tout juste capable de l'entamer.

De l'autre côté de la salle à manger, deux portes voûtées ouvraient sur un charmant jardin de parterres géométriques. Les sections rectangulaires débordaient de roses rouges, de soucis orange et de daturas* blancs. Des paons se pavanaient sur les sentiers de gravillons entre les massifs. Un bassin rond était entièrement couvert de lotus. Le tout formait un décor exquis et romantique.

— Les pluies sont peut-être abondantes mais elles arrosent les fleurs, dit Perveen au jardinier qu'elle croisa, accroupi sous un rosier.

Surpris, il baissa la tête.

Perveen poursuivit sa déambulation jusqu'à une table ronde en fer forgé. Elle était dressée pour une personne, couverts en argent et assiette en porcelaine, et il y avait également un vase en cuivre contenant un bouquet de roses blanches. Elle se sentit reconnaissante que quelqu'un ait pensé à elle. La table pour une personne était plus accueillante que celle en acajou dans la salle à manger, assez longue pour accueillir quarante convives.

— Je vous en prie, installez-vous

Un valet en livrée bleue, à l'agréable visage rond, approcha avec une théière sur un plateau d'argent.

— Chota-rani propose que les gens mangent dehors quand il y a du soleil !

La maharani plus âgée aurait sûrement désapprouvé, prétextant que le soleil fonçait le teint. Que pensait-elle de sa bru, si bronzée, à force de monter à cheval tous les jours ?

Prenant l'assiette en porcelaine de Limoges sur la table du jardin, Perveen se tourna vers la salle à manger pour aller se servir au buffet.

— Non ! C'est moi qui dois vous servir, la corrigea-t-il gentiment. Qu'est-ce que la memsahib désire manger ?

Perveen tendit maladroitement son assiette au valet. Mirabai craignait l'empoisonnement et Perveen ne savait pas si elle devait prendre cette inquiétude au sérieux. Elle songea à demander où se trouvait Ganesan, mais le chien devait accompagner sa maîtresse. Elle n'avait pas d'autre option que de suivre le valet jusque dans la salle à manger, où il annonça fièrement les plats : des galettes de légumes dorées à la perfection, un dal épais chargé de raisins secs sucrés, un riche curry de chou-fleur et de tomates, et un pohe, le même plat de riz que Vandana lui avait servi. Ce devait être une spécialité de la région. Il y avait aussi des puris* bouffis et des parathas* craquants, des œufs brouillés veloutés et d'autres durs, et une grande carafe de jus de citron vert.

Perveen aurait normalement accueilli un tel étalage de mets avec enthousiasme et la matinée était assez avancée pour qu'elle ait l'estomac vide. Mais elle se rappela l'avertissement de Mirabai.

— Je prendrai deux œufs durs et un puri*, dit-elle à contrecœur.

— Seulement ? demanda le valet, offensé.

Malgré la pression qu'elle sentait peser sur elle, elle était déterminée à n'en rien montrer.

— Oh ! Et pourquoi pas cette banane ? Je la pèlerai moi-même.

— Vous choisissez les mêmes choses que l'Anglais qui venait ici, dit-il d'un ton sec.

— Le dernier agent, Mr McLaughlin ?

Cet homme avait apparemment été très présent au palais. Il hocha la tête.

— Il avait un estomac fragile et il ne mangeait que de la nourriture anglaise. Mais vous êtes indienne. Il faut goûter ces plats. Le cuisinier les a préparés en sachant que vous êtes une convive qui vient de loin. Il y a du pohe, une spécialité du palais, et un dal aux raisins, et un curry de chou-fleur…

— Je vais goûter au pohe, dit-elle, ne désirant pas blesser le valet de manière injustifiée.

Il eut un sourire satisfait.

Dans le jardin, l'assiette et la tasse de thé devant elle, Perveen commença à manger. Mais dès que le valet eut disparu, elle vida le pohe à la cuillère sous un buisson de tubéreuses. Cela la rendait trop nerveuse.

Alors qu'elle pelait la banane, un singe se dirigea à grands pas vers elle. Elle lui lança la peau en songeant qu'il ressemblait beaucoup à Bandar, le singe apprivoisé sur l'épaule du bouffon. Les deux animaux étaient gris avec un visage crème. Elle se demanda ce qui avait déterminé qu'un singe avait été choisi pour être habillé et que l'autre vivait en se nourrissant des restes. Le singe domestiqué avait-il plus de chance ?

Le cri qui déchira le silence du jardin détourna son attention. C'était un son qui paraissait joyeux, suivi d'un rire haut perché, et Perveen imagina qu'il s'agissait de Padmabai jouant dans les étages du palais. Il était très probable qu'elle soit avec son frère.

En levant les yeux vers le mur du jardin, Perveen aperçut un éclair lancé dans le ciel. C'était un cerf-volant. Les enfants devaient courir le long du toit du nouveau palais. Dans sa tête, elle les vit tomber, et l'inquiétude lui coupa l'appétit.

Quand le valet réapparut pour lui servir du thé, Perveen désigna le cerf-volant.

— Le prince et la princesse sont-ils en sécurité quand ils jouent sur le toit ?

— Bien sûr. Ils ne sont pas seuls, répondit-il, perplexe.

Comment un domestique faisant le service dans la salle à manger pouvait-il savoir ce qui se passait au-dessus de sa tête ?

— Si leur mère est en train de monter à cheval et que la douairière se trouve dans le zénana*, qui est avec eux ?

— Probablement leur ayah*, dit-il en haussant les épaules comme si cela n'avait pas d'importance.

Mais elle n'avait entendu aucune voix adulte et cela la rendait nerveuse. Repoussant son assiette à moitié vide, elle se leva.

— Pouvez-vous demander à quelqu'un de me conduire jusqu'à eux ?

Ce qu'elle vit sur le toit l'inquiéta au plus haut point. Le prince Jiva Rao courait sur une passerelle longeant le bord du toit, en tenant le cerf-volant qui volait haut dans le ciel. Un simple mur de pierre d'un mètre de haut le protégeait du vide. Padmabai poursuivait son frère aussi vite que possible sur ses petites jambes.

— Arrêtez tous les deux ! cria Perveen alors que le valet qui l'avait conduite jusque sur le toit par l'étroit et raide escalier s'en allait.

Jiva Rao, surpris, stoppa net. Padmabai continua sa course et se cogna contre lui. Perveen hurla quand ils s'écroulèrent l'un sur l'autre à quelques centimètres du muret. Les deux enfants, choqués, poussèrent des cris. Alors que Perveen se précipitait vers eux, morte de honte que sa demande soudaine ait provoqué un accident, elle entendit une autre voix.

— Comme c'est absurde de leur crier dessus ! déclara Aditya d'un ton sec. Ils ne faisaient que jouer !

— Ce toit est un endroit dangereux pour jouer au cerf-volant. Ils sont très près du bord. C'était…

Elle s'entendit bafouiller, sachant que ce n'était pas une excuse. Elle n'aurait pas dû hurler et faire peur aux enfants.

— Il y a un muret tout au bord, et nous jouons toujours ici, se justifia Jiva Rao, tout en tendant les mains vers Aditya pour qu'il l'aide à se relever. Vous n'avez aucun droit d'être ici. Je vous bannis ! cracha le prince avec une grimace.

Perveen fut choquée mais elle comprit que disputer l'enfant ne se révélerait pas très efficace.

— Maharadjah, je suis désolée de vous avoir fait peur. Je ne suis montée ici que pour avoir l'occasion d'en savoir un peu plus sur vos activités quotidiennes.

— L'activité de la journée dépend du désir de notre honorable maharadjah, déclara le bouffon en adressant un clin d'œil à Perveen.

Il n'était visiblement plus agacé par son arrivée.

— Maharadjah, n'avez-vous cours que lorsque vous le souhaitez ?

Le prince Jiva Rao fit la moue, comme s'il avait mangé quelque chose d'infect.

— Quand il pleut, je prends parfois des cours.

— Regardez !

Padmabai, à genoux, se tenait au bord du toit.

— Quelqu'un arrive. Un autre visiteur, et pas en palanquin. En voiture !

Perveen s'approcha avec précaution du bord pour observer elle aussi, s'efforçant d'ignorer le vertige qui la tenaillait. Une voiture vert vif progressait au loin sur la route. Pourquoi n'avait-elle pas vu cette route au cours de son voyage de la veille ?

— C'est notre oncle ! lança Jiva Rao, l'air joyeux. C'est sa Mercedes Cardan.

— Oui, confirma Aditya, debout sur le bord, plissant les yeux. Notre prince et notre princesse ont une bonne vue. Le prince Swaroop et son escorte arrivent.

Jiva Rao mit la ficelle de son cerf-volant dans la main d'Aditya.

— Allons-y.

— Vous le voyez. Mais il n'est pas tout près. Il lui faudra une vingtaine de minutes pour atteindre la porte du palais.

Enroulant la ficelle du cerf-volant autour de sa large main, le bouffon adressa un regard espiègle à Perveen.

— Je crois qu'il a entendu parler de la charmante avocate et qu'il est venu voir par lui-même !

Perveen se sentit gênée que cela puisse être le cas.

— Qui aurait pu lui en parler ? Le palais est-il équipé d'un téléphone ?

— Non. Pourquoi posez-vous la question ? Souhaiteriez-vous déjà appeler l'Anglais ? demanda-t-il avec un léger rire.

Il avait écarté la question de Perveen pour la contrer d'une accusation moqueuse.

— Même si je souhaitais appeler l'agent de Satapur, il n'a pas le téléphone ! rétorqua Perveen, avant de se rendre compte qu'elle paraissait sur la défensive. Je me demandais simplement comment le prince avait pu apprendre ma présence ici.

— Nous ne pouvons communiquer que par lettre, répondit le bouffon.

— Ou alors tu prends le cheval pour porter des messages ! Tu vas toujours quelque part ! s'exclama Padmabai en le regardant avec malice, avant de finir par sourire.

Perveen supposa qu'après l'arrivée de cet oncle populaire, il y avait de fortes chances que les enfants royaux aient encore moins envie d'étudier.

— Puisque le prince ne va pas arriver tout de suite, pourriez-vous me montrer vos cahiers ? Ce serait bien qu'on puisse finir les leçons de la journée, n'est-ce pas ?

Jiva Rao prit un air renfrogné au contraire de sa sœur rayonnante.

— Oh oui ! Ils sont dans nos pupitres. Je vais vous montrer les miens !

Mr Basu donnait ses leçons dans une grande salle du premier étage. L'endroit, avec son sol carrelé de marbre brillant noir et blanc et ses fenêtres de quatre mètres cinquante de haut donnant sur le jardin, ne ressemblait à aucune salle de classe que Perveen n'ait jamais vue, bien qu'il s'y trouvât un tableau noir et de véritables pupitres d'école en teck assortis de chaises. Il y avait un globe terrestre, des cartes encadrées de l'Inde et du monde accrochées au mur décoré de moulures en plâtre. Mais l'élément le plus surprenant de la salle de classe royale était un portrait du Mohandas Gandhi. Le regard bienveillant du chef spirituel était un spectacle accueillant pour Perveen, bien qu'il parût déplacé à Satapur qui était censé soutenir inconditionnellement la domination britannique.

Les enfants, qui précédaient Perveen, se mirent à glousser, tout d'abord derrière leurs mains puis de manière plus ouverte. Jiva Rao et Padmabai observèrent la réaction de la jeune avocate devant le vieil homme étendu sur le fauteuil colonial en teck, les jambes appuyées sur les longs accoudoirs. Perveen sourit elle aussi. Elle avait vu des avocats dormir dans la même position au Ripon Club, mais c'était une vision tout à fait incongrue dans ce palais.

Les gloussements de Jiva Rao se transformèrent en rires paillards, un son étonnamment puissant pour un enfant. Le dormeur sursauta en ouvrant les yeux. Il cligna plusieurs fois, et les rides de part et d'autre de sa bouche se creusèrent au fur et à mesure qu'il se réveillait. Il tendit la main vers ses lunettes.

— Qu'est-ce qui se passe ? demanda-t-il. Vous me dérangez.

Perveen s'adressa au vieil homme qui ne paraissait pas avoir remarqué sa présence.

— Bonjour, monsieur. Êtes-vous Mr Basu ?

— Oui, oui ! répondit-il alors que ses yeux troubles se fixaient enfin sur elle.

Il se redressa et ajusta la couverture sur ses cuisses avant de parler aux enfants avec sévérité.

— Qui est cette femme ?

— C'est Perveen-memsahib, répondit Padmabai en dansant d'un pied sur l'autre. Elle nous a apporté des livres !

— Je m'appelle Perveen Mistry.

Elle songea à ajouter, « juriste », afin que le précepteur comprenne qu'elle était avocate, mais elle ne voulait pas paraître trop prétentieuse.

— Je représente l'Agence de Kolhapur et je suis chargée de rendre visite à la famille royale.

— Et quelle est la raison de votre visite ? demanda le précepteur, l'air légèrement abasourdi, comme s'il était encore à moitié endormi.

L'arrivée de Perveen avait pu être un choc pour un septuagénaire qui avait l'habitude d'un emploi du temps assez souple.

— Une décision doit être prise au sujet de l'éducation future du maharadjah, répondit-elle gentiment. Afin de procéder avec sagesse, je serais reconnaissante que vous me donniez votre avis.

— Êtes-vous institutrice ? Je n'ai pas besoin d'aide.

Il repoussa la main qu'elle lui tendait et posa lentement les pieds au sol.

Observant le vieil homme marquer une pause comme pour rassembler ses forces avant de se lever, Perveen sentit combien il était nerveux.

— Je suis désolée mais il me semble que vous ayez mal compris. Je ne vais pas travailler ici. Je suis avocate et j'exerce à Bombay. J'assiste l'agent politique de Satapur afin de décider quelles seront les études supérieures du maharadjah. Je souhaite simplement discuter avec vous et faire le point sur l'enseignement académique du maharadjah.

— Mon oncle arrive. Nous allons vite montrer à cette dame comment se déroulent les leçons avant de le retrouver, déclara Jiva Rao comme s'il était déjà au pouvoir.

— Est-ce qu'on peut lire les livres que Perveen-memsahib nous a apportés ? demanda Padmabai.

En descendant du toit, elle était allée chercher les deux ouvrages dans la nurserie. Elle les mettait désormais sous le nez du précepteur.

— Ah, *Le Vent dans les Saules* de Kenneth… commença-t-il. Et *Le jardin des soucis* de Kate Green. Nous devons tout d'abord vérifier auprès de Rajmata si ces livres étrangers sont autorisés.

Il avait du mal à lire les titres des livres et leurs auteurs, constata avec surprise Perveen. Si le voile laiteux qu'elle remarquait sur ses yeux était le signe d'une cataracte, ce pouvait être la raison.

— Mais Rajmata ne lit pas l'anglais ! protesta Jiva Rao.

— Je sais que ça ne dérange pas notre mère, dit Padmabai en reprenant les deux livres pour les serrer fort contre elle. S'il vous plaît, monsieur !

— Très bien, répondit-il d'un ton maussade en clignant des yeux. Pourquoi ne regarderiez-vous pas ces deux livres pendant que je montre vos cahiers à la dame ?

— Je n'aime pas beaucoup qu'elle puisse les voir. Vous devez lui dire que je n'irai pas étudier ailleurs.

Le maharadjah décocha un bon coup de pied dans le pied du fauteuil de Mr Basu.

Les épaules du précepteur tressautèrent et le garçon éclata de rire.

— Maharadjah, pourquoi ne voulez-vous pas essayer d'étudier dans une école ?

Perveen, qui avait relevé le comportement puéril, était déterminée à ne manifester aucune réaction.

Il secoua la tête.

— Je n'y suis jamais allé et je n'irai jamais.

Perveen regretta soudain de lui avoir demandé son avis. Elle avait généré une situation de bras de fer. Il aurait été bien plus facile d'observer en silence pour en tirer elle-même la conclusion évidente.

Au fur et à mesure que Mr Basu s'éloignait des enfants avec Perveen, ses épaules paraissaient s'affaisser. Était-ce de détente ou de tristesse ? Il la conduisit dans un petit salon sombre rempli de mobilier victorien damassé.

— Ce sont mes quartiers privés. C'est le défunt maharadjah qui les a fait meubler pour moi.

Perveen perçut la fierté dans sa voix et décida de n'émettre aucun commentaire. Elle contempla un énorme lustre comprenant tant de gouttes de cristal que l'objet franchissait allègrement la frontière entre luxe et kitsch.

— Du verre belge ! déclara-t-il, comme si elle ne s'en était pas doutée.

— Magnifique.

Le lustre ainsi que le portrait du roi George et de la reine Mary dans un cadre doré montrait que le précepteur était assez confortable avec les manières européennes. Et Mr Basu avait néanmoins paru désapprouver les anciens professeurs britanniques de la maharani Mirabai et ne souhaitait pas que les enfants lisent des livres étrangers sans la permission de la douairière. Quelle étrange contradiction – et le portrait de Gandhi dans la salle de classe épaississait ce mystère.

Mr Basu tendit deux fins cahiers de rédaction à Perveen avant de s'asseoir lentement dans un fauteuil Queen Anne. Il lui désigna une banquette de velours, et elle s'y installa.

— Voulez-vous un thé ? demanda-t-il. Je peux en faire servir.

Perveen secoua la tête, imaginant qu'il cherchait à détourner son attention du sujet qui les intéressait.

— Non, merci. Je ne veux pas vous prendre trop de temps. Je désire simplement me faire une idée des progrès scolaires du maharadjah.

— Vous avez là le travail du maharadjah au cours de l'année passée. Je suis certain qu'il vous paraîtra suffisant. C'est le même programme que son père et son oncle ont suivi.

— Il n'y a que ces deux cahiers ? demanda Perveen en les feuilletant, y remarquant un grand nombre de feuilles blanches. Quelle est la régularité des cours ?

— C'est selon son bon vouloir. Je donne en gros une heure de leçon ici ou là. J'attends toujours – comme vous avez pu le voir – mais il n'est pas très pressé de venir. La princesse a toujours envie de travailler. Elle a envie d'apprendre à lire, à faire des additions et tout le reste. Elle a le don intellectuel de son père dont il aurait mieux valu que son frère hérite.

Perveen s'efforça d'ignorer le pincement de tristesse qu'elle éprouva pour la princesse après le commentaire méprisant du précepteur et elle continua de feuilleter le premier cahier. Les principales productions écrites de Jiva Rao, qui tenaient sur une demi-page, étaient bien plus simples que ce que Perveen se rappelait avoir rédigé au même âge. Les titres, sans aucun doute recopiés du tableau noir, demeuraient ce qu'il y avait de plus clair dans son travail. *Quel est le rôle d'un souverain ? Quelle est l'histoire de l'Angleterre ?* Jiva Rao écrivait en un marathi propre, mais ses phrases très simples démontraient un manque de réflexion.

— Donnez-vous d'abord la leçon avant de lui demander de rédiger un résumé ? demanda-t-elle.

— Exactement, répondit-il, fier de lui.

— Vous enseignez donc en général une heure par jour ?

— Oh non ! Je travaille beaucoup plus. Je suis en poste six heures par jour, même si les enfants ne viennent pas.

Il leva ses mains osseuses devant lui, six doigts repliés, et elle devina aussitôt que ses cours de mathématiques devaient être ennuyeux.

— La princesse reste parfois plus longtemps – pour elle, compter est un jeu, et elle veut toujours en apprendre davantage. C'est pour cette raison qu'elle est aussi en avance. Je lui demande souvent de partir pour revenir avec son frère. Il ne doit pas être éclipsé.

Que Padmabai soit en avance et en sache plus – bien que plus jeune de trois ans – serait inconvenant.

— Que pensent les maharanis des progrès des enfants ?

— Elles savent que je fais bien mon travail, répondit-il en se penchant lentement en avant comme s'il avait mal au dos. Je perpétue la tradition en respectant le souhait de la rajmata. Il arrive que la jeune maharani se plaigne mais que fait-elle ? Elle est toujours dehors à cheval ou en train de lire le journal.

— Choti-rani a mentionné qu'elle était allée en pensionnat, dit Perveen sur un ton neutre.

— Oui, une école pour filles de Panchgani. Elle pense qu'on ne peut bénéficier d'un enseignement prestigieux qu'en fréquentant un pensionnat avec des professeurs britanniques.

— Elle pense peut-être aussi qu'un environnement scolaire pourrait améliorer l'attitude du prince Jiva Rao envers l'enseignement.

Tout en observant le précepteur, elle songea à un moyen de déclencher chez lui une réflexion sans qu'il se sente insulté.

— Le défunt maharadjah Mahendra Rao et le prince Swaroop étaient-ils des élèves aussi difficiles que le maharadjah ?

— Pas du tout, parce qu'ils venaient toujours à l'heure à leur leçon. S'ils n'étaient pas venus, leur père les aurait punis ! s'exclama-t-il en frappant légèrement l'accoudoir de la banquette pour souligner son propos avant de faire la grimace. C'était un souverain sévère. Satapur prospérait à cette époque. On ne tolérait aucune paresse chez les agents de terrain comme chez les enfants royaux.

— Relevez-vous des différences de tempérament et de capacités entre la génération précédente et celle-ci ?

— Entre deux frères, il y en a toujours un pour commander et l'autre pour suivre, répondit-il avec un regard entendu. Le défunt maharadjah Mahendra Rao était l'aîné, il est devenu le meneur parce qu'il était le prince héritier. Le prince Swaroop savait qu'il n'aurait pas une telle responsabilité. On lui donnerait un petit palais dans un autre district avec des terres qui lui procureraient des richesses mais jamais le pouvoir de son frère. C'est pour cette raison qu'il était moins studieux et qu'aujourd'hui encore c'est son égocentrisme qui le dirige.

Voilà une opinion franchement exprimée mais cela rejoignait ce que Perveen avait déjà entendu au sujet du prince Swaroop.

— Et si l'on pense au passé plus récent, comment était-ce d'enseigner à Jiva Rao et à son frère aîné quand il était encore en vie ?

— Vous parlez du prince Pratap Rao, qui est mort il y a un an, dit-il, baissant la voix comme s'il craignait d'être entendu. Je ne dois pas parler des morts en mal mais, la vérité, c'est qu'il n'aimait pas étudier. Le prince Jiva Rao était plutôt coopératif ;

il aimait son frère et s'efforçait de le soutenir dans ses études.

Perveen ne comprenait pas, parce que Jiva Rao ne s'était pas vraiment montré studieux.

— Comment un jeune frère peut-il soutenir son aîné dans ses études ?

Basu soupira comme si les questions de la jeune avocate étaient un calvaire.

— Imaginez que je pose aux deux garçons la question, *Quel est le nom du roi qui a régné sur Satapur de 1680 à 1720 ?* Si Pratap Rao donnait une mauvaise réponse, Jiva Rao faisait de même – même s'il connaissait la bonne réponse. Il ne voulait pas que son frère ait honte.

Perveen songea que cela paraissait moins un exemple de solidarité que de peur que les autres lui en veuillent d'en savoir plus. Elle avait ressenti la même chose à l'école de droit quand elle y était arrivée à dix-huit ans, une femme seule craignant de faire des vagues parmi les étudiants irrités.

— Quel âge les garçons avaient-ils à l'époque où vous avez remarqué ce comportement ?

— Je ne me rappelle pas. Ç'a toujours été ainsi, répondit le précepteur affaissé, en la fixant de ses yeux défaillants.

Perveen aurait aimé lui conseiller de prendre sa retraite, mais il devait redouter de vivre en dehors du palais. Il y était depuis si longtemps, on aurait presque pu dire que lui aussi vivait la purdah.

— Et aujourd'hui la princesse Padmabai a envie d'apprendre et le prince Jiva Rao pas plus, dit-elle en revenant aux enfants.

— Ce n'est pas une question de cerveau ! protesta Basu en agitant un doigt crochu vers elle. Après la mort du dernier maharadjah, le prince Jiva Rao a renoncé. Il n'a plus jamais essayé de mémoriser l'histoire des maharadjahs. Il ne corrigeait plus ses devoirs. Comme s'il avait récupéré les pires traits de paresse de son frère. Il croit sans doute que suivre les pas d'un maharadjah consiste aussi à adopter les défauts de ses aînés.

Le diagnostic de Basu n'avait rien à voir avec ses talents déclinants d'enseignant. Perveen se demanda si le prince Jiva Rao avait perdu tout intérêt dans les cours en raison du chagrin généré par l'absence de son frère. Il pouvait également se sentir seul.

— Qui vient rendre visite au palais ? demanda-t-elle.

— En quoi cela vous intéresse-t-il ? répondit Basu en secouant la tête avec lassitude. Je pensais que le sujet de notre entretien était l'éducation.

— J'aimerais savoir si les enfants ont des amis. Un frère et une sœur qui grandissent seuls, c'est un contexte peu favorable.

— C'est bien la première fois qu'on décrit le palais de Satapur comme un endroit qui n'est pas favorable ! ricana-t-il. Mais ils voient parfois leur oncle.

— Oui, et comme nous le savons, son arrivée est imminente. Quelle pourrait être la raison de sa visite ?

— Il a la fonction de Premier ministre – mais cela ne vous regarde en rien. Vous prétendez que les Britanniques vous ont envoyée ici afin de savoir ce que j'enseigne au maharadjah. Je n'enseigne rien qu'ils désapprouveraient. Ce n'est pas moi qui ai mis le portrait de ce rebelle dans la salle de classe !

Il faisait apparemment référence au portrait de Gandhiji*.

— Qui l'a accroché là ?

— Choti-rani, répondit-il en baissant la voix. Mais il ne faut pas en parler.

Perveen avait de plus en plus de respect pour la maharani Mirabai.

— Je ne ferai aucun rapport sur la décoration du palais. Je vous pose des questions sur le prince Swaroop parce que j'essaie de savoir si les enfants reçoivent régulièrement des visites. Leur bien-être est important pour le gouvernement.

— C'est vrai, lança une voix froide depuis le seuil. Vous souhaitez que nous élevions un prince le plus obéissant qui soit à l'Empire de George.

15

Une mort soudaine

Perveen, surprise, se tourna pour découvrir, sur le pas de la porte, un grand homme sombre à la moustache cirée. Il avait l'air d'avoir un peu plus de trente ans et était habillé d'une veste sherwani* en soie violet foncé sur un pantalon noir et de pantoufles apparemment incrustées de rubis. Il était coiffé d'un turban penché sur le côté, selon le même angle canaille que tous les hommes figurant sur les portraits dans la galerie familiale, et décoré d'une somptueuse broche de rubis. Elle comprit aussitôt que cet homme débonnaire était le prince Swaroop.

Mr Basu se leva avec peine.

— Votre Altesse, puis-je vous présenter Miss Perveen Mistry ? Elle est envoyée par l'Agence de Kolhapur.

— Je suis très heureuse de vous rencontrer, Votre Altesse, dit Perveen, sans savoir comment le saluer.

Après tout, il vivait dans un monde où les femmes respectaient la purdah. Elle tendit lentement la main et il s'avança pour la presser contre ses lèvres, à la française. Vandana aurait approuvé – mais Perveen recula. Cela faisait très longtemps qu'un homme ne l'avait pas embrassée, et elle n'appréciait pas qu'un étranger prenne ce genre de liberté.

— Miss Mistry, je suis soulagé de voir que vous êtes arrivée saine et sauve. La météo d'hier était terrible pour voyager.

La diction du prince était hachée et autoritaire, comme celle de la douairière.

— Vous étiez au courant de ma venue ? demanda Perveen.

— Bien sûr. Ma mère m'a parlé de la lettre du gouvernement. Je suis un peu surpris de voir que vous n'êtes pas un homme, dit-il avec un regard légèrement moqueur. Malgré tout, je suis content que vous nous ayez été envoyée. Notre famille a reçu bien peu d'attention de la part des autorités.

Ne savait-il pas que Colin avait été refoulé ? Perveen s'exprima d'une voix neutre.

— Je comprends votre inquiétude. L'agent politique actuel a essayé à deux reprises de rendre visite au palais, mais je crois savoir que son genre lui en a interdit l'entrée.

— Il s'agissait en l'occurrence d'une tout autre raison, répondit-il en s'approchant, la tête baissée, comme s'il était sur le point de partager une information confidentielle. Le nouvel agent de Satapur souffre d'une malformation et ma mère croit qu'elle peut nous apporter le malheur, si on le laisse entrer. Mais la purdah était un prétexte plus convenable.

— Je l'ai rencontré, et je peux vous assurer qu'il ne souffre d'aucune malformation. Il a été amputé d'un pied, expliqua Perveen dont la colère montait. En fait, il s'est comporté de manière héroïque, se sacrifiant pour la sécurité d'un enfant.

— Ce qui n'est plus n'est plus. Vous avez relevé le défi. De fait, ma mère souhaiterait vous voir. Elle a demandé que vous vous joigniez à nous pour déjeuner dans le vieux palais à quatorze heures.

Il lui adressa un sourire radieux comme s'il s'agissait de merveilleuses nouvelles.

Perveen doutait que la vieille reine désirât lui faire plaisir. Elle risquait plutôt de la sermonner.

— Je vous remercie de m'en faire part. J'en serai ravie.

— Et combien de temps restez-vous ici ?

Il sourit de nouveau et elle eut cette pensée terrible qu'il désirait peut-être qu'elle soit là. Le baisemain était probablement un avant-goût de futures avances.

— Jusqu'à ce que j'aie rassemblé tous les renseignements pour mon rapport.

Elle marqua une pause, songeant à la chance qu'elle avait de parler à l'homme qui pourrait devenir maharadjah si son neveu venait à mourir. Bien qu'elle ne souhaitât pas encourager plus d'intimité avec ce noble aux manières désinvoltes, elle devait s'entretenir avec lui.

— Avez-vous des enfants ?

— Non, j'ai peur que mon épouse soit maudite, répondit-il avec un sourire crispé. Un prince peut prendre une seconde épouse, mais McLaughlin-sahib a exprimé clairement qu'une telle décision ne serait pas souhaitable.

Perveen devait garder pour elle qu'elle désapprouvait qu'il rende sa femme responsable de son infertilité, mais elle pouvait toujours s'enquérir de l'intrigante consigne donnée par l'Agence de Kolhapur.

— Pourquoi les Britanniques se soucieraient-ils des agissements d'un noble qui n'est pas responsable d'un État princier ?

Il fronça les sourcils aux derniers mots qu'elle prononça.

— Je suis un prince, pas un simple noble, et je préférerais qu'ils ne se soucient pas de moi. Finalement, ils m'ont marié à une superbe femme stérile et ils ont choisi pour mon frère une femme laide mais qui lui a donné deux fils. Il a été le plus chanceux des deux.

— Il a peut-être eu trois enfants, mais il a eu la malchance de mourir.

Il fallait qu'elle change de sujet pour éviter de lui montrer à quel point elle était offensée par ses propos.

— Y a-t-il un contrat de mariage établi pour Jiva Rao ?

— Je n'en ai jamais entendu parler. Et vous ? demanda Swaroop à Mr Basu.

L'énergie générée par l'arrivée du prince Swaroop en avait presque fait oublier à Perveen qu'il y avait une troisième personne dans la pièce. Elle se tourna vers le vieux précepteur qui s'appuyait sur une canne en considérant son ancien élève avec prudence.

— Rien encore de la part des Britanniques. Votre mère a suggéré certaines fiançailles pour lui il y a quelques années, mais les parents de la princesse ne l'ont pas accepté pour leur fille.

Le prince prit un air renfrogné comme si c'était son propre honneur qui avait été bafoué.

— Quelle famille pense être trop bonne pour mon neveu ?

— Elle ne me l'a pas confié. Il est plus probable que la famille n'ait pas souhaité entamer une discussion parce que les Britanniques doivent approuver le choix. N'est-ce pas ainsi que cela se passe ? demanda Basu en se tournant vers Perveen pour approbation.

Elle se sentit mal à l'aise, parce qu'elle ne savait rien de la politique et de l'attitude de l'Agence de Kolhapur concernant le mariage royal.

— Je n'ai entendu parler d'aucun plan de mariage mais je pourrai poser la question quand je retournerai à l'auberge.

— Mon frère s'est marié à vingt-sept ans, il a été père à vingt-neuf ans, et il avait trente-trois ans quand notre père a rejoint sa vie suivante, dit Swaroop dont les yeux s'étrécirent. Pour les Britanniques, le timing était parfait. Je crois qu'ils ont déclaré que c'était un « homme expérimenté ».

— Oui, en effet, confirma le précepteur. Un souverain qui a une femme et des fils est jugé plus stable qu'un garçon qui n'est pas marié.

Le prince Swaroop pencha la tête vers Perveen pour s'adresser à elle.

— Vous pouvez sûrement nous dire si les Britanniques approuvent que mon neveu accède au gaddi* à dix-huit ans.

L'entretien qu'elle avait espéré conduire se retournait contre elle. Mais il restait néanmoins de grandes chances d'obtenir des renseignements supplémentaires de la part du prince amer. Perveen s'efforça d'afficher une expression bienveillante.

— Je pense que, pour eux, l'éducation est la question la plus importante. Mais pourrions-nous discuter de la situation ? J'aimerais beaucoup avoir votre avis.

— Certainement, répondit-il avec une expression plus gaie. Je vais vous montrer les jardins du palais pendant que nous discuterons.

— Si vous en avez fini avec moi, je vais retourner donner leurs cours aux enfants.

Mr Basu ne paraissait pas vouloir se joindre à la promenade. Il sentait peut-être que le prince souhaitait s'entretenir en privé avec la jeune avocate afin de lui donner son opinion défavorable au sujet du précepteur. Puis elle se rappela l'accord que le maharadjah avait passé avec elle et Mr Basu d'étudier jusqu'à l'arrivée du prince. Si Perveen faisait trop attendre Jiva Rao pour voir son oncle, il pourrait se montrer moins agréable avec elle pendant le reste de son séjour.

— Je crois que le maharadjah a hâte de vous voir, dit-elle au prince Swaroop. Ne marchons pas trop longtemps.

— Vous savez très bien dire aux gens ce qu'ils doivent faire, déclara le prince alors qu'ils sortaient au soleil. C'est comme ça que cela fonctionne chez les Parsis. Les femmes dominent les hommes.

Elle avait désormais réellement envie d'exploser, mais il l'aurait alors qualifiée de femme émotive. Elle se contenta de lui lancer un regard dur.

— Je vais vous montrer la cour, dit-il en tendant la main vers le coude de Perveen qui s'éloigna hors de portée. Il y a un bassin avec différentes variétés de lotus.

— Oui. Je les ai vus au petit déjeuner.

Dans le bassin, entre les lotus, deux cygnes noirs avançaient avec paresse. Elle ne les avait pas remarqués plus tôt, et ils lui parurent légèrement menaçants. Deux cygnes noirs, tout comme les deux veuves des palais.

Mais le regard du prince se porta au-delà.

— La fontaine n'est-elle pas délicate ? Elle est italienne. Elle a deux cents ans et on a importé ses pièces pour les assembler ici. Mon père l'a choisie comme cadeau pour mon frère au moment de la conception du nouveau palais.

Perveen aurait aimé cesser de déambuler et trouver un endroit pour discuter sérieusement. Elle s'installa à la table en fer forgé où elle avait mangé plus tôt, espérant qu'il s'assiérait dans la chaise en face d'elle. Ce qu'il fit.

— C'est ravissant ici, commenta-t-elle en ouvrant son carnet de notes. Vous devez vous réjouir que votre position de Premier ministre vous amène à revenir régulièrement dans le foyer de votre enfance.

— C'est tellement différent aujourd'hui. Plus de la moitié des domestiques est partie, pas en raison du manque d'argent mais parce que la veuve ne s'y intéresse pas.

Perveen releva son usage du titre. Il ne parlait certainement pas de sa mère ; tout le monde l'appelait avec respect la rajmata.

— Vous parlez de votre belle-sœur ?

— Elle vit dans un monde de rêve à lire les journaux à l'intérieur ou à monter à cheval dehors. Ma mère était très différente. C'était une hôtesse incroyable. Autrefois, on donnait de grandes réceptions ici.

— Votre mère n'observait donc pas la purdah quand vous étiez enfant ?

Il sourit en secouant la tête.

— La population n'a pas le droit de poser les yeux sur elle, mais elle se montrait très amicale avec les dames et les hommes en lien avec notre famille. Lors de ces grandes réceptions qui attiraient de riches étrangers, elle restait assise derrière un écran sculpté en bois de santal. Tout le monde pouvait entendre ses commentaires.

— Mais aujourd'hui la purdah est-elle plus restrictive, parce qu'elles sont veuves ?

— Comme dit ma mère, c'est le mieux qu'on puisse faire et malgré tout, quel dommage de ne pas partager cela avec d'autres, répondit-il en écartant les bras, l'invitant à contempler les haies superbement taillées et les massifs débordant de fleurs écarlates et roses.

Perveen savait qu'il pensait aux relations de l'élite, pas aux gens de Satapur. Il sous-entendait que s'il avait eu le contrôle du palais et avait pu organiser des réceptions, il se serait beaucoup amusé. Mais c'était là une situation qui ne pouvait être changée. Il fallait qu'elle ramène la discussion à l'éducation de Jiva Rao.

— J'ai une question à vous poser au sujet du précepteur, dit-elle en contemplant le bassin. Mr Basu m'a confié qu'il avait beaucoup apprécié être votre enseignant, à votre frère et vous, mais il rencontre des problèmes pour que Jiva Rao suive le programme. Vous vous rappelez sans doute ce que c'était que d'être son élève. Pensez-vous que les difficultés qu'il rencontre sont dues à la personnalité du prince ou au style du professeur ?

Le prince Swaroop caressa sa moustache en réfléchissant à la question avant de s'exprimer d'un ton mesuré.

— Voilà une question intéressante. N'importe quel professeur s'agacerait d'un prince qui se comporte comme le garçon qu'il est, plutôt que comme un futur souverain. Les pitreries du maharadjah me font penser aux miennes, dit-il avec un petit sourire. Basu possède de solides connaissances et je ne sais pas s'il existe un autre professeur capable de faire mieux.

— Le pensionnat est une possibilité. Il s'y trouve de nombreux enseignants.

— Ah oui. S'il part étudier à l'étranger, il ne sera pas protégé comme il l'est ici. Ce pourrait être dangereux.

Il marqua une pause comme s'il continuait à réfléchir à la question.

— Pourtant il bénéficierait de l'enseignement de nombreux professeurs et pourrait se faire des amis qui pourraient s'avérer utiles plus tard. Il pourrait même se faire des copains dans votre communauté.

— Qu'entendez-vous par là ? se hérissa Perveen.

— Les Parsis sont la communauté la plus riche d'Inde.

Elle ne répondrait pas à ce commentaire car le sujet de la discussion était l'éducation du maharadjah.

— Les pensionnats accueillent en général des étudiants de diverses religions et même de diverses nationalités, dit-elle en s'efforçant de garder un ton modéré.

— Mais les Parsis se cachent derrière les centrales hydroélectriques, les aciéries et tout le reste, insista-t-il. Je me rends souvent à Bombay, je les rencontre au champ de courses et j'entends des histoires.

Elle souhaitait défendre sa communauté, répliquer que les Parsis étaient bien plus que d'impitoyables hommes d'affaires, mais elle ne pouvait se permettre de se laisser distraire de son objectif.

— On dirait que vous souhaiteriez qu'il établisse des relations pouvant conduire à des changements pour Satapur.

— C'est embarrassant d'être le seul État princier de la région occidentale à ne pas avoir de gare ferroviaire offrant tous les services. On a construit une ligne de chemin de fer pendant le règne de mon père mais, quand mon frère est arrivé au pouvoir, il était trop occupé à meubler le nouveau palais pour rassembler les fonds nécessaires à l'achat de trains à mettre sur les rails. Tout s'est arrêté.

— Puisque vous êtes arrivé dans cette voiture splendide, il doit sûrement y avoir une route.

— Vous avez vu ma Mercedes, dit-il avec un sourire de fierté. Oui, la route de terre entre nos palaces va jusqu'au pavillon de chasse et Poona. Mais il devrait y avoir davantage de routes, en plus d'une vraie ligne de chemin de fer.

— Vous êtes Premier ministre. Avez-vous envisagé de progresser dans cette direction ?

— Cela ne peut se faire sans la permission de l'ours endormi, déplora-t-il en secouant la tête.

— Je ne comprends pas.

— L'agent de Satapur est plongé dans un profond sommeil, et il ne désire rien entreprendre de conséquent avant que le maharadjah sur lequel il veille ait l'âge. Alors l'agent assurera à mon neveu que le gouvernement s'engage à bâtir des routes merveilleuses, des barrages et la plus longue des voies de chemin de fer tant qu'il paiera plus de taxes et cédera plus de récoltes. Il ne pourra faire autrement qu'accepter.

C'était une vision différente de la relation de Colin avec l'État.

— Vous n'aimez pas vraiment les Britanniques.

— Ils ne nous aiment pas beaucoup non plus. Aux yeux des Anglais, nous sommes une nurserie remplie d'enfants gâtés.

Le prince Swaroop prononça ces paroles avec un triste demi-sourire. Perveen se demanda combien de fois il s'était senti rabaissé. Elle avait entendu dire que des maharadjahs achetaient des flottes de Mercedes et de Rolls Royce pour prouver qu'ils étaient plus riches que les officiers britanniques qui les contrôlaient.

Elle était prête à parier que, dans une école anglaise, certains étudiants se comporteraient grossièrement avec le maharadjah Jiva Rao. Mais le prince y aurait également la chance de tisser des amitiés et de développer des talents mondains qui lui seraient utiles plus tard. Et si c'était un bon établissement, il bénéficierait d'une large éducation libérale. Dans le cas de Perveen, c'était après ses études en Angleterre que son dévouement au mouvement de libération s'était renforcé.

Elle aurait pu partager ce constat, mais elle doutait que le prince désirât l'indépendance de l'Inde, qui mettrait sûrement fin aux États princiers. Même s'il en voulait à l'ours endormi.

— Je n'ai pas accès aux livres de comptes ici, mais il est possible qu'une partie des biens de la famille puisse financer des progrès sans qu'il y ait besoin de lever des impôts. N'y a-t-il pas de palais inoccupés dans l'État ?

— Bien sûr. Et nous possédons une maison à Londres et plusieurs propriétés à Poona et à Bombay. Mais vendre nos biens reviendrait à perdre la face.

Il ne voulait pas renoncer à ces propriétés, et il était censé attendre le futur maharadjah, le véritable souverain, pour prendre cette grande et coûteuse décision. Comment savoir quelle serait la situation dans huit ans ?

— Peut-on parler du maharadjah ? Avez-vous constaté un changement dans son humeur et son comportement depuis la mort de son frère ?

— Évidemment. Cela a attristé toute la famille. On pouvait s'y attendre.

Il la toisa comme si elle était lente d'esprit, et cela poussa finalement Perveen à se montrer plus offensive.

— J'ai entendu dire que vous faisiez partie de la chasse pendant laquelle Pratap Rao est mort.

— Oui, et je m'en veux pour ce qui s'est passé, confia-t-il d'une voix sinistre.

— Comment ça ? demanda Perveen dont le pouls s'accéléra.

S'apprêtait-il à livrer une confession ?

— Il a insisté pour avoir le pistolet de chasse et nous devancer seul.

Le prince Swaroop faisait courir ses doigts sur le bord de la table, comme si ce souvenir le mettait mal à l'aise.

— D'après le docteur, il est tombé et s'est assommé – peut-être en se cognant la tête sur un arbre à terre, près de lui. C'est pour cette raison qu'il n'a pas répondu à nos appels. Et des animaux vicieux l'ont trouvé dans cet état de vulnérabilité.

Elle songea à ce que Mirabai avait dit au sujet de la nature suspecte du décès. Pourquoi le prince Swaroop, qui s'était trouvé sur les lieux, ne nourrissait-il pas les mêmes doutes ?

Peut-être parce qu'il était à l'origine de ce prétendu accident.

— Et le jour suivant, est-ce vous qui l'avez découvert ? demanda Perveen en s'efforçant de ne pas montrer son appréhension.

Il la dévisagea.

— Vous intéressez-vous au prince qui est déjà mort ou bien à celui qui va monter sur le trône ?

Elle garda le silence.

— Saviez-vous que si les Britanniques soupçonnent qu'il y a corruption ou un quelconque désordre dans un État sans maharadjah au pouvoir, ils ont le droit de s'approprier cet État ? demanda-t-il.

Il se pouvait qu'il passe à l'attaque parce qu'il craignait qu'elle le soupçonne. Mais il n'y avait vraiment aucune preuve. Perveen inspira profondément avant de répondre d'une voix douce.

— Je n'en ai jamais entendu parler.

— De telles appropriations de terres se sont produites à de nombreuses reprises dans le sous-continent. C'est de cette manière que les Anglais ont pris la moitié du pays.

— Vous avez raison sur ce point.

Perveen aurait pu évoquer des forces armées, et la pression exercée sur les propriétaires terriens pour qu'ils donnent ou vendent la propriété aux Britanniques, mais cela n'aurait pas été correct de la part d'une personne engagée, même provisoirement, par ces mêmes Britanniques. Elle resterait professionnelle.

— Je vous remercie d'avoir pris le temps de parler avec moi. Vous m'avez été d'une grande aide.

— Vous êtes courageuse de voyager seule, dit-il avec condescendance. Je me demande ce qu'une avocate peut faire quand elle se retrouve seule dans un État princier sans personne de sa famille pour la protéger.

On aurait pu croire à une menace. Tout en le fixant, Perveen se demanda comment elle pourrait s'en sortir s'il décidait qu'elle devait disparaître. On aurait pu imaginer qu'il aurait redouté les représailles des Britanniques, mais elle pouvait toujours tomber malade ou avoir un accident. Elle déglutit en refoulant ses larmes.

— En qualité de représentante du gouvernement impérial, je me sens autant en sécurité que le vice-roi en personne. Cependant, je ne suis pas aussi certaine que ce soit le cas du maharadjah. Je l'ai vu courir au bord du toit du palais avec le bouffon. C'est un comportement extrêmement dangereux !

— Mais quel meilleur endroit pour faire voler les cerfs-volants que le toit ! s'exclama le prince Swaroop avec un sourire malicieux.

Perveen comprit pourquoi Jiva Rao aimait son oncle. Souriant malgré elle, elle contempla, derrière le prince, deux oiseaux blancs aux grandes ailes piquer au milieu des arbres pour atterrir sur le gazon de la cour.

— Est-ce que ce sont des vautours ?

Le prince se leva et s'éloigna de la table pour observer les oiseaux qui picoraient quelque chose.

— Oui, les vautours blancs sont assez communs dans cette région. Mais ne les regardez pas. Leur comportement est répugnant.

C'était trop tard ; elle l'avait suivi de suffisamment près pour voir les charognards blottis près du buisson de tubéreuses dans lequel elle avait jeté son pohe plus tôt dans la matinée. Les oiseaux donnaient des coups de bec énergiques dans un singe gris reposant sur le dos, les membres étirés et rigides, comme s'il était paralysé. Ses pupilles dilatées et vides fixaient le ciel.

16

Un spectacle horrible

Le prince Swaroop appela pour qu'un domestique vienne nettoyer l'endroit, et Perveen battit en retraite dans son fauteuil. Le carnage n'était pas la seule raison de sa nausée : elle était convaincue que la nourriture qu'elle avait jetée sous ce buisson avait provoqué la mort du singe gris qu'elle avait vu jouer joyeusement plus tôt dans le jardin.

Le prince Swaroop revint, une main couvrant sa bouche et son nez.

— Quelle puanteur, dit-il d'une voix étouffée. La créature a rendu tout ce qu'elle avait mangé en même temps que son dernier souffle.

— Vous avez vu du vomi ? demanda-t-elle.

Il hocha la tête avant de se laisser tomber lourdement, comme si son corps était douloureux.

Elle décida de le croire, plutôt que de se lever pour aller vérifier par elle-même. Elle repensa au valet qui l'avait encouragée à manger la spécialité du palais. Il fallait qu'elle identifie ce domestique.

— Connaissez-vous tous ceux qui travaillent au palais ?

— Bien sûr. Ils étaient déjà en place quand j'étais enfant ou bien ce sont les enfants de ces domestiques.

— Un jeune homme au visage très rond m'a servi le petit déjeuner ce matin. Je ne pense pas l'avoir vu hier soir au dîner.

Le prince la dévisagea d'un air interrogateur.

— Avez-vous dîné dans le nouveau ou le vieux palais hier ?

— Le vieux palais.

Elle se sentit transpirer à l'émergence d'une nouvelle idée : son envie de vomir était-elle due à l'horreur du singe mort ou au fait qu'elle avait été empoisonnée ?

— Ce sont d'autres domestiques dans le vieux palais. Les palais ont des cuisines distinctes afin que les repas soient servis plus rapidement et selon les goûts respectifs des maharanis.

Mirabai s'était inquiétée de la possibilité d'être empoisonnée, et ce poison provenait probablement de sa cuisine.

La minute suivante, le même homme au visage rond qui l'avait servie le matin passa les portes de la salle à manger donnant sur le jardin. La tête baissée, il s'adressa au prince Swaroop.

— Vous avez appelé ?

— Il y a un singe mort là-bas. Tu ne prends pas soin des lieux ! gronda le prince Swaroop en agitant le doigt vers lui de la même manière autoritaire que sa mère.

Le valet avança de quelques pas vers le buisson et frissonna en découvrant le singe.

— Mais je ne peux pas toucher ça, dit-il en se tournant vers Swaroop. C'est le travail d'un balayeur.

Était-ce la véritable raison ? Ou bien le valet savait-il qu'il risquait de toucher du poison ? Il s'était plutôt montré sec envers elle mais maintenant, en présence du prince, il était tout à fait respectueux.

— Va chercher un balayeur alors ! ordonna le prince, exaspéré. Ne vois-tu pas que le spectacle rend malade notre invitée ?

— Une minute, dit faiblement Perveen malgré la nausée. Comment vous appelez-vous ?

— Lalit, répondit le domestique, en se balançant avec nervosité d'un pied sur l'autre.

Il pouvait y avoir bien des raisons expliquant la mort du singe. Si elle accusait à tort Lalit d'avoir empoisonné le petit déjeuner, il pouvait perdre son emploi. Il fallait qu'elle en apprenne davantage. Elle se tourna vers le prince.

— Je dois savoir ce qui peut provoquer la mort rapide d'un animal aussi vigoureux : qu'il s'agisse d'une cause naturelle, de maladie ou d'autre chose. Cela rentre dans le cadre de mon enquête pour déterminer si le maharadjah est en sécurité au palais.

— Va chercher un balayeur ! ordonna Swaroop à Lalit.

Puis il agita les bras avec colère vers les vautours, les forçant à s'éloigner en sautillant à quelques mètres de la carcasse. Quand le valet fut hors de portée, le prince se tourna vers Perveen.

— Qu'est-ce que c'est que cette histoire ? demanda-t-il sur un ton revêche. Vous n'avez pas parlé d'enquêter sur la sécurité du maharadjah, mais seulement sur son éducation !

Le prince n'était pas encore arrivé au palais au moment où Perveen avait pris son petit déjeuner. Il n'avait pas pu verser de poison dans la nourriture, mais elle ne lui faisait pas confiance pour autant.

— Le maharadjah est sous tutelle du gouvernement, dit-elle sur un ton raisonnable. Il est évident que je me soucie de sa sécurité. Sa mère m'a confié hier qu'il était tombé malade la semaine dernière après avoir mangé de la nourriture qui lui avait été servie. Et je sais que ce singe était en très bonne santé il y a encore une heure.

À quelques mètres de là, un vautour les observait de ses yeux injectés de sang. Il avait hâte de pouvoir reprendre son repas. Perveen regarda le vautour, tout en sachant qu'il n'y avait aucun moyen de lui communiquer que ce repas qu'il désirait tant pouvait le rendre malade, voire le tuer.

— Le fort s'attaque au faible. C'est comme ça que ça fonctionne, lança le prince par-dessus son épaule.

— Une autre hypothèse serait qu'une personne lâche ait utilisé du poison pour atteindre son objectif, répondit sèchement Perveen.

Le prince lui décocha un regard dur mais ne répondit pas.

Deux hommes en lungis* miteux arrivèrent en portant un petit balai et un tas de journaux. Le prince Swaroop désigna le buisson, et les balayeurs entamèrent leur désagréable tâche.

Perveen comprenait que, chez les animaux, c'était le pouvoir qui déterminait qui mangeait le dîner et qui devenait le repas. Mais les sociétés humaines n'étaient pas censées fonctionner ainsi. La famille royale de Satapur n'avait pas le droit de faire disparaître une personne qui menaçait leur autonomie. Pas au XXe siècle, en tout cas. Elle décida de le rappeler au prince Swaroop.

— Votre Altesse, nous sommes tous les deux censés être des protecteurs. Vous avez été nommé Premier ministre pour vous charger du bien-être des gens. En qualité d'avocate, j'ai fait le serment de protéger mes clients.

— C'est exactement ce que je fais, mais votre théorie d'un empoisonnement intentionnel est… hystérique ! déclara-t-il en criant à moitié le dernier mot en anglais.

— Ce n'est pas moi en tout cas qui hausse le ton, rétorqua calmement Perveen.

Il inspira et, quand il reprit la parole, sa voix avait retrouvé un timbre normal, mais froid.

— C'est une tâche trop difficile pour que l'Agence de Kolhapur la confie à une femme. Je vais demander qu'on nous serve le thé, puis vous pourrez disposer. Ne vous inquiétez pas, je ferai en sorte que vous soyez reconduite dans le palanquin royal, puisque vous n'avez pas de moyen de locomotion.

— Non, je vous remercie ! Il n'y a aucune raison que je ne poursuive pas cette mission.

Elle ne voulait rien de ce qu'il lui avait proposé. Et comment pourrait-elle abandonner le maharadjah ? Si quelqu'un s'en prenait déjà à elle, cela signifiait sans doute qu'il était en danger. Il lui fallait rester suffisamment longtemps pour rendre une décision au sujet de sa scolarité et convaincre les maharanis qu'il se tramait quelque chose au palais.

Le prince Swaroop secoua la tête comme face à une enfant irascible.

— Si je ne peux vous convaincre que la mort du singe est naturelle, il ne sert à rien de parler de quoi que ce soit avec vous.

Perveen se leva. La colère qu'elle ressentait vis-à-vis du prince avait fait disparaître la nausée. Se tournant vers le palais, elle fut soulagée de voir Aditya sur le seuil.

— Bonjour ! Je vois que vous avez rencontré l'oncle des enfants. Comment l'appelez-vous dans les livres d'histoires anglais – le Prince Charmant ?

Aditya éclata d'un rire joyeux, n'ayant clairement aucune idée du sujet de leur discussion.

— Escorte memsahib à sa chambre, ordonna le prince Swaroop. Elle ne se sent pas bien après avoir vu l'horreur que les domestiques sont en train de nettoyer là-bas.

— Que s'est-il passé ? demanda Aditya en considérant les balayeurs courbés autour du buisson.

— Un vautour était en train de manger un singe mort, répondit le prince, l'air renfrogné en tirant vers le bas les extrémités de sa moustache raide. C'est une situation naturelle dans la forêt mais pas dans un palais, et notre invitée souhaite ouvrir une enquête.

L'expression amicale d'Aditya se figea.

— Un singe est mort ? demanda-t-il d'une voix vacillante.

Perveen comprit ce qu'il craignait.

— Il ne portait pas de costume. Ne vous inquiétez pas.

— Laissez-moi voir !

Aditya se précipita vers les buissons et écarta le domestique qui poussait le cadavre de l'animal dans le paquet de papier journal. Le bouffon s'immobilisa brutalement.

— Aiyo ! C'est mon Bandar !

— Ce n'est pas possible, dit Perveen dont la tête se mit à tourner.

Faites que ce ne soit pas lui. La mort d'un animal domestique n'avait rien à voir avec celle d'un singe sauvage.

Le prince Swaroop vint se poster au-dessus du bouffon éploré, agenouillé près du corps.

— Tu te trompes, Aditya. C'est un macaque à bonnet ordinaire, pas le tien.

— Non, c'est bien lui ! répliqua Aditya, angoissé. Je reconnais aussi bien la marque blanche entre ses yeux que mes propres taches de naissance. C'est mon singe.

— Ton Bandar porte une veste. Celui-ci est clairement un animal non domestiqué ! contra le prince Swaroop.

Bien qu'elle ne l'appréciât pas, Perveen espérait vraiment qu'il ait raison. Si seulement Bandar pouvait bondir hors d'une cachette, les larmes du bouffon cesseraient de couler.

— Ce matin, il s'est échappé avant que j'aie le temps de l'habiller. Il n'était pas content parce que je lui avais repris un biscuit, expliqua Aditya avant d'éclater en sanglots déchirants. Pourquoi fallait-il qu'il meure ? Il n'a que trois ans. Les macaques à bonnet vivent plus de trente ans.

Elle aurait pu exprimer son soupçon concernant le plat empoisonné du petit déjeuner.

Mais elle aurait alors dû avouer avoir jeté le pohe dans le buisson et ainsi être en partie responsable de la mort de Bandar. Aditya était apparu comme la personne la plus naturelle et amicale au sein du palais, mais s'il apprenait que, par ses actes, Perveen avait contribué à la mort de son animal, il ne lui pardonnerait jamais. Elle-même avait déjà du mal à se le pardonner. Son perroquet apprivoisé, Lillian, avait manqué à Perveen de nombreuses fois depuis qu'elle était partie. Et cela la rassurait de savoir que les grands perroquets comme Lillian vivaient plus de cinquante ans ; Perveen espérait avoir en lui un ami pour longtemps.

Alors qu'elle était submergée par la culpabilité, elle prit conscience que Swaroop l'observait d'un air inquiet. Sans un mot, elle secoua la tête. Si elle déclarait à Aditya qu'elle pensait que le singe avait été empoisonné, Swaroop la considérerait encore plus hystérique.

— Que s'est-il passé ? gémit Aditya. Comment cela a-t-il pu arriver ?

— Il était mort avant que nous sortions, nous ne savons donc pas vraiment ce qui s'est passé. Le singe a dû tomber malade et les vautours en ont profité, déclara Swaroop en détournant les yeux de Perveen.

— Où est passé l'oiseau ? demanda Aditya, le regard dur.

— Là-bas, répondit Swaroop en désignant le coin où attendaient les vautours.

Le bouffon en colère se rua vers les grands oiseaux en sortant une courte dague affûtée des plis de ses vêtements. Sentant le danger, les vautours se redressèrent tout en lançant des cris menaçants avant de prendre leur envol.

Le cœur de Perveen battait à tout rompre tandis qu'Aditya hurlait un flot d'injures vers les rapaces. Quand ils furent hors de vue, le bouffon se tourna pour s'adresser au petit groupe de valets qui attendaient, terrifiés, dans un coin du jardin.

— Apportez-moi un tissu fin pour que je puisse envelopper Bandar, dit-il d'une voix basse et déchirée. Je vais l'emporter au temple pour lui offrir une cérémonie convenable.

Le bouffon aimait-il suffisamment Bandar pour demander à un prêtre une crémation religieuse ? Elle ne savait pas que les Hindous permettaient ce genre de choses. Mais après tout, il existait un dieu singe, Hanuman, et Bandar pouvait peut-être être enterré dans un de ses temples.

— Il est totalement bouleversé, glissa Swaroop de sa voix chaude à l'oreille de Perveen. Laissons-le. Je vais vous conduire à votre chambre.

— Ce n'est pas nécessaire.

Prise de nausée, Perveen se tourna pour rentrer dans le palais. Mais bien qu'elle ait décliné son offre, Swaroop l'accompagna à grandes enjambées sur les sols de marbre scintillant du nouveau palais.

— Par ici, la corrigea-t-il quand elle marqua une pause.

Elle suivit, parce que les nombreux tournants et les grandes salles donnant sur les couloirs l'avaient perdue. La contrariété causée par la mort du singe lui avait fait oublier son chemin.

Ils se dirigeaient désormais vers le grand escalier qu'elle avait emprunté plus tôt dans la journée.

— Quand Choti-rani rentrera de sa promenade à cheval, pourriez-vous lui demander si elle veut bien venir me voir ? demanda Perveen.

— Rappelez-vous, elle respecte la purdah, lui répondit-il avec un sourire crispé. Je ne peux aller la voir.

Elle ne savait pas du tout si la pratique laxiste de la purdah des maharanis excluait réellement les beaux-frères. Mais il était possible que Mirabai insiste pour respecter la purdah à l'égard de Swaroop parce qu'elle ne l'aimait pas. Quelle que soit la raison, le commentaire du prince lui rappela que les maharanis étaient coupées de la société en général. Ils commencèrent à monter l'escalier.

— A-t-elle la possibilité de s'adresser au monde extérieur ?

— Oh, elle nous fait savoir ce qu'elle ressent. Mr Basu est censé écrire les lettres pour elle, mais elle a rédigé sa propre lettre au gouvernement. Et votre présence en est la réponse.

— Votre mère a également écrit. Si elles ne défendaient pas des idées opposées, on n'aurait pas fait appel à moi.

Perveen avait monté une vingtaine de marches et il restait encore deux volées devant elle.

— J'ai appris par Mr Sandringham qu'il a reçu des lettres d'un officier du palais, dit-elle en lui jetant un regard en biais. Savez-vous si la choti-rani s'entretient avec lui ?

— Elle le fait tous les jours. Il ne vous en a pas informée ?

— Je n'ai rencontré personne portant ce titre, avança-t-elle, perplexe.

— Le précepteur des enfants, Basu, est également l'officier palatin. Il travaille ici depuis plus de quarante ans. Il sait ce qu'il faut dire aux domestiques et comment régler les querelles entre habitants.

Perveen en eut le souffle coupé, pas seulement à cause de l'escalier mais du fait d'apprendre qu'une telle responsabilité reposait entre les mains du vieillard fatigué.

— Mr Basu enseigne-t-il et dirige-t-il les affaires du palais depuis toutes ces années ?

— Seulement depuis que l'ancien officier palatin, Jaqinder Dhillon, a choisi de travailler à mon service.

— Pourquoi Mr Dhillon a-t-il quitté ce poste important pour votre palais ? demanda Perveen qui remarqua que l'expression du prince paraissait de moins en moins confiante.

— Pourquoi devrais-je vous parler de mes affaires ? rétorqua-t-il. Vous disiez que vous vous inquiétiez plutôt de la sécurité de mon neveu.

Le départ d'un officier palatin fiable aurait pu déstabiliser les lieux. Et cela avait de toute évidence ralenti l'administration de l'État. Mais devait-elle jeter de l'huile sur le feu ? Non, cela ne servirait à rien.

Ils étaient parvenus dans l'aile des invités, et elle constata que la porte de sa chambre était ouverte. Elle ne souhaitait pas qu'il la suive à l'intérieur.

— Nous ne savons pas ce qui est important ou pas tant que nous n'avons pas connaissance des faits, dit-elle en s'efforçant de paraître raisonnable.

— De la santé des singes jusqu'aux noms des domestiques ! s'exclama-t-il en secouant la tête avant de lui adresser un sourire très condescendant. Vous posez des questions sur les sujets les plus étranges. Quelle enquête cela va être !

Sans réagir à l'insulte, Perveen se tint dos à la porte ouverte, à la fois bloquant l'accès au prince et lui signifiant la fin de leur promenade.

— Merci et au revoir.

Le prince Swaroop lui adressa un regard surpris, comme si c'était la première fois qu'on prenait congé de lui de la sorte. Mais il pivota sur ses talons et s'éloigna à grands pas, ses pantoufles frappant si fort le sol que Perveen frémit jusque dans ses entrailles.

Quand Perveen entra, Chitra se tenait devant l'almirah* ouverte. La domestique se tourna avec un regard tranquille.

— Vous êtes revenue vous reposer, memsahib ?

Quand elle était arrivée sale et mouillée au palais, Perveen avait apprécié la gentillesse de Chitra ; mais elle s'inquiétait maintenant de ce que la domestique était occupée à faire.

— Que cherches-tu dans mes affaires ?

— Je rangeais simplement les vêtements que le dhobi* a fini de repasser. Les vêtements que vous portiez hier.

Chitra présenta la tunique de dentelle blanche toute propre qui, hier encore, était complètement trempée, et Perveen se détendit un peu.

— La lessive n'a pas pris beaucoup de temps, et pourtant il pleuvait encore quand je me suis couchée hier soir.

---

* Dhobi : Celui qui lave le linge.

— Oui, mais nous avons une pièce chaude où nous suspendons le linge à sécher, répondit Chitra avec fierté. Le fer à repasser du dhobi* est brûlant !

Perveen s'approcha de l'almirah* pour examiner le parfait rectangle de soie repassée. Elle avait craint d'avoir abîmé le sari de Gulnaz, mais il était encore plus brillant et doux que quand sa belle-sœur le lui avait donné.

Chitra parla aussitôt comme si elle craignait la colère de Perveen.

— Votre tunique, vos sous-vêtements et votre chemise de nuit de la nuit dernière ont aussi été lavés. Souhaitez-vous que j'envoie le sari gaara ? Il n'est pas sale mais je pourrais le faire légèrement repasser.

Perveen avait du mal à se concentrer sur ses vêtements.

— Non, si on le lave trop, les couleurs vont se faner. Dis au dhobi* que j'ai apprécié le service de blanchisserie pour les vêtements qui avaient pris la pluie. Je te donnerai un pourboire à lui transmettre.

Aplatissant le dessus du sari gaara plié, Chitra eut un petit sourire.

— Memsahib, j'ai de bonnes nouvelles pour vous. Des hommes sont arrivés avec votre palanquin.

Perveen, les yeux clos, récita dans sa tête une prière de remerciement. Elle n'était pas adepte de la prière formelle classique mais, en cet instant, l'arrivée d'un moyen de transport indispensable paraissait providentielle.

— Quelle merveilleuse nouvelle. Mais est-ce que le palanquin est réparé ?

Chitra hocha la tête.

— Ils l'ont laissé près de la guérite des gardes. Les hommes attendront aussi longtemps que nécessaire pour vous ramener.

Perveen imagina la longue nuit pluvieuse qu'ils avaient dû endurer dans la forêt.

— Les pauvres hommes doivent être affamés. Et si fatigués !

La domestique la dévisagea avec curiosité, et Perveen se rappela le commentaire surpris d'Aditya au sujet de ses inquiétudes. Il était probablement rare que quelqu'un évoque la vie difficile des domestiques.

— Ils étaient fatigués, en effet, et on leur a déjà donné de quoi manger.

— De quelle cuisine ? demanda Perveen, soudain paniquée.

— Les domestiques ont leur propre cuisine, répondit Chitra, intriguée. C'est une hutte près du vieux palais. Nous sommes d'une caste différente de la royauté. En fait, nous appartenons à plusieurs castes différentes. Mais nous devons manger des aliments différents et utiliser des plats différents.

— Vous donne-t-on les restes des autres cuisines ?

— Jamais. Cette nourriture est trop délicate pour nous. On l'emporte au temple près du palais, pour les fidèles.

Chitra ferma doucement la porte de l'almirah* avant de la verrouiller. Puis elle déposa la clé dans la main de Perveen. Ce geste paraissait destiné à la rassurer, et Perveen se sentit encouragée à poursuivre la discussion.

— J'ai une autre question, dit-elle en prenant la clé avec un hochement de tête. Je sais que le maharadjah a eu des maux de ventre, la semaine dernière. Aujourd'hui, je l'ai vu courir très près du bord du toit du palais. A-t-il eu des accidents ou d'autres maladies ?

Chitra humecta ses lèvres comme si elle avait soudain la bouche sèche.

— Je ne sais pas.

— Tu le vois tous les jours, n'est-ce pas ? Que te rappelles-tu ?

— Les enfants font des chutes. Ils sont malades. Je ne peux pas me souvenir de tout, répondit-elle en baissant la tête. Je suis désolée.

— Ce n'est pas grave.

Perveen n'arrivait pas à savoir si Chitra essayait de gagner du temps ou bien si elle lui disait la vérité. Elle ne pouvait pas imposer son avis à la jeune femme qui avait été formée à satisfaire ses maîtresses.

— Memsahib, les porteurs demandent combien de temps vous allez rester ici, demanda timidement Chitra.

Il était difficile de répondre à cette question. Perveen souhaitait que les hommes se tiennent prêts à partir, mais elle ne voulait pas passer à côté d'informations supplémentaires concernant un empoisonnement possible.

— S'ils sont en état, j'aimerais partir dans l'après-midi.

— Si vite ? demanda Chitra, inquiète.

Perveen fut surprise que la jeune domestique paraisse désirer qu'elle reste plus longtemps.

— J'ai fini d'observer le maharadjah, mais je dois m'entretenir avec les maharanis.

Les rides soucieuses autour de la bouche de Chitra disparurent.

— Je suis contente. Rajmata a demandé que vous la rejoigniez à quatorze heures. Ensuite, il y aura un repas spécial en l'honneur du prince Swaroop ! Vous pourrez goûter au meilleur curry d'agneau et au poisson masala pêché dans notre rivière. Ce sont ses plats préférés.

Perveen comprenait maintenant pourquoi Chitra avait désiré qu'elle reste – de sorte que la famille royale ne soit pas en colère contre elle. Le déjeuner présentait malgré tout trop de risques.

— Je serai ravie de rendre visite à la rajmata à quatorze heures, mais je suis au regret de refuser l'invitation à déjeuner afin de pouvoir arriver à l'auberge avant la tombée de la nuit.

— Oui, memsahib.

— Chitra, tu es une femme de chambre expérimentée. Depuis combien de temps travailles-tu au palais ?

— J'y ai travaillé toute ma vie ! Ma mère est également dame de compagnie royale, elle s'occupe de la rajmata. Les femmes de ma famille sont nées pour ce travail.

Perveen nota la fierté dans la voix de Chitra quand elle avait prononcé les mots « dame de compagnie royale ».

— Ton père est-il aussi au service des hommes de la famille royale ?

— Il est valet au pavillon de chasse royal. Nous ne le voyons pas très souvent, répondit-elle d'une voix basse, avec un peu de tristesse.

— C'est dommage que tu ne puisses pas le voir. Depuis combien de temps ta mère travaille-t-elle au palais ? demanda Perveen.

— Elle a commencé à six ans par de petits travaux pour d'autres princesses qui ne sont plus là. Après le départ d'une de ces princesses, on l'a mise au service de la rajmata.

Perveen se rendit compte qu'il était possible que la princesse en question soit Vandana. En tout cas, la mère de Chitra était une observatrice de longue date de la vie du palais. Perveen aurait aimé s'entretenir avec elle – mais, si la loyauté de la domestique envers la rajmata était forte, il était peu probable que cette discussion demeure confidentielle.

Chitra fixait Perveen comme si elle attendait d'autres questions.

— Alors Basu-sahib est précepteur depuis trois générations.

Chitra entreprit de faire briller la base en cuivre de la lampe à huile posée sur la table.

— Oui. Rajmata l'aime beaucoup.

— J'ai entendu dire que Basu-sahib occupe aussi la position d'officier palatin parce que l'homme qui tenait ce poste – Jaqinder Dhillon ? – est parti travailler au service du prince Swaroop, poursuivit Perveen en regardant la domestique.

— Oui, Sardaji* s'est enfui, répondit Chitra sur un ton un peu méprisant.

— Il s'est enfui ? répéta Perveen en se faisant le reflet de l'émotion de la jeune fille. Pourquoi donc ?

Chitra redoubla de vigueur en frottant la lampe.

* Sardaji : Terme respectueux pour un gentleman sikh.

— Je suis sûre que le prince Swaroop a invité Sardar Dhillon à venir chez lui. Le prince Swaroop a toujours privilégié l'officier palatin. Il lui donnait de gros pourboires à chacune de ses visites.

— Alors il a peut-être pensé qu'il gagnerait plus là-bas ?

C'était une raison tout à fait normale pour changer de travail.

Chitra haussa les épaules.

— Je pense qu'il souhaitait s'en aller. Cet endroit est maudit. Notre maharadjah est mort du choléra et, une année plus tard, son fils a été tué au cours d'une chasse. Ce palais est devenu un endroit bien triste.

— T'en irais-tu si tu en avais l'opportunité ?

— Êtes-vous en train de me dire que vous m'emmèneriez à Bombay ? demanda Chitra en écarquillant les yeux.

Perveen s'aperçut que la domestique avait cru qu'elle essayait de la débaucher du palais.

— Non. Je me suis mal exprimée. Je me demandais simplement si tu avais pensé à aller ailleurs, pour travailler ou pour te marier.

Chitra cessa aussitôt de faire briller le cuivre pour lancer un regard presque furieux à Perveen.

— En dehors du palais, il y a des milliers de filles qui rêvent d'avoir ma place, et peut-être une centaine d'entre elles ont le lien du sang qui le leur permettrait. Mais si je quitte le palais, que deviendrai-je ? Mon père n'a pas d'argent à me donner pour ma dot. Je ne serai rien.

Elle aurait peut-être aimé aller à Bombay. Perveen était véritablement désolée pour Chitra et toutes les domestiques de longue date du palais. Elle l'informa qu'elle souhaitait se reposer mais lui demanda de revenir peu de temps avant son rendez-vous avec la douairière.

La domestique insista pour tirer tous les longs rideaux de soie – une tâche imposante puisque la pièce comportait seize fenêtres. Une fois seule, Perveen ouvrit les rideaux les plus proches du bureau et s'assit devant le carnet qu'elle avait porté toute la matinée.

Elle en tourna lentement les pages lignées. La veille, elle avait noté à la hâte ses observations au crayon. Elle était épuisée et il avait été difficile d'écrire à la lumière des bougies. Aujourd'hui, elle avait pris ses notes en présence des enfants, de Mr Basu et du prince Swaroop, et elles étaient faciles à relire. Mais il était plus compliqué de savoir quelle importance accorder aux opinions des personnes avec lesquelles elle s'était entretenue parce que, même si certains points paraissaient fondés, d'autres étaient plus discutables.

Elle devait rédiger son rapport avec, en tête, l'objectif de conduire les deux femmes à un accord. Mais comment cela était-il possible quand leurs esprits respectifs étaient aussi séparés que les deux palais ? Elle allait également devoir les affronter sans montrer qu'elle suspectait l'une d'entre elles d'avoir essayé de l'empoisonner.

Son stylo Parker préféré était posé dans son étui sur le buvard du bureau, à côté d'un petit folio du papier à lettres du palais portant le blason de Satapur. Posément, elle inscrivit la date sur une feuille à en-tête et rédigea deux paragraphes. Le premier était sa recommandation concernant l'éducation du maharadjah suivie de l'argumentation qui l'y avait conduite. Elle signa la déclaration et la recopia en marathi sur une deuxième feuille. Puis elle rédigea un troisième rapport en anglais en y ajoutant quelques paragraphes concernant les événements qui avaient eu lieu après le petit déjeuner, et les craintes concernant la mort de Pratap Rao que Mirabai avait exprimées en privé. Cette lettre était uniquement destinée à Colin.

Elle glissa chaque lettre dans une enveloppe. Il y avait une petite boîte contenant des timbres, tous figurant un portrait du maharadjah Mahendra Rao. Se demandant quand de nouveaux timbres portant le portrait du nouveau maharadjah seraient imprimés, elle en colla un sur l'enveloppe adressée à Colin Sandringham.

Elle sursauta quand on frappa à sa porte.

— Qui est là ? demanda-t-elle.

— C'est de nouveau Chitra ! Je suis désolée de vous déranger pendant votre sieste mais il est deux heures moins dix.

Perveen ouvrit la porte et remercia la domestique.

La bousculant presque pour rentrer, Chitra regarda le lit dont les draps n'avaient pas été défaits.

— Vous ne vous êtes pas reposée.

— Je me suis rappelé que j'avais des choses à écrire.

Chitra jeta un regard vers les enveloppes dans la main de Perveen et le stylo Parker dans son étui.

— J'aimerais bien savoir écrire. Je pourrais alors envoyer une lettre à mon père au pavillon. Les facteurs vont partout porter du courrier quand la météo le permet.

— Je regrette que tu ne puisses pas le faire. Pourrais-tu fermer la porte, s'il te plaît ?

Chitra s'exécuta et Perveen s'installa sur un des fauteuils qu'elle avait occupé la veille, en compagnie de Mirabai.

— Tu n'as rien fait de mal, la rassura Perveen quand Chitra revint se tenir devant elle, la tête baissée. Je souhaite simplement te questionner sur l'histoire du palais.

— Même si je savais lire, je n'aurais pas le droit de toucher aux livres d'histoire dans les quartiers de Basu-sahib.

— Tout à l'heure, tu as parlé d'une malédiction. Je voulais en savoir plus à ce sujet.

— Oui, répondit Chitra en lançant un regard anxieux vers la porte close donnant sur le couloir. Mais c'est une longue histoire, et la rajmata a requis votre présence dans quelques minutes.

Perveen consulta sa montre.

— Cela ne prendra pas longtemps et j'ai besoin que tu m'aides à me coiffer puisque tu n'étais pas là ce matin. Pas de longues boucles comme hier, un simple chignon suffira.

— Je suis désolée de ne pas avoir été là ce matin, dit Chitra en rougissant. Je vais faire de mon mieux.

Perveen s'installa à la coiffeuse d'ébène surmontée d'un miroir de près de deux mètres de haut.

— Il se peut que je me trompe dans l'histoire. Je n'en sais que ce que ma mère m'en a raconté, commença Chitra en ôtant les épingles des cheveux de Perveen. Tout a commencé avec le défunt maharadjah.

— Le maharadjah Mahendra Rao ?

Dans le miroir, Perveen vit Chitra secouer la tête.

— Non. C'était au temps de son père, le maharadjah Mohan Rao, l'époux de la rajmata. Autrefois, la vie entre la famille et les domestiques était plus libre ici.

Perveen trouva étrange le choix du vocabulaire.

— De quelle manière était-ce libre ?

— On s'amusait plus.

La domestique prit la brosse de voyage à la poignée d'argent et commença à brosser les cheveux de Perveen.

— Ma mère dit qu'il y avait plus de deux cents domestiques qui formaient une véritable ville à l'intérieur du palais ! Il y avait trois bouffons et une vingtaine de musiciens et de danseurs. La rajmata et son mari organisaient de nombreuses fêtes, et les nobles venaient leur rendre visite.

— Cela paraît très excitant, commenta Perveen en songeant que c'était là le palais que Gulnaz avait imaginé.

— Oui. Mais le problème, c'est qu'une des danseuses du palais est tombée amoureuse du défunt maharadjah Mahendra Rao, alors qu'il était jeune homme, avant qu'il devienne souverain.

Perveen sentit son pouls s'accélérer. Yazad avait sous-entendu que Vandana avait été censé épouser le maharadjah Mahendra Rao.

— Comment s'appelait cette danseuse ?

— Ma mère affirme qu'il ne faut pas prononcer son nom car cela attire le mauvais œil, répondit-elle en brossant plus lentement les cheveux de Perveen. Le maharadjah avait l'âge de se marier. Ce n'était pas convenable qu'il s'attache à une danseuse. Encore moins qu'elle porte son enfant.

— Mais les maharadjahs ont souvent des courtisanes, et parfois même plusieurs femmes.

— Un tel comportement est mal vu de la famille de la fiancée, si le maharadjah n'est pas encore marié. Et cette danseuse n'était pas une jeune fille. Ce n'était pas la première fois qu'elle faisait ce genre de choses avec des maharadjahs ou d'autres convives. Elle voulait le piéger.

Perveen réfléchit. Cette danseuse pouvait-elle être Vandana ? Si c'était le cas, elle était loin d'être la noble femme que Yazad croyait qu'elle était.

— Ma mère m'a dit que le défunt maharadjah aimait aussi cette danseuse. Mais elle ne pouvait pas rester au palais. Cela mettait en danger la succession parce qu'il n'avait pas encore d'épouse ni d'héritier.

— C'est l'Agence qui a choisi Mirabai comme épouse, se rappela Perveen à voix haute.

— Oui, oui, acquiesça Chitra. Et les parents du maharadjah savaient qu'il ne devait pas compliquer ce mariage.

— Alors, en quoi consiste cette malédiction ?

Les pensées de Perveen revinrent à ce que Roderick lui avait raconté au sujet des maharadjahs qui mouraient jeunes.

— La danseuse était au palais, elle était souriante et affairée. Et du jour au lendemain, on ne l'a plus vue.

— Ta mère pense-t-elle qu'elle a été tuée ?

— Peut-être. Pourquoi serait-elle partie de son plein gré alors qu'elle aimait le maharadjah ?

répondit Chitra. Les fantômes et les malédictions résultent toujours d'une mort injuste.

Si la danseuse était morte, la théorie naissante de Perveen concernant Vandana ne servait plus à rien.

— Quelqu'un a-t-il été témoin du mal qu'on aurait pu faire à cette femme ou bien a entendu des rumeurs ?

Chitra posa la brosse à cheveux pour regarder dans le miroir, les yeux graves.

— Je ne peux pas vous rapporter de faits parce que, d'après ce que j'ai entendu, la danseuse n'était pas humaine. C'est un esprit, la fille de la déesse de la montagne, Aranyani. La danseuse a le pouvoir de jeter le nazar sur les maharadjahs du palais.

Nazar était un terme d'origine arabe, mais Perveen voulait connaître l'interprétation de Chitra.

— Est-ce que tu veux dire le mauvais œil ?

— Oui, répondit Chitra en prenant les cheveux de Perveen. Votre communauté connaît aussi ça ?

Perveen hocha la tête. Elle ne voulait pas lui répondre qu'elle n'y croyait pas, parce qu'elle ne voulait pas interrompre l'histoire qui lui était racontée.

— S'il te plaît, parle-moi de la déesse.

— Aranyani est une puissante protectrice des animaux. Les gens disent qu'elle peut aussi toucher le soleil, pour que les cultures poussent bien après les pluies.

La voix de Chitra était aussi forte que ses mains tordant les cheveux de Perveen.

— Quand la déesse Aranyani est heureuse, le maharadjah peut donner aux Britanniques les arachides et les céréales et il en reste encore pour les villageois.

— Très bien, dit Perveen en essayant de reconstituer l'histoire dans son esprit. La danseuse a disparu, elle est peut-être rentrée chez elle pour retrouver sa mère, la déesse Aranyani ?

Chitra marqua une pause pour rattraper une mèche isolée.

— D'après ma mère, Aranyani n'aurait pas repris sa fille, qui ne pouvait pas non plus retourner au palais. C'est pour cette raison que la fille hante la forêt alentour. Elle peut suivre la famille royale jusqu'à la lisière des bois où elle a ordonné à un léopard de tuer le prince Pratap Rao. Et avant cela, elle a été responsable de la mort de son père qui ne s'est pas battu pour qu'elle reste au palais.

Les questions de Perveen s'accumulaient au fur et à mesure que son chignon grandissait. Mais elle devait faire attention à ne pas paraître sceptique.

— On m'a dit que le maharadjah Mahendra Rao a été emporté par une maladie qu'il a attrapée dans un village.

Dans le miroir, le visage de Chitra devint grave.

— Le choléra est une maladie qui se propage par l'eau. Et ces déesses ont du pouvoir sur les cours d'eau.

— Tu penses qu'on pourrait sauver la vie du prince Jiva Rao s'il s'éloignait un peu du palais ?

— Pas si son destin est déjà écrit, répondit-elle en agitant la tête.

Perveen avait rédigé son avis juridique concernant l'éducation de Jiva Rao. Puisque ce sujet était réglé, elle ne pouvait s'empêcher d'être curieuse à l'égard de cette danseuse – s'agissait-il de Vandana jeune et, dans le cas contraire, quel était le lien exact de la riche femme avec la famille royale ? Elle questionnerait Vandana avant de retourner à l'auberge.

Perveen sursauta quand on frappa de nouveau à la porte.

— Oh ! Ce doit être Aditya-yerda, s'écria Chitra. Il m'a dit qu'il viendrait vous chercher pour vous accompagner jusqu'à Rajmata.

— Une minute ! répondit Perveen.

Puis elle prit une des trois enveloppes. Devait-elle la donner à Aditya ou à Chitra afin qu'elle soit postée ? Elle souhaitait évidemment qu'elle parte sans être lue par qui que ce soit. Elle n'était pas certaine qu'Aditya sache lire, mais Chitra était illettrée ce qui lui assurait la confidentialité.

— Chitra, j'ai un service spécial à te demander.

— Oui ? fit la jeune fille, le regard sur l'enveloppe.

— Quand la voiture postale passera, donne cette lettre. C'est très important.

— Je le ferai, promit la domestique en hochant la tête.

— Et je t'en prie, fais-le discrètement, sans en parler à qui que ce soit. Je ne veux pas qu'elle parte en retard.

Elle plongea la main dans la bourse en tissu attachée à un ruban sous ses vêtements et elle donna deux annas* à la servante.

— Je te remercie de t'être si bien occupée de moi pendant mon séjour.

Cette lettre était sa police d'assurance secrète pour informer Colin de ce qu'elle pensait devoir être fait pour le maharadjah.

Au cas où elle ne reviendrait pas.

17

Audience avec les deux reines

— Vous entrez ? demanda Aditya.

Ils se tenaient tous les deux sur le seuil de la salle du darbâr* du zénana*.

— Bien sûr, répondit Perveen, un léger tremblement dans la voix.

Les maharanis devaient être dans l'attente. Elles seraient tendues mais pas en colère. La situation pouvait facilement basculer.

— J'avais peur quand je suis arrivé ici à onze ans, déclara-t-il d'une voix douce. Mais il y avait tellement de domestiques pour me réconforter et m'apprendre ce dont j'avais besoin. On m'a dit : « Comporte-toi comme si tu avais ta place ici, et tu seras à ta place. »

— C'est un bon conseil !

Perveen adressa au bouffon un léger signe de la main en pénétrant dans la pièce. Il resta dehors comme s'il savait que, dans ces circonstances, telle était sa place.

La salle du darbâr* était aussi sombre le jour qu'elle l'avait été le soir précédent quand Perveen, nerveuse, y était entrée pour dîner. Les longues fenêtres de la formidable pièce était couvertes de jalis* de marbre aux motifs géométriques, laissant passer juste assez de lumière pour révéler que la longue table avait été déplacée sur le côté. La maharani douairière était assise au centre de la salle, sur un trône d'ébène aux ornementations dorées, et Mirabai se tenait à trois mètres d'elle, à moitié cachée derrière une colonne. En tendant le cou, Perveen découvrit que la jeune maharani était perchée, raide, sur un fauteuil ordinaire capitonné, tandis que Ganesan, détendu, était étalé sur un petit tapis près d'elle. La salle était vaste, et Perveen imaginait aisément qu'on pouvait y tenir des assemblées de plus d'une centaine de personnes.

Près de l'entrée de la pièce, quatre femmes étaient assises, jambes croisées, sur de grands coussins posés à même le sol. Elles portaient des saris de soie irisée aux larges liserés tissés d'or. Il ne pouvait pas s'agir de domestiques ; c'étaient sans doute les dames d'honneur de la rajmata. La douairière ne les avait pas invitées à dîner la veille, mais il était fort probable qu'elles étaient présentes en cette occasion parce qu'elles étaient censées servir de témoins.

---

* Jali : Mur décoratif destiné à préserver l'intimité et à permettre une observation limitée, habituellement dans les zénanas*.

Le grand chien blanc leva la tête et jaugea Perveen alors qu'elle approchait. La jeune avocate sentit les regards tout aussi puissants des dames de compagnie dans son dos, tandis qu'elle avançait pour s'adresser aux reines. Les femmes observaient peut-être la manière particulière dont elle avait drapé son sari.

Se rappelant combien elle s'était sentie mal à l'aise la veille en faisant la révérence, Perveen était déterminée à s'améliorer. À environ cinq mètres de la rajmata, elle s'arrêta et posa sa mallette par terre. Elle joignit les mains et les plaça contre sa poitrine avant de les lever à son front dans un Namasté respectueux.

Mirabai observait Ganesan avec affection, mais la douairière dévisageait Perveen, tout en serrant d'une prise mortelle un sceptre en or incrusté de rubis et de pierres de lune.

Perveen se demanda si elle devait baisser la tête. Elle le fit, prenant conscience que la crainte de se présenter devant une reine s'était transformée en un sentiment différent : la pitié. Elle considérait désormais ces femmes royales comme les survivantes d'une famille très riche et très solitaire. La belle-mère et la belle-fille étaient prisonnières d'une cohabitation malheureuse qu'elles n'avaient pas choisie, et la seule façon dont la rajmata pouvait affirmer son pouvoir sur la choti-rani, c'était en manipulant le prince Jiva Rao.

— Qu'avez-vous apporté ? demanda sèchement la maharani douairière Putlabai.

— Il s'agit de ma mallette d'avocate. Je l'ai prise au cas où j'aurais besoin d'informations se trouvant à l'intérieur.

En vérité, elle ne s'était pas sentie assez en sécurité pour venir sans. Elle ne souhaitait pas que la mallette soit un obstacle à son départ si elle devait quitter les lieux en urgence.

— En quoi est faite cette mallette ? demanda la douairière.

Perveen jeta un regard vers Mirabai, cherchant son conseil, et elle lut une expression de terreur sur le visage de la choti-rani. Elle comprit aussitôt. Elle n'aurait jamais dû venir avec un objet confectionné dans la peau de l'animal sacré des Hindous. Seul le bouffon avait vu sa mallette en cuir quand elle était entrée et il l'avait laissée passer.

— C'est du cuir de bride anglais.

— Dans notre État, le seul cuir autorisé est celui de buffle d'eau ou de chèvre.

— Je suis désolée, je n'y ai pas pensé. Il y a à l'intérieur un document que je souhaiterais vous donner…

Alors qu'elle manipulait maladroitement les fermetures, tous les papiers se répandirent sur le sol de mosaïque. Derrière elle, les dames gloussèrent alors qu'elle ramassait les documents, isolant celui qu'elle avait l'intention de lire.

— Que quelqu'un sorte cette immondice de la pièce, déclara la douairière une fois que la mallette fut refermée.

Derrière Perveen, les femmes se mirent à se disputer – personne ne voulait toucher la mallette. L'angoisse de Perveen augmenta quand elle pensa à tous les documents confidentiels qu'elle contenait. Si seulement elle avait laissé la mallette dans sa chambre en ne prenant que la recommandation dans son enveloppe ! Mais il était trop tard pour les regrets.

Aditya finit par passer la porte. Après avoir échangé avec les dames d'honneur, il sortit la mallette. Perveen allait devoir avouer à Colin qu'elle avait mis des documents du gouvernement en danger. Mais le bouffon était-il capable de lire l'anglais – et allait-il fouiller dans ses affaires en public ?

— Maintenant nous pouvons commencer.

La maharani pointa un long doigt vers les femmes qui attendaient derrière Perveen.

— Apportez-lui un coussin !

Une dame se leva et s'avança en portant un coussin plat couvert de velours bleu, liséré d'un galon doré. Elle le posa près du centre de la pièce, en face du trône, soulignant l'impression que la position de Perveen était celle de l'imploration.

— C'est trop loin, lança la douairière en fronçant les sourcils vers la dame. Laisse-la approcher suffisamment pour que mes yeux fatigués puissent la voir.

— Merci, dit Perveen quand la femme déposa le coussin à un mètre cinquante de Putlabai. En dépit de la plainte de la rajmata, ses yeux avaient été suffisamment valides pour repérer la mallette en cuir. Ils étaient aussi perçants que ceux d'une chouette – bien différents de ceux de Mr Basu.

Perveen se rappela alors comment Colin s'était très facilement assis en tailleur sur le sol pendant son exercice de yoga. C'était également la position de la douairière, mais Perveen n'avait pas la même souplesse et elle s'assit sur le coussin les genoux rassemblés et les pieds coincés sous une hanche.

Son regard passa de la maharani Putlabai à Mirabai. Pourquoi la jeune reine était-elle sur un fauteuil et pas sur un coussin ? C'était peut-être pour souligner son statut moyen – pas assez élevé pour le trône du zénana*, mais suffisamment respectable pour être un peu surélevée.

La douairière fut prise d'une quinte de toux. Perveen s'interrogea sur son état de santé, mais elle demeura silencieuse.

— Je vous ai fait venir ici afin que vous me disiez ce que vous pensez de notre famille, déclara la douairière d'une voix râpeuse et difficile à comprendre. Mais je me demande ce que vous avez bien pu apprendre sur nous. J'ai appris que vous vous étiez sentie mal devant un animal mort et que vous aviez dû vous allonger.

Le bouffon, fort probablement encore près de la porte, devait entendre qu'on parlait froidement du sort de son animal domestique. Perveen prit soin de choisir ses mots.

— Oui, cela a été un choc. Comme c'est triste pour Aditya qui a perdu son cher petit ami.

— Il souhaite célébrer des rituels pour la créature, ce soir. Puisque vous êtes émotive, vous pourriez assister à la cérémonie.

Perveen n'avait aucune intention d'être encore dans les parages à ce moment-là mais elle attendrait un peu avant de partager cette information.

— Est-il habituel de pratiquer une crémation religieuse pour les animaux ?

— Non, répondit la douairière en secouant la tête, tout en caressant son sceptre. Ce singe était néanmoins comme un petit frère pour le bouffon. Deux petits idiots espiègles !

La voix de Mirabai s'éleva de derrière la colonne.

— Je n'imagine pas que Ganesan puisse mourir, mais il risque sa vie tous les jours. Il aura droit aux mêmes honneurs à la fin de sa vie.

— Vous avez emmené le chien ce matin lorsque vous êtes montée à cheval ! la gronda Putlabai. Vous l'emmenez toujours. Ne craignez-vous donc pas pour la sécurité de votre fils ?

— Tant que notre invitée avocate est là, mon fils ne craint rien.

Mirabai tendit le bras pour caresser la tête blanche du chien.

Le cœur de Perveen se serra. Mirabai souhaitait-elle qu'elle reste ? Il valait mieux clarifier ses intentions.

— Rajmata et Choti-rani, j'ai rédigé ma recommandation. Je l'ai avec moi.

— Enfin. Vous nous faites perdre notre temps. Parlez ! lui ordonna la douairière.

Se rappelant qu'elle avait prévu de les féliciter toutes les deux, Perveen humecta ses lèvres sèches. Elle n'était pas dans la bonne disposition d'esprit.

— Rajmata, je souhaiterais d'abord vous complimenter pour le soin que vous prenez de vos deux petits enfants. Vous avez su leur transmettre votre connaissance des traditions convenant aux monarques. J'ai vu combien la princesse Padmabai aime les livres, et votre petit-fils sait beaucoup de choses de l'histoire de Satapur.

— C'est vrai, dit la maharani douairière en remuant sur son trône, plus à l'aise.

Perveen tourna son regard vers Mirabai.

— Et je comprends qu'en qualité de mère du futur souverain, vous lui avez permis de profiter de sa vie de garçon. Jouer avec des cerfs-volants et s'intéresser à la vie animale sont des passe-temps naturels à son âge. Et votre souhait qu'il puisse élargir son cercle d'amis est sain.

Mirabai hocha légèrement la tête, mais elle ne sourit pas. Elle avait dû comprendre que la décision ne serait pas simple. Ganesan, paraissant avoir senti son état d'esprit, se mit à grogner tout bas vers Perveen qui brandissait son document.

— J'ai rédigé ma recommandation en marathi et en anglais afin que vous puissiez la garder dans les archives du palais.

Perveen baissa la tête pour lire le texte qu'elle avait écrit dans un langage très officiel, moins d'une heure plus tôt.

— Voici ce que stipule ce document : Je, soussignée Perveen Mistry, associée du cabinet Mistry, à Bombay, agissant au nom de l'Agence de Kolhapur, gracieusement accueillie au palais de Satapur du 10 au 11 octobre 1921. Pendant ce séjour, j'ai pu m'entretenir avec de nombreux habitants du palais, dont maharani Putalbai, maharani Mirabai, et le précepteur du maharadjah, Mr Arvind Basu. Son Altesse le prince Swaroop ne réside pas au palais mais il a pu, en qualité d'oncle et de Premier ministre, exprimer son point de vue.

— Mon beau-frère n'a pas à donner son avis sur ce sujet ! Il ne ferait que prendre son parti à elle, bafouilla Mirabai.

Perveen poursuivit sa lecture en haussant la voix.

— Plus important, je me suis entretenue avec et j'ai observé le maharadjah Jiva Rao. J'ai rencontré un jeune homme de dix ans en bonne santé et intelligent. Il fait preuve d'une excellente expression verbale et affirme sa volonté avec confiance.

C'était une manière délicate de dire que ses manières n'étaient pas très polies.

— Le maharadjah connaît bien l'histoire marathe et s'intéresse particulièrement aux animaux et au monde extérieur. Cependant, il n'est pas désireux de suivre un programme quotidien d'apprentissage et son précepteur a renoncé à faire appliquer un emploi du temps incluant plus qu'un enseignement basique. Pour répondre au potentiel du maharadjah, je recommande que son éducation s'élargisse à la biologie et aux sciences modernes, aux mathématiques, à l'écriture et à la littérature. S'il parvient à parler couramment anglais, cela lui permettra de compter parmi les souverains indiens de statut supérieur.

— Que dites-vous concernant le changement du projet éducatif ? l'interrompit la maharani douairière, irritée.

— Mais laissez-la parler ! intervint Mirabai.

Putlabai, étrécissant ses yeux perçants, se tourna vers sa belle-fille.

— Vous ! Irrespectueuse !

Perveen, abasourdie, vit Putlabai lancer, d'un bras tremblant, le sceptre incrusté de bijoux vers la colonne. Ce dernier atterrit dans un fracas à quelques centimètres de Mirabai. La jeune maharani cria, choquée, et Ganesan bondit pour se ruer vers la douairière. Les babines retroussées, il se mit à grogner.

Ce fut au tour de la douairière de crier, levant les mains à son visage. Ses bras charnus tremblaient.

— Vous le méritez ! marmonna Mirabai. Ganesan connaît votre véritable nature. Vous jetez ce symbole de notre pays et de notre famille comme un morceau de bois sans importance. Alors qu'il en a, tout comme mon fils.

Ganesan, menaçant toujours la douairière, aboyait en montrant les dents. Les dames sur les coussins se mirent à hurler et une petite femme se précipita, haletante et pleurant à moitié, pour ramasser le sceptre par terre. Plusieurs pierres de lune, qui s'étaient détachées, reposaient sur les carreaux de mosaïque.

— Rappelez-le, je vous en prie ! implora Perveen en regardant Mirabai.

Le rapprochement que Perveen avait espéré générer avait pris un tour terrible.

Mirabai adressa un regard méprisant à la jeune avocate avant de faire claquer sa langue.

— Ganesan. Couché !

Aussi rapidement qu'il avait bondi, le chien revint vers sa maîtresse en trottant. Perveen était impressionnée ; il paraissait être un chien de garde très bien dressé capable d'effrayer les agresseurs. La dame de compagnie rapporta le sceptre endommagé à la rajmata qui l'empoigna en jetant un regard mauvais à Mirabai. On aurait dit une petite fille qui avait oublié qu'elle avait provoqué la dispute.

— Bon chien, Ganesan ! dit Mirabai, souriante, en tapotant le dos de l'animal.

Perveen se calma avant de poursuivre.

— Pour que le maharadjah accède à un excellent enseignement, on peut envisager plusieurs bonnes écoles à l'étranger. L'année scolaire est malgré tout trop avancée pour que le maharadjah puisse obtenir une place dans une école adaptée en Grande-Bretagne. La meilleure solution serait de l'inscrire dans un bon internat en Inde. En étudiant en Inde, il acquerra une connaissance plus riche de la biologie et de l'histoire, particulièrement utile pour gouverner…

— Des études en Inde ! lâcha Mirabai en anglais. Comment pouvez-vous aller contre mon avis ? Ça n'arrivera pas tant que je serai en vie.

— Qu'est-ce qu'elle vous dit ? Quels secrets avez-vous toutes les deux ? se plaignit la douairière en marathi.

Un gémissement s'éleva du groupe des dames de compagnie. Perveen n'arrivait pas à savoir quelle maharani ces femmes soutenaient, mais elle comprit que personne n'appréciait sa recommandation.

S'efforçant d'ignorer ces débordements, Perveen reprit sa lecture.

— S'il fréquente un internat, le maharadjah fera la connaissance d'autres nobles et jeunes gens destinés à des rôles importants dans le monde de la politique et des affaires en Inde. Il se fera de véritables amis vers qui il pourra se tourner quand il prendra des décisions sur les progrès à envisager pour Satapur. Il bénéficiera également de la compagnie d'étudiants britanniques et de l'enseignement de professeurs britanniques. Il apprendra la langue afin de la parler couramment.

— Son anglais est le premier critère à prendre en compte, et pas quelque chose à mentionner à la fin, déclara Mirabai, la voix tremblante d'émotion. Comment peut-il étudier ici et parler comme un Anglais ? Et vous-même êtes allée à l'étranger pour étudier. Pourquoi recommandez-vous qu'il reste en Inde ?

— L'Inde est ce qu'il y a de mieux pour lui, intervint la maharani douairière. Mais il ne doit pas étudier loin de chez lui. Basu lui enseigne tout ce qui est nécessaire.

— J'ai noté dans mon rapport que Basu-sahib ne parvient pas à faire asseoir le maharadjah pour étudier, déclara Perveen, craignant que la conversation ne se résume à un cercle sans fin de désirs reformulés. Et Basu-sahib n'a pas vraiment le temps pour sa fonction de précepteur alors qu'il est également tenu par ses devoirs d'officier palatin.

— On pourrait peut-être faire venir un nouvel enseignant, marmonna la douairière.

— Non ! protesta Mirabai. Elle a dit qu'il avait besoin de rencontrer d'autres enfants qui deviendraient ses amis et qui l'aideraient plus tard dans sa fonction.

Au moins Mirabai approuvait une partie du plan de Perveen.

— À quoi cela nous avancera-t-il qu'il quitte Satapur et qu'il meure ? Vous avez vu ce qui est arrivé à votre bien-aimé mari et à votre fils aîné quand ils ont quitté ces murs, déclara la maharani Putlabai d'un air sinistre.

— Nous pouvons prier pour la sécurité du maharadjah, mais on ne saura jamais ce qui peut se passer. Il pourrait également mourir en ces murs.

Perveen marqua une pause, parce qu'elle s'apprêtait à demander quelque chose d'étranger au plan original de l'Agence. Mais elle était la protectrice, il fallait qu'elle le fasse.

— Et pour toutes ces raisons, avec tout mon respect, je vous demanderais la permission de l'emmener à l'auberge de circuit jusqu'à ce qu'il soit inscrit à une école.

Mirabai souffla.

— Je tiens à ce qu'il parte d'ici de manière convenable. Pas avec vous dans un palanquin sale. Il doit voyager avec une procession royale. Sinon les gens vont s'inquiéter.

— Qu'est-ce que vous racontez ? Je vous le répète, il est en sécurité ici ! gronda la rajmata. Vous n'avez aucune raison de le voler.

Perveen devait parler franchement si elle voulait être comprise de la rajmata.

— Il se peut qu'un des plats qui a été expressément cuisiné à mon intention ce matin ait été empoisonné, déclara-t-elle après avoir pris une profonde inspiration. Je ne l'ai pas mangé, mais je crois que Bandar y a goûté. Et c'est pour cette raison qu'il n'est plus là.

— Si vous croyez ça, pourquoi ne pas en avoir parlé à mon fils ? lui demanda Putlabai avec un regard noir. Son Altesse a simplement mentionné que vous vous étiez sentie mal et que vous vous étiez inquiétée.

Il y eut des murmures et des bruissements ; les femmes de la noblesse discutaient. Perveen était nerveuse, sachant que le bouffon, à l'extérieur, n'était pas loin de la porte. Allait-il penser qu'elle avait laissé Bandar manger la nourriture ?

— D'après vous, qui a empoisonné votre plat ? demanda Mirabai.

— On ne peut savoir avec certitude si le plat a été modifié, répondit Perveen d'une voix neutre. Mais je soupçonne qu'un tel acte ait pu être entrepris par quelqu'un ne souhaitant pas que je rédige cette recommandation concernant l'éducation du maharadjah.

La maharani, dévisageant la jeune avocate, s'adressa à elle d'une voix douce.

— Quelqu'un a donc tenté de vous tuer. Oui, votre mission pourrait justifier qu'on vous empoisonne.

La sympathie de la choti-rani ne rassura pas Perveen. Elle pouvait très bien essayer de contrôler la situation et d'orienter Perveen pour qu'elle déclare que sa belle-mère était la coupable.

— Maintenant, Altesses, je vous ai écoutées toutes les deux, dit Perveen en s'efforçant de dissimuler sa méfiance, un demi-sourire aux lèvres. Je comprends que ma recommandation ne corresponde pas à ce que vous aviez respectivement envisagé ; cependant, j'espère que vous prendrez le temps d'y réfléchir. Un des aspects importants de ce plan est que le maharadjah puisse grandir avec votre amour et votre conseil constant et revenir au palais pendant les vacances. Et il existe de bons internats avec des professeurs britanniques à Panchgani, qui est relativement proche. Avez-vous entendu parler de St Peter ?

— Mais les seuls Anglais qui vont à l'internat en Inde sont les enfants des commerçants et des missionnaires, siffla Mirabai. Il ne fait pas partie de leur classe.

Perveen avait commencé à éprouver un certain respect pour la plus jeune maharani, mais elle ne montra aucune patience face aux préjugés de Mirabai.

— Les Britanniques ont bâti plusieurs petits internats réservés aux princes indiens, mais ces établissements n'ont pas été bien considérés. Je crois que si l'école que nous choisissons propose le bon type d'environnement, le prince s'y sentira bien. Et partager le sport et les cours avec d'autres garçons l'encouragera certainement à étudier.

— Votre plan ne satisfait personne, déclara la maharani douairière qui remua sur son trône avant d'être prise d'une nouvelle quinte de toux.

— Vous dites que vous avez interrogé plusieurs personnes, mais pourquoi n'avez-vous pas posé la question à mon fils ? demanda Mirabai.

— Oui. Je suis sûre qu'il préférerait rester ici ! lança Putlabai.

— Nous avons discuté tous les deux. Il m'a confié qu'il ne souhaitait pas s'en aller, répondit Perveen. Mais il n'est allé nulle part excepté chez son oncle, et c'était il y a des années. Je suis convaincue qu'il sera très excité par la compagnie et les activités dans une école indienne bien dirigée.

— S'il revient ici pour les vacances, il pourrait mourir. Que ce soit pendant le voyage ou entre les murs mêmes du palais, déclara Mirabai en lui adressant un regard implorant. Je vous en prie, envoyez-le en Angleterre.

Perveen, le cœur lourd, comprit que personne dans ce palais ne soutiendrait sa recommandation.

— Je suis vraiment désolée. On m'a demandé de prendre la décision que je crois être la meilleure pour le bien-être émotionnel et mental du prince. Et la première école à laquelle il ira ne marquera que le début de son éducation officielle. Il se peut qu'il aille en Angleterre plus tard.

— Jamais ! gronda la maharani Putlabai.

Perveen avait encore une carte à jouer.

— Je vous en prie, prenez quelques jours pour y réfléchir. Si vous êtes toujours contre ma recommandation, vous pourrez écrire à l'Agence de Kolhapur. Une audience légale sera fixée afin que vous puissiez plaider votre cause.

— Plaider ? répéta la douairière maharani, incrédule. Avez-vous oublié à qui vous vous adressez ? Une reine n'a pas besoin de plaider.

— Ce n'est pas une formulation irrespectueuse mais une expression juridique. Cela veut dire que vous pourrez exprimer les arguments que vous défendez. Les gens engagent en général un avocat pour le faire en leur nom.

— Et je suppose que vous ne pouvez pas nous en recommander un ? souffla Mirabai en colère.

— Vous pouvez demander conseil à Mr Basu ou au prince Swaroop. Si je vous donnais un nom, nous nous trouverions en situation de conflit d'intérêts. Mais je dois vous informer que je suis la seule avocate exerçant dans un rayon de mille kilomètres. Ce sera donc un homme.

Mirabai porta les mains à sa tête comme si elle lui faisait mal.

— Vous savez que nous ne parlons pas aux hommes à l'exception de quelques-uns qui travaillent dans le palais ou qui font partie de notre famille. Vous avez été envoyée ici pour nous aider parce que vous étiez une femme, et vous ne nous avez aidées en rien !

Le cœur de Perveen battait à tout rompre car elle allait devoir refuser de les défendre dans un monde où personne ne le ferait.

— Cela m'attriste de ne pas avoir pu trouver de solution qui puisse vous contenter toutes les deux. Mais ma mission est de prendre en compte les besoins du prince afin qu'il devienne un jeune homme sage et humain.

— Donnez-moi les documents que vous nous avez lus, ordonna Mirabai. Les deux, celui en anglais et celui en marathi.

Perveen s'avança pour les lui donner. Ganesan leva son long museau pour renifler les documents comme s'il les trouvait suspects.

— Ce ne sont que des mensonges ! s'exclama Putlabai en observant sa belle-fille qui lisait avec concentration.

Mirabai leva la tête pour dévisager la rajmata. Perveen se rappela une expression qu'elle avait lue dans un roman populaire anglais. *Si on pouvait tuer d'un regard.* C'était ainsi que la plus jeune reine regardait son aînée.

Perveen essaya de calmer en vain sa discorde intérieure.

— Je comprends ce que vous ressentez, dit-elle d'une voix tremblante. Et j'informerai le gouvernement qu'ils doivent s'attendre à une réfutation écrite de votre part.

— Ce bavardage inutile suffit ! Je vous ai accueillie dans ce palais parce que je vous faisais confiance, déclara Putlabai. Votre comportement me dégoûte. Allez-vous-en !

Perveen se sentit réprimandée, mais elle savait que la situation aurait été bien pire si la douairière lui avait refusé qu'elle parte. Laisser le prince Jiva Rao était un véritable sujet d'inquiétude. Perveen s'était révélée une bien piètre protectrice.

En sortant, elle entendit un gémissement. C'était le chien, Ganesan.

Lui en voulait-il, lui aussi ?

18

En avant vers l'ouest !

L'auberge de circuit se trouvant à l'ouest, le trajet de Perveen se révéla une véritable course contre le coucher du soleil. Les hommes marcheraient-ils assez vite pour atteindre la destination avant qu'ils se retrouvent piégés par l'obscurité ? Elle se rappela tous les escarpements inattendus qui s'étaient trouvés sur leur itinéraire, et elle pria pour que le palanquin ne casse pas encore une fois. Les problèmes qu'il avait eus au cours des deux derniers voyages n'étaient pas de bon augure.

Avant de monter dans le palanquin, elle prit congé d'Aditya, qui lui avait rendu la mallette que la maharani Putlabai lui avait ordonné de sortir du zénana*.

— Je vous remercie de vous être souciée de Bandar, lui dit-il avec tristesse. Et c'est dommage qu'elles n'aient pas écouté vos idées.

Perveen fut touchée par sa gentillesse.

— Le temps leur permettra peut-être d'y réfléchir.

Le bouffon, les épaules tombantes, affichait un visage dévasté. Il était totalement différent de l'homme espiègle et blagueur de la veille.

— Je vous ai entendu dire que vous pensiez que Bandar avait été empoisonné, lui avait-il chuchoté.

— C'est une hypothèse. Je n'ai aucune idée de l'identité de l'empoisonneur, avait-elle aussitôt ajouté en se rappelant le couteau qu'il avait sur lui.

Elle ne souhaitait pas qu'il décide de faire justice lui-même.

— Partez tôt avant que les maharanis ordonnent aux gardes de vous en empêcher, avait-il alors conseillé tout bas.

Elle était donc partie aussitôt – sans chercher les enfants pour leur dire au revoir et en refoulant son malaise.

Elle avait été soulagée de voir que ses bagages étaient déjà chargés dans le palanquin. Mais avant de grimper dans l'habitacle, elle avait demandé à Lakshman de lui montrer les réparations qui avaient été opérées. Les deux perches de portage avaient été remplacées par de lourds morceaux de blackwood.

— C'est plus lourd que le bambou, ça ne cassera pas. Mais cela demande plus d'effort à porter, expliqua-t-il avec une moue épuisée.

Ces paroles laissaient présumer que cela pourrait poser problème.

— J'espère que vous avez pu suffisamment vous reposer.

— Ceux qui ont marché avec vous ont bien été traités. Mais les hommes qui sont arrivés ce matin se sont peu reposés et n'ont pas beaucoup mangé.

D'après Chitra, la nourriture provenait de la cuisine réservée aux domestiques.

— Quel genre de nourriture leur a-t-on servi ?

— Des rotis* et du dal. Puis quelqu'un d'autre a apporté du pohe...

— Non ! cria-t-elle avant de rougir, ayant pris conscience de la présence de gardes non loin de là.

— Je leur ai conseillé de ne pas en manger. Il ne venait pas d'être cuisiné, et je ne souhaitais pas que les hommes soient malades avant de reprendre la route.

Dieu merci. Elle lui adressa un sourire, reconnaissante qu'il ait eu cette pensée avisée. Mais elle ne comprenait pas que quelqu'un ait pu vouloir empoisonner ses hommes – qui n'étaient un danger pour personne.

S'ils tombaient malades, elle ne pourrait pas retourner à l'auberge.

Elle s'installa dans le palanquin dont elle ferma les rideaux afin de ne pas être vue de la douairière, qui l'épiait sans doute avec ses jumelles depuis sa fenêtre. Perveen adressa des excuses silencieuses à Mirabai. Puis, sans même en avoir conscience, elle plongea la main dans son sari pour toucher son kusti*. Elle fit courir ses doigts le long de la cordelette sacrée en récitant une prière personnelle à l'attention du prince et de la princesse.

Les hommes déposèrent le palanquin au bout d'une demi-heure de marche. Elle ressentit une poussée d'agacement en entendant leurs grommellements. Ne se souciaient-ils pas, comme elle, de la rapidité du voyage ? Ou bien avaient-ils déposé le palanquin parce qu'il était encore une fois sur le point de se briser ?

Lakshman se présenta à la fenêtre.

— Les hommes ont trop faim. Il faut qu'ils mangent.

Des hommes affamés n'auraient aucune force et elle aussi avait faim.

— Je comprends. Où se trouve le village le plus proche ?

— Pas de village, répondit-il en arrangeant les plis de son lungi*. Mais il y a le vieux pavillon de chasse pas loin. C'est là que la famille royale avait l'habitude de chasser, avant les tragédies. C'est là aussi que nous avons trouvé le bois pour réparer le palanquin. Les gens qui ont fait ce travail méritent d'être payés.

C'était donc la véritable raison de cet arrêt. Mais cela souleva une autre question dans l'esprit de Perveen.

— Pourquoi ne sommes-nous pas passés devant ce pavillon de chasse sur notre trajet aller ?

— Nous nous en sommes approchés. Rappelez-vous, vous avez remarqué la tour de chasse. Le chemin qui y conduit est souvent inondé.

D'un geste des mains, il évoqua la diagonale d'une pente.

— C'est pour cette raison qu'on emprunte le chemin plus long pour l'éviter pendant la saison des pluies.

— Très bien, dit-elle, une idée en tête. Cela ne me dérange pas qu'on s'arrête ici.

Les hommes échangèrent leurs postes, ceux qui avaient porté Perveen cédant leur place à ceux qui avaient marché à côté du palanquin. On aurait dit que le palanquin avançait plus vite maintenant que la décision avait été prise d'aller chercher de quoi manger.

Une demi-heure plus tard, ils étaient arrivés. Le pavillon de chasse était un endroit extraordinaire, un bâtiment à colombages qui rappela à Perveen les demeures grandioses de la campagne anglaise, mais qui comportait malgré tout des détails indiens : des fenêtres voûtées et une lourde porte en cuivre. Le stuc montrait des signes de délabrement, et le terrain avait été planté de légumes qui, devinait-elle, devaient nourrir le personnel du pavillon, à présent que la famille royale ne venait plus chasser. À l'approche du palanquin, quelques enfants habillés d'un étrange assortiment de guenilles et de vieux uniformes du palais sortirent en courant du pavillon, lentement suivis par une demi-douzaine d'hommes.

On posa le palanquin plus doucement et Perveen en sortit, drapant son châle en cachemire sur ses épaules avant de prendre la tasse de thé chai qu'on lui proposait. Le breuvage était chaud mais pas assez sucré. Elle faillit demander du sucre avant de comprendre qu'ils n'en avaient probablement pas. Cet endroit était éloigné de tout village et, si ces personnes vivaient dans le pavillon abandonné, il n'avait aucun employeur leur permettant de s'offrir un tel luxe.

Un homme robuste en vêtement brut de paysan préparait des rotis* de millet – cette céréale figurant sur le blason de la demeure royale. Elle but son thé et prit le roti* qu'on lui donna avant les autres, comme marque de respect. Les porteurs, servis ensuite, mangèrent avec avidité.

Après avoir fini son roti*, elle s'enquit de la manière de payer les réparations du palanquin. Un vieil homme portant un uniforme bleu délavé du palais demanda six annas* – bien moins que ce qu'elle avait imaginé.

— Le blackwood est un bois précieux, lui dit Perveen après lui avoir donné les pièces. Si vous avez un bosquet de ce bois, vous pourriez en vendre à des charpentiers.

— Le blackwood ne pousse pas ici, indiqua le vieil homme, plissant ses yeux larmoyants de cataracte. Il provient d'une charrette cassée qui a été abandonnée ici, il y a un an.

— Puis-je entrer dans le pavillon ? demanda Perveen.

Les hommes, l'air renfrogné, se mirent à marmonner à l'attention de Lakshman. Il avança vers Perveen pour s'adresser à elle à voix basse.

— Baburam dit non. Cet endroit est le leur maintenant, il n'est pas à visiter.

— Je ne dirai rien de ce qu'ils ont fait du mobilier et de tout le reste. Cela ne me regarde pas. Je veux simplement voir où Pratap Rao a été amené, après la tragédie.

Elle implora du regard le vieux Baburam qui hésita avant de s'incliner.

Toutes les fenêtres étaient ouvertes pour laisser entrer l'air frais, mais leurs grilles d'acier ornementé étaient tachetées d'un mélange de toiles d'araignée, de poussière et de débris d'insectes morts. De longues toiles d'araignée pendaient des grands lustres anciens et des moulures de plafond.

À l'exception de la table en acajou, la majeure partie du mobilier du pavillon avait disparu. Les murs en stuc présentaient des espaces vides et pâles où des tableaux étaient autrefois accrochés. Cependant, le grand portrait d'un précédent vice-roi d'Inde, Lord Chelmsford, était encore là. Un trait noir zigzaguait le long de son nez jusqu'au bas du tableau.

Était-ce un signe d'usure ou un subtil commentaire politique ?

Perveen se détourna du sombre portrait anglais vers Baburam.

— Étiez-vous présent le jour de la chasse, quand le prince a été tué ? s'enquit-elle calmement.

— Oui. Je vis ici depuis cinquante-deux ans. J'y étais et je suis encore là. Je garde l'endroit.

Perveen plongea la main dans la bourse qu'elle gardait accrochée à sa taille, juste en dessous du pallu* de son sari. Elle sortit deux annas* qu'elle déposa dans sa paume.

— Il y a dû avoir beaucoup de mouvements la veille, avec l'organisation de la battue ? Vous vous rappelez ?

Il glissa les pièces dans une poche en hochant la tête.

— Nous avons tous cherché. Le prince Swaroop a fait appel à nous et nous sommes venus avec des torches. Mais nous ne l'avons pas trouvé ce soir-là. On l'a découvert le lendemain.

---

* Pallu : Partie moins décorée du sari.

— Qui l'a trouvé ?

— Le prince. Il a porté le garçon dans ses bras. Il pleurait comme si son propre fils était mort.

— Et que s'est-il passé d'autre ?

— Il a demandé à l'ingénieur de partir à cheval chercher le docteur étranger. Comme si le docteur étranger allait pouvoir le ramener à la vie !

Il secoua la tête.

— L'ingénieur ? répéta Perveen, sous le choc. Comment s'appelait-il ?

— Il ne l'a pas mentionné. C'était un anglo-indien à la peau sombre.

Roderick Ames qui connaissait la famille royale de Satapur n'en avait rien dit au cours du dîner à l'auberge. Ou bien la situation était totalement différente : il pouvait très bien être passé par là à cheval et avoir proposé son aide.

— Aviez-vous déjà vu cet ingénieur en compagnie du prince Swaroop ?

Baburam secoua la tête.

— Qui d'autre participait à la chasse ? demanda Perveen.

— Le prince Swaroop conduisait la chasse. Il y avait également le bouffon, six valets et quatre rabatteurs.

— Des rabatteurs ?

Perveen répéta le mot étranger qu'il avait prononcé en anglais.

— Ces hommes font sortir le gibier de leur cachette.

Perveen se sentit triste pour les animaux, mais elle devait se concentrer sur les humains. Apparemment, il s'était trouvé beaucoup d'hommes qui auraient pu tuer le prince – et également le trouver.

— Pourquoi le prince Swaroop a-t-il demandé à l'ingénieur d'aller chercher un médecin ?

— Je n'étais pas là, alors je ne peux pas vous dire. Mais la présence d'un médecin anglais est indispensable pour déterminer la cause du décès d'un maharadjah, expliqua Baburam. Il n'est arrivé que le lendemain, ce qui a repoussé les rituels religieux pour le prince. Et cela nous a porté malchance. C'est pour cette raison que la famille est toujours en deuil.

Le docteur Andrews, sans doute retenu par une opération ou par le soin de patients, avait été dans l'incapacité de partir sur-le-champ. Et ce retard était probablement la principale raison pour laquelle les maharanis ne l'aimaient pas. Elle soupçonna que le médecin lui avait conseillé de ne pas poser de questions parce qu'il ne souhaitait pas qu'elle entende une autre version. Comment pouvait-il avoir failli ?

— J'aimerais beaucoup voir la pièce où on a mis le maharadjah.

— Je ne devrais pas vous la montrer, répondit Baburam sur ses gardes.

Sa réaction ne fit que la conforter dans son besoin de voir cette pièce. Elle prit une profonde inspiration et sentit le kusti* se resserrer autour de sa taille, la rappelant à ses devoirs.

— S'il vous plaît. J'ai besoin d'en savoir plus sur la mort du prince. Tout cela est dans l'intérêt de la famille.

— Le maharadjah a été allongé dans l'ancienne nurserie, marmonna Baburam. Je ne souhaite pas qu'on voie cet endroit car il n'est pas propre.

D'après elle, le pavillon tout entier n'était pas très propre. Mais il sous-entendait probablement autre chose.

— Êtes-vous en train de me dire que la pièce a été laissée dans le même état qu'au moment de la mort ?

— Je n'y suis pas allé depuis, répondit-il avec un petit hochement de tête. Et personne ne veut toucher à ses affaires. Le mauvais œil.

Une pièce laissée dans l'état pouvait lui livrer beaucoup d'informations.

— Je n'ai pas besoin que vous rentriez avec moi. Je prendrai le risque seule.

Baburam ferma les yeux comme s'il priait. Quand il les rouvrit pour s'adresser à elle, sa voix n'était plus qu'un murmure.

— Que votre dieu vous protège.

L'étage du pavillon de chasse était dominé par un long et large couloir. Les murs étaient couverts de peaux d'animaux et de têtes dont Perveen se détourna. Tant pis pour les pouvoirs protecteurs d'Aranyani. Perveen demanda à Baburam s'il existait une aile pour le zénana* et il fit non de la tête.

— Peu de femmes sont venues ici. La choti-rani a été la seule.

En poursuivant son exploration, elle décréta que la structure du pavillon lui en rappelait un autre qu'elle avait autrefois visité, au cours d'une fête dans les Cotswolds où elle s'était rendue avec Alice, et elle supposa que le maharadjah Mohan Rao s'en était inspiré pour recréer un décor qui impressionnerait ses visiteurs britanniques. Nombre de portes entrouvertes révélaient des meubles sous des draps poussiéreux et moisis. On voyait des traces de nids d'animaux çà et là et également des signes de vie humaine – pas sur les lits, mais sur les nattes au sol. C'était la preuve que les domestiques qui vivaient ici respectaient la propriété.

Au bout du couloir se trouvait une porte plus basse que les autres.

— C'est la nurserie que vous voulez visiter, chuchota Baburam.

Il y avait à l'intérieur deux lits à baldaquin et un berceau. Une petite pile de textiles en état de décomposition était posée sur le seul lit paré.

Perveen s'en approcha lentement.

— Pourquoi toutes ces affaires sont-elles encore là ?

— Les vieux vêtements ont été souillés, ils porteraient malchance. Il n'y avait aucune raison qu'on les prenne. Son corps a été emmené au palais pour que la rajmata le baigne.

— Pas sa mère, dit Perveen en se rappelant le chagrin de Mirabai.

— Non. Le prince Swaroop a déclaré qu'elle était trop bouleversée après la mort de feu son honorable époux le maharadjah. Elle n'était pas en état de voir le corps.

Baburam, le visage très grave, regarda derrière Perveen comme s'il se souvenait de cette difficile journée.

— Une fois que son corps a été baigné et habillé de nouveaux vêtements, on a procédé aux rituels sur le lac et il a rejoint sa vie d'après.

Perveen avança la main pour soulever une des pièces de tissu, espérant qu'elle n'enfreindrait aucune règle. C'était une taie d'oreiller sur le dessous de laquelle était encore accroché un cheveu noir. Un cheveu du prince. Sentant les regards des hommes sur elle, elle replia le tissu et le reposa à côté.

Venait ensuite un caleçon en coton, en grande partie pourri, ainsi qu'un maillot de corps. Un jodhpur en coton déchiré en longs lambeaux couvert d'un mélange de terre et de taches de sang. Le cœur de Perveen s'emballa devant les marques de sang marron. Un petit pagri* en velours vert décoré de saphirs paraissait intact – comme s'il était tombé de sa tête.

Perveen était impressionnée car, malgré leur pauvreté, les hommes vivant dans le pavillon n'avaient pas vendu le pagri*. Puis elle songea à ce qui ne se trouvait pas là.

— Où sont la veste ou la chemise que portait le prince ?

— Il n'y avait pas de veste.

Une autre pensée lui vint. Si un léopard avait dévoré le prince, tous les vêtements devant elle ne devraient-ils pas être maculés de sang ? Elle voyait bien quelques taches rouillées mais le principal dommage visible sur le jodhpur, hormis les grandes déchirures, consistait en de petites estafilades – comme si le tissu avait été lacéré à coups de lame de poignard.

Ces marques n'étaient peut-être pas d'origine humaine. Elle se rappela le commentaire de Mirabai au sujet des vautours qu'elle avait vus voler dans le ciel, la veille de la découverte du corps du prince. Était-ce là des coups de bec de vautours ? Et cela signifiait alors que le prince était probablement mort mais pas mutilé quand les oiseaux étaient venus l'attaquer. Il n'avait pas pu être tué par un léopard, comme le docteur Andrews l'avait déclaré.

Et pourquoi la veste avait-elle disparu ?

Peut-être parce qu'une veste sans marque aurait révélé que le prince n'avait été attaqué ni par un léopard ni par un tigre.

— S'il vous plaît, dit-elle tout en sachant qu'il était fort probable qu'on lui oppose un refus, j'aurais besoin d'emporter ces vêtements.

— Mais ils ne sont pas à vous, protesta Baburam. Et cela porte malheur.

— Il faut que le gouvernement les voie, insista-t-elle.

Devant l'absence de réaction de Baburam, elle poursuivit :

— Vous avez au rez-de-chaussée le portrait d'un Anglais très puissant.

Il la dévisagea avec prudence, toujours sans répondre.

— Il ne serait pas souhaitable que le nouveau vice-roi, Lord Reading, vienne ici. Si j'apporte ces vêtements à ses officiers, ils n'auront pas à venir les chercher eux-mêmes. J'espère que cela pourra vous protéger.

La résistance de Baburam s'estompa et il ne protesta pas quand elle ôta son châle raffiné pour en entourer les vêtements.

Quand ils repartirent, le soleil avait baissé de moitié. Lakshman était apparemment ennuyé par le détour que Perveen avait fait à l'étage avec Baburam.

Cela leur avait pris vingt minutes. Il leur restait au moins une heure et demie de trajet et peut-être seulement une heure de lumière du jour.

— Faites de votre mieux, dit Perveen.

Elle savait que le devant du palanquin était équipé de lampes qui pouvaient être allumées. Elle espérait que cela suffirait pour bien éclairer le chemin et faire fuir les prédateurs. Elle garda les rideaux ouverts pour les aider en surveillant les mouvements d'animaux au loin. Mais alors qu'elle guettait d'éventuels yeux scintillants dans le noir, elle songea au danger que pouvaient également représenter les personnes. Vandana et Yazad, qui se savaient riches et se sentaient le droit d'agir en dehors des frontières sociales. Roderick Ames, qui bouillonnait d'être exclu des sociétés indiennes et anglaises. Le prince Swaroop, qui ne pouvait pas régner sur Satapur parce qu'il était le puîné. Même Aditya, qui avait dégainé un couteau dans un soudain accès de rage, pouvait paraître dangereux.

Le souvenir du portrait défiguré du vice-roi flottait encore dans son esprit, comme il était accroché à l'intérieur du pavillon. Elle regrettait de ne pas avoir demandé à Baburam s'il savait qui avait eu l'audace de détériorer le tableau. Il ne pouvait s'agir que d'un noble, car qui d'autre se serait permis une telle liberté ?

L'obscurité avait commencé à tomber quand ils atteignirent le village où Lakshman l'avait accompagnée deux jours plus tôt. De petits feux de cuisine brillaient devant les huttes, tels des phares leur montrant le chemin. Quand ils quittèrent le hameau pour pénétrer dans la forêt, la lumière disparut.

Perveen distingua les contours d'une pancarte en bois qu'elle savait marquer le bon chemin menant à l'auberge. Ce repère aurait dû la rassurer, le voyage touchait à son terme et elle serait bientôt en sécurité, mais il lui rappela également l'atmosphère de malaise qui l'attendrait là-bas. Elle avait promis à Colin qu'elle ne passerait pas une autre nuit à l'auberge. Elle comprenait à présent qu'elle avait réagi violemment parce qu'elle avait peur d'elle-même. Elle avait désiré quelque chose à la fois d'émotionnel et de physique, aussi réel que la courbe du dos fort de Colin quand il pratiquait ses exercices, aussi réel que la sueur brillant sur la peau des hommes qui la portaient. Elle savait que si elle continuait de le voir, elle ne pourrait s'empêcher de ressentir tout cela – et ce n'était pas bien.

Elle sortit la tête du palanquin pour appeler Lakshman.

— Je vous prie de vous arrêter quand vous atteindrez la maison des Mehta.

Il se tourna vers elle sans ralentir le pas.

— Vous m'avez demandé de vous ramener à l'auberge.

C'était vrai.

— Après m'avoir déposée chez les Mehta, vous pourrez aller voir Mr Sandringham et l'informer que je viendrai à l'auberge demain.

Il ne répondit pas, et elle se demanda ce qui allait se passer. Les porteurs du palanquin avaient continué de progresser avec régularité tout le temps de leur discussion. Mais à l'approche du portail du bungalow des Mehta, Lakshman ordonna de poser le palanquin.

Satisfaite qu'il ait répondu à sa requête, Perveen descendit. Tout un assortiment de douleurs générées par deux journées passées à voyager en palanquin et en voiture postale s'était installé dans son dos, ses hanches et sa nuque, lui donnant la sensation d'être une femme très âgée. Elle approcha les gardiens des Mehta avec précaution.

— Je suis venue il y a deux jours, dit-elle en s'efforçant de paraître agréable. Je viens voir la burra* memsahib.

— Votre nom ? demanda sèchement le plus vieux gardien, un grand homme à la moustache broussailleuse.

— Perveen Mistry, avocate.

— Ils ne peuvent pas vous recevoir, répondit-il avec fermeté pendant que le second gardien acquiesçait de la tête.

— Et pourquoi donc ? les défia-t-elle.

— Le burra* sahib est parti en voyage d'affaires depuis hier. Et la burra* memsahib ne se sent pas bien.

Devant l'expression crispée du gardien, Perveen ne parvenait pas à savoir s'il essayait simplement de la décourager.

— C'est inquiétant. Depuis quand est-elle malade ?

— Depuis un moment.

Un jour plus tôt, Vandana avait paru en pleine forme.

— Puis-je la voir pour savoir si elle souhaite que j'appelle un médecin ? demanda Perveen, sceptique.

— Elle ne souhaite avoir aucune visite.

---

* Burra : Important, grand.

Le gardien âgé lui disait-il vraiment la vérité ? Il était très probable qu'il se contente de répéter ce que Vandana lui avait demandé de répondre, et Perveen ne pouvait pas rentrer de force. Elle fixa intensément les deux hommes.

— Il faut que vous appeliez le docteur Andrews. Je vous remercie de transmettre à memsahib que je m'inquiète pour elle. Je serai à l'auberge mais je reviendrai si on me fait passer le message qu'elle désire ma compagnie ou qu'elle sollicite la visite du médecin.

Alors que le palanquin poursuivait sa route vers l'auberge, le ciel vira du bleu foncé au violet profond et finalement au noir. Elle haussa la voix afin que Lakshman l'entende.

— Pourquoi n'allumez-vous pas les lampes ?

Lakshman revint vers elle en trottinant.

— C'est consommer trop d'huile pour une si petite distance.

Puis il lança un cri sec.

— Aiyo ! Stop !

Le palanquin s'immobilisa dans une secousse et, au savon qu'il passa aux porteurs, Perveen comprit qu'ils s'étaient trop rapprochés du bord d'un promontoire. Et malgré tout, il refusait d'allumer les lampes ! Il ne restait à Perveen qu'à prier pendant la lente progression du palanquin. Tout autour, les bruits des animaux et des insectes s'étaient amplifiés jusqu'à former un orchestre. Ils étaient certainement trop près de la civilisation pour les léopards et les tigres, mais il y avait sans doute de nombreux serpents.

Il passa encore un quart d'heure de ce trajet lent et tendu avant que le palanquin aborde les alentours de la propriété de l'auberge. Il n'y avait plus de falaises inquiétantes dans le noir – rien qu'une escalade abrupte. Elle était déjà passée par là, et elle savait que des lampes allumées indiqueraient le portail.

— Posez le palanquin. Je vais parcourir le reste du chemin à pied.

Perveen descendit et gravit la côte, facilement d'abord puis avec plus de difficulté. Son cœur cognait sous le coup de l'effort et de la joie d'achever enfin ce voyage. Elle fit passer sa mallette de sa main droite à la gauche en franchissant le portail ouvert de l'auberge. Elle entendit aussitôt des aboiements et Desi accourut vers elle.

— Desi ! roucoula-t-elle, sachant qu'il ne pouvait pas la voir et espérant qu'il reconnaisse sa voix.

Elle tendit la main, priant également pour qu'il se rappelle son odeur. Elle fut accueillie par la langue chaude et mouillée du chien dont la queue battait contre son sari.

— Montre-moi le reste du chemin, tu veux ? s'esclaffa Perveen.

Les lampes-tempêtes de la véranda éclairaient Colin, blotti dans un fauteuil colonial. Le jeune homme était vêtu d'une chemise de lin blanc et d'un lungi* indien en coton aux motifs bleu et vert. Quand Perveen et Desi arrivèrent dans la zone éclairée, Colin se leva en prenant une canne. Au lieu de se diriger vers eux, il longea rapidement la véranda et disparut par une des portes. Perveen eut le temps d'apercevoir un vide là où se trouvait sa prothèse. Il était probablement parti parce qu'il pensait que son état naturel ne pouvait être dévoilé.

D'un autre côté, il pouvait très bien s'être précipité à l'intérieur pour y avertir quelqu'un.

Perveen songea soudain à Vandana. Et si elle n'était pas alitée et malade chez elle mais qu'elle était venue voir Colin pendant l'absence de son mari ? L'agent de Satapur pouvait être impliqué dans de quelconques poursuites calomnieuses que la femme pouvait nourrir à l'égard du palais. Ils pouvaient aussi très bien entretenir une liaison.

Perveen sentit son visage s'embraser. Que lui importerait-il que l'Anglais entretienne une liaison avec une ravissante femme plus âgée habitant le voisinage ? Perveen s'était sûrement trompée en imaginant que Colin s'intéressait à elle, ce qui signifiait que tout ce qui allait suivre se passerait bien.

— Pourrez-vous demander à sahib de venir nous voir ? s'enquit Lakshman, un peu essoufflé après la montée.

Il était arrivé juste après elle avec les porteurs.

— Bien sûr.

Elle les avait presque oubliés.

— On doit vous payer ce soir.

Perveen s'était avancée dans la véranda quand Colin sortit de sa chambre. Il portait un pantalon en lin et les bottes robustes dont elle se souvenait. Il paraissait sur la réserve.

— Bonsoir, dit-il.

— Je suis désolée. Je suis revenue sans vous en avertir.

Dès l'instant où les mots quittèrent ses lèvres, elle se sentit stupide. C'était une évidence qu'elle était revenue.

— Vous n'étiez pas supposée séjourner chez les Mehta ? interrogea-t-il sèchement.

— Si. Je m'y suis arrêtée mais j'ai appris des gardiens que Yazad est en voyage et que Vandana ne se sent pas bien. Elle est alitée, ajouta-t-elle en observant sa réaction.

Dans la lumière des lampes, Colin parut écarquiller ses yeux verts.

— Êtes-vous déçue de ne pouvoir passer la nuit chez eux ?

Perveen jeta un regard vers Lakshman qui semblait écouter avec attention. Elle n'avait pas envie que cette conversation soit colportée dans le village.

— Bien sûr que non. Je suis prête à oublier le passé. Mais avant tout, il faut payer les porteurs.

— Je m'en charge, dit-il en plongeant la main dans la poche de son pantalon pour en sortir des pièces.

— Combien allez-vous leur donner ? voulut savoir Perveen, considérant que ce n'était pas suffisant.

— Le tarif habituel. Une roupie par porteur pour deux jours de travail et deux roupies pour Lakshman.

Les hommes avaient travaillé bien au-delà de ce qui leur était demandé pour assurer la protection de Perveen.

— Avec tout ce qui s'est passé, je pense qu'ils méritent plus, ajouta-t-elle à voix basse.

— Malheureusement, je ne peux pas les payer davantage, répondit Colin après avoir fait la moue.

D'après l'Agence, si un groupe de porteurs de palanquin est payé plus qu'un autre, alors cela cause des dissensions.

— Eh bien, donnez une roupie à chaque porteur. Je vais piocher dans mes frais quotidiens pour leurs pourboires. Quand j'établirai ma note de frais, j'expliquerai tout ce qu'ils ont fait pour me conduire au palace et me ramener.

— On vous a donc laissée entrer ? demanda-t-il en haussant les sourcils.

— Bien sûr que j'ai été admise.

Perveen se détourna pour distribuer des pièces de sa bourse. Les hommes fatigués lui adressèrent un sourire radieux quand elle déposa une roupie supplémentaire dans chaque paume.

— Vous avez résolu des problèmes inattendus, leur dit-elle en marathi. Vous avez enduré de très mauvaises conditions météo. Et vous êtes allés vite tout en prenant soin de moi. Je vous remercie du fond du cœur.

Lakshman et son équipe repartirent en chantant vers le village avec le palanquin vide.

— Ils sont très contents, commenta Colin en les regardant s'éloigner. Maintenant, si vous n'êtes pas trop fatiguée, j'aimerais vous présenter mes excuses.

— Au sujet de leur paiement ? Pas besoin de…

— Non, ce n'est pas à ce propos, dit-il avant de s'éclaircir la voix. Pardonnez mon comportement. J'y ai réfléchi et je comprends la situation dans laquelle vous vous trouvez.

Une vague de soulagement la submergea. Ils pourraient encore travailler ensemble, et elle avait vraiment besoin de lui pour gérer le danger que couraient les enfants royaux.

— Je vous remercie beaucoup pour ces excuses. Il y a tellement de choses dont il nous faut discuter, mais mes bottines…

Elle ne finit pas sa phrase, le laissant découvrir l'état de ses chaussures tachées et sales.

Il secoua la tête en plissant les yeux.

— On dirait qu'elles sont fichues. Ne pourriez-vous pas simplement les enlever ?

— Tant que ça n'enfreint pas les règles de bienséance de l'auberge, répondit-elle, mal à l'aise.

— Bien sûr que non !

Elle se pencha pour délacer ses bottines, comprenant que si elle éprouvait de la réticence à aller pieds nus, c'était qu'elle ne désirait pas s'exposer. Jusqu'alors Colin n'avait vu d'elle que son visage et ses mains. Elle voulait rester convenable, mais comme c'était bon de dégourdir ses orteils humides qui étaient à l'étroit et de toucher les carreaux propres de la véranda !

— Y a-t-il quelqu'un d'autre à l'auberge en ce moment ? demanda-t-elle en espérant que personne ne la verrait dans cette tenue décontractée.

— C'est étrange que vous me posiez cette question, répondit Colin en souriant, apparemment de nouveau à l'aise avec elle. Roderick Ames est passé à l'heure du déjeuner.

Son inquiétude concernant Roderick Ames atteignait un point critique.

— Pourquoi donc ?

— Il m'a juste annoncé qu'il rentrait à Poona. Pendant le repas, je lui ai demandé s'il savait quelque chose au sujet de la disparition de votre appareil photo.

— Et comment a-t-il réagi ?

Rama sortit de la maison en portant un plateau avec des verres d'eau et un petit broc. Son apparition et les rafraîchissements bienvenus réussirent à la distraire temporairement. Elle sourit à l'homme aux cheveux grisonnants, joignant les mains en un salut Namasté.

Colin se rassit dans son fauteuil et fit signe à Perveen de s'installer.

— Évidemment, il a répondu qu'il ne volerait jamais la propriété de quelqu'un et il est parti sans même finir son repas.

Rama déposa les verres sur la table.

— Est-ce que vous cherchez l'appareil photo de Miss Mistry ? intervint-il.

— Oui, répondit Perveen. Vous savez où il se trouve ?

Rama souleva un autre objet qu'elle n'avait pas remarqué parce qu'il se trouvait derrière le broc en argent. Il tendit à Perveen son appareil Brownie.

— Il était posé sur le muret en pierre, près de l'endroit dans la véranda où vous avez pris les photos. Je ne l'ai vu qu'au coucher du soleil aujourd'hui, quand j'ai sorti les lampes.

Il avait pourtant attendu qu'elle soit là pour l'apporter – et que Roderick Ames ait été évoqué dans la conversation.

— Je peux le voir ? demanda Colin à Perveen qui acquiesça et l'observa prendre l'appareil. Je me rends compte seulement maintenant que c'est le modèle en carton. S'il s'était trouvé là depuis notre dîner, il devrait être abîmé par la pluie. Mais il est complètement sec – c'est donc qu'on a dû le rendre aujourd'hui.

— C'est vrai, dit Perveen, dont les soupçons à l'égard d'Ames se consolidaient. Je me demandais quelque chose. Pourquoi êtes-vous ami avec Roderick ?

Colin fronça les sourcils.

— Je dirais que nous nous comportons de manière amicale, mais que nous ne sommes pas si proches que ça. En quoi est-ce un problème ?

— Il n'est pas vraiment agréable, dit-elle, en s'efforçant de trouver les mots pour exprimer comment elle avait perçu sa présence le soir de leur dîner.

— Il n'a pas de très bonnes manières, convint Colin avec un demi-sourire. Mais je ne vois quasiment personne d'autre que Rama pendant la longue saison des pluies. Quand des visiteurs se présentent, j'essaie de nous trouver des points communs, c'est un tel soulagement d'avoir quelqu'un à qui parler.

— Si vous voulez bien m'excuser, l'interrompit Rama. Je vais vous préparer le thé.

— Merci beaucoup, dit Colin.

— Je me demande si la pellicule est toujours à l'intérieur, s'interrogea Perveen une fois Rama parti.

Colin retourna l'appareil.

— C'est une bonne question. Le problème, c'est que si on ouvre le compartiment pour vérifier, la pellicule sera abîmée.

Qu'est-ce qui était le plus important ? Des photos d'animaux et d'amis ou savoir ce que Roderick pouvait avoir fait ?

— Je pourrais toujours prendre de nouvelles photos de singes, déclara-t-elle en haussant les épaules. Peu importe. Je vais l'ouvrir.

Elle prit l'appareil des mains de Colin et, comme elle s'y était attendue, la pellicule avait disparu.

— Comment pouviez-vous savoir que la pellicule ne serait plus là ? demanda Colin avec un regard proche de l'admiration.

— Peut-être parce que Mr Ames ne souhaitait pas que son portrait soit immortalisé, répondit-elle.

— Ce n'est qu'un ingénieur fonctionnaire ordinaire.

Colin ne la quittait pas des yeux et, comme elle ne lui répondait pas, il reprit :

— Vous semblez savoir quelque chose sur lui que je ne sais pas.

— J'ai appris par un des vieux domestiques du pavillon de chasse que Mr Ames se trouvait sur les lieux au moment de la mort du prince Pratap Rao. Quelle coïncidence.

— Il ne m'en a jamais parlé. Êtes-vous certaine que le domestique ne se trompait pas ?

— Il m'a décrit un ingénieur anglo-indien, et quelle raison aurait-il pu avoir de me mentir à ce sujet ? demanda Perveen en regardant autour d'elle, mal à l'aise. Qui séjourne aujourd'hui à l'auberge ?

— Nous sommes absolument seuls, en dehors de Rama.

— Je voulais m'assurer que notre conversation serait confidentielle.

— Bien sûr qu'elle l'est. Et ne nous soucions plus maintenant de Roderick Ames. Je veux que vous me racontiez ce qui vous est arrivé depuis le moment où vous êtes montée dans le palanquin.

— C'est un bon début.

Perveen lui rapporta les problèmes du palanquin, tout en observant le visage de Colin s'allonger, puis se détendre quand elle poursuivit en lui racontant comment elle était parvenue à pied jusqu'au palais avec Lakshman et quatre porteurs. Rama revint au moment où elle expliquait comment le pendentif en pierre de lune lui avait ouvert les portes du palais. Il posa une théière de breuvage parfumé et une assiette de petits paquets verts. Devinant qu'il s'agissait de crêpes de riz enveloppées dans des feuilles de bananiers, Perveen soupira de plaisir.

— Des panki ! Je croyais que c'était un plat gujarati.

— Le Gujarat n'est pas si loin. Les recettes voyagent par-delà les montagnes comme les oiseaux, répondit Rama avec un élégant mouvement de la main. Je vais préparer un dîner complet. Quelle recette de poulet ce soir ?

— Peu importe ce que vous cuisinez. Je pourrais dévorer une douzaine de ces crêpes ! s'écria-t-elle en empilant trois pankis dans son assiette.

Elle avait été tellement occupée au pavillon qu'elle n'avait mangé qu'un roti* de millet et était affamée.

— Je vais vous réchauffer davantage de pankis, annonça Rama, rayonnant.

Après son départ, Colin dévisagea Perveen avec inquiétude.

— On ne vous a pas bien nourrie au palais ?

Elle était tellement contente d'être revenue que sa question la fit rire.

— Les choses avaient bien commencé. Mais très rapidement, mon objectif a été de ne rien manger. Je vais vous expliquer !

Elle lui raconta tout : depuis l'atmosphère à l'intérieur du palais jusqu'au précepteur qui avait également le poste d'officier palatin, des craintes de Mirabai et de la possible tentative d'empoisonnement jusqu'à ses soupçons grandissants que Pratap Rao ne soit pas mort de la cause déclarée par le médecin. Cette dernière partie, elle le savait, était la plus grave. Cela soulevait des interrogations concernant la prestation du docteur et un meurtre potentiel.

Mais Colin n'examina pas immédiatement ces deux points.

— Je m'en veux de vous avoir envoyée vers un tel danger, déclara-t-il avec un air sage. Mais je me dis également que j'ai beaucoup de chance que vous ayez été suffisamment intelligente pour survivre et rentrer. Et que vous ayez pris les vêtements au pavillon de chasse me rend un peu nerveux. On m'a toujours dit de ne rien prendre dans les palais, et j'imagine que cette interdiction tient également pour d'autres propriétés royales.

— Owen McLaughlin a pris beaucoup de choses au palais, répliqua Perveen. Et il faut que le gouvernement voie les habits. Il s'agit de preuves *prima facie* qui démontrent qu'il n'y a jamais eu d'attaque d'un animal.

Elle se rendit dans sa chambre où Rama avait porté sa valise. Elle y prit les vêtements royaux enveloppés dans son châle. Dans la véranda, près de la lampe-tempête, on voyait très bien les trous dans le tissu et les taches de sang.

— Ces trous dans le jodhpur ressemblent à des coups de becs d'oiseaux, dit Perveen en désignant le tissu endommagé. D'après moi, ce sont les vautours qui s'en sont pris au corps du prince, exactement comme ils sont venus se nourrir du cadavre du singe au palais. Le peu de sang semble montrer qu'il était déjà mort quand les charognards sont arrivés.

— C'est horrible quand on y pense, déclara Colin avec une grimace. Mais je ne comprends toujours pas le tableau que vous me dressez.

Perveen but une longue gorgée de thé avant de répondre. La chaleur du breuvage la réchauffa et lui donna la force dont elle avait besoin.

— Mirabai a repéré des vautours, l'après-midi où ils sont partis chasser, de sorte qu'il a dû mourir à peu près à cette période. Et si son tueur était un prédateur, il y aurait eu bien plus de sang. C'est pour cette raison que je soupçonne que c'est un humain qui a tué le prince Pratap Rao. Le corps du maharadjah a été brûlé selon le rituel religieux, le jour où le docteur Andrews a confirmé que la cause de sa mort était la mutilation par un animal. C'est pourquoi nous n'avons pas de preuve autre que ces vêtements si peu endommagés.

La tasse de Colin tinta quand il la posa rapidement sur la soucoupe.

— C'est une sacrée accusation.

— Je suis d'accord, mais je ne vois pas d'autre explication. Un détail me chiffonne : il nous manque la veste. Parfois ce qui n'est pas là est aussi important que ce qui est sous nos yeux. Et je pense que nous pouvons convenir qu'un léopard n'aurait pas mangé le tissu de la veste, il n'aurait pas non plus déshabillé le prince pour emporter la veste ailleurs.

Elle marqua une pause, consciente que Colin se concentrait vraiment sur ses paroles.

— Seul un homme est capable de tout ça.

— Ou une femme ! s'exclama-t-il.

Perveen songea à la théorie de la femme assassine. La possibilité la plus évidente était Mirabai, qui montait librement à cheval en dehors du palais. Et elle était censée souffrir de mélancolie, même si le docteur Andrews admettait qu'il n'avait pas rendu ce diagnostic en personne. Perveen réfléchit aux discussions qu'elles avaient eues toutes les deux. Elle ne pensait pas que Mirabai soit malade psychiquement ou qu'elle ait la disposition d'esprit pour tuer son enfant.

— Ce serait possible, dit-elle en secouant la tête, mais c'est peu probable, étant donné le nombre d'hommes qui participaient à la chasse et qui pouvaient accéder facilement au prince. En tout cas, j'aimerais parler au docteur Andrews demain à la première heure pour savoir s'il a vu la veste du Prince Pratap Rao.

Colin expira lentement.

— Je vais garder les vêtements du prince défunt dans le coffre-fort jusqu'à ce qu'on sache quoi en faire. La nouvelle question est donc : qui, dans cette partie de chasse, a pu assassiner le prince Pratap Rao ?

— Et où se trouve ce coffre-fort ? demanda Perveen qui hésitait à donner quelque chose d'aussi précieux.

— Dans le mur derrière le portrait de l'administrateur de l'Agence de Poona, répondit-il sans hésitation.

Plus détendue, Perveen se laissa aller dans le fauteuil colonial. C'était si bon d'être loin du palais et de pouvoir parler franchement.

— Le domestique au pavillon de chasse m'a expliqué qu'en plus du prince Swaroop et de l'ingénieur, il y avait un certain nombre de rabatteurs et Aditya, le bouffon de la cour. Il fait partie des quelques hommes que peuvent fréquenter les maharanis.

— S'il est vrai que Roderick participait à la chasse, c'est peut-être Roderick Ames qui a pris votre appareil parce qu'il ne voulait pas que ces personnes nous voient avec lui sur une photo.

Perveen haussa les sourcils.

— C'est une théorie tout à fait farfelue. Qui nécessiterait qu'il suppose que j'aurais assez de temps pendant ma visite royale pour faire développer la pellicule.

— À l'école de la fonction publique, on apprend aux officiers juniors que de nombreux palais ont leurs photographes attitrés et des chambres noires. Et ce pour des raisons de confidentialité concernant les photos royales. C'est pourquoi il était tout à fait imaginable que vous puissiez prendre plus de photos au palais et que quelqu'un vous propose de les développer.

— C'est une idée intéressante, mais le prince Swaroop doit savoir qu'il est fonctionnaire, dit Perveen avant de réfléchir un moment. Le prince Swaroop est arrivé de manière tout à fait inattendue au palais de Satapur. Il a peut-être entendu parler de ma visite par Roderick Ames qui s'est arrêté à son palais pour l'en informer.

— Parce que les deux hommes étaient de mèche dans la mort du prince Pratap Rao ? demanda Colin en secouant la tête. J'ai du mal à y croire.

Bloquait-il toutes les hypothèses qu'elle lui proposait parce qu'il avait quelque chose à cacher ?

— C'est une théorie. Mais je pensais à quelque chose d'un peu différent pendant le voyage en palanquin.

— Il vaut mieux tout envisager.

Elle resta silencieuse. L'autre idée qu'elle avait eue était difficile à partager avec Colin. S'il allait la présenter à ses supérieurs, elle perdrait son travail.

— De quoi s'agit-il ? insista Colin.

Perveen soupira. Elle ne pouvait pas contrôler ce qu'il faisait des informations.

— Le prince Swaroop m'a appris que le gouvernement britannique se réserve le droit de prendre le contrôle des États princiers et de les intégrer à l'Empire. Vous me le confirmez ?

— En effet, répondit-il avec prudence. C'est arrivé par le passé. Mais je n'ai pas entendu parler d'une telle option au sujet de Satapur.

Ce qui ne la surprit pas.

— Vous vivez loin et sans être interventionniste. Je ne sais pas si c'était le cas avec Mr Owen McLaughlin, l'ancien agent de Satapur.

— Vous êtes en train de sous-entendre que le gouvernement aurait un plan à long terme pour invalider la famille au pouvoir et s'emparer de Satapur ? demanda lentement Colin. Et ils m'ont nommé ici, moi, un officier inexpérimenté qui ne peut pas beaucoup voyager afin qu'il ne me vienne pas à l'esprit de poser des questions.

— Ça se pourrait, répondit-elle en baissant la tête. Mais je doute que quiconque à l'Agence puisse agir sans ordres venant d'en haut. Un portrait du vice-roi est accroché dans le pavillon et son visage a été défiguré à la peinture noire. J'ai d'abord pensé que c'était le fait d'un des domestiques. À présent, je me rends compte que le prince Swaroop, en colère face à cette situation perceptible, pourrait être le coupable.

Colin tourna les yeux vers le jardin plongé dans le noir.

— Swaroop comme Mirabai aurait pu défigurer le portrait sous le coup de la rage s'ils croyaient que le gouvernement avait tué le prince Pratap Rao. Mais si la mort du prince résulte d'un complot gouvernemental, il semble que ça écarte toute probabilité d'empoisonnement au sein du palais. Qu'en dites-vous ?

— Je ne sais pas. C'est comme pour Roderick Ames. Je ne sais vraiment pas s'il est impliqué, mais je suis inquiète, soupira Perveen. Je ne sais pas si j'aurais dû autant fouiller dans le passé. Le fait est que nous sommes tous les deux responsables de la sécurité du prince Jiva Rao.

Colin tapota des doigts sur le long accoudoir du fauteuil colonial.

— Si vous hésitez entre la possibilité que la nourriture soit empoisonnée et une mauvaise hygiène alimentaire, Vandana aurait peut-être un avis.

— J'ai essayé de la voir en venant, mais elle n'était pas disponible. Les gardiens m'ont dit qu'elle était malade, mais je ne sais pas si c'est vrai. J'espère que le docteur Andrews va lui rendre visite.

— Ne vous en faites pas ! Quoi qu'elle ait, ça ne peut pas être trop grave.

Sa certitude l'agaça.

— Pourquoi pas ?

— Ce matin, je l'ai vue passer à cheval devant l'endroit où je fais mes exercices de yoga.

Perveen se rappela que le docteur avait mentionné des cas de choléra au village.

— J'espère qu'elle n'est pas allée là où les gens sont malades. Combien de temps faut-il pour que les symptômes du choléra se manifestent ?

— Le village ne l'intéresse pas, ne vous inquiétez pas. J'imagine qu'elle empruntait une piste au-delà du village pour s'enfoncer dans les bois. Elle m'a déjà raconté qu'elle aimait bien se rendre au sanctuaire d'Aranyani.

Aranyani, encore une fois. Au cours du dîner, Vandana avait confié croire au fait de laisser des offrandes à Aranyani. Elle était peut-être partie porter de l'argent à quelqu'un. Mais c'étaient là des suppositions sans fondement.

— Nous devrions aller la voir demain.

Colin leva la théière et elle lui tendit sa tasse pour qu'il la remplisse.

— Revenons à l'éducation du prince Jiva Rao, dit-elle. Parce que les maharanis n'ont pas accepté ma recommandation, il se peut qu'elles réclament une audience. Les femmes respectant la purdah sont autorisées à envoyer des représentants ; Mr Basu pourrait en être un, mais je pense qu'il va servir de porte-parole à la maharani douairière.

— Qui pourrait parler au nom de Mirabai ? demanda Colin en se renfonçant dans son fauteuil, le regard fixé sur Perveen. Une autre personne du palais ?

— Le prince Swaroop n'est pas d'accord avec elle, dit Perveen avant de marquer une pause pour réfléchir. Je vous ai parlé d'Aditya, le bouffon de la cour, qui semble faire partie de la famille – mais il n'est pas assez estimé pour représenter un membre de la royauté dans une Cour de Justice.

— Je suppose que nous ne devrions pas nous faire des nœuds au cerveau à essayer de trouver un moyen de les aider alors qu'elles ont rejeté votre décision. Qui me paraissait tout à fait logique, ajouta Colin avant de siroter son thé. Je regrette de ne pas avoir pu rencontrer le prince Jiva Rao. Il sera majeur dans huit ans ! Je pense que si nous nous comportons bien envers lui, il fera de même avec son État.

Il avait dit « nous ». Cela signifiait-il qu'il continuerait de faire appel à elle pour se rendre à Satapur ? Ou bien pensait-il qu'elle allait aider le maharadjah à s'installer dans son école ?

Mais elle n'eut pas le temps de lui poser la question, car Rama était réapparu en silence.

— Le garçon a rempli la baignoire dans la salle d'eau de memsahib. Vous aimeriez peut-être prendre un bain avant le dîner ?

Perveen le remercia. C'était le bon moment pour interrompre la discussion ; elle avait besoin de temps pour réfléchir aux sujets délicats que Colin et elle avaient abordés et également pour détendre ses muscles endoloris.

— Le dîner peut-il être prêt dans l'heure qui vient ? s'enquit Colin.

— Oui, mais je dois me rendre au village. Nous avons besoin de légumes et de noix pour le plat que j'ai en tête, répondit Rama en regardant Perveen avec un sourire. Un plat de bienvenue.

Rama s'en alla avec l'argent que Colin lui avait donné, et Perveen rejoignit sa chambre. Elle prit un bain rapide, se forçant à ne plus penser à ses sombres théories. Elle était en sécurité désormais ; elle allait se reposer et ce qu'elle devrait faire ensuite lui apparaîtrait clairement.

Perveen se sécha et noua un kusti* propre autour de sa taille. Elle venait juste de finir de se draper dans un sari or et vert quand on frappa à sa porte.

— Qui est-ce ? demanda-t-elle en rabattant le pallu* du sari devant son corps pour former un élégant ornement, indispensable à la féminité parsie.

— On annule ce qui était prévu. Nous avons des visiteurs inattendus, chuchota Colin.

Un homme ne murmurait pas dans sa propre maison ; il devait se passer quelque chose.

Elle ouvrit la porte pour lui faire face.

— De qui s'agit-il ?

Sans répondre, Colin la dépassa pour entrer dans sa chambre, se cognant dans son empressement contre une bibliothèque avec sa canne.

— Le prince Swaroop et plusieurs hommes du palais, marmonna-t-il.

— Mais…

Elle se tut pour essayer de réfléchir. Sa théorie d'un gouvernement interventionniste était mise à mal. Elle se rappela ce que Baburam, le vieillard du pavillon, lui avait dit concernant le mauvais œil.

— Le prince a dû découvrir que j'avais pris les vêtements du maharadjah défunt.

— Je ne crois pas qu'il soit au courant, répondit aussitôt Colin. Tout du moins, ils n'en ont pas parlé. Le prince Swaroop assure qu'il a essayé de rattraper votre palanquin avec ses hommes. Il était contrarié de ne pas vous trouver.

Perveen frissonna en prenant conscience que le prince Swaroop aurait pu la rattraper en route si le groupe n'avait pas fait ce détour imprévu par le pavillon. Que se serait-il passé alors ?

— Vous a-t-il expliqué pourquoi il me cherchait ?

Colin s'appuya sur sa canne comme s'il avait besoin de se soutenir.

— Il a expliqué que le maharadjah avait disparu.

Ces mots déclenchèrent une alarme dans les oreilles de Perveen. C'était impossible.

— Vous êtes sûr de bien avoir compris ? Qu'est-ce qu'il entendait exactement par « disparu » ?

Il secoua la tête.

— Le prince Swaroop s'est exprimé en anglais pour être certain de se faire comprendre. Ils pensent que vous l'avez kidnappé !

19

Procès d'une innocente

Perveen n'avait aucune réponse à fournir à Colin. Il savait évidemment qu'elle était innocente. Ce que Mirabai avait dit concernant sa venue au palais résonnait dans sa tête : « Tant que notre invitée avocate est ici, il ne craint rien. » Perveen n'avait pas pris ces propos assez à cœur, et le pire était advenu.

Elle glissa ses pieds nus dans une paire de sandales propres avant de sortir. À dix mètres de sa chambre, dans la partie centrale de la véranda, se tenaient trois malabars en uniforme vert forêt décoré de lourds galons dorés. Le vert n'était pas la couleur du palais de Satapur, mais plus probablement celle du personnel du prince. Elle parcourut du regard l'équipement des hommes : épées, baïonnettes, longs fusils. S'ils croyaient vraiment qu'elle détenait le prince Jiva Rao, utiliseraient-ils la force pour l'obliger à révéler l'endroit où il était caché ?

— Le prince Swaroop se trouve dans le salon, déclara Colin derrière elle. Je lui ai assuré qu'il n'y avait personne d'autre dans le palanquin quand il avait été déchargé. Mais il a insisté pour vous parler.

— C'est compréhensible.

Elle songea à sa conversation avec le prince. Il ne s'était jamais vraiment prononcé sur le fait que son neveu puisse être en danger au palais. En fait, il avait même évoqué le risque qu'il soit sans protection dans un pensionnat. Et voilà que le maharadjah avait disparu. Reporter la responsabilité sur elle lui permettait de garder le beau rôle.

Les jambes de Perveen lui parurent lourdes sur le chemin du salon. Le prince Swaroop était assis, raide, sur le plus beau meuble de la pièce : une banquette en velours au dossier en bois de rose d'une hauteur ridicule. Un deuxième homme était installé sur une chaise d'appoint plus basse. C'était un Sikh arborant un imposant turban bien drapé, décoré d'un saphir sur épingle. Elle remarqua qu'il n'y avait aucun rafraîchissement sur les tables devant les visiteurs – une faute d'hospitalité. Si Rama n'était pas parti au village, le prince et son compagnon auraient été servis.

— Faites venir le maharadjah, ordonna Swaroop en levant les yeux vers elle.

— J'aimerais pouvoir vous aider mais il n'est pas ici.

Elle fut contrariée d'entendre sa voix faillir, ce qui lui donnait certainement l'air coupable.

— Et pourriez-vous, s'il vous plaît, me présenter à l'homme avec qui vous êtes venu ?

— C'est Dhillon, mon Premier ministre.

Le prince, en colère, se leva et s'avança à pas vifs vers elle.

— Où l'avez-vous caché alors ? J'ai entendu dire que vous vous étiez arrêtée.

Reculant afin qu'ils ne soient pas aussi proches, Perveen réfléchit à ce qu'il venait de dire. Ils étaient peut-être déjà passés au pavillon. L'autre possibilité était qu'il avait des espions dans toute la région.

— Nous avons fait deux arrêts, expliqua-t-elle, refusant de lui permettre de la corriger plus tard. Le premier pour manger et boire à l'ancien pavillon de chasse, et le second aux alentours de la propriété de Yazad Mehta.

Swaroop lança un regard à Colin.

— Je connais Mehta. Pourquoi vouliez-vous le voir ?

— Je suis amie avec son épouse. Vous l'avez sans doute connue pendant votre enfance au palais…

— C'est parce que vous saviez que c'était un endroit judicieux pour cacher le maharadjah, la coupa-t-il.

— Miss Mistry ne ferait jamais rien de tel, intervint Colin.

Il se tenait près d'elle, et Perveen était consciente que, bien que plus fin que le prince Swaroop, il était plus grand de quelques centimètres. Il émanait de sa présence une force rassurante.

Perveen s'efforça de paraître logique.

— Si vous vous rendez à la propriété Mehta et que vous parlez avec leurs gardiens, ils pourront vous dire s'il y avait un garçon avec moi.

— Vous l'appelez un garçon ? C'est le maharadjah !

Swaroop s'avança vers Colin et Perveen sans cacher le caractère menaçant de ses intentions.

— Nous nous sommes déjà arrêtés à la propriété des Mehta et nous avons parlé aux durwans*. Ils nous ont dit que vous étiez sortie du palanquin et qu'ils ne s'en étaient pas approchés pour regarder à l'intérieur. Comment pourraient-ils savoir si vous aviez ou pas mon neveu avec vous ? Ils ont indiqué que vous vouliez à tout prix pénétrer dans la propriété, bien qu'ils vous aient informée que la maîtresse de la maison était indisposée.

Réagissant au mouvement agressif du prince, Colin s'interposa entre Perveen et lui.

— Votre Altesse, dit-il avec fermeté, je vous prie de ne pas mettre en doute la parole de Miss Mistry. Elle a travaillé très dur pour le bien-être du maharadjah.

Perveen se sentit mal, le comportement assuré de Colin pouvait être interprété et considéré comme suspect.

— Il y a les porteurs, qui sont des villageois ordinaires. Vous pourriez également leur parler, ils m'ont déposée ici et ont déchargé mes bagages. Ils sont repartis avec le palanquin qui était tellement léger qu'ils chantaient. Mr Sandringham a été témoin de la scène.

— C'est vrai, en effet. Votre Altesse, je vous en prie, visitez les pièces de l'auberge et voyez par vous-même, proposa Colin pour l'apaiser. Une fois que vous serez assuré qu'il ne se trouve pas là, nous réfléchirons ensemble au meilleur moyen de rechercher le maharadjah. Je suis tout aussi inquiet que vous.

— Et pour la pire des raisons. C'est votre future marionnette. Vous allez l'envoyer dans ce pensionnat pathétique pour enfants de la royauté où on va lui apprendre à obéir aux Britanniques.

Le prince Swaroop cherchait dans le salon comme si Jiva Rao pouvait être ligoté sous le sofa.

— Où sont vos domestiques ? demanda-t-il sèchement.

Colin le regarda sans comprendre.

— Mon valet, Rama, est mon principal employé. Il est parti faire des courses au village. Deux garçons du hameau travaillent également ici. Je ne suis pas certain de savoir où Hari et Mohit se trouvent en ce moment même.

— Parti au village ! s'exclama Swaroop en se saisissant de ce que Colin venait de révéler. C'est donc là que vous le cachez, au milieu des paysans ?

— Comme nous vous l'avons expliqué, le maharadjah n'a pas voyagé avec moi jusqu'ici. Restons logiques.

Perveen marqua une pause pour déglutir et remettre ses idées au clair avant de poursuivre.

— Comment pourrait-il quitter le palais sans que les gardes le voient ? D'après mon expérience, je sais qu'un enfant vivant dans une grande maison possède de nombreux endroits où jouer, s'endormir ou même s'enfermer – accidentellement ou pas.

— Miss Mistry, êtes-vous en train de dire que vous pensez qu'il est en sécurité au palais ? demanda alors Mr Dhillon d'une voix froide et posée.

Elle le dévisagea, consciente qu'il n'avait pas compris, mais soulagée qu'il ne réagisse pas de manière aussi enflammée que le prince qu'il servait.

— Je ne prétendrais pas qu'il est en sécurité. La maharani Mirabai était certaine que quelqu'un essayait de tuer Jiva Rao. Si on ne le trouve ni ici ni au palais, il est tout à fait possible que quelque chose de pire qu'un enlèvement lui soit arrivé.

Mr Dhillon, silencieux, ferma les yeux. Il pensait peut-être que Jiva Rao ne se serait pas retrouvé dans une situation difficile s'il était resté l'officier du palais.

Le prince Swaroop baissa les yeux un long moment et, quand il posa de nouveau le regard sur Perveen, elle constata que le déchaînement était passé. Était-ce parce qu'il risquait lui-même d'être accusé d'enlèvement ?

— J'accepte votre invitation à fouiller cet endroit, déclara-t-il d'un ton bourru.

— Vous m'en voyez soulagé. Allez où vous voulez ! répondit Colin.

Le prince et le sardarji se levèrent et sortirent du salon.

— Pourriez-vous me dire ce que l'Agence a décrété au sujet de la prochaine personne destinée à monter sur le trône ? demanda Perveen.

Colin hocha la tête comme s'il comprenait ses soupçons.

— Il n'existe aucun document mentionnant cette information. Le prince Swaroop pourrait certainement faire valoir son droit à régner, si on retrouvait le prince Jiva Rao mort. Mais sa requête serait rejetée, parce que les lois de succession n'autorisent pas de remonter d'une génération pour désigner l'oncle d'un héritier légitime. Il y avait une lignée directe déjà établie de père en fils : Mohan Rao,

Mahendra Rao, Pratap Rao et aujourd'hui Jiva Rao, à la place de son frère.

— Et que se passe-t-il si on ne retrouve pas Jiva Rao ?

— Un régent sera nommé jusqu'à ce que le gouvernement choisisse un nouveau maharadjah. C'est exactement ce qui s'est passé à Baroda. Il est fort probable qu'ils choisissent un beau jeune homme malléable de caste royale.

Le prince Swaroop pouvait encore nourrir l'espoir d'accéder au pouvoir. Il y avait tellement de rumeurs sur la manière dont les Britanniques encadraient les États que c'était tout à fait possible. En tout cas, elle était certaine que Swaroop craignait le jugement de la population : qu'un prince de Satapur disparaisse encore alors qu'il rendait visite au palais – cela aurait été la seconde fois –, cela dépassait la pure coïncidence. Elle songea au grand numéro d'indignation que le Prince venait de leur jouer et également au fait que, vu l'heure de son arrivée, il avait dû partir du palais à la nuit tombée – un périple dangereux. Tout cela confirmait une inquiétude désespérée pour son neveu. Mais cette inquiétude était-elle réelle – et quand était-il parti du palais ?

— Est-il possible de venir jusqu'ici de nuit à cheval, en toute sécurité, depuis le palais de Satapur ? demanda-t-elle à Colin.

— Je n'en sais rien. Pensez-vous qu'il est parti plus tôt que vous ?

Perveen hocha la tête.

— Il nous a déjà dit qu'il avait pris le chemin de la forêt que j'avais emprunté à l'aller. Il aurait pu prendre ce même chemin plus tôt parce qu'il avait une idée en tête. Il avait peut-être l'intention de me capturer alors que j'étais sans défense ?

— Mon Dieu, dit Colin en la dévisageant avec une gravité qu'elle ne lui avait jamais vue. Il serait alors crucial que Swaroop paraisse très inquiet si l'héritier survivant de Satapur a effectivement disparu. Encore plus parce que le prince Pratap Rao est mort alors qu'ils étaient partis chasser ensemble.

Perveen prit conscience trop tard qu'ils avaient été trop confiants en permettant à Swaroop de fouiller l'auberge sans être accompagné. Le prince, Dhillon et les gardes pouvaient très bien cacher des preuves confirmant la culpabilité de Perveen et la complicité de Colin. Le linge du prince Pratap Rao avait été enfermé dans le coffre-fort de l'auberge mais, s'ils le trouvaient, quels problèmes cela pourrait-il générer ?

— Je suis d'accord avec vous sur ses motivations possibles, et je n'aime pas l'idée qu'ils soient en train de fouiller partout sans témoin, dit Perveen. Je vais les suivre. Mais j'ai besoin d'un prétexte.

— Vous ouvrirez les portes dont ils n'ont pas la clé.

Colin se dirigea vers un beau bureau de campagne. Il sortit un jeu de clés du tiroir central.

— Toutes les chambres inutilisées sont fermées à clé, de sorte qu'ils auront besoin de vous pour y accéder. J'y serais bien allé moi-même mais vous êtes plus rapide que moi.

C'était la seconde fois qu'il faisait référence à son handicap en sa présence. Mais il ne semblait pas reprocher quoi que ce soit cette fois ; c'était juste un simple constat.

Pendant la demi-heure qui suivit, le prince Swaroop fouilla l'auberge, demandant qu'on lui ouvre tous les almirahs*, et Perveen obtempéra. Mr Dhillon, le Premier ministre du prince Swaroop, les suivait sans faire le moindre commentaire. Si seulement elle réussissait à s'entretenir avec lui en tête à tête ! Il devait connaître la vérité. Sa loyauté allait-elle véritablement au prince Swaroop plutôt qu'à Satapur ?

Une fois la maison fouillée, la troupe royale se dirigea vers les dépendances de la propriété. Quand le prince passa à grands pas près de Desi que Colin tenait en laisse, le grand chien se mit à tirer sur la laisse en grognant, comme s'il reconnaissait la force dangereuse de l'oncle du maharadjah.

Tout en gardant un œil sur les hommes qui entraient dans les écuries, Perveen s'approcha de Colin. Elle n'avait cessé de réfléchir à ce qu'ils pouvaient faire, et il était temps de lui dire à quelle conclusion elle était arrivée.

— Je dois retourner au palais, déclara-t-elle calmement. Il se peut que quelqu'un là-bas ait remarqué quelque chose qui pourrait expliquer ce qui s'est passé.

Colin pinça les lèvres.

— C'est trop dangereux. En premier lieu, nous devons informer le gouvernement et attendre les ordres.

Sa réaction ne la surprit pas – mais elle ne voulait pas céder.

— Je ne suis pas d'accord avec ce plan. Kolhapur est très loin et qu'est-ce qu'un groupe de Britanniques pourraient faire pour retrouver le prince Jiva Rao ?

— J'essaie de trouver de l'aide plus près. Les officiers de Poona pourraient nous prêter des armes après avoir reçu l'autorisation de leur hiérarchie.

— Qu'entendez-vous par des armes ?

Perveen ne pouvait croire qu'il envisageait de déclencher une guerre.

— On peut autoriser une intervention militaire pour défendre la famille royale. Que le palais soit fouillé par des soldats me paraît plus sûr que votre proposition d'y aller seule.

— Mais où sont stationnés les militaires ? demanda-t-elle, plus impatiente que jamais. Cela pourrait prendre des jours.

— Il y a un cantonnement à Satapur, très près du palais. Mais il faut que les ordres soient donnés officiellement pour que les soldats puissent intervenir.

— Ah. Même si le prince Swaroop est Premier ministre, il doit attendre les ordres des Britanniques ?

Colin serra la laisse de Desi alors que le chien tirait en direction du portail.

— J'en ai bien peur. Je propose que nous nous rendions demain matin à Khandala puis que nous prenions le train jusqu'à Poona. Nous n'avons pas le temps d'envoyer un courrier. Si je présente la situation au conseiller en chef demain après-midi, les instructions pourront être envoyées au cantonnement par télégraphe.

Il marqua une pause.

— Il vaudrait mieux que le prince Swaroop vienne avec moi pour présenter sa version de la situation.

Mais ils auront également besoin d'entendre ce que vous m'avez raconté.

— Je vais rédiger une note de service relatant tout ce qui s'est passé au palais. Mais je ne me joindrai pas à vous demain.

— Et pourquoi ça ? demanda-t-il d'un air crispé.

— Les administrateurs de Poona ne prêteront attention qu'au prince et à vous. À leurs yeux, je ne suis qu'une femme, répondit Perveen avant de poursuivre : Je pourrais me rendre plus utile autrement. Je pourrais retourner au palais pour essayer de repérer des preuves et de recueillir les paroles de témoins qui seraient trop effrayés par les soldats.

— C'est trop dangereux, déclara Colin en secouant la tête.

— Vos directeurs et vous ne le pensiez pas il y a deux jours.

— Quelqu'un arrive, dit-il en regardant vers le portail.

Desi se concentrait vers cette direction, mais il remuait la queue.

Perveen ne fut pas surprise de voir Rama franchir le portail. Il déposa ses lourds sacs sur l'herbe.

— J'ai vu des chevaux dans l'écurie, dit-il en s'étirant les bras. Avons-nous des invités ?

— Oui. Le prince Swaroop de Satapur, son Premier ministre et trois gardes. C'est une visite imprévue.

Rama, inquiet, plissa le front.

— Combien de chambres faut-il préparer ?

— Nous ne savons pas encore si le prince Swaroop va passer la nuit ici, répondit Perveen, bien qu'elle prît conscience que le ciel était sombre et qu'il se pourrait qu'il n'y ait pas d'autre option pour la troupe royale. La pensée de dormir sous le même toit que Swaroop la dérangeait.

— Regardez, ils reviennent vers nous, chuchota Colin.

Le prince Swaroop et sa garde émergèrent de l'écurie. Puis Swaroop se planta devant Perveen et Colin.

— Comme vous le constatez, je ne l'ai pas trouvé, déclara-t-il d'une voix encore plus sourde.

Perveen se retint de répondre « Je vous l'avais dit ! » Et elle fut soulagée qu'ils n'aient pas trouvé le linge du prince Pratap Rao.

— En qualité de protecteurs du maharadjah, vous avez notre parole que nous avons tout autant hâte que vous de le retrouver, affirma Colin en tapant le sol de sa canne, comme pour souligner ses propos. Je vous propose que nous étendions les recherches à la jungle et, si possible, au palais.

— Nous avons déjà cherché là-bas, répliqua Swaroop avec dédain. Et ce soir, les gardes du palais et les villageois vont parcourir la jungle avec des torches.

Tout comme cela avait été fait quand le premier prince avait disparu.

— Nous pourrions demander l'aide des militaires. Qu'en pensez-vous ? demanda Colin en laissant croire au prince que la décision lui revenait.

— Mais ce doit être décidé par les Britanniques, répondit Swaroop en fronçant les sourcils.

— Oui, c'est vrai, convint Colin avec fermeté. Si vous venez avec moi à Poona demain, vous pourrez leur raconter ce qui s'est passé, et je confirmerai les informations. Mais vous devez tout d'abord passer ici la nuit. Vous ne pouvez pas voyager de nuit.

Le visage du prince s'allongea. Il devait avoir envie de refuser – mais, à cette heure tardive, il ne pouvait faire comme bon lui semblait. Il devait dormir chez le Britannique, au moins pour une nuit.

— Mon cuisinier sait préparer le poulet de dix manières différentes, commença Colin sur un ton joyeux. Je vais vous les énumérer…

La longue table en teck était dressée pour quatre, et Perveen disposa des marque-places en papier blanc que Colin sortit d'un tiroir du bureau. Ce genre de cartes était assez inhabituel pour lui, et Perveen était plus au fait des règles de placements. Il s'était inquiété de savoir si le prince devait s'asseoir en tête de table en raison de son rang, mais elle lui avait rappelé que d'après l'exemplaire du *Debrett's Peerage*, à disposition à l'auberge, l'invité d'honneur, qu'il soit royal ou pas, était installé à droite de l'hôte. La carte pour Jaqinder Dhillon fut posée en face, et Perveen plaça la sienne en bout de table.

Durant l'heure précédant le dîner, Perveen observa Rama s'affairer et se tromper dans les proportions. Il était déconcerté par ces visiteurs de dernière minute. Quatre garçons du village étaient arrivés pour aider à préparer les chambres et les bains, et les trois gardes qui avaient chevauché avec le prince furent conduits à leurs quartiers dans une des huttes du jardin.

Perveen avait demandé à Rama ce qu'il allait cuisiner.

— J'ai beaucoup de riz, de dal et de légumes verts. Mais le poulet qui est juste assez gros pour deux personnes ne suffira pas pour quatre si je le fais rôtir. Je vais préparer un vindaloo.

— C'est une bonne idée.

Perveen s'était sentie nerveuse comme si c'était sa propre maison qui révélait ces manques.

Une fois tout le monde attablé, Colin ouvrit une bouteille de bordeaux. Les trois hommes la burent en dix minutes, et Colin demanda à Rama d'en apporter une deuxième. Le prince Swaroop buvait avec régularité et Perveen s'inquiéta quand Colin lui remplit de nouveau son verre. Elle craignait que Swaroop se mette en colère et devienne grossier et que, si Colin buvait au même rythme, il fasse moins attention à ce qu'il dirait. Pourtant le prince se montra très aimable, et il plaisanta même en racontant que Perveen s'était enfuie du palais parce qu'elle ne voulait pas déjeuner avec lui mais qu'elle le retrouvait malgré tout pour le dîner.

Perveen, qui n'avait pas bu une goutte d'alcool, était très nerveuse. Étant la seule femme à cette table, elle était encore plus vulnérable que dans les pires cauchemars de son père.

— La dame dont j'ai parlé plus tôt, Vandana Mehta, habite à moins de deux kilomètres d'ici, dit-elle d'un air blasé. C'est dommage qu'elle ne soit pas disponible ce soir pour se joindre à nous.

— Et quel est le numéro de cette cousine ? J'ai seize cousins au premier degré, et des vingtaines d'autres au deuxième et troisième, expliqua le prince avec désinvolture. Il n'y a que ma mère qui soit capable de s'y retrouver. Elle se réfère à eux en précisant « ta neuvième cousine », et ainsi de suite.

— Cela ne me dérange pas que nous n'ayons pas d'autres invités ce soir, déclara Colin en versant encore du vin au prince. Je serais très mal à l'aise d'être obligé de bavarder alors qu'il est fort probable que le maharadjah soit loin de chez lui, seul ou avec une personne aux intentions malveillantes.

Il avait raison. Perveen se sentit idiote de s'être laissée emporter par le bavardage de Swaroop. Après le commentaire de Colin, le visage du prince s'assombrit. Il s'était peut-être rendu compte qu'il ne paraissait pas assez affecté.

Perveen songea à ce qui serait un bon sujet de conversation dans un moment aussi difficile.

— Votre Altesse ! dit-elle en adressant un sourire agréable au prince Swaroop. Vos hommes ont-ils des cartes de la région que nous pourrions étudier afin de préparer les recherches de demain ?

— Nous n'avons pas besoin de cartes. Je connais toutes les collines de Satapur. En fait, c'est parce que je connais aussi bien mon pays que j'ai pu parcourir aussi vite la route entre le palais et l'auberge, expliqua-t-il en piquant un morceau de poulet. J'ai pu repartir en voiture jusqu'à mon palais où j'ai rassemblé mes hommes et les chevaux les plus rapides. Je n'étais pas venu ici depuis mes douze ans, et c'était Mr McLaughlin qui présidait alors cette table. Il recevait bien ses visiteurs royaux. Il avait trente domestiques dont un cuisinier français. Nous avions mangé un mouton rôti et un gâteau à la crème, et j'avais bu du champagne pour la première fois.

Il était complètement coupé de la disparition de son neveu. Perveen était de plus en plus convaincue que la disparition des deux princes, alors que leur oncle était dans les parages, n'était pas une coïncidence. Mais elle nourrissait des doutes au sujet de quelqu'un d'autre.

— Que pensez-vous de l'ingénieur de la fonction publique, Mr Roderick Ames ?

— Qui ? demanda-t-il en faisant tourner le vin dans son verre sans même la regarder.

— Oh, j'ai entendu dire que vous lui aviez demandé d'aller prévenir le docteur après la découverte du corps du prince Pratap Rao.

Le prince, qui était en train de boire, s'étrangla d'un coup. Son ministre bondit, lui arracha le verre des mains et lui tapa dans le dos.

— Vous allez bien, Votre Altesse ? demanda Dhillon d'une voix détendue comme s'il avait déjà vu cela.

Mais Perveen comprit que sa question l'avait choqué.

— Oui, répondit-il d'un ton amer. Maintenant je m'en souviens. Il y avait un fonctionnaire anglo-indien qui nous a vus dans la forêt.

— Que s'est-il passé exactement ? interrogea Perveen en s'exprimant en marathi.

Colin détourna les yeux et elle comprit qu'il allait faire semblant de ne pas comprendre un seul mot.

Le prince haussa les épaules.

— Il était là, et je lui ai demandé d'aller chercher le docteur. Il sait où il habite. Alors il a rendu son arme et il est parti.

Perveen réfléchit, le prince semblait sous-entendre que l'arme appartenait à la chasse royale, et n'était donc pas un pistolet militaire ordinaire.

— Il a dit qu'il chassait avec vous.

Ce n'était pas du tout vrai, mais elle soupçonnait qu'il ne la contredirait pas.

— Oui, affirma le prince Swaroop en haussant les épaules. La vie de la royauté l'intéressait.

— Et de quelle manière vous a-t-il approché ?

Perveen vit Colin piocher dans son assiette et elle se demanda s'il avait compris ce que le prince venait de révéler.

— Il a installé un générateur électrique pour moi. Mon palais est peut-être plus petit que le palais principal, mais il y a davantage de lampes.

Il eut un petit sourire suffisant.

Perveen adopta une voix plus chaleureuse.

— Comme vous le voyez ici, même cet Anglais n'a pas l'électricité ! Combien cela coûte-t-il d'installer un générateur électrique ?

— Quelques milliers. L'ingénieur ne s'en plaint certainement pas parce qu'il a accès à toutes sortes de privilèges, comme des parties de chasse. Bien que cela ait été la pire des parties de chasse qui soit.

Ses yeux s'emplirent de larmes comme s'il allait pleurer. Trop d'alcool pouvait provoquer de fortes émotions.

— Oui, oui, convint Perveen. Mais dites-moi, s'il travaillait pour vous et qu'il était présent à cette chasse, pourquoi n'avez-vous pas reconnu immédiatement son nom ?

— Je n'aime pas associer un visage indien à un nom anglais. Je l'appelle autrement.

— Comment ?

— *Kuta.*

Le mot marathi qui voulait dire « chien » illustrait l'ampleur de la muflerie du prince Swaroop. Mais cela n'écartait en rien la possibilité que Roderick Ames ait pu tuer le prince Pratap Rao – peut-être en échange d'une grosse somme d'argent de la part de Swaroop.

— Suffit de parler du passé ! lança le prince en anglais.

Il leva son verre vide en cherchant du regard quelqu'un pour le servir.

— Nous rechercherons le maharadjah Jiva Rao. Et cette fois, nous devons le retrouver avant qu'il ne soit trop tard.

Colin hésita et Perveen sentit sa réticence à laisser le prince se saouler complètement. Mais pendant ce court instant, Rama s'avança, prit la bouteille et en vida le reste dans le verre du prince. La sueur perlait sur le front de Rama. Il avait probablement servi le prince parce qu'il s'inquiétait de ce qui se passerait s'il se mettait en colère.

— Les recherches, commença Colin. Satapur fait cinquante kilomètres à son endroit le plus large et soixante-douze du nord au sud. Nous possédons une carte officielle bien que le paysage puisse différer de celui présenté sur la carte.

Perveen fut affligée par la possibilité que la carte soit fausse.

— Et pourquoi donc ?

— Pendant la mousson, des cascades apparaissent. Par exemple, à mon arrivée ici, il y avait un chemin de pierre qui allait du village au temple d'Aranyani dans la forêt. Mais après quelques mois de pluie, toutes les pierres ont été emportées. Aujourd'hui, des arbres sont tombés à l'endroit où se trouvait ce chemin, et un torrent infranchissable est apparu.

— Vous avez vu ce temple ? demanda le prince, stupéfait.

— Oui, répondit Colin en remuant sur sa chaise. J'ai exploré une bonne partie de l'État en emportant les cartes existantes. Quand je constate des changements, je les marque. À partir de ces observations, je suis en mesure de dessiner de nouvelles cartes, officieuses celles-ci.

— Alors l'Agence de Kolhapur a donné le poste d'agent à un cartographe ?

Cela parut amuser le prince.

Deux taches rouges apparurent sur les pommettes hautes de Colin.

— J'étais fonctionnaire collecteur avant ce poste. J'ai pour les cartes un intérêt personnel.

Perveen s'apprêtait à suggérer qu'il apporte ses cartes pour les montrer au prince quand elle fut distraite par une explosion d'aboiements.

— Quelqu'un est arrivé.

Le prince essaya de se lever mais il chancela tant que le Sardarji contourna aussitôt la table pour le maintenir en équilibre.

— C'est probablement un de nos voisins ! déclara Colin, impassible. Rama va aller vérifier.

Rama avait déjà posé son plateau de puris* et franchi la porte.

— Desi mordrait-il quelqu'un qu'il ne connaît pas ? demanda Perveen, inquiète.

— C'est peu probable, répondit Colin d'une voix apaisante. Il obéit aux ordres de Rama.

— Comment se fait-il que vous n'ayez pas de durwan* pour garder l'auberge ? demanda le prince, incrédule. Il y avait des gardes à l'époque de McLaughlin.

— Desi est bien suffisant. Quand on le voit, il a tout du chien féroce qui ferait déguerpir n'importe quel malfaiteur à toutes jambes.

— Il y a au palais un chien comme celui-ci. Mon homme va accompagner votre valet et appeler mes gardes ! déclara Swaroop.

Dhillon se rua aussitôt dehors. Perveen attendit, tendue, jusqu'à ce qu'elle perçoive un échange calme de voix masculines à l'extérieur.

Deux minutes plus tard, Rama et Dhillon revinrent avec un grand homme, vêtu d'un long sherwani* bleu, d'un pantalon coordonné et coiffé du pagri* porté de travers, caractéristique du palais de Satapur. Perveen fut un instant troublée puis elle reconnut Aditya.

— Votre Altesse, dit-il en joignant les mains en un salut respectueux.

— Vous devez être du palais. Je suis Colin Sandringham, l'agent de Satapur, déclara Colin, debout, en se courbant légèrement.

— Ne vous formalisez pas ! lança le prince Swaroop d'un geste dédaigneux de la main. Ce n'est que le bouffon de la cour.

Perveen lança un regard cinglant à Swaroop et se leva pour accueillir le bouffon. Il sentait la fumée et la sueur.

— Je vous en prie, Aditya, asseyez-vous, l'invita-t-elle en s'efforçant de ne pas froncer le nez. Y a-t-il des nouvelles ?

— Oui. Installez-vous, nous allons vous apporter de quoi boire et manger, insista Colin puisque Aditya se tenait toujours, hésitant, au même endroit.

Mais il resta debout.

— Je sais que vous l'avez emmené, dit-il à Perveen en un anglais guindé, tout en s'éloignant discrètement d'elle. Mais est-il en vie ?

C'était si différent de la manière dont Aditya s'était adressé à elle jusque-là – c'était comme si un vieil ami avait été remplacé par un double désagréable.

— Je ne l'ai pas emmené, répondit-elle vivement. L'honorable prince Swaroop vous le dira lui-même, le maharadjah n'est pas ici.

— C'est vrai, confirma le prince en concluant sa phrase par un renvoi.

— Il n'est pas ici parce qu'elle l'a fait assassiner. Pour quelle autre raison aurait-il disparu après sa visite ? demanda Aditya.

Le bouffon avait déjà un peu parlé en anglais à Perveen mais elle comprenait maintenant qu'il parlait couramment cette langue. Il avait peut-être beaucoup appris lors de la partie de chasse avec le roi George – ou bien il avait assisté aux leçons que Mr Basu avait données aux enfants.

Colin posa son couteau et sa fourchette.

— Je vois comme vous vous inquiétez pour lui. Mais Miss Mistry n'a pas la moindre raison de faire du mal au maharadjah. Elle a été engagée par l'Agence pour veiller à sa sécurité.

Aditya, ignorant Colin, adressa un regard implorant au prince.

— Votre Grâce ne sait pas combien la rajmata est bouleversée. Une troisième mort pourrait la tuer.

— Et comment va la choti-rani ? demanda Perveen.

— Qui peut savoir ? Elle est partie à cheval. C'est ainsi qu'elle réagit à tout, cracha-t-il d'une voix méprisante.

Colin lança un regard inquiet à Perveen.

— Il fait nuit. Elle ne peut pas faire du cheval dans le noir…

— Elle est peut-être rentrée, dit Aditya. Je suis venu chercher le maharadjah, pas elle.

Perveen releva le ton lugubre du bouffon, ainsi que son regard hanté.

— Avant de partir, avez-vous pu procéder au service funéraire de Bandar ? l'interrogea-t-elle.

— Oui, répondit-il, les yeux brillants. J'ai procédé au rituel et je l'ai envoyé sur la rivière. Dans sa prochaine vie, il sera un grand homme.

— Vous parlez de la bonne fortune d'un animal dans un moment pareil ? se moqua Swaroop.

— Je vous prie de me pardonner, dit aussitôt le bouffon en baissant la tête.

— Y a-t-il quelqu'un au palais qui aurait pu faire sortir le maharadjah ? s'enquit Colin.

— Nous sommes comme une famille, nous nous aimons, répondit Aditya au bout d'un moment. Et la maharani douairière a demandé aux durwans* si des visiteurs s'étaient présentés au palais. Ils ont répondu que personne n'était venu au palais à part elle et les porteurs du palanquin.

— Les domestiques et les dames d'honneur peuvent quitter le palais, n'est-ce pas ? intervint Perveen, songeant que l'ennemi était probablement entre les murs.

— Après la mort du maharadjah Mahendra Rao, on a laissé partir de nombreux domestiques. Les maharanis souhaitaient être entourées uniquement de personnes en qui elles avaient toute confiance.

Les paroles d'Aditya prouvaient quelle haute image il avait de lui-même et à quel point il désirait qu'on reconnaisse son statut.

Malgré tout, il avait mal compris la question de Perveen. C'était sûrement parce qu'il était fatigué d'avoir cheminé si loin et dans la nuit. Comment avait-il fait d'ailleurs ? Perveen réitéra l'invitation que Colin avait exprimée plus tôt.

— Si vous le souhaitez, Rama va disposer une assiette supplémentaire pour que vous puissiez dîner.

Aditya hocha la tête avec reconnaissance mais, alors qu'il se dirigeait vers la table, le prince s'exprima sur un ton sec.

— Non. Il mange avec les autres domestiques.

Perveen tressaillit. Les deux maharanis traitaient Aditya quasiment de la même manière qu'un courtisan, si bien qu'elle s'était attendue à ce que le prince Swaroop fasse de même. Et l'expression figée d'Aditya exprimait à l'évidence qu'il n'appréciait pas qu'on le congédie aussi grossièrement.

— Rama, apportez le repas de cet homme sur la table à thé dans la véranda, dit calmement Colin qui essayait de composer avec l'erreur de protocole sans blesser personne. Il y a une salle d'eau, deux portes plus loin sur la gauche.

Le bouffon sortit du salon d'un pas raide.

Rama se rapprocha de Colin.

— Mais il n'y a plus rien à manger dans la cuisine ! murmura-t-il. Tout est sur la table.

Les yeux de Colin passèrent en revue le peu de nourriture qui restait sur les plateaux en argent et dans les bols.

— Si tout le monde ici a assez mangé, je vais demander à Rama de préparer une assiette.

Le prince Swaroop extirpa un os de poulet de sa bouche.

— Cette auberge part à vau-l'eau.

Rama se rendit dans la cuisine et revint avec une assiette en métal qu'il utilisait pour donner à manger aux mendiants ou aux ouvriers. Il l'utilisait certainement parce qu'il comprenait les contraintes de castes que le prince Swaroop soulignait. Sans regarder le coursier ni le prince, Rama versa des restes de riz et de légumes dans l'assiette. Il ne restait pas de vindaloo.

— Nous mangeons donc la même chose que les domestiques ! commenta Jaqinder Dhillon, tout bas en marathi, au prince.

— Désolé, mais nous n'attendions pas de visiteurs royaux, rétorqua Colin dans la même langue.

Voyant Rama sortir avec l'assiette à moitié remplie, le prince Swaroop vida son verre.

— En reste-t-il ? Ou bien les bouteilles sont-elles aussi vides que les placards de la cuisine ?

Colin inclina la bouteille de bordeaux.

— Elle est vide. Demain, le petit déjeuner sera servi à huit heures car nous devons être partis pour la gare à neuf heures.

Perveen ne quittait pas des yeux la porte entrouverte sur la véranda. Elle ne voulait pas se mettre au diapason du plan de Colin, mais elle souhaitait que le prince et ses hommes suivent l'agent. Et Aditya aussi.

Elle savait qu'une fois les hommes partis pour Poona, elle aurait plus de chances d'atteindre le palais et de découvrir ce qu'elle avait besoin de savoir.

20

Les routes se séparent

Au lever du soleil, le lendemain, Perveen alluma la bougie sur sa table de nuit. Après s'être aspergé le visage d'eau, elle enfila sa jupe fendue, le chemisier et la veste d'équitation qu'elle avait mis dans sa valise. Elle remplit un petit sac avec le strict nécessaire : une flasque d'eau, son carnet de notes et son stylo, ainsi que la lampe torche. Tenant ses bottes dans une main et le sac dans l'autre, elle se rendit sur la pointe des pieds dans la véranda. Elle ne voulait pas faire de bruit ni réveiller qui que ce soit.

Mais quelqu'un attendait déjà.

— Bonjour, dit Colin depuis son fauteuil colonial préféré.

Elle remarqua qu'il était habillé d'un pantalon et d'une chemise en lin blanc et chaussé de bottes.

— Bonjour. Pas de yoga ce matin ? demanda-t-elle, ayant compté sur son absence.

— Pas le temps. Mais regardez par là.

Bien que la brume soit épaisse, elle perçut du mouvement dans le jacaranda et reconnut la famille singe. Hanuman se laissa tomber dans l'herbe, suivi de quatre singes de taille similaire.

Malgré son désir de se mettre en route, Perveen ne put s'empêcher de sourire.

— Sa famille voyage en groupe.

— Oui. Ils ont toujours de la compagnie, afin de pouvoir se protéger. Les humains auraient tout intérêt à apprendre des singes, soupira-t-il avant de se retourner pour observer la tenue d'équitation de Perveen. Alors, qu'est-ce qui est prévu ?

Perveen était attentive à l'enfilade de chambres voisines de la véranda.

— J'aimerais vous parler dans le jardin, répondit-elle, désignant les portes d'un mouvement de tête.

Colin la suivit jusqu'au jacaranda près duquel un banc en fer offrait une vue sur les montagnes. Elle s'assit et chaussa ses bottes. Elle avait remarqué que Colin ne se servait pas de sa canne. Elle se demanda s'il se sentait mieux que la veille ou s'il voulait présenter une image forte au prince Swaroop. Il la regarda lacer ses bottes.

— Votre tenue me fait imaginer que vous n'avez pas prévu de nous accompagner aux bureaux de l'administration à Poona.

Perveen ne lui permettrait pas de la dissuader de son plan.

— J'ai en effet des intentions différentes. J'aimerais beaucoup que vous veniez me retrouver plus tard au palais avec l'équipe que vous aurez pu rassembler pour les recherches. Je m'assurerai qu'on vous laisse entrer.

Colin ne s'était pas assis. Il donna un coup de pied dans une pierre blanche entre eux deux.

— Le prince ne sait pas où vous allez, n'est-ce pas ? demanda-t-il sans quitter la pierre des yeux.

Sa question exaspéra Perveen.

— Bien sûr que non. Ma confiance en lui ne va pas aussi loin que la pierre que vous venez de projeter. Même si je crois qu'il a en effet payé Roderick Ames pour une prestation personnelle – c'est ce que vous avez compris aussi ?

— En gros, répondit Colin. Et c'est une énigme pour moi. Cela va à l'encontre des règles des fonctionnaires de recevoir de l'argent d'employeurs extérieurs.

— Vous l'avez déjà mentionné. J'ai également des raisons de croire que Roderick a envisagé de travailler pour Yazad Mehta. Ils se sont rendus quelque part le matin suivant notre dîner.

Colin secoua la tête.

— Si je parle de cette relation, je risque de perdre l'amitié de Yazad.

— C'est une position inconfortable pour vous.

— Oui. Je préférerais me concentrer sur un autre problème. Que vais-je dire au prince Swaroop concernant votre absence ce matin ?

Perveen alla ramasser la pierre qui avait atterri à quelques centimètres de ses pieds. Elle était douce et fraîche dans sa main. Le caractère précieux ou non d'une pierre lui paraissait arbitraire. Il en allait de même avec les gens.

— Vous lui direz ce que vous voulez. Je ne crois pas que je vais lui manquer. Si vous lui révélez où je suis partie, il se peut qu'il se lance à ma poursuite au lieu de se rendre à Poona avec vous.

Colin jeta un regard vers l'auberge par-dessus son épaule, comme pour vérifier que personne n'était sorti.

— Je pourrais prétendre que vous avez laissé un mot disant que vous n'étiez pas d'humeur à vous rendre à Poona. Mais je crains que vous rencontriez des difficultés à motiver Lakshman pour qu'il persuade les hommes de porter le palanquin si tôt le matin.

— Lakshman et ses porteurs sont trop épuisés, convint Perveen. Je n'avais pas prévu de demander leur aide. J'espérais plutôt vous emprunter un cheval de l'écurie.

Colin écarquilla les yeux.

— Comment allez-vous reconnaître le chemin du palais alors que vous vous trouviez derrière les rideaux du palanquin pendant tout le trajet ? Et il est difficile de traverser à cheval certaines parties de la forêt.

Perveen refusait de s'attarder sur ses propres peurs.

— J'ai laissé les rideaux ouverts pendant une bonne partie des trajets. J'ai identifié pas mal de repères. Il y a également un sentier marqué dans la jungle. L'itinéraire est assez simple, tant qu'il ne fait pas noir.

Une perruche vert vif les surprit tous les deux en descendant en piqué d'un arbre. Colin faillit en perdre l'équilibre.

— Asseyez-vous, le pressa Perveen et c'est ce qu'il fit, gardant judicieusement une trentaine de centimètres entre eux deux sur le banc.

— Quand vous êtes partie il y a deux jours, j'avais peur qu'on ne vous laisse pas entrer dans le palais. Mais aujourd'hui, mon angoisse est différente, soupira Colin. Je m'inquiète pour votre sécurité. Si vous êtes assassinée dans le palais ou sur le trajet, que dirai-je à votre époux ? Que je vous ai envoyée là-bas complètement seule ?

— Oh, taisez-vous ! Il ne fait vraiment pas partie du tableau.

Ces paroles impolies sortirent de sa bouche avant même qu'elle puisse les stopper.

Mais Colin paraissait plus perplexe qu'offensé.

— Qu'est-ce que vous entendez par là ?

Elle n'avait pas eu l'intention de divulguer quoi que ce soit, mais elle ne voulait pas qu'il utilise son mari contre elle.

— Cet homme est comme mort pour moi, confia-t-elle d'une voix tendue. Il ne fait pas partie de ma vie. Si on m'assassinait, cela l'arrangerait plus qu'autre chose.

— Êtes-vous en train de me dire que vous vivez séparément ? demanda Colin en s'appuyant contre le dossier du banc comme pour mieux jauger Perveen du regard.

— Oh oui, répondit Perveen en s'obligeant à ton désinvolte. Il se trouve à plus de mille cinq cent kilomètres de moi. Et j'aimerais qu'il soit encore plus loin.

— Vous êtes divorcés ?

Le ton calme de sa question ennuya Perveen.

— Non. Je ne peux pas divorcer de Cyrus, parce qu'il ne m'a pas assez maltraitée. Une femme parsie ne peut obtenir le divorce que si les dommages infligés sont très graves – il aurait fallu que je perde un œil ou un membre.

Colin avait pâli. Le fait qu'elle ait évoqué la perte d'un membre lui avait peut-être rappelé sa propre jambe.

— Mais vous vivez en Inde britannique et vous êtes donc sujet de l'Empire, tout comme moi, dit-il d'une voix tremblante. Le divorce n'est pas impossible. Cette situation pourrait sûrement être portée devant un tribunal. Et qu'en est-il de l'adultère ?

— Il existe une disposition concernant l'adultère dans le divorce parsi, mais l'époux accusé doit commettre l'adultère avec une personne autre qu'une prostituée. Et je n'ai pas cette preuve.

— Je n'arrive pas à croire que le mariage soit aussi restrictif dans une religion aussi progressiste, déclara-t-il en fronçant les sourcils.

— Les Britanniques ont approuvé les lois écrites par les hommes parsis, souligna-t-elle. Votre gouvernement maintient également d'autres lois familiales injustes dans d'autres communautés religieuses indiennes : des règles qui empêchent les filles d'hériter autant que les fils, les veuves de posséder des biens et les hommes et les femmes de mettre fin à des mariages malheureux.

— Je ne savais rien de tout cela, avoua Colin en secouant la tête. Je me sens idiot.

Elle aurait aimé poser sa main sur celle de Colin qui était clairement choqué. Mais cela n'aurait pas été convenable.

— Je vous fais confiance pour garder pour vous ces informations me concernant. L'Agence ne m'aurait peut-être pas engagée s'ils avaient eu vent de mon passé entaché.

— Ils n'apprendront rien de moi. Je vais garder ces informations confidentielles ici, dit-il en touchant le devant de sa chemise au niveau de sa poitrine. Et sachez que je pense que vous êtes une femme très courageuse pour avoir trouvé un moyen de fuir ce mariage. Dieu merci.

— Peut-on, s'il vous plaît, mettre un terme à cette discussion excessivement privée ? demanda-t-elle en sentant ses joues s'embraser. Je me rendais à l'écurie. Si vous acceptez de me prêter un cheval.

— Même si je m'inquiète pour vous, je ne tenterai pas de vous retenir. Cela vous est déjà trop souvent arrivé. Vous devez être partie avant que le prince Swaroop se réveille.

Comment exprimer à Colin combien elle lui était reconnaissante pour sa confiance ?

— J'ai hâte de vous voir arriver au palais, dit-elle simplement.

— La brume se lève des collines, déclara Colin en regardant le ciel. J'espère que la météo restera au beau fixe pour nos voyages.

Perveen prit la route une demi-heure plus tard, un châle drapé sur ses épaules pour se protéger de l'air froid matinal. Ses provisions étaient rangées dans une sacoche, avec une boîte métallique à repas contenant un petit déjeuner que Rama avait préparé à toute vitesse. Mohit dormait dans l'écurie. Une fois réveillé, il aida Perveen à monter le même cheval, Rani, qui l'avait portée trois jours plus tôt. En descendant la colline au trot, on aurait dit que la petite jument tachetée comprenait enfin les coups de talon de sa cavalière. Elle espérait que Rani serait réactive et assurée le long des parties escarpées et humides qu'elle se rappelait avoir passées en palanquin.

En longeant l'enceinte du *Repos des Cieux*, la propriété des Mehta, Perveen vit les mêmes gardes qui avaient été en poste la veille. En arrivant à leur niveau, elle tira sur les rênes pour stopper Rani.

— Comment va la burra* memsahib ?

Le garde le plus âgé la regarda en biais comme si quelque chose le rendait nerveux.

— Elle ne va pas bien. Le médecin est venu.

Par le portail ouvert, Perveen vit le cheval sombre du docteur. Les sacoches arboraient une croix rouge, un détail qu'elle n'avait pas remarqué jusque-là.

— On ne peut laisser entrer personne tant qu'il ne considère pas que c'est sûr, lança le plus jeune garde.

Perveen se rappela soudain ce que le médecin avait raconté au sujet de deux enfants qui avaient attrapé le choléra. Comment la maladie avait-elle pu venir jusqu'ici, dans cette propriété entourée d'un mur ?

— A-t-elle le choléra ?

— Il n'a encore rien dit ! répliqua le garde âgé en fronçant les sourcils d'un air réprobateur. Mais elle a été très malade. Quand le sahib reviendra, il se peut qu'il ne puisse pas rentrer non plus.

Perveen fut submergée de pitié pour Vandana. Cette femme était peut-être retorse mais elle ne méritait pas ce type de souffrance. Perveen savait qu'elle ne pouvait pas entrer voir Vandana ; le risque de porter des germes à la famille royale était trop élevé.

— Je prierai pour sa guérison au sanctuaire d'Aranyani.

Bien qu'elle ne soit pas hindoue, réciter une rapide prière zoroastrienne* en ce lieu serait un réconfort devant l'angoisse qui l'assaillait de toutes parts.

— Pourrez-vous demander à sa servante de transmettre ce message à memsahib ?

— C'est sa principale déesse, répondit le vieux garde en lui adressant un léger signe de tête.

Perveen prit congé, comprenant maintenant que la tension qu'elle avait lue sur leurs visages n'avait rien à voir avec le fait qu'ils ne l'aimaient pas. Ils avaient peur pour leur employeuse, conscients que leur propre bien-être était également en danger.

Perveen donna un coup de talon à Rani pour l'encourager. Le brouillard avançait et ce n'était pas de bon augure. Elle ne savait pas où elle allait. Elle ne savait pas si le prince Jiva Rao était encore en vie, et elle n'aurait non plus aucun moyen de savoir si le voyage de Colin à Poona se passerait bien et s'il serait suivi d'un soutien militaire pour les recherches.

En traversant le village à cheval, elle constata qu'il y avait bien plus de villageois que le matin où elle était venue. Perveen dirigeait son cheval avec précaution, gardant la tête baissée pour se concentrer sur sa route. Elle espérait que sa tenue excentrique éviterait qu'on la reconnaisse mais, vu les regards scrutateurs, elle en doutait.

Tout en progressant vers la lisière de la forêt où les arbres étaient plus fins et où il y avait plus de fleurs que dans le bois, elle songea à Vandana. Si le docteur Andrews ne pouvait pas lui venir en aide, ce serait un retour à la maison tragique pour son époux. Yazad savait-il quoi que ce soit au sujet du pendentif en pierre de lune que Perveen, manipulée par Vandana, avait apporté à la rajmata ? C'était peut-être lui qui avait suggéré que le pendentif retourne au palais. Mais pourquoi ? Il fallait qu'elle se concentre pour ne pas manquer le virage qu'elle devait prendre pour se rendre au temple. Elle était également attentive au moindre mouvement humain – même si elle ne s'attendait pas vraiment à ce que Jiva Rao soit allé aussi loin tout seul.

Perveen continua de cheminer jusqu'à apercevoir les colonnes écroulées, quelques dizaines de mètres avant le vieux temple. Elle incita doucement Rani à avancer. Quand elles pénétrèrent dans l'enceinte du temple, Perveen vit que le bol en cuivre où Lakshman avait laissé l'argent débordait d'orchidées sauvages. Ici, au beau milieu de la forêt, on vénérait Aranyani.

Perveen dirigea sa jument jusqu'à un arbre mort, tombé au sol. Il était de la hauteur parfaite pour qu'elle puisse s'en servir pour descendre de cheval. Une fois à terre, elle conduisit Rani vers un petit cours d'eau, près de l'endroit où les porteurs du palanquin avaient déjeuné.

— Ne t'en va pas, dit-elle au cheval en lui flattant le flanc avant de se tourner vers le sanctuaire qu'elle avait refusé d'approcher, la fois précédente.

C'était une grande roche cylindrique grise dans laquelle était creusée une alcôve. À l'intérieur, se trouvait une statue en pierre noire grossièrement sculptée. Aux seins saillants, elle sut qu'il s'agissait d'une femme mais dénuée de toute coiffure élaborée ou autres fioritures artistiques qu'on voyait habituellement sur la plupart des statues religieuses.

Le croassement d'un oiseau arracha Perveen à ses interrogations. Elle déambula dans une autre partie du jardin du temple afin de faire face aux collines. Elle chercha à tâtons le kusti* sous sa jupe et commença à y faire courir ses doigts en murmurant une prière. Elle pria pour que Mirabai ait retrouvé son fils. Alors même qu'elle priait, elle eut le sentiment de mobiliser l'énergie de milliers d'animaux et d'insectes autour d'elle. Elle ne croyait pas en Aranyani mais, si la déesse désirait l'aider, elle accepterait.

Elle venait juste de finir sa prière quand elle entendit un craquement. Ce n'était pas un pas humain. On aurait dit un animal plus gros.

L'estomac noué, elle se tourna lentement en craignant le pire.

Un homme à cheval se dirigeait vers elle. Elle ne broncha pas, sachant qu'elle ne pourrait pas rejoindre Rani assez vite pour s'enfuir. Elle ne pouvait qu'espérer qu'il ne s'agissait pas d'un des deux hommes qu'elle craignait le plus : Roderick Ames et le prince Swaroop.

Au fur et à mesure que l'homme approchait, elle vit qu'il était de petite taille et vêtu modestement. Et il arborait une tignasse de cheveux argentés.

— Rama-ji, est-ce vous ? demanda Perveen en clignant des yeux.

— Oui. Sandringhman-sahib m'a envoyé à votre recherche. Il avait peur que vous vous perdiez.

Perveen sourit, Colin avait trouvé un moyen de s'assurer de sa sécurité. Mais Rama n'était pas un porteur de palanquin ; pourquoi connaîtrait-il le chemin mieux qu'elle ? Quand elle lui posa la question, il sourit.

— Sur la route du palais, il y a différents emplacements où je sais que je pourrais trouver, ici, un buisson de brahmi, là, de l'ashwagandha. Je connais ces endroits.

— J'ai de la chance, déclara Perveen, sincèrement heureuse qu'il l'accompagne.

— Je vais aller faire boire mon cheval au ruisseau. Puis j'irai prier pour la sécurité du maharadjah, déclara Rama en s'éloignant avec sa monture. Ce ne sera pas long.

Perveen retourna vers le ruisseau où les deux chevaux, la tête baissée au-dessus de l'eau transparente, buvaient avec avidité bien qu'il ne fasse pas chaud. On aurait dit qu'ils comprenaient qu'un voyage compliqué les attendait.

Sans discuter, Perveen laissa Rama prendre la tête. Rani paraissait contente de suivre le cheval qui la précédait lentement. Après une demi-heure de chevauchée précautionneuse, les hautes tours grises du palais apparurent au loin. Mais en s'approchant, Perveen sentit que quelque chose était différent. Ce ne fut qu'en remontant le chemin de pierre menant au palais qu'elle vit qu'aucun durwan* ne gardait l'entrée principale.

Rama, qui chevauchait quelques mètres devant elle, s'arrêta. Il tint les rênes de son cheval afin que Perveen puisse le rejoindre.

Il la regarda en secouant la tête.

— Pas de gardes. Ce n'est pas bon signe.

— Il y en avait quand je suis partie. Il se peut qu'ils soient en train de chercher le maharadjah.

Perveen but une longue gorgée d'eau de sa flasque et sortit de sa sacoche son carnet de notes et son stylo. Elle les glissa dans la profonde poche de sa jupe qui s'avérait être un vêtement plus utile qu'elle avait imaginé.

Deux enfants de paysans émergèrent des ombres du mur. Ils portaient chacun un couteau. Près d'eux Ganesan, le grand chien blanc, grogna sur Rama mais, quand Perveen l'appela, il la reconnut et se mit à aboyer joyeusement en remuant la queue.

— C'est donc vous les gardes aujourd'hui ! dit Perveen aux enfants sur un ton amical, faisant signe au plus jeune de s'approcher pour prendre les rênes de Rani.

Il obéit et elle réussit à glisser à terre. Ganesan lui sauta à moitié dessus et elle le caressa tout en s'extasiant.

— Où sont les durwans* ? demanda Rama aux enfants en dialecte local.

— Le prince a disparu. Une élégante dame parsie l'a emporté ! répondit le plus jeune.

Rama se tourna vers Perveen qui prit une profonde inspiration. Elle comprit que grâce à sa tenue d'équitation, ils ne l'avaient pas reconnue.

— Je suis la dame parsie, mais je n'ai jamais enlevé le maharadjah. Je suis venue dire aux maharanis que je ne l'ai pas avec moi. Je vais faire de mon mieux pour le retrouver.

— Seuls les membres de la famille peuvent rentrer, indiqua le plus âgé d'une voix peu assurée. Et ce n'est pas la porte des dames. Elle est de l'autre côté.

Perveen fut surprise. On ne lui avait pas parlé d'une porte réservée aux dames pour pénétrer dans le palais. Aurait-on pu faire sortir le prince par cette issue ?

— Auriez-vous la gentillesse de nous montrer cette porte ?

Perveen s'adressait à eux en un langage soutenu qui n'était pas habituel envers les enfants pauvres et les domestiques. C'était un coup de poker. Le plus jeune enfant pouffa de rire, mais elle vit que le plus âgé était content d'être traité avec respect.

— Votre grand-père ne peut pas entrer dans le zénana*, l'informa le plus jeune en regardant Rama.

— Je n'insulterai pas le palais par ma présence. Mais je vais l'accompagner jusqu'à cette porte, dit Rama.

Son insistance à vouloir rester auprès d'elle lui rappela que, malgré le fait que l'extérieur du palais était gardé par des enfants, elle n'avait aucune idée de ce qui l'attendait à l'intérieur.

Quelques minutes plus tard, ils se trouvaient tous devant une porte d'aspect curieux, d'environ un mètre cinquante de haut.

— Cette porte est-elle destinée aux enfants ? demanda Perveen.

— Non. C'est pour protéger les maharanis, répondit le plus âgé des petits gardes. On doit se courber pour entrer. Le domestique qui est à l'intérieur peut voir qui entre.

— Et si ce n'est pas une dame, on lui coupe la tête ! s'exclama le plus jeune en gloussant.

La barre au-dessus de la petite porte glissa en grinçant vers le haut. Perveen ne trouvait pas particulièrement amusant le commentaire sur la décapitation que l'enfant avait fait. La porte était levée et quelqu'un attendait de l'autre côté.

En effet, elle était une femme – mais cela n'avait pas empêché qu'on tente de l'empoisonner. Cette porte archaïque était-elle une autre manière d'attenter à sa vie ? Elle regarda le garçon plus âgé qui tripotait le bord de son lungi*, l'air nerveux. Elle pouvait lui demander de passer la porte devant elle, mais il était fort probable qu'il refuse, de peur d'avoir des ennuis.

Ganesan n'avait pas quitté Perveen depuis son arrivée. Il se tenait près d'elle en agitant lentement la queue. Elle posa la main sur sa fourrure douce et chaude, heureuse d'avoir un ami fort à côté d'elle.

— Vas-y, dit-elle en lui poussant l'arrière-train alors qu'il franchissait la porte.

Il était habile et pourrait éviter un couteau. De l'autre côté, elle entendit un doux rire de femme ; et l'instant suivant, après une profonde inspiration, elle se courba en deux et entra.

— Ça va ? lui demanda Rama en anglais.

Perveen se retrouva dans une salle qu'elle se rappela avoir traversée le premier soir. La pièce carrée, en grande partie dénuée de meubles, était carrelée d'une somptueuse mosaïque. Les mêmes dames de compagnie qu'elle avait vues dans la salle du darbâr* étaient assises sur des coussins et, accroupies sur le côté, il y avait également des domestiques.

— Je vais bien, répondit-elle en gardant les yeux sur les femmes. Il y a quelques dames d'honneur et des servantes, mais personne d'autre.

— Les hommes sont tous partis chercher le maharadjah !

Celle qui parla d'une voix énergique et haut perchée était la belle femme menue qui était allée ramasser, la veille, le sceptre que la maharani Putlabai avait jeté.

Perveen leva les mains en un geste d'impuissance.

— Je ne l'ai pas enlevé. Je suis ici pour aider à le retrouver. Puis-je connaître votre nom ?

— Je m'appelle Archana. Je suis la dame de compagnie de la rajmata.

D'après son ton, il était clair qu'elle se considérait comme la dirigeante du zénana*.

— Et comment va la rajmata ?

— Elle est alitée, répondit Archana, l'air grave. Nous craignons toutes pour sa santé.

Bien que l'allégeance d'Archana semblât aller à la rajmata, Perveen imagina qu'elle devait être au courant de tout ce qui se passait avec les deux maharanis. C'était la nature même de la vie au zénana*.

— La maharani Mirabai est-elle rentrée au palais ?

— Pas encore.

L'inquiétude de Perveen s'accentua. Si le récit d'Aditya était juste, la jeune maharani était partie depuis plus de douze heures.

— C'est étrange qu'elle soit sortie sans emmener Ganesan.

Archana marqua une pause comme pour y réfléchir.

— Elle savait peut-être que le voyage serait trop long pour lui ?

Cela ne contenta pas Perveen.

— Les hommes qui cherchent le maharadjah cherchent-ils également la maharani ?

— Tout le monde veut savoir où elle est, affirma Archana avec un sourire condescendant. Mais les hommes ne peuvent pas l'approcher parce qu'ils ne veulent pas enfreindre la purdah.

— Il leur serait aussi difficile de la reconnaître s'ils ne l'ont jamais vue.

— Elle porte une tenue spéciale quand elle monte à cheval. Des étrangers penseraient voir un homme – mais nous pourrions la reconnaître.

— Une tenue d'équitation pour homme ?

— Non, c'est la livrée d'un messager du palais, répondit Archana en baissant la voix comme si elle considérait cela honteux. Elle a fait confectionner cet habit spécialement pour elle. Elle croit que la rajmata n'est pas au courant.

Bien que, pensa Perveen, Archana le lui avait certainement raconté.

— Memsahib, je suis désolée de vous interrompre. Où dois-je vous attendre ? demanda Rama depuis l'extérieur.

— Devant le vieux palais, s'il te plaît.

Il pourrait parler à Colin et aux autres quand ils arriveraient, que ce soit plus tard dans la journée ou le lendemain matin. Elle savait également que si Rama devait entrer dans le palais, ce serait la seule porte qu'on le laisserait emprunter.

21

Ce que la princesse a vu

Perveen s'était adressée avec confiance à Rama mais, au fond d'elle-même, elle avait encore des doutes. Elle espérait qu'Archana et les autres femmes du palais pensaient vraiment qu'elle était innocente et n'avait pas enlevé le maharadjah. À présent, la disparition de la maharani devenait un sujet aussi urgent que celle du prince Jiva Rao.

— Voulez-vous bien me suivre, memsahib ? Le chien ne peut pas venir. Rajmata ne l'aime pas.

Archana se dirigea aussitôt vers une porte voûtée ouvrant sur le long couloir du zénana*. Perveen se demanda si on la conduisait pour s'entretenir avec la rajmata, ou vers quelque chose de pire.

— Attendez. Il faut que je lui parle.

Perveen fit volte-face, surprise parce qu'elle n'avait pas vu Mr Basu dans le zénana*. Il y avait pourtant une longue ombre derrière le mur jali* de marbre blanc.

— Est-ce vous, Basu-sahib ?

— Oui, déclara-t-il d'une voix tremblante. Je vous en prie, passez la porte afin que je puisse m'entretenir avec vous.

— Je ne vois aucune porte, déclara Perveen, regardant autour d'elle, confuse.

— Ici, indiqua Archana en déverrouillant une porte du même chantournement de marbre blanc que le reste du jali*.

Il n'y avait pas de poignée, et la porte était insérée dans le travail de manière si ingénieuse, son motif se fondant à celui du mur, qu'elle était presque invisible.

Archana resta dans le zénana* et ferma la porte une fois que Perveen l'eut franchie. Mr Basu se tenait dans le sombre couloir principal. Tête et épaules baissées, comme s'il était en deuil. Perveen se demanda s'il était au courant de quelque chose que les autres ne savaient pas.

— Je n'aurais jamais imaginé que vous reviendriez, dit-il d'une voix lourde. Mais c'est bien. Si vous êtes ici, cela signifie que vous ne l'avez pas enlevé.

Sa déclaration ranima en elle un certain espoir.

— Vous avez raison. Je m'inquiète pour le maharadjah. Me direz-vous précisément où les gens l'ont cherché ?

Il haussa ses étroites épaules avant de les laisser retomber, l'air impuissant.

— Où n'avons-nous pas cherché ? Dans le palais, les jardins.

— Existe-t-il une carte des pièces du vieux et du nouveau palais ? Il pourrait se cacher.

— Je n'ai pas besoin de cartes, répondit-il, l'impatience de son ton rappelant à Perveen le prince Swaroop. Il y a des centaines de pièces. Les gardes les ont toutes fouillées avant de se déployer dans la forêt.

C'était étrange qu'elle n'ait pas vu un seul garde alors qu'elle chevauchait avec Rama.

— Ces gardes sont-ils fiables ? Les connaissez-vous tous ?

— Oui. Ils n'auraient aucune raison de faire du mal à leur futur monarque.

Elle se rapprocha de lui.

— Diriez-vous que les gardes du vieux palais sont plus loyaux envers la douairière et que ceux du nouveau palais sont plus fidèles à la maharani Mirabai ? demanda-t-elle à voix basse.

— Ce ne devrait pas être ainsi, car il s'agit de la même famille, soupira-t-il. Courir tout le temps après les enfants, c'est trop fatigant pour mon cœur.

— Je prie pour votre santé, dit Perveen en remarquant la sueur perlant sur son front. Reposez-vous autant que vous en avez besoin, je suis venue pour diriger les recherches. Cela m'aiderait beaucoup que vous vous exprimiez en ma faveur en me donnant autorité.

— Oui, il faut chercher partout, convint-il en passant une main sur ses yeux. Si on trouve le maharadjah, je demanderai aux maharanis qu'elles m'autorisent à prendre ma retraite. Un vieux professeur comme moi ne devrait pas survivre à ses princes.

Perveen sentit qu'il retenait ses larmes et elle eut une bouffée de sympathie pour lui. Elle sortit un mouchoir propre de sa poche qu'elle mit dans la main du vieil homme.

— Ce doit être bien triste de perdre ses maharadjahs. Une tristesse différente de ce que la plupart des gens doivent éprouver.

Le professeur se tapota les yeux à l'aide du linge de coton.

— Oui. Je rêvais qu'ils prennent leur place dans l'histoire, mais ces rêves ont disparu. Et ce qui est dommage avec le prince Jiva Rao, c'est que je ne lui ai pas enseigné suffisamment. S'il meurt, il rejoindra sa prochaine vie avec peu de connaissances.

— Nous ne devons pas imaginer le pire, murmura doucement Perveen. Au fait, j'ai avec moi un assistant qui vient de l'auberge de circuit et qui m'attend à l'entrée principale.

Mr Basu écarta le mouchoir de ses yeux en clignant des paupières.

— Un Anglais ?

— Non. Rama-ji est un médecin ayurvédique, dit-elle car l'identifier comme un cuisinier ou un yogi ne lui ouvrirait probablement pas les portes du palais. Il connaît très bien la région parce qu'il y récolte des plantes. Si Rama-ji veut rentrer pour me parler, le lui permettrez-vous ?

— Je vais avertir le personnel, répondit Mr Basu avec un hochement catégorique de la tête. Puis j'irai attendre en bas dans mon bureau, si vous avez besoin d'autre chose.

— J'aimerais voir la rajkumari. Pourriez-vous la faire venir ?

— Hein ? Pourquoi elle ? demanda-t-il, agacé.

— La mère et le frère de la princesse Padmabai ont disparu. Elle doit être dans un grand état de confusion. Elle est sans doute très triste et effrayée.

Perveen était surprise d'avoir à lui exprimer tout cela.

— Ce n'est pas vrai. Nous avons entendu qu'elle a joué toute la journée, déclara Archana avec désinvolture de l'autre côté du jali*.

Perveen sentait qu'on essayait de la bloquer.

— J'aimerais que quelqu'un me l'amène…

— Ce n'est pas possible, affirma Archana de la même voix exaspérante. Personne ne veut vous accompagner.

Perveen s'efforça de contenir sa colère.

— Vous venez d'entendre Basu-sahib me donner l'autorisation de fouiller le palais. Puisque le père de la princesse n'est plus en vie, je suis sa tutrice légale. Et je suis très inquiète.

— Je vous crois, répondit froidement Archana. Mais personne ne souhaite vous accompagner. Les femmes disent que vous avez apporté le nazar sur tout le monde.

— Je n'ai pas de tels pouvoirs, rétorqua Perveen, horrifiée. Je ne suis qu'une femme ordinaire.

Il y eut un long silence.

— Je vais l'emmener, proposa une voix douce.

S'ensuivit un brouhaha de murmures parmi les dames de compagnie, de l'autre côté de l'écran doré. Puis l'invisible Archana parla.

— Elle est autorisée.

La porte incrustée dans le mur s'ouvrit d'un coup et une servante dans la quarantaine, habillée d'un modeste sari bleu et blanc, franchit le seuil. Perveen lui adressa un sourire encourageant.

— Comment t'appelles-tu ?

— Swagata, murmura la servante en joignant les mains dans un salut Namasté. Il ne peut pas arriver pire à ma famille que ce qu'elle a déjà enduré. Peu importe si je me sacrifie.

Elles quittèrent les couloirs du vieux palais pour se diriger vers la cour. Perveen s'efforçait de rassurer la domestique qui, la tête baissée, marchait vite.

— Swagata-bai, je ne te causerai pas davantage de souffrance. Je souhaite simplement qu'on me conduise à la princesse.

— C'est ce que je vais faire. Mais ne me donnez ni argent ni documents.

— Est-ce que cela a à voir avec Chitra ? demanda Perveen.

— Oui, répondit Swagata en la regardant en biais. C'est ma fille. Parce que vous lui avez donné quelque chose, on l'a jetée dans la prison du palais.

— Où se trouve cette prison ? demanda Perveen, choquée.

— Sous le vieux palais, dit la servante, la bouche tordue par l'inquiétude. C'est un endroit froid et humide, et il y a des rats.

— Et des criminels ? insista Perveen, incapable de cacher son angoisse.

— Il ne s'y trouve personne d'autre en ce moment. Mais autrefois, les maharadjahs y enfermaient les voleurs. L'atmosphère y est très mauvaise.

Perveen se sentait terriblement coupable d'avoir demandé à Chitra de poster la lettre – d'autant qu'elle était parvenue saine et sauve à l'auberge avant que la lettre arrive.

— Je suis vraiment désolée. Qui a pu accuser ta fille d'avoir fait quelque chose de mal ?

— Il y avait quelqu'un dans le couloir devant votre chambre. Il y a des gardes partout, expliqua Swagata d'une voix lourde. C'est seulement parce qu'ils sont à la recherche du maharadjah qu'ils ne sont pas à écouter à tous les coins de couloirs.

Plongeant le regard dans les ombres, au-delà des colonnes du palais, Perveen était disposée à croire qu'elles devaient être obligatoirement seules. Car ce qu'elle dirait à voix haute pourrait être répété.

— Ce qui est arrivé à Chitra n'est pas juste. J'en parlerai à Rajmata.

— Après avoir vu la princesse ? demanda Swagata, le regard vif.

— Oui. Juste après.

Au premier étage du nouveau palais, la porte de la nurserie était ouverte. Padmabai, assise au centre d'un tapis Agra rose et vert, était penchée au-dessus d'une grande poupée anglaise de luxe. En approchant, Perveen vit que la petite fille tenait une petite paire de ciseaux à ongles en argent, et qu'elle avait coupé la moitié des boucles brunes de la poupée.

Padmabai leva les yeux quand son ayah*, une vieille dame mince, poussa un petit cri en voyant Perveen. Puis l'ayah* parla rapidement à Swagata dans le même dialecte régional que les porteurs de palanquin. Swagata traduisit pour Perveen.

— Elle a eu peur en vous voyant. J'ai expliqué que vous n'aviez pas enlevé le maharadjah. Que vous étiez revenue pour aider.

— Je dois poser des questions à la princesse Padmabai, annonça Perveen à Swagata en marathi.

La servante âgée transmit sa requête à l'ayah*, qui s'assit par terre en adressant un regard suspicieux à Perveen. La jeune avocate se sentait mal à l'aise en présence de ces femmes, parce qu'elle savait qu'elles comprenaient le marathi.

— Ce serait très aimable de votre part d'attendre à l'extérieur de la pièce. Je vous demanderai de l'aide s'il y a quelque chose que la princesse ne comprend pas.

À en juger par l'expression des deux domestiques, Perveen comprit qu'elles rechignaient à laisser l'enfant royale seule avec une personne censée porter le mauvais œil. Elles ne pouvaient cependant pas se montrer ouvertement irrespectueuses envers une visiteuse de rang supérieur.

Perveen ferma la lourde porte derrière elle avant d'approcher de la princesse Padmabai. Elle s'installa sur le tapis près de la fillette.

— Qu'est-ce que fait ta poupée ? lui demanda-t-elle.

— Elle se prépare, répondit Padmabai avec gravité. On doit lui couper les cheveux, et elle portera un sari blanc.

L'enfant devait se rappeler ce que sa mère et sa grand-mère avaient fait après la mort du prince Pratap Rao. De sorte qu'elle imaginait le pire pour le prince Jiva Rao.

— Je comprends. Est-ce que vous pouvez me dire ce que vous avez fait avec votre frère hier ?

Padmabai, marquant une pause avec ses ciseaux, adressa un regard agacé à Perveen.

— Tout le monde m'a déjà posé cette question !

Perveen se souvint qu'elle devait s'adresser avec respect à tous les membres de la famille royale. Comment pouvait-elle agir ainsi et obtenir malgré tout des informations ?

— Vous savez que je n'étais pas avec ces gens. Je vous en prie, dites-moi.

Padmabai se remit à couper les cheveux de la poupée.

— Nous avons joué sur le toit avec le cerf-volant. Puis notre oncle est venu et vous êtes allée discuter avec lui. Puis Aditya a pleuré parce que son singe était mort. Moi aussi, j'ai pleuré. Pourquoi est-il mort ? Ce n'est pas juste. Puis c'est mon frère qui s'est mis à pleurer.

— À propos du singe ?

La fillette fixa Perveen sans répondre.

— Pourquoi le maharadjah pleurait-il ? insista-t-elle.

— Je ne devrais pas vous le dire, déclara Padmabai en secouant violemment la tête.

Pour ne pas effrayer l'enfant, Perveen choisit ses mots avec soin.

— Princesse Padmabai, je pense qu'il se peut que votre frère se soit perdu. Il doit être très effrayé. Je dois le retrouver.

— Oh non ! Il n'est pas effrayé. Il va dans un bon endroit.

Perveen pensa soudain avec horreur à la prison que Swagata avait mentionnée. Et s'il y était allé – et s'y était peut-être retrouvé piégé ?

— Est-ce que cet endroit se trouve à l'intérieur du palais ?

Comme la princesse ne répondait pas, Perveen insista.

— Je vous en prie, dites-moi la vérité. Vous êtes une fillette si intelligente que vous devez connaître la vérité.

— Je ne suis pas une fillette ! répliqua Padmabai. Je suis une princesse.

Perveen tenta une autre approche.

— Princesse Padmabai, vous jouez dans de nombreux endroits – et le vieux et le nouveau palais comportent à eux deux des centaines de pièces, et même des parties souterraines. Se pourrait-il qu'il se cache dans un de ces endroits ?

Elle secoua la tête.

— Comment le savez-vous ?

— J'ai regardé depuis le toit quand il s'est enfui.

Perveen s'efforça de cacher son excitation parce qu'elle ne voulait pas que Padmabai comprenne qu'elle venait de lui livrer un indice important.

— Vous avez des yeux très perçants, même sans jumelles. Comment a-t-il pu quitter le palais alors qu'il est gardé ?

— Il est passé par la petite porte du zénana* pendant que toutes les dames prenaient le thé.

— C'est très malin de sa part. Où s'est-il enfui ?

Padmabai demeura silencieuse.

— Pourquoi ne pouvez-vous pas le dire ?

— Parce qu'il m'a demandé de ne le dire à personne.

Perveen changea de stratégie.

— Pourquoi est-il parti ?

Padmabai secoua encore la tête.

— C'est important que vous me confiiez tout ce que vous savez. Je souhaite que vous puissiez revoir votre frère.

Cette fois, Padmabai agita la tête avec tant de vigueur qu'elle fit voler ses courtes tresses.

— Mais vous allez l'emmener dans une école loin de la maison.

Perveen eut la nausée. Soit le garçon était venu écouter à l'extérieur de la salle du darbâr*, soit quelqu'un lui avait rapporté sa conversation avec les maharanis.

— Je ne l'obligerai à aller nulle part où il n'ait envie d'aller. Je peux vous faire cette promesse. Me croyez-vous ?

Padmabai la dévisagea longuement avant de finir par hocher la tête.

— Où allait-il ?

— Au palais de notre oncle.

Comme elle s'y attendait, Swaroop était impliqué.

— Votre oncle lui a-t-il demandé d'aller là-bas ?

— Non. Je vous l'ai dit, il est parti à pied tout seul.

Elle se rappela la Mercedes Cardan dans laquelle le prince Swaroop était arrivé. Il aurait pu facilement récupérer le garçon sur le chemin, l'aurait conduit jusqu'à son palais et laissé confiné là-bas avant de repartir sur-le-champ avec des hommes à cheval vers l'auberge. Dans ce scénario, Swaroop pouvait faire porter à Perveen la responsabilité de la disparition du garçon.

— On connaît le chemin.

Posant sa poupée, Padmabai désigna une direction de ses mains.

— On peut voir le sommet du palais de là où on joue avec les cerfs-volants.

Le problème était désormais de savoir quelle direction il avait prise.

— Je vous vois désigner une direction, mais je ne comprends pas bien. Montons sur le toit.

Les deux servantes insistèrent pour les suivre quand Perveen sortit de la pièce et leur annonça :

— Nous montons sur le toit pour regarder aux alentours. Pourriez-vous, s'il vous plaît, me faire porter les jumelles de Rajmata ?

— Mais je les ai, lança Padmabai en montrant un coffre à jouets en osier.

Sur le toit, une brise chaude soufflait dans les cheveux de Perveen. Elle suivit Padmabai jusqu'au côté ouest du palais. L'enfant pointa le doigt et Perveen vit, au-delà de plusieurs quelques kilomètres d'arbres, quelque chose de marron se dresser dans le ciel.

Elle prit les jumelles et, après les avoir réglées, elle comprit que Padmabai avait désigné une cheminée. La demeure était plus proche que ce que Perveen avait imaginé.

— Votre oncle vous a-t-il déjà dit à vous ou votre frère que vous pouviez lui rendre visite là-bas ?

— Bien sûr. Mais c'est notre mère qui ne veut pas, répondit Padmabai avec une intonation mélodieuse.

Mirabai craignait sûrement pour leur sécurité – et en tant que femme respectant la purdah, elle ne pouvait les accompagner. En regardant la cheminée au loin, une autre pensée frappa Perveen.

— Quand le prince Swaroop est arrivé hier, je l'ai vu venir de l'autre côté, dit-elle en regardant Swagata.

— Oui, son palais se trouve à l'est, répondit la servante en se tournant pour désigner l'autre côté du toit.

Mais Padmabai se tenait sur le côté ouest, dominant les collines boisées entre le palais et l'auberge. Perveen posa la main sur la petite épaule de Padmabai.

— Êtes-vous certaine qu'il se trouvait sur ce côté du palais ? La route n'est pas par là.

— Je l'ai regardé traverser le jardin, il allait dans cette direction. Le palais de notre oncle est là-bas, insista la fillette.

— Vous vous rappelez les fois où vous êtes allés au palais de votre oncle ? demanda Perveen, en baissant les yeux vers Padmabai.

— Oui, pépia la princesse. C'est aussi merveilleux que Toad Hall !

Perveen sourit à cette référence au *Vent dans les Saules.*

— Toad Hall a une cheminée. Y en a-t-il également une dans le palais de votre oncle ?

— Qu'est-ce qu'une cheminée ? demanda Padmabai, le regard vide.

— C'est un endroit dans la demeure principale où on fait brûler du bois pour réchauffer la maison en hiver.

— Je ne suis pas sûre, répondit la fillette plus lentement.

— Il y a une cheminée dans le pavillon de chasse, poursuivit Perveen. Je l'ai vue quand j'y suis allée hier. Je pense plutôt que c'est la cheminée du pavillon qu'on voit dépasser des arbres. La question est de savoir si le maharadjah peut atteindre le pavillon. Il se trouve à environ une heure en palanquin, réfléchit Perveen à voix haute. Parce que le maharadjah était encore un enfant, cela lui prendrait certainement plus d'une heure. Il fallait suivre un chemin de terre accidenté. Le trajet comportait bien des carrefours, mais il était tout à fait possible que le maharadjah ait trouvé le pavillon de chasse.

Perveen contempla le ciel. Il n'était pas encore midi, et les nuages présents plus tôt avaient fait place à un beau soleil. Elle avait le temps et la météo avec elle pour atteindre en toute sécurité le pavillon. Mais avant cela, elle devait communiquer à la maharani douairière ce qu'elle avait appris.

22

Une femme venimeuse

Les servantes entourèrent Padmabai quand elle descendit l'étroit escalier conduisant du toit au troisième étage du palais. L'ayah* la raccompagna à la nurserie pendant que Swagata conduisait Perveen au rez-de-chaussée, puis dans le vieux palais.

— Vous êtes la servante de la rajmata, dit Perveen pendant qu'elles marchaient. Vous connaissez bien ses humeurs.

— C'est vrai, répondit Swagata, les lèvres pincées.

La loyauté que la servante avait pu éprouver pour la vieille maharani était sans doute assombrie par son ressentiment après que la douairière avait mis sa fille en prison.

— Je parlerai de Chitra à Rajmata, mais j'essaie de comprendre de quelle humeur elle est depuis la disparition de Jiva Rao. Est-elle très en colère ? Est-elle triste ?

— Elle n'a pas dit grand-chose. Elle a demandé aux domestiques de dénicher des vêtements officiels propres pour tout le monde. Ce doit être pour cette raison que la petite princesse préparait sa poupée pour le deuil.

— Leurs vies ont été marquées par tant de morts, déclara Perveen, incapable encore d'exprimer la question qui trottait dans sa tête : la maharani douairière se préparait-elle simplement parce qu'elle était fataliste, ou bien parce qu'elle savait quelque chose ?

Elles franchirent de nouveau la porte dorée pour rejoindre le zénana*. Après avoir traversé la salle du darbâr*, Swagata la conduisit jusqu'à un escalier raide incrusté de motifs en pierres figurant des fleurs de lotus et des vignes.

— La chambre de la douairière se trouve là-haut, dit-elle en lui désignant le chemin.

— Elle peut monter des marches aussi raides ? s'étonne Perveen qui n'avait vu la vieille femme qu'assise.

— Non. On la porte, répondit Archana qui les observait depuis l'étage supérieur.

— Elle est portée par des femmes ? demanda Perveen.

— Oh oui ! s'exclama Archana avec un sourire excessivement gentil. On ferait n'importe quoi pour elle.

En suivant la dame de compagnie jusqu'aux quartiers de la rajmata, Perveen songea à ce dont Archana serait capable. Dans leur sillage marchait une phalange de dames d'honneur chuchotant entre elles, et Swagata, qui restait en retrait de quelques pas, comme attentive à son statut inférieur, et malgré tout résolue à veiller sur Perveen. La chambre de la rajmata, occupant une des tours du château, était circulaire. Mais elle n'offrait pourtant pas la vue panoramique à laquelle Perveen s'était attendue, car ses petites fenêtres étaient protégées d'écrans jali* ne laissant passer qu'une lumière tachetée sur le sol et le lit. La couche royale était un simple charpoy* de cordes et de tissu, mais les draps étaient en soie luxueuse brodée d'or. La rajmata était allongée sur le dos, les épaules et la tête relevées par un traversin. Elle avait les yeux clos mais, quand Perveen s'adressa à elle, elle les ouvrit en battant des cils.

— Namasté, Rajmata, dit Perveen en joignant les mains dans un geste respectueux. Je suis venue aider à retrouver le maharadjah.

Swagata était allée s'accroupir près de la porte, les yeux rivés à la rajmata, comme si elle craignait ce qui allait se passer ensuite.

Un doigt crochu émergea de la soie pour désigner Perveen.

— Comment pourriez-vous le retrouver quand mes propres hommes en sont incapables ?

— Parce que j'ai appris quelque chose de la princesse qui pourrait nous aider à mieux chercher, répondit Perveen.

— Impossible ! répliqua la reine. On a déjà interrogé la princesse. Elle n'a vu personne emmener le

---

* Charpoy : Lit de sieste traditionnel.

prince, mais c'est probablement arrivé quand elle jouait avec ses poupées.

Perveen n'avait pas devant elle la rajmata silencieuse et endeuillée que Swagata avait décrite. La reine devait tellement se méfier de Perveen que son comportement avait changé en sa présence. Et la jeune avocate n'avait pas plus confiance en la rajmata.

— La bonne nouvelle, c'est qu'il est probable que le maharadjah n'ait pas été enlevé, poursuivit-elle en s'asseyant sur un tabouret de velours afin que la douairière puisse la voir.

Perveen espérait que l'expression de noix fripée de la vieille dame allait se détendre. Ce qui ne se produisit pas.

La maharani Putlabai écouta, sans l'interrompre, Perveen lui raconter ce qu'elle avait appris. Finalement, la douairière tendit une main frêle vers son chevet. Swagata plaça contre les lèvres de la reine la tasse de thé qui attendait là. La rajmata s'exprima après avoir bu.

— Deux douzaines d'hommes sont déjà en train de chercher. Si la princesse dit la vérité, pourquoi n'ont-ils pas encore trouvé le maharadjah ?

— Il s'est peut-être caché afin de ne pas être trouvé – ou il a peut-être atteint le pavillon, ou bien encore quelqu'un l'aura aidé à rejoindre le palais de votre fils. De fait, il est possible que le prince Swaroop soit impliqué dans cette disparition.

Perveen marqua une pause pour laisser la reine intégrer ses paroles.

— Tout comme il était impliqué le jour où le prince Pratap Rao a été perdu pendant la chasse.

— Mon fils était innocent alors et il est innocent aujourd'hui. Il n'aurait jamais demandé au maharadjah d'entreprendre un tel voyage à pied.

La rajmata changea de position dans son lit. Bien que la vieille femme portât une chemise de nuit en soie, le pendentif en pierre de lune brillait au creux de sa gorge.

Perveen devait continuer de poser des questions, c'était le moins qu'elle puisse faire. Ouvrant discrètement son carnet de notes, elle se mit à écrire.

— Quand précisément le prince Swaroop a-t-il quitté le palais ?

La douairière lança un regard vers le carnet de notes.

— Oui, écrivez donc ce que je dis, parce que c'est la vérité. En milieu d'après-midi. C'était après la lecture de la lettre.

— Quelle lettre ? répéta Perveen, sans comprendre.

— Mon fils m'a apporté une lettre terrible que Chitra allait envoyer. Elle était adressée à l'Anglais et disait que ce palais était dirigé par des criminels.

Perveen se sentit rougir d'embarras.

— C'est moi qui ai écrit cette lettre, et elle ne disait certainement pas ça. J'y avais inclus l'information que je vous avais déjà exprimée concernant l'éducation du maharadjah. J'ai également mentionné l'empoisonnement possible que je vous ai décrit et d'autres inquiétudes que la maharani Mirabai m'avait confiées. Chitra n'aurait pas dû être jetée en prison pour avoir accepté de poster cette lettre.

Swagata avait quitté sa position accroupie contre le mur et s'était avancée pour se prosterner à terre.

— Je vous en prie, Rajmata, murmura-t-elle. Ayez la gentillesse de laisser ma fille innocente retourner au travail.

— Ne me dites pas ce que je dois faire ! répliqua la douairière.

Découragée par cette réaction, Perveen se tourna vers l'assemblée des dames d'honneur et des servantes. Ces dernières avaient toutes le visage baissé, comme si elles partageaient la douleur de Swagata, mais quelques-unes avaient porté la main à leur bouche, comme pour cacher un rire. Perveen s'adressa aux femmes nobles en s'efforçant de garder un ton neutre.

— J'ai aussi une question pour vous. Avec qui le prince Swaroop est-il arrivé en voiture ?

— Nous sommes toujours dans le zénana*. Comment pourrions-nous savoir ? répondit Archana en haussant ses épaules étroites.

— Les écrans jali* permettent aux femmes intelligentes de voir tous les visiteurs.

— J'ai de bons yeux et de bonnes oreilles ! s'exclama une servante rondelette avec un petit sourire. Aditya nous a dit qu'il était venu avec trois gardes.

— Sont-ils repartis en voiture ?

— Oui, ils retournaient au palais par la bonne route. Ils allaient chercher des armes et des chevaux pour parcourir les bois.

Les recherches auraient commencé sur-le-champ si les hommes avaient utilisé les chevaux et les armes de ce palais-ci. Pourquoi le prince Swaroop avait-il insisté pour passer d'abord à son palais ?

Il avait peut-être trouvé le maharadjah sur le chemin et l'avait placé en lieu sûr – ou bien il l'avait tué. Perveen envisagea cette théorie avant de l'écarter. Le prince aurait pris un grand risque en commettant une action pernicieuse devant trois témoins.

Mais Roderick Ames se trouvait dans les collines ces deux derniers jours, ce qui faisait aussi de lui un suspect.

— Avez-vous déjà entendu parler d'un ingénieur électrique du nom de Roderick Ames ?

— Non, répondit la jeune servante en secouant la tête. C'est un Anglais ?

— C'est en fait un Anglo-Indien. Et il faisait partie de la chasse quand le dernier maharadjah est mort. Quelqu'un a peut-être vu cet homme par l'écran jali*.

— J'ai déjà entendu ce nom. C'est l'homme qui est allé chercher le docteur après la chasse, dit Archana. Vous vous souvenez, Rajmata ?

— Le docteur qui n'a rien fait.

La douairière toussa, produisant un bruit sec et torturé. Le visage habituellement pâle de la dame était assez rouge.

— Cela a dû être un moment très douloureux.

Perveen se rappela que Mirabai avait été écartée de la cérémonie de la toilette du corps, mais cela n'avait pas été le cas de la maharani Putlabai.

— Sur le chemin de l'auberge, je me suis arrêtée au pavillon de chasse. Les domestiques ont conservé les vêtements du défunt maharadjah, mais il n'y avait pas de veste. Je me demande si vous avez vu cette veste quand le corps a été rapporté ici pour être baigné ?

La maharani Putlabai regarda longuement Perveen.

— Non, je n'étais pas là. Il a été porté à l'intérieur par le prince Swaroop, et il l'avait déjà enveloppé dans un drap de soie. Après que nous l'avons toiletté, il a été habillé d'un costume neuf que j'avais prévu de lui offrir pour le Diwali* suivant. Le col était cousu de rubis. Les pierres précieuses provenaient de ma collection personnelle, afin qu'il porte toujours quelque chose de moi.

Perveen ne s'était pas attendue à ce que la douairière se montre aussi loquace. Elle se tut pendant que la vieille dame poursuivait, sa voix gagnant en puissance.

— Le nouveau costume était encore un peu grand pour lui – mais nous n'avions pas le temps de le reprendre. Il fallait procéder aux rituels.

La douairière pressa la pierre de lune sur son cou, comme pour se réconforter.

— Nous nous sommes rendus au temple du palais le soir même, tous à l'exception de Mirabai, qui était trop faible pour nous accompagner. J'ai demandé à Jiva Rao d'embraser le bûcher funéraire, il a pleuré et a refusé de le faire.

— Pourquoi ? demanda doucement Perveen.

Le regard de la rajmata se perdit au-delà de Perveen, comme si elle revoyait la scène tragique.

— Il ne comprenait pas la coutume. Il a eu peur que son frère se réveille en criant de douleur, expliqua Putlabai en jouant avec le pendentif. Je n'aurais jamais imaginé voir mourir mon propre fils. Et ensuite, un petit-fils. Je ne peux pas

* Diwali : Fête indienne qui commémore la victoire de la lumière sur les ténèbres.

supporter l'idée de voir le corps de Jiva Rao. Je préférerais mourir.

— Rajmata, je vous en prie, ne dites pas ça. Il y a de grandes chances qu'on le retrouve !

La maharani secoua la tête, un demi-sourire triste sur les lèvres.

— S'il s'est perdu, le seul moyen de le retrouver est d'envoyer le bouffon dans les bois. Il voyage régulièrement pour porter mes messages.

Perveen se réjouit que la douairière la croie, mais il était surprenant que la maharani ne soit pas au fait des déplacements d'Aditya.

— Le bouffon n'est pas ici. Je pensais que vous l'aviez envoyé à l'auberge, parce qu'il y est arrivé tard hier soir.

— Ne me dites pas que j'ai fait quelque chose que je n'ai pas fait ! lança la douairière qui se releva avec peine sur ses coudes pour mieux adresser un regard noir à Perveen. Le prince Swaroop a promis qu'il vous trouverait – pourquoi Aditya aurait-il dû partir lui aussi ? Ce n'est vraiment pas le moment qu'il s'absente. Les gardes sont partis. À l'extérieur, nous n'avons que des enfants armés de couteaux qu'on pourrait arracher de leurs mains.

Parmi toutes les personnes qu'elle avait rencontrées à l'auberge, Aditya paraissait être celui le plus proche des enfants. Cela ne l'avait donc pas surprise qu'il soit parti chercher le maharadjah, même sans l'autorisation de la reine.

— Aditya-yerda se trouvait à l'auberge de circuit hier soir. Il y est arrivé quelques heures après le prince Swaroop. Le prince a méticuleusement fouillé toute la propriété pour s'assurer que le maharadjah n'était pas là. Aujourd'hui, le prince se rend à Poona avec l'agent de Satapur, Mr Colin Sandringham. Ils vont demander que les militaires se joignent aux recherches. L'agent prend vraiment cette disparition au sérieux.

— Mais pourquoi Poona ? Nous avons un bon cantonnement ici. Autrefois, les soldats étaient au service du maharadjah, déclara la douairière d'une voix aigrie.

— Oui, ce sont les mêmes hommes que nous souhaiterions voir se joindre aux recherches, la rassura Perveen. Le gouvernement doit ordonner leur déploiement. Mr Sandringham pense que le prince Swaroop est le mieux placé pour soutenir cette requête.

La douairière caressait la pierre de lune sur sa gorge qui était aussi rouge que son visage.

— Mon fils est un bon chef. S'il avait été au pouvoir, aucune de ces morts ne se serait produite.

Perveen préféra cacher son désaccord concernant les talents de Swaroop.

— J'ai entendu dire que la maharani Mirabai est également partie chercher son fils. C'est très courageux de sa part, mais je suis assez inquiète. Cela fait longtemps qu'elle est partie, et elle n'est pas encore revenue.

— Cette idiote m'a désobéi. Elle a enfreint la purdah ! gronda la douairière.

— N'est-ce pas le cas chaque fois qu'elle monte à cheval, qu'elle enfreigne la purdah, je veux dire ?

— Elle croit qu'elle ne l'enfreint pas si on ne la reconnaît pas. On m'a raconté qu'elle s'habillait comme un homme quand elle monte à cheval. Elle porte un uniforme royal. Mais les gens le savent certainement. Quand on pense que je me suis débarrassée d'une mauvaise femme pour en récupérer une autre, marmonna-t-elle.

Il y eut un bruissement embarrassé au fond de la chambre, et Perveen se demanda ce que ses paroles avaient pu signifier. *Se débarrasser d'une mauvaise femme pour en récupérer une autre.* Faisait-elle allusion à la danseuse ?

— Vous avez traversé des moments difficiles, dit Perveen en laissant son carnet de notes sur le tabouret avant de se lever pour approcher de la reine. Comment s'appelait-elle ?

Le visage de la douairière tressaillit.

— Devani.

Perveen ressentit une poussée d'adrénaline. Si elle faisait attention, elle pourrait peut-être soutirer la vérité de la vieille femme. Mais il ne fallait pas qu'elle paraisse trop agressive.

— Un nom hindou. Que signifie-t-il ?

— *Devani* signifie « déesse », répondit la douairière. Mais c'était un démon. Avec des yeux démoniaques. Je la vois également en vous !

Tout se mettait en place dans l'esprit de Perveen. Vandana signifiait « adorer ». Le nom de Yazad, en langue ancienne avestique, voulait dire « ange divin ». Et ils vivaient au *Repos des Cieux.*

— On m'a conseillé de ne pas en parler, mais vous devez être mise au courant. Ses yeux démoniaques étaient toujours sur mes bijoux.

— J'ai rapporté votre pendentif en pierre de lune, dit Perveen qui s'efforçait de la rassurer. Je ne suis pas un démon.

— Bien qu'elle n'ait pas grande valeur, j'ai toujours chéri la pierre de lune parce qu'elle apaise les émotions. On dit que la pierre de lune est particulièrement bénéfique aux jeunes femmes ; ce doit être la raison pour laquelle elle me l'a prise. Et ses yeux démoniaques ont piégé deux hommes de ma famille ! Combien encore lui en faut-il ? s'exclama la douairière en s'agitant contre la forêt de coussins dans son dos. Je l'ai fait pour les sauver. Elle n'existe plus.

Ses propos étaient énigmatiques. Avait-elle commandité un meurtre ? Il fallait que Perveen en sache plus sans mettre la douairière sur la défensive.

— Qui a emmené Devani loin du palais ?

— Les porteurs du palanquin. Pas le palanquin aux armoiries royales – un palanquin ordinaire du village. Ça ne s'est pas passé comme ça ? demanda la reine en regardant vers le fond de la pièce.

Perveen tourna les yeux vers le groupe des femmes qui hochaient la tête et murmuraient leur approbation. Mais seule la bouche d'Archana arborait une expression lugubre et son visage paraissait figé et malheureux. Que savait-elle ?

— Archana, ressers-moi du thé, ordonna la douairière et Archana s'avança aussitôt pour s'exécuter.

Une fois que la douairière en eut assez, elle toussa copieusement.

— Devani était une menace pour nous tous : mon mari, mes fils et tout Satapur. Elle n'aurait pas dû revenir.

Perveen n'aurait su dire si la reine savait que la danseuse vivait dans le luxe, à deux heures à cheval du palais. Mais comme le prince Swaroop avait parlé de Yazad Mehta, c'était possible.

— Si je vois de quelle dame vous parlez, elle ne paraît pas vouloir se venger. Elle a beaucoup insisté pour que je vous apporte la pierre de lune, bien qu'elle ne m'ait pas raconté son histoire. J'ai vraiment cru qu'elle l'avait achetée à Paris.

— Devani est en vie ? croassa la douairière. Vous me dites que vous l'avez vue ? Et son fils ?

Perveen ressentit un choc. Si l'histoire que Chitra lui avait racontée à propos de la danseuse enceinte était vraie, il pouvait y avoir un enfant. Et si cet enfant était un garçon, il pouvait probablement prétendre au trône. Mais ce n'étaient là que des suppositions.

— Je ne suis pas certaine qu'elle soit en vie. J'aimerais enquêter davantage. Dès que nous aurons retrouvé le maharadjah.

La douairière plissa les yeux en scrutant Perveen, comme si elle cherchait quelque chose.

— Le fait que vous évoquiez la possibilité que cette femme ait survécu ne peut être qu'un autre signe de votre nazar.

Perveen se rapprocha encore du lit de la douairière, afin que Putlabai puisse mieux voir son visage.

— Je suis simplement venue aider votre petit-fils et vous aider à trouver un peu de paix et de bonheur.

— Je suis tellement fatiguée, grimaça la maharani Putlabai en détournant le visage. J'ai mal au cœur. Je veux que vous sortiez de ma chambre.

— Oui, ça suffit maintenant. Allez-vous-en ! intervint Archana à Perveen tout en désignant la porte.

— Toi aussi, Archana. Tu m'as bien servie. Mais je vous ordonne à toutes de me laisser me reposer seule.

Alors qu'elle sortait de la pièce en traînant des pieds avec les autres femmes, Perveen jeta un dernier regard vers la douairière allongée. Elle n'était pas satisfaite de devoir partir ainsi sans s'être assuré que Chitra serait libérée de la prison du palais, et sans le portrait complet de Vandana.

Devant la chambre de la maharani, les dames d'honneur se dispersèrent, levant la voix alors qu'elles discutaient du menu du dîner et des servantes qui les coifferaient.

— Combien de temps dort-elle habituellement ? demanda Perveen à Swagata.

— Des temps très courts. On peut attendre ici au cas où elle se réveille, répondit la servante.

— Je vais attendre aussi alors, décréta Archana en leur lançant un regard noir et sévère, comme si elle les soupçonnait de vouloir retourner dans la chambre.

Perveen était agacée. Elle aurait aimé pouvoir poser des questions sur Devani à Swagata mais elle se sentait censurée par la présence d'Archana. En tout cas, elle savait qu'elle ne devrait pas s'attarder. Ce qu'elle avait de mieux à faire, c'était de repartir à cheval avec Rama pour se rendre directement au pavillon. Malgré tout, si elle n'était pas là quand Colin arriverait, il s'inquiéterait.

S'appuyant contre une colonne de marbre, Perveen ouvrit son carnet à une nouvelle page blanche et inscrivit la date.

— Qu'est-ce que vous écrivez, une autre lettre privée ? demanda Archana sur un ton sarcastique.

— Non c'est un compte rendu, affirma Perveen avec désinvolture. Je vais le garder avec moi.

Archana secoua la tête et retourna se planter près de la porte de la chambre de la maharani douairière. Perveen prit le parti de l'ignorer, mais elle avait beaucoup de choses à écrire. Premièrement, l'information que Padmabai lui avait confiée concernant l'intention de Jiva Rao de rejoindre le palais de son oncle et, deuxièmement, la révélation selon laquelle la douairière avait tenté de tuer une servante qu'elle croyait enceinte d'un enfant à moitié royal. Rien n'ayant été vérifié, elle ne mentionnerait pas ses propres réflexions concernant Vandana. Sans compter que Perveen n'avait encore aucune preuve solide que Pratap Rao avait été assassiné.

Elle écrivait encore quand Swagata lui tapota l'épaule. Le visage de la vieille servante était tordu par l'inquiétude.

— Archana pense qu'elle a entendu la reine vomir. Elle est entrée dans la chambre.

Perveen regarda vers la porte ouverte au bout du couloir et, la minute suivante, on entendit un cri angoissé.

— Oh ma reine ! Oh, ma reine ! Que s'est-il passé ! hurla Archana dans la chambre.

Dans tout le couloir, les portes closes derrière lesquelles les dames de compagnie s'étaient retirées pour se détendre s'entrouvrirent. Une vague de femmes se déversa dans les quartiers de la maharani douairière.

Perveen et Swagata se frayèrent un chemin avec les autres. La douairière était allongée sur le côté, une flaque de vomi devant elle. Son visage, auparavant rougi, était désormais tout à fait écarlate.

— Rajmata, Rajmata ! cria Archana, impuissante avant de se tourner vers Perveen. Rajmata est très malade !

Les dames de compagnie se ruèrent pour scruter la maharani. La voix de Swagata s'éleva clairement par-dessus le brouhaha inquiet.

— C'est peut-être un empoisonnement. Chotirani a toujours dit qu'il y avait un empoisonneur dans le palais !

— Il faut aller chercher un docteur ! lança Perveen, paniquée.

— Notre prêtre est le seul qui peut donner des médicaments. Mais il est toujours parti dans un village ou un autre ! déclara Archana, le visage de plus en plus blême.

— Memsahib, vous ne nous avez pas dit que vous étiez venue avec quelqu'un ? demanda Swagata.

Perveen avait presque oublié Rama. Elle éprouva une vague de soulagement. Oui ! Est-ce que quelqu'un peut aller le chercher ?

Les femmes échangèrent des regards, mais personne ne bougea.

— Ne voulez-vous pas aider la rajmata, c'est donc que vous souhaitez sa mort ? explosa Perveen de frustration.

— Nous sommes dans un zénana*, répondit sèchement Archana. C'est un monde de femmes. Il est difficile de faire entrer un homme sans autorisation, même dans de telles circonstances. Nous connaissons notre prêtre. Pas votre homme.

— Mais c'est un brahmin* qui soigne par des traitements ayurvédiques. Viens avec moi, Swagata ! ordonna Perveen.

La servante sur les talons, elle descendit en courant l'escalier raide, manquant se tordre la cheville en passant un palier. Elle ralentit un peu, pour éviter de se blesser. Puis elle passa la porte du jali* doré avant de traverser une succession déconcertante de longues salles. Elle se pressait en se demandant si la maladie de la maharani était naturelle ou s'il pouvait s'agir d'autre chose.

En sueur et à bout de souffle, elle parvint enfin à l'entrée principale. Tout d'abord, elle n'y vit pas Rama. Puis elle aperçut les queues des chevaux qui remuaient doucement et elle repéra Rama, entre les deux bêtes, qui les caressait.

— Rama, j'ai besoin de vous ! appela-t-elle.

Il émergea d'entre les chevaux avec une expression interrogative.

— La maharani douairière est tombée malade. Il faut que vous la soigniez.

— Quel genre de maladie ? demanda-t-il, inquiet, en plissant le front. J'ai peut-être quelque chose avec moi ou je pourrai demander qu'on aille me cueillir des plantes.

— Je ne sais pas. Cela a été très soudain. Elle a congédié tout le monde de sa chambre parce qu'elle se sentait fatiguée. Puis elle a vomi et est devenue pâle. Elle ne répond ni quand on lui parle ni quand on la touche, et son pouls est faible.

Pour illustrer son propos, Perveen toucha l'intérieur de son poignet qui pulsait rapidement.

Plongeant la main dans la sacoche de son cheval, Rama en sortit deux bouteilles.

— J'ai une pommade qui aide parfois les gens à regagner en vitalité. Les seuls autres remèdes que j'ai avec moi quand je voyage sont pour soigner les morsures de serpents, d'animaux et les piqûres d'insectes.

— Je comprends, acquiesça Perveen. Suivez-moi vite !

Il secoua la tête, les yeux baissés sur ses sandales poussiéreuses.

— Comment le puis-je ? Je ne suis pas assez propre pour entrer dans la chambre d'une reine.

— Ne vous inquiétez pas pour votre tenue et vos chaussures. Il faut que vous veniez !

Des larmes de frustration lui montèrent aux yeux. Elle ne pouvait l'obliger à aller à l'encontre des coutumes. Elle ne pouvait parler qu'avec son cœur.

— Vous avez sauvé la vie de Colin. Vous avez un don de Dieu – Il voudrait que vous Le serviez en sauvant la maharani !

Rama défit les premiers crochets de sa veste en coton brut, exposant le fil sacré qu'il portait à même la peau de l'épaule à la taille. Les domestiques du palais comprendraient que cet homme à l'apparence humble appartenait à la caste des prêtres. Quand il parla, ce fut de sa voix au calme habituel.

— Tout d'abord, je dois me laver soigneusement.

Les servantes le conduisirent à une salle de toilette du vieux palais, pendant que Perveen attendait avec impatience dehors. Il hésita puis disparut derrière la porte décorée de motifs de feuilles dorées. Il n'était sans doute jamais entré dans un endroit aussi superbe et il était gêné.

Il finit par émerger de la pièce, la peau humide et propre comme un sou neuf. Il avait brossé la poussière de ses vêtements, et ses pieds nus étaient nettoyés. Tandis qu'ils se ruaient vers les quartiers de la douairière, Perveen lui livra une rapide description du malaise de la vieille dame.

— J'espère qu'elle n'a pas été bouleversée par ce que je lui ai dit. Mais elle buvait également du thé alors que nous étions dans sa chambre, et elle a vomi. Il aurait pu y avoir quelque chose dedans…

— Je vais l'examiner et nous en reparlerons.

Quand ils arrivèrent dans le couloir de l'étage du zénana*, la princesse Padmabai, seule, l'air hésitant, se tenait devant la porte de la chambre de sa grand-mère. Voyant Perveen, elle se rua vers elle en criant :

— Qu'est-ce qui se passe ? Est-ce que Rajmata est malade ? Aucune des dames n'accepte que je rentre !

— Nous ne sommes pas sûrs de ce qui se passe. Rajkumari, je vous en prie, attendez encore un peu, l'implora Perveen.

— Je suis princesse. Vous devez faire ce que je dis et me laisser entrer ! s'écria-t-elle en tapant du pied comme aurait fait son frère.

Rama se courba en portant ses mains jointes à son front.

— Parce que vous êtes la rajkumari, vous êtes la mieux placée pour prier pour la rajmata, déclara-t-il doucement. Connaissez-vous sa déesse préférée ?

— Shiva le destructeur, répondit-elle aussitôt. Je connais beaucoup de prières à Shiva-ji que Rajmata m'a apprises. Elle m'a laissée prier et donner le prasad* devant le sanctuaire de son petit salon.

Perveen apprécia le conseil donné par Rama.

---

* Prasad : Grâce dans l'hindouisme.

— Nous vous remercions de prier pour elle au sanctuaire. Et nous vous rejoindrons bientôt pour prier avec vous.

Dès que la fillette eut pénétré dans le petit salon, Perveen se précipita dans la chambre où la maharani était allongée, entourée par les mêmes dames qui chuchotaient encore entre elles.

— Elle ne respire plus ! gémit Archana quand Perveen entra avec Rama.

— Laissez-le voir ce qu'il peut faire, répondit Perveen en poussant Rama devant elle avant qu'on lui refuse l'accès de la chambre.

La tête baissée, Rama joignit les mains en un salut Namasté et se dirigea, les pieds mouillés, vers la maharani. Il commença par se prosterner près du lit pour toucher les pieds de la reine. Une telle formalité paraissait déplacée en un moment pareil, mais cela devait rassurer les servantes et les dames de compagnie.

Cela faisait à peine vingt minutes que Perveen avait quitté la chambre en courant et la reine n'avait pas l'air d'aller mieux. Perveen ne distinguait plus le mouvement rapide de la poitrine de la maharani. Elle observa Rama prendre le poignet de la reine et chercher son pouls. Son visage profondément ridé ne trahissait aucune émotion et il ne répondit à aucune des questions que les femmes lui crièrent concernant le bien-être de la reine.

Rama tira le drap de soie sur la poitrine de la maharani et y posa la main comme s'il cherchait les battements du cœur. Puis il tourna les yeux vers Perveen en secouant la tête.

Alors qu'il avançait les doigts vers les tempes de la reine, Perveen s'efforça de se calmer. Elle se rappela qu'il avait utilisé des plantes locales pour sauver la vie de Colin. Il pouvait certainement faire usage de la même magie maintenant.

— Nous arrivons trop tard, déclara-t-il en levant les yeux vers elle. Elle a quitté ce monde.

Perveen baissa la tête. Elle avait pensé que la rajmata était entêtée et impitoyable, et qu'elle était probablement aussi une meurtrière. La mort de la reine était un choc. Mais la jeune avocate ne ressentait pas véritablement de chagrin, parce qu'elle n'avait jamais été témoin d'un moment de gentillesse de la douairière envers qui que ce soit de son entourage. Elle éprouva cependant une grande tristesse pour cette femme qui avait été si malheureuse. Perveen parcourut du regard la pièce remplie de femmes qui gémissaient en tirant sur leurs cheveux et leurs saris. Elles étaient probablement traversées de nombreuses émotions mais avaient choisi de réagir par défaut de manière mélodramatique. Personne ne voulait paraître déloyal.

Perveen adressa un regard en biais à Rama en se demandant s'il avait pris à dessein le temps de se laver pour arriver trop tard. Si Rama avait été dans l'incapacité de sauver la vie de la maharani, on aurait pu lui reprocher ses méthodes de soin. Il aurait même pu subir une sorte de châtiment ou tout du moins être socialement ostracisé.

Non, se dit-elle, Rama était un homme courageux et exemplaire. Une telle complicité n'était pas dans sa nature.

Rama toucha de nouveau les tempes de la reine avant d'examiner ses oreilles et son nez. Il sortit un des bras de la femme de sous le drap et, ce faisant, on entendit le léger bruit de quelque chose qui tomba par terre. Il ramassa une petite tabatière en or ornée d'une pierre de lune laiteuse.

— Qu'est-ce que c'est ? demanda-t-il à Swagata qui était la plus proche de lui.

Swagata essuya les larmes de ses yeux.

— On dirait la tabatière de son époux. Il l'avait toujours sur lui. Je ne savais pas qu'elle l'avait gardée.

Rama plaça la petite boîte sur la table de chevet, et Perveen songea à l'étui à cigarettes de Vandana. Cette dernière ne pensait pas que la douairière fumait ; mais visiblement elle prisait.

Rama ouvrit la boîte avec beaucoup de précautions, révélant l'intérieur marqué de traces d'une poudre marron gris.

— Il y a quelques heures, ce matin, elle a demandé à être seule pour boire sa tasse de thé, murmura Archana.

— Où est la tasse de la maharani douairière, s'il vous plaît ? demanda Rama.

— Là.

Swagana désigna la tasse sur la table de chevet. Rama scruta le fond de la tasse, comme s'il s'y trouvait des réponses qui ne demandaient qu'à être lues. Puis il prit la main droite de la douairière. Son pouce et deux autres extrémités de doigts comportaient des taches marron gris.

— Regardez, dit-il doucement. Il y a la même poudre sur ses doigts. D'après la couleur de sa peau et l'intérieur de son nez – et d'après ce que vous m'avez dit concernant son cœur qui battait trop vite

–, il est fort probable qu'il s'agisse d'un empoisonnement au datura*. Mais cette plante ne provoque pas la mort en quelques minutes. Elle a pu commencer à en prendre plus tôt puis davantage plus récemment.

— Le thé était bon. D'autres en ont bu avec elle, déclara une dame de compagnie qui s'avança en tenant deux tasses. Ses mains tremblaient tellement que les tasses tintaient sur les soucoupes.

Perveen, la tête pleine de questions, ne souhaitait pas apparaître comme une ennemie.

— Elle pourrait n'avoir ajouté le datura* que dans sa propre tasse. L'une d'entre vous se rappelle-t-elle l'avoir déjà vue avec cette tabatière ?

Le groupe répondit par le silence, mais quelques femmes fixaient le sol comme si elles craignaient d'être identifiées.

— Hier, avant les prières du matin, elle a demandé à se rendre dans une réserve où elle garde des biens de valeur. Je l'ai accompagnée.

— Qu'y a-t-elle pris ? demanda Perveen.

Archana ferma les yeux comme si elle s'efforçait de revivre ce moment.

— Un certain nombre de choses. Des bijoux, des boîtes. J'ai tout sorti en suivant ses ordres.

— Et vous les avez apportés ici ? insista Perveen en imaginant leur trajet.

— Bien sûr, répondit la dame de compagnie avec un regard agacé.

Tous ces faits avaient eu lieu avant que Perveen se réveille et prenne le petit déjeuner qui avait été préparé pour elle.

— Que s'est-il passé ensuite ? demanda-t-elle.

— Elle est allée prier au temple du palais.

— Elle y est allée directement ?

— Elle a demandé tout d'abord à s'arrêter à la cuisine, répondit Archana comme si elle se souvenait d'un coup. C'était assez inhabituel, parce qu'on ne mange pas avant de prier, mais elle avait un cadeau pour le cuisinier. Elle m'a demandé d'aller ailleurs pendant qu'elle lui parlait.

Une alarme retentit dans les oreilles de Perveen qui posa une main sur le mur pour garder l'équilibre. Voilà la preuve corroborant le sous-entendu qu'avait fait la douairière : elle avait en personne versé le poison dans la nourriture du petit déjeuner. Il était fort probable qu'elle ait gardé le récipient sur elle et avait fini par absorber elle-même le poison. La question était de savoir si elle avait mis fin à ses jours de désespoir après la disparition de Jiva Rao ou pour une autre raison.

— Vous ne vous sentez pas bien ? demanda Swagata, dévisageant Perveen avec inquiétude. Vous avez touché cette poudre ?

— Non, répondit-elle aussitôt. Mais pour des raisons de sécurité et de preuves pour la police, la tasse de la maharani et la tabatière doivent être gardées dans un endroit sûr jusqu'à l'arrivée du médecin. Où peut-on les mettre ?

— Basu-sahib a un coffre-fort, répliqua Archana.

Perveen avait presque oublié l'officier palatin. Il fallait l'avertir que la maharani douairière avait été l'empoisonneuse du palais afin qu'aucun domestique ne soit arrêté.

Perveen ouvrit la porte et faillit bousculer la princesse Padmabai.

— Rajmata est encore malade ? demanda la princesse dont les yeux paraissaient immenses sur son petit visage.

— C'était très beau de votre part de prier. Je sais combien vous avez fait de votre mieux. Votre grand-mère… hésita Perveen, ne désirant pas choquer l'enfant. Elle est tombée malade de manière très soudaine. Rama a essayé de la soigner mais elle était déjà partie.

— Partie ? répéta la fillette, confuse, son regard passant de Perveen à Rama. Partie où ?

— Elle est partie de ce monde, répondit doucement Perveen. Elle est morte.

— Comme Bandar ! s'exclama Padmabai avant d'éclater en sanglots. Ce n'est pas juste. Tout le monde m'abandonne.

Perveen ne put empêcher l'enfant de se précipiter dans la chambre de la douairière. Padmabai tirait sa grand-mère en gémissant, espérant qu'elle réagisse. Les servantes se ruèrent sur la princesse, mais Perveen les arrêta d'un signe de la main. Elle ne voulait pas qu'on refuse à Padmabai de voir une dernière fois sa grand-mère. Même si cette femme avait été en colère quand Perveen l'avait vue, il était évident que la princesse l'avait aimée.

Padmabai posa sa tête contre la joue pâle de la douairière. Puis elle recula et regarda Perveen.

— Dans sa prochaine vie, elle sera un papillon, déclara-t-elle doucement. Elle sera rouge et blanc, mes couleurs préférées. Et elle volera toujours près de moi dans le jardin.

— Oui, dit Perveen, touchée par les paroles de la fillette.

L'hindouisme donnait une seconde chance à tout le monde, une possibilité de revivre sous une autre forme. Et le papillon était une bonne métaphore pour la douairière qui avait autrefois aimé les fêtes, mais n'avait jamais voulu trop s'éloigner de sa demeure.

— Quelle belle créature elle va devenir.

— Aai* m'a dit que Pratap Rao est le vent qui rugit la nuit. Il nous dit comme ça qu'il va bien. Et *Wagh* ? demanda-t-elle, la voix tremblante en prononçant le surnom de son frère que seuls les membres du palais avaient le droit d'utiliser. Est-ce qu'il va revenir ou bien je vais rester toute seule ?

— Vous n'allez pas rester toute seule. On ne peut connaître la volonté de Dieu, mais nous allons faire notre possible pour les retrouver tous les deux.

Rama l'approuva d'un hochement de tête et Perveen se sentit soutenue par sa présence.

— Oui, tous les deux, répéta Padmabai en s'essuyant les yeux. Je veux Aai*. Où est-elle ?

La princesse utilisait le mot ordinaire marathi pour « mère ». Cela toucha le cœur de Perveen. Oubliant tout protocole, elle tendit la main à la fillette.

— Allons la chercher. Je vais vous prendre avec moi sur mon cheval, comme dans une histoire.

Un instant plus tard, Padmabai agrippa la main de Perveen et leva les yeux vers elle.

— Et quand Aai* et *Wagh* nous verront, ils seront fiers de nous.

---

* Aai : Mère.

23

Au pavillon

Perveen demanda à Mr Basu, Archana et Swagata de les accompagner, Padmabai et elle, jusqu'à l'entrée principale. Elle voulait s'assurer que personne ne pense qu'elle emmenait la princesse contre sa volonté. Elle souhaitait également que Padmabai voie des personnes lui dire au revoir de la main. Ce que Perveen ne partagea pas, c'était qu'il était possible que Padmabai ne retourne pas au palais, si Mirabai était retrouvée morte. Perveen et Colin deviendraient alors les tuteurs de la princesse.

Il y avait eu un précédent juridique. Cornelia Sorabji, la première avocate indienne, avait été la tutrice d'un petit nombre de princes et de princesses orphelins. Mais bien que Perveen ait développé de l'affection pour la jeune princesse, la perspective de devenir sa tutrice officielle était effrayante. Prenant une profonde inspiration, elle se souvint de ne pas se laisser submerger par l'angoisse. Elle serait bientôt de retour à Bombay, face à une pile de contrats ennuyeux sur son bureau, son père lui causant à l'oreille.

Perveen se concentra sur le présent alors que le groupe progressait dans le vieux palais, traversant la cour et les salles qui avaient fini par devenir un peu plus familières. Ils passèrent la guérite où les chevaux avaient été abreuvés et attendaient, prêts à partir.

— Voici un document à donner à Colin Sandringham quand il arrivera, déclara-t-elle en présentant des pages de notes qu'elle avait arrachées de son carnet pour les glisser dans une enveloppe aux armoiries du palais. Il explique quelles sont les deux zones où le prince est susceptible de se trouver : la forêt en direction du pavillon et les environs du palais du prince Swaroop.

— Très bien, dit Mr Basu en retournant l'enveloppe dans ses mains.

— Une chose encore. En qualité d'officier palatin, avez-vous l'autorité de libérer Chitra de la prison du palais ? La princesse et moi-même souhaitons la voir avant notre départ.

— Oui, j'en ai le droit. Archana va gentiment la conduire jusqu'à nous.

Le précepteur se tourna vers Archana, qui afficha un instant un air de défi avant de hausser les épaules et de faire volte-face pour repasser lentement la porte et pénétrer dans le vieux palais.

— Elle était la meilleure amie de la douairière, confia Mr Basu en la regardant s'éloigner. C'est à elle que la reine manquera le plus.

Perveen songea à la façon dont Archana avait appelé quand la maharani était tombée malade, mais elle s'était montrée malgré tout très réticente à ce qu'on lui apporte une aide médicale.

— Archana devait connaître tous ses secrets mais, finalement, je ne suis pas certaine qu'elle désirait que la douairière survive.

— Le devoir va de pair avec la peur, déclara Mr Basu en frottant ses yeux abîmés. Je l'ai moi-même ressenti en enseignant aux enfants.

— Trois générations d'enfants. Vous avez dû en voir, dit-elle avec compassion.

— Oui.

— Je ne vous ai pas demandé qui, dans le palais, aurait pu être une amie spéciale pour le maharadjah Mahendra Rao.

— Une amie ? demanda-t-il, l'air absent.

Perveen devait prendre soin de ne pas divulguer quoi que ce soit de sa théorie selon laquelle la danseuse était encore en vie.

— Une danseuse du nom de Devani. La douairière l'a fait chasser du palais.

— Elle est partie puis revenue, corrigea Mr Basu en levant le doigt.

— Comment ça ? insista Perveen, perplexe.

— Durant le règne du maharadjah Mohan Rao, Devani est allée passer des vacances dans son village natal. Mais elle n'est pas revenue au bout du mois d'absence qu'on lui avait accordé. Nous avons cru alors qu'elle avait définitivement quitté le palais. Elle était assez jeune – quatorze ans environ – et c'était de loin la meilleure danseuse du groupe.

Le maharadjah Mohan Rao a envoyé un messager pour la retrouver et la convaincre de revenir.

— Je ne comprends plus, dit Perveen en se tournant vers Swagata. La douairière m'a dit qu'elle avait été chassée pour de bon !

— Elle est partie à cette époque et elle est revenue exactement comme vous l'a raconté Basu-sahib, intervint Swagata. Puis avant le mariage du maharadjah Mahendra Rao, elle est de nouveau partie et n'est jamais revenue.

— Oui, confirma Mr Basu. En 1905. C'était une menace pour ces fiançailles.

C'était exactement ce que Perveen avait appris de Chitra. Elle aurait aimé poser une autre question, mais Padmabai était allée déambuler entre les chevaux, Ganesan sur ses talons.

— Faites attention de ne pas trop vous approcher ! cria Perveen, craignant que la princesse prenne un coup de sabot.

— Rama-ji surveille les chevaux pour moi, répondit Padmabai. Mais il n'y en a que deux. Quel est le mien ?

— Nous allons partager la petite jument tachetée, lui expliqua Perveen en la rejoignant. Elle s'appelle Rani.

— Oh ! C'est une reine ?

— Ce qu'il y a de mieux pour vous, Rajkumari ! affirma Perveen en souriant.

— Ma mère veut que j'apprenne à monter à cheval, déclara Padmabai en levant des yeux confiants vers Perveen. Mais Rajmata disait qu'il ne fallait pas. Je pouvais me briser les os en tombant.

— Je vais vous porter sur mon cheval. Je ne vous laisserai pas tomber, promit Perveen, en espérant que cela se révélerait vrai.

Chitra arriva alors en courant, ses sandales claquant sur les pierres. Swagata ouvrit les bras à sa fille qui se jeta contre elle.

C'étaient de superbes retrouvailles. En regardant les deux femmes, Perveen pria pour que Padmabai puisse vivre la même chose.

— Merci, dit Chitra en s'écartant de sa mère pour se prosterner devant Perveen. Rajmata et le prince ont décidé que je devais être emprisonnée parce que j'étais une ennemie de Satapur !

— Tu as été très courageuse, Chitra. Je t'en prie, relève-toi !

Perveen était gênée d'être traitée comme une souveraine.

— Est-ce vrai que Rajmata est morte ? demanda Chitra en se redressant.

— Oui, j'étais là. Cela ressemble à un suicide, un péché, ajouta Swagata sur un ton lourd.

Perveen s'était attendue à ce que Chitra soit sous le choc mais la jeune domestique sourit.

— Ne prends pas cet air ! la réprimanda Swagata. Que crois-tu qu'il nous arrive quand il n'y a plus de reine à servir ? On pourrait nous envoyer aux champs comme les paysans.

— Oh non. La choti-rani est désormais la rajmata ! s'exclama Chitra, les yeux brillants. Parce que c'est ma maîtresse, je vais devenir la première suivante de la princesse !

— N'oublie pas que je suis ta mère ! rétorqua Swagata en lui lançant un regard noir.

— Ce n'est pas le moment de se disputer.

Perveen n'aimait pas voir que les domestiques et les membres de la famille royale faisaient usage du pouvoir avec la même brutalité.

— Basu-sahib, je vous serais reconnaissante d'organiser ce qui est nécessaire pour la commémoration de Rajmata.

— Je ferai mon possible, mais c'est un événement de l'État. Et rien ne peut se faire sans le prince Swaroop. C'est le fils qui accomplit le rituel pour une mère, répondit Mr Basu d'une voix confiante comme s'il se retrouvait en terrain social confortable.

Rama conduisit Rani vers un montoir en marbre, et Perveen s'y appuya pour s'installer. Chitra souleva la princesse pour l'asseoir sur la partie avant de la selle, et Perveen utilisa son châle en cachemire pour attacher la petite fille contre elle.

— Je sais que vous devez emmener Padmabai mais Ganesan ne partira pas. Que devons-nous faire ? demanda Chitra, inquiète, à Perveen.

Le grand chien blanc tournait autour du cheval, aboyant, les yeux levés vers Padmabai.

— J'espère qu'il ne va pas mordre les pattes du cheval ! s'inquiéta Perveen.

— Il ne fera aucun mal au cheval. Il veut vous suivre, dit Swagata en posant une main sur l'épaule de sa fille, comme si les paroles arrogantes prononcées quelques minutes plus tôt étaient déjà pardonnées.

Perveen aurait dû se sentir plus détendue. Putlabai n'était plus en mesure d'exercer sa volonté toxique. Son fils Swaroop était un homme détestable, mais il n'y avait aucun signe qu'il ait enlevé Jiva Rao.

Elle n'aurait pas dû s'attarder sur ces réflexions morbides mais plutôt se concentrer sur le moyen le plus efficace de localiser le prince Jiva Rao.

— Mais Ganesan est-il assez fort pour nous suivre pendant des kilomètres ? demanda-t-elle au groupe de gens du palais tout en prenant les rênes en main.

— Plus encore ! Il chassait avec le groupe, répondit Mr Basu qui s'était lentement approché.

Il n'y avait donc aucune raison de ne pas emmener le chien. Perveen baissa les yeux vers Chitra.

— Va chercher une corde pour l'accrocher à son collier. Padmabai pourra la tenir et il aura l'impression d'être avec elle, et pas qu'il nous pourchasse.

Chitra donna quelques instructions aux enfants qui gardaient l'entrée du palais et le plus jeune partit en courant chercher une corde.

— Ganesan vient avec nous ? demanda Padmabai d'une voix chantante.

Perveen se réjouit de pouvoir rassurer la fillette.

— Bien sûr. Saviez-vous que Ganesan avait un frère à l'auberge de circuit ?

— Un frère, répéta-t-elle, impressionnée. Plus vieux ou plus jeune ?

— Vous en déciderez par vous-même. Il est tout aussi grand, mais pas aussi propre. Je peux imaginer qu'ils seraient contents de se retrouver.

Son commentaire était stratégique. Après le pavillon, Perveen avait l'intention d'emmener Padmabai à l'auberge pour la mettre en sécurité.

— J'aimerais bien voir son frère ! s'écria Padmabai en tambourinant des pieds sur les flancs de Rani et Perveen dut aussitôt tirer sur les rênes pour empêcher le cheval d'avancer. Le garçon revint avec une corde, et Rama fabriqua une laisse qu'il attacha au collier orné de bijoux du chien.

— Même si la princesse lâche la laisse, il suivra, dit Chitra en adressant un regard posé à Perveen. Je prie Shiva-ji et Aranyani pour que vous trouviez le jeune maharadjah et ma chère maharani. Elle est enfin libre de régner sur le zénana*.

Chitra projetait que Mirabai pourrait diriger les femmes, mais Perveen devinait que la maharani refuserait de continuer de vivre ainsi, puisqu'elle n'avait plus de belle-mère à qui obéir. Et il y avait autre chose. Par le passé, des femmes avaient pris la tête de royaumes ou d'États princiers. Mirabai pourrait-elle occuper la place de régente ? L'Agence allait devoir considérer cette possibilité.

Rama monta sans tarder sur son cheval avant de faire signe à Perveen.

— Allons-y avant que le soleil ne se couche.

— Nous nous reverrons, lança Perveen à Chitra. J'enverrai une lettre directement au palais au cas où nous ne ramenons pas les enfants tout de suite.

— Rama-ji, dis-moi, c'est loin ? demanda Padmabai peu de temps après qu'ils eurent quitté le palais.

— Encore une demi-heure, répondit-il. Ce n'est pas long.

— Mais je m'ennuie, se plaignit l'enfant en rebondissant contre Perveen.

— Vous voyez enfin le monde ! Comment cela peut-il être ennuyeux ?

Perveen ne parvenait pas à effacer toute tension dans sa voix. Padmabai paraissait avoir oublié la gravité de leur mission. Il n'y avait aucune certitude que Jiva Rao ou Mirabai se trouve au pavillon. Si Mirabai était dans un état dépressif quand elle avait trouvé Jiva Rao, elle avait pu le prendre avec elle sur son cheval, comme Perveen et Padmabai. Et parce que la maharani avait refusé l'idée que le prince étudie en Inde, elle avait très bien pu décider de ne pas revenir.

Ou si Mirabai n'avait pas pu trouver Jiva Rao, elle avait pu mettre fin à ses jours. Selon Swagata, le suicide était un péché, mais cette coutume interdite – le suicide d'une veuve après le décès de son mari – se produisait encore dans des régions rurales. Il n'était pas scandaleux de penser qu'une femme mélancolique puisse désirer mourir après les décès de son mari et de ses deux fils, en deux années de temps. C'était bien trop de peine pour une seule femme.

— Où est le pavillon ? se plaignit Padmabai tout en remuant la laisse de Ganesan.

— Devant nous, mentit Perveen. Faites attention avec la laisse. Ne la lâchez pas !

— Il faut que je descende. Le cheval remue trop, pleurnicha la princesse.

— Regardez ce banian, dit Perveen pour distraire la fillette. Vous pouvez compter tous les banians sur le chemin du pavillon.

Mais ces tentatives pour calmer Padmabai n'étaient pas très efficaces. Perveen adressa une grimace de frustration à Rama alors que la petite fille se plaignait encore.

— Ne vous inquiétez pas, dit-il en amenant son cheval à hauteur de Perveen. Le pavillon est tout proche et, une fois qu'elle aura mangé, elle sera plus calme.

Perveen doutait que la petite fille puisse être calme après avoir vu sa grand-mère morte.

— Les gens qui habitent le pavillon sont très gentils. Ils seront très heureux de rencontrer la princesse Padmabai.

— Non ! la corrigea Rama. Ils craindront de regarder la princesse car ce serait une marque d'irrespect.

— Même si jeune ? demanda Perveen, dépitée.

— Oui. Nous devons la cacher.

Perveen suivit le conseil de Rama et descendit de cheval près d'un cours d'eau, hors de vue du pavillon. Pendant que Perveen faisait boire les chevaux, Rama se rendit au pavillon pour interroger ses habitants au sujet du maharadjah, également après avoir promis à Padmabai qu'il lui rapporterait quelque chose à manger. La princesse courait dans tous les sens, observant avec intérêt la moindre libellule, le moindre scarabée ou oiseau.

— Est-ce que Mr Rat va venir sur son bateau ? demanda Padmabai.

— Je ne pense pas. Il est en Angleterre !

— Quel dommage. Où puis-je faire susu* ?

Perveen n'avait prévu aucune stratégie pour les besoins royaux.

— Il n'y a pas d'endroit spécial ici, comme vous avez au palais, s'excusa-t-elle.

---

* Susu : Pipi.

— Il n'y a pas de toilette de campagne, comme celles de Rajmata ? s'étonna Padmabai en sautant d'un pied sur l'autre.

— Nous allons devoir aller derrière un arbre. Tout ira bien, personne ne verra.

— Ganesan peut venir. Ça ne me dérange pas.

Perveen s'assura que les chevaux étaient bien attachés avant d'accompagner Padmabai.

— Où est Rama ? Il a dit qu'il me rapporterait quelque chose, demanda la princesse une fois qu'elles furent revenues.

— Il n'est parti que depuis dix minutes, répondit Perveen en consultant sa montre. Il doit attendre qu'on lui prépare à manger. Ils font de très bons rotis*.

— J'ai faim !

Padmabai tapa du pied et Ganesan laissa échapper un grognement.

Mais vingt-neuf minutes plus tard, Rama n'était toujours pas revenu. Perveen essaya d'imaginer plusieurs scénarios. Il était peut-être pris dans une conversation importante au sujet du maharadjah. Elle avait très envie de se rapprocher du pavillon pour chercher Jiva Rao, mais elle hésitait à emmener la princesse après ce que Rama lui avait dit de la réaction des gens concernant la purdah.

Assise sur l'herbe, Perveen regardait Rani. Le cheval lui retourna un regard vide comme pour lui dire qu'elle ne savait pas non plus ce qui retenait Rama, puis la jument remua les pattes, ce qui fit bouger le châle en cachemire posé sur la selle. Perveen considéra le vêtement avec un nouveau regard. Elle pourrait en draper la princesse. Cela fournirait suffisamment d'intimité – mais cela n'effraierait-il pas la fillette ?

Perveen se releva d'un coup pour aller prendre le châle sur la selle. Puis elle jeta en riant le tissu rouge sur la princesse.

— Regardez comme vous êtes !

— Aankh micholi ! cria Padmabai.

La princesse croyait que Perveen voulait jouer à colin-maillard.

— Nous ne sommes pas assez, répondit Perveen. C'est un autre jeu. Suivez-moi simplement sans rien dire. Nous allons emmener Ganesan.

Sur le sentier menant au pavillon, Perveen salua de la tête quelques paysans qui se tenaient alentour. Elle s'efforçait de se comporter comme s'il était tout à fait normal de conduire, d'une main, une enfant drapée et, de l'autre, un chien en laisse.

— Nous sommes à la recherche de notre guide, dit Perveen à l'homme grisonnant à qui elle avait acheté des rotis* de millet. Des cercles de pâte cuisaient sur sa grille ronde.

— Qui est-ce ? demanda-t-il en retournant le pain. Une jeune fiancée ?

La couleur rouge du châle avait dû l'induire en erreur.

— Non. C'est une enfant que je dois protéger.

— Qui est-ce ? insista-t-il en secouant la tête. Vous devez me le dire.

Elle comprit aussitôt qu'on aurait pu croire que la princesse emmaillotée était le maharadjah qui avait disparu.

— Non, non. Ce n'est pas le maharadjah.

— C'est moi ! lança joyeusement Padmabai.

— C'est la princesse, déclara Perveen à voix basse. Et je l'ai drapée pour protéger son intimité.

Entendant cela, Padmabai enleva le châle pour regarder autour d'elle, tout sourire.

— Ça sent tellement bon les rotis* !

L'homme grogna en se couvrant les yeux.

— Je n'ai rien vu !

— Voulez-vous bien remettre le châle sur votre tête ? Ce n'est pas que vous êtes méchante, mais les gens d'ici pensent qu'il est grossier de poser les yeux sur vous, la réprimanda Perveen.

— Tu ne portes pas de châle, alors moi non plus ! décréta la princesse.

Perveen aurait aimé pouvoir lui expliquer que les droits des femmes différaient selon le rang, la religion ou les préférences familiales, mais ce n'était pas l'endroit. Ignorant la princesse, Perveen s'adressa à l'homme qui s'éloignait.

— Bhaiya, je vous en prie, attendez. Nous devons retrouver notre guide. N'est-il pas venu vous demander à manger ?

L'homme s'arrêta sans se retourner.

— J'ai vu cet homme, mais le prince est sorti pour lui parler.

— Quel prince ? questionna-t-elle, pleine d'espoir en pensant qu'il pouvait s'agir du maharadjah.

— Le prince Swaroop. Et il est en colère.

— Où sont-ils en ce moment ?

Perveen se demanda si le prince avait refusé de se rendre à Poona avec Colin parce qu'il l'avait soupçonnée de tramer quelque chose. Elle parcourut la zone du regard sans voir la moindre trace de cheval.

— Ils sont partis, répondit-il avec un geste vague vers les bois, derrière le pavillon.

Perveen était mal à l'aise. Pourquoi Rama les aurait-il abandonnées ? Il avait dû obéir à un ordre du prince.

Comme s'il sentait son malaise, Ganesan se mit à gémir.

— Pauvre Ganesan, dit Padmabai en baissant les yeux sur son chien. Lui aussi a faim !

— Ce que je fais n'est pas de bonne qualité, dit l'homme aux rotis*, la tête baissée. Je ne peux pas préparer de cuisine assez délicate pour une princesse.

— Vos rotis* sont très bons et il faut qu'elle mange.

Perveen vit alors que Padmabai avait lâché la laisse de Ganesan et que le chien s'éloignait en trottinant vers les bois.

— Ganesan ! Reviens ! hurla Padmabai, mais le chien ne lui prêta pas attention.

Et son trot désinvolte se transforma en une course rapide.

— Il doit avoir flairé un animal, dit Perveen

Voyant la peur dans les yeux de Padmabai, elle ajouta :

Il va bientôt revenir !

— Et si c'est un léopard ou un tigre ? Il va se faire dévorer !

— Cela n'arrivera pas, répondit Perveen d'une voix qui se voulait rassurante.

— Mais mon autre frère s'est fait dévorer !

Perveen était sur le point de réconforter Padmabai, mais la fillette était déjà partie à la poursuite du chien.

— Revenez manger votre roti* ! cria Perveen, tout en sachant que cela ne servait à rien.

Padmabai, qui avait tant perdu, était résolue à garder son chien.

Perveen sentit le pain plat brûler sur la grille. L'homme avait abandonné sa place pour s'enfuir vers le pavillon. *Parfait. Qu'il aille chercher de l'aide.*

Relevant le bas de sa jupe, elle se lança à la poursuite de Padmabai.

Padmabai était toujours en vue, et Perveen n'eut aucun mal à rattraper une personne avec d'aussi petites jambes. Mais la princesse ne voulait pas s'arrêter et revenir sur ses pas. Elle insistait pour suivre le chien du palais qui trottait désormais juste assez vite pour que sa laisse demeure hors d'atteinte. Perveen fut encore plus contrariée quand, suivant la fillette, elle quitta le chemin pour s'enfoncer dans les bois. Rama ne pourrait pas les retrouver, et elles étaient loin d'être sur la piste du maharadjah, comme elle l'avait prévu.

Padmabai, qui progressait avec régularité jusque-là, trébucha et tomba. Perveen put accélérer le pas pour rattraper la princesse. Quand elle releva la fillette, elle découvrit une petite entaille sale sur sa jambe.

— Je saigne ! pleurnicha Padmabai.

— Ce n'est rien, répondit Perveen. Nous allons nettoyer tout ça. Nous devrions vraiment revenir sur nos pas.

— Non ! s'exclama la princesse, essuyant ses larmes de ses poings souillés. On doit rattraper Ganesan.

— Vous avez une si belle voix. Appelez-le, la pria Perveen.

— Il n'obéit qu'à Aai* et Aditya, répondit l'enfant en se relevant avec peine. Vite, vite !

Si loin du sentier, tout se ressemblait – les bois-de-fer et leurs sinistres branches tordues, le sol recouvert de racines entremêlées et de brindilles mortes.

Hors du sentier, il était impossible de repérer les serpents ou les autres dangers. Perveen voulut avertir Padmabai, mais à quoi cela aurait-il servi ? L'enfant insistait pour sauver son chien d'un danger potentiel. En fin de compte, elle était bien plus courageuse que ce qu'avait imaginé Perveen qui, contrariée, en oublia les règles.

— Padmabai, vous devez…

— Non !

La petite fille se rua à une vitesse surprenante. Ganesan avait marqué une pause, permettant à sa maîtresse de le rattraper et de saisir sa laisse. Puis il se remit à trottiner en la tirant derrière lui.

Perveen commençait à respirer avec difficulté à force de pourchasser le chien et la princesse qui prenaient une avance considérable. Elle aurait été en mesure de rattraper Padmabai à la vitesse à laquelle elle courait plus tôt, mais l'animal robuste tirait la fillette plus vite désormais. Pour couronner le tout, la forêt était sombre. Dans l'ombre tachetée noire et verte, Perveen avait du mal à se concentrer sur la tache blanche mobile de l'élégante robe en dentelle de Padmabai.

La fillette vira soudain à droite ; Perveen accéléra autant qu'elle le put mais, quand elle tourna également dans la végétation, la princesse avait disparu. Droit devant s'élevait un petit bâtiment de forme étrange. C'était une tour assez courte comportant une fenêtre à barreaux au rez-de-chaussée. Le toit était équipé d'un banc.

Était-ce la tour de chasse qu'elle avait aperçue sur le chemin du palais, deux jours plus tôt ? Elle approcha de la bâtisse, espérant que Padmabai, curieuse, était entrée. Elle ne pourrait pas s'échapper d'une tour ; et c'était un soulagement de pouvoir enfin ralentir. Perveen aurait été incapable de courir plus longtemps.

Trois aboiements aigus lui firent dresser l'oreille. Ce n'étaient pas des aboiements de défense mais plutôt d'un accueil joyeux, pensa-t-elle en accélérant le pas.

Elle regarda par l'ouverture voûtée d'un mètre cinquante de haut qui donnait sur une pièce dont le centre était occupé par un escalier ressemblant à une échelle. Ce devait être pour que les chasseurs grimpent sur le toit d'où ils pouvaient tirer.

Elle dut baisser la tête pour passer par la porte, ce qui réveilla en elle la légère angoisse qu'elle avait éprouvée quelques heures plus tôt quand elle avait pénétré dans le zénana*. Mais personne ne l'attendait avec un couteau. En entrant dans l'espace exigu, elle découvrit Ganesan dressé sur ses pattes arrière, les pattes avant posées sur une personne de petite taille.

— Il est trop sale. Faites-le descendre !

Impossible de ne pas reconnaître cette voix autoritaire.

— Maharadjah, je vous ai cherché partout. Ganesan, descends ! cria Perveen sur le même ton que Mirabai.

Le chien se laissa aussitôt retomber sur ses quatre pattes. La veste élégante et le pantalon du prince Jiva Rao étaient couverts de terre, et ses cheveux bouclés se dressaient sur sa tête. Quand il la vit, son visage se décomposa.

— Ne m'emmenez pas ! cria-t-il.

— Je ne vous emmènerai nulle part si vous n'en avez pas envie, promit Perveen au bord des larmes. Je suis tellement désolée que cela vous ait inquiété. Et si heureuse que Ganesan nous ait conduites jusqu'à vous.

— C'est moi qui l'ai trouvé ! lança Padmabai qui, accroupie derrière son frère, caressait le chien.

— Et votre mère ? demanda Perveen pleine d'espoir. Maharadjah, est-elle avec vous ?

Avant que le maharadjah puisse répondre, un sifflement sec fit sursauter Perveen. Ganesan, l'oreille tendue, se tourna. Un Indien en tenue d'équitation, un pistolet dans son holster à sa ceinture, entrait en se penchant dans la tour de chasse. Perveen joignit les mains en un respectueux salut Namasté, puis ses paroles de bienvenue moururent sur ses lèvres.

Ce n'était pas la maharani Mirabai, ni Roderick Ames. Celui qui venait d'entrer dans la tour était à peu près de la taille du prince Swaroop et arborait les mêmes nez busqué et boucles brunes. Mais ce n'était pas l'oncle des enfants.

C'était le bouffon.

24

Une terrible destinée

Pas étonnant que Ganesan ait couru joyeusement pour se faire caresser. Mais Perveen était perturbée par le changement d'apparence d'Aditya. En le voyant dans ce contexte, elle prit conscience que ses traits et sa carnation étaient proches de ceux de Swaroop. Aditya avait les mêmes yeux marron doré que Jiva Rao. Comment avait-elle pu passer à côté de ces ressemblances toutes ces fois où il lui avait parlé au palais ? Il n'y avait qu'une possibilité : la hiérarchie l'avait empêchée de voir l'évidence.

Aditya lui sourit, mais son expression n'avait rien d'amical.

— Pourquoi êtes-vous venue ici ? Vous étiez censée vous rendre à Poona.

— C'est ce qu'ils vous ont dit ? s'enquit Perveen au lieu de répondre à sa question.

Elle avait repéré le pistolet dans son holster et elle ne voulait pas qu'il prenne le contrôle de la situation.

— Aditya-yerda, ne la laisse pas m'emmener ! s'écria Jiva-Rao avec un regard inquiet.

— Ne vous en faites pas, répondit Aditya. Elle ne vous emmènera nulle part, ni vous ni votre sœur. Vous resterez pour toujours avec moi.

Perveen n'aimait pas la vive insistance d'Aditya.

— Les enfants, mon travail est de vous protéger et de vous ramener chez vous, déclara-t-elle avec fermeté. Aditya, il y a beaucoup de choses dont il faut qu'on parle, mais il nous faut tout d'abord réunir les enfants et leur mère.

— Est-ce que tu sais qu'Aai* est partie ? demanda Padmabai à Jiva Rao. Et Rajmata est morte.

— Quoi ? s'exclama Jiva Rao qui se figea sur place.

— C'est triste que votre grand-mère soit morte, dit Perveen devant la réaction stupéfaite du prince. Nous allons chercher votre mère, tout comme nous vous avons cherché.

— Vous n'avez rien fait pour le trouver, l'interrompit Aditya avec froideur. Je l'ai attrapé il y a quelques heures.

Perveen releva le verbe agressif qu'Aditya avait employé. Jiva Rao avait les yeux légèrement brillants et elle n'aurait su dire si c'était à cause des mauvaises nouvelles concernant sa famille, ou à cause de l'étrange comportement d'Aditya. Si cela faisait plusieurs heures que le bouffon avait trouvé le prince, pourquoi n'en avait-il pas informé les serviteurs du pavillon ?

Le chien aboya et le bouffon lui asséna un coup sec sur le museau. Ce geste montrait clairement qu'Aditya avait pris le contrôle de leur unique allié possible. Perveen ne connaissait pas les ordres d'attaque que Mirabai avait appris au chien ; et même si elle parvenait à les deviner, pourquoi le chien lui obéirait-il ?

Perveen parcourut la tour du regard à la recherche d'indices l'éclairant sur ce que le bouffon et le prince avaient fait avant son arrivée. La petite pièce circulaire ne contenait pas grand-chose : plusieurs lanternes éteintes, une cruche d'eau, deux chaises de camp au siège en tissu brodé des armoiries de Satapur et un coffre en bois sculpté. Un brasero contenant du bois à moitié consumé était installé au centre de la tour. Perveen pouvait imaginer la scène pendant une chasse – un prince et son aide de camp attendant en buvant du thé jusqu'à ce qu'ils aperçoivent par la fenêtre un fauve rôdant alentour. Puis le prince grimpant l'escalier central jusqu'au sommet de la tour pour pouvoir tirer sur la bête.

Dans le noir, un objet brillant posé sur le coffre attira l'attention de Perveen. C'était une boîte dorée, décorée d'une rangée de diamants étincelants et d'un motif de fleurs violettes. Elle l'avait déjà vue – était-ce au palais ? Le bouffon l'avait peut-être volée.

Elle était presque de la même forme que la tabatière de la douairière. Se rapprochant pour l'examiner, elle se rendit compte qu'elle ressemblait davantage à un étui à cigarettes. Puis elle se rappela avoir vu Vandana sortir cet étui à l'auberge, puis exhiber tous les autres étuis à cigarettes qu'elle avait achetés chez Cartier sur la table chez elle.

Perveen avait senti une légère odeur de fumée quand Aditya était arrivé à l'auberge.

La question n'était pas de savoir s'il avait rencontré Vandana, mais bien quel avait été l'objet de cette rencontre.

— Qu'est-ce que vous regardez ? demanda sèchement Aditya.

— Rien ! Cet endroit est petit mais il a l'air confortable.

Elle ne voulait pas qu'il comprenne que l'étui à cigarettes l'avait troublée. Il fallait qu'elle parvienne à sortir de la tour avec les enfants. Elle ne pourrait assembler les pièces du puzzle qu'une fois qu'elle les aurait emmenés loin d'Aditya.

— Qui vous a parlé de cette tour ? demanda le bouffon.

— Les porteurs du palanquin me l'ont montrée, répondit-elle. Mais nous sommes un peu à l'étroit à quatre. Laissez-moi emmener les enfants, il faut qu'ils mangent.

Aditya se posta plus solidement devant la porte.

— Non, dit-il en croisant les bras sur son torse.

— Pourquoi parles-tu aussi méchamment ? demanda Padmabai en lui adressant un regard grognon.

— Ma princesse, que souhaiteriez-vous que je dise ?

Le bouffon dévisagea la princesse avec une lueur étrange dans les yeux. Perveen sentit ses poils se dresser.

Jiva Rao, adossé au mur de la tour, les jambes repliées contre lui, s'était recroquevillé. Perveen se demanda ce qui avait pu se passer entre Aditya et le maharadjah avant qu'elle arrive. Comme s'il sentait la détresse du prince, Ganesan trottina vers lui pour s'allonger à son côté, mais Jiva Rao garda les bras serrés autour de ses jambes.

— Aditya-yerda, cesse donc d'être en colère, ordonna Padmabai qui se comportait toujours comme si elle ne sentait rien du danger silencieux et latent que Perveen et Jiva Rao paraissaient tous les deux avoir perçu. Raconte-moi une histoire pendant que j'attends mon thé.

Elle grimpa sur une des chaises de camp.

Aditya la considéra avec une expression paraissant contenir des années d'agacement. Puis il roula des yeux d'un air cynique en direction de Perveen.

— Pourquoi ne pourraient-ils pas écouter une histoire ? Celle que j'ai à raconter est bien meilleure que votre *Vent dans les Saules.* Maharadjah, pourriez-vous gentiment vous installer sur la chaise près de votre sœur ?

Malgré la formulation aimable de son invitation, Perveen avait la terrible intuition qu'il allait infliger à Padmabai et Jiva Rao quelque chose d'horrible. L'histoire de sa vie serait certainement pleine d'épreuves et d'opinions sévères envers la famille royale. Jiva Rao se déplia et se laissa tomber sur la chaise près de Padmabai.

— Et pourquoi pas le *Pañchatantra* ? Ou les Jātaka ? demanda Perveen.

— Non, non ! Perveen-memsahib, vous lisez des livres, expliqua Padmabai d'une voix adulte. Le travail du bouffon est de nous raconter des histoires qui ne sont pas dans les livres.

— Vos désirs sont des ordres, ma chère princesse, dit Aditya en ouvrant les bras avec grâce avant de se courber légèrement.

Perveen, raide, observait son comportement courtois en sentant la peur grandir en elle.

— Il y a deux automnes, après que les pluies ont cessé et que les routes sont devenues assez sûres pour que la voiture postale puisse les emprunter, les postiers m'ont apporté une lettre, commença Aditya. J'ai pu lire mon nom sur l'enveloppe, mais pas grand-chose de plus.

— Parce que tu n'as pas encore appris à lire ! s'exclama Padmabai avec un grand sourire.

Perveen tressaillit, inquiète qu'Aditya réagisse mal aux paroles condescendantes de Padmabai. Mais il lui adressa un clin d'œil avant de lui répondre sur le même ton faussement agréable.

— C'est parce que je ne suis pas riche comme vous. Et je suis venu travailler au palais à l'âge de neuf ans.

Le bouffon avait vingt-quatre ans, ce qui voulait dire qu'il était né en 1897. Le maharadjah Mahendra Rao était né en 1878, de sorte qu'il avait pu être le père royal qui avait transmis ses yeux marron doré à Aditya. Mais l'époux de la douairière, le maharadjah Mohan Rao, avait la quarantaine bien sonnée quand Aditya était né. Et Mr Basu n'avait-il pas dit que la danseuse avait disparu pendant quelques mois quand il était adolescent ? Perveen était prête à parier que la danseuse avait disparu entre 1896 et 1897.

La voix d'Aditya interrompit les calculs frénétiques de Perveen.

— Essayez de deviner qui m'avait envoyé une lettre alors que tout le monde est au courant que je ne sais pas lire ?

— Quelqu'un qui ne te connaît pas ! devina Padmabai. Comment as-tu appris ce que la lettre disait ?

— Oh, j'ai demandé à Pratik de me la lire. La lettre disait que, si je me rendais au champ de courses de Poona à une certaine date, quelqu'un m'y attendrait avec un cadeau spécial.

— Qu'est-ce que tu as fait ? demanda Padmabai en tambourinant impatiemment des pieds par terre.

— Cela a été facile d'organiser d'aller au champ de courses parce que, comme vous le savez, on me laisse libre de voyager pour que je puisse rapporter des commérages à la Rajmata.

Il adressa un regard entendu à Perveen, et elle se força à sourire. Elle ne pouvait pas lui laisser voir qu'elle avait peur.

— Quel était le cadeau ? demanda Jiva Rao avec méfiance.

— Une belle dame m'a donné un sac de roupies. Je lui ai demandé qui elle était et pourquoi elle faisait ça. Elle m'a avoué qu'elle était ma mère ! Quelle surprise pour moi ! Comme tout le monde le sait, j'ai été élevé par une famille de bouffons dans un village. Elle leur a demandé de s'occuper de moi pendant qu'elle travaillait.

— Et où travaillait cette belle dame ? demanda Padmabai, tout sourire. Était-elle une belle avocate comme Perveen-memsahib ?

Perveen apprécia que Padmabai suppose qu'il existait tout un monde d'avocates, mais elle trouva étrange qu'elle la qualifie de belle. Ce n'était sûrement pas ainsi qu'elle se voyait, le visage et les mains maculés de terre, et des morceaux de feuilles et de brindilles effrités sur sa jupe d'équitation.

— Voilà quel était son travail, répondit Aditya en roulant les bras pour imiter une danseuse indienne classique. Pendant un temps, elle avait dansé dans ce palais que vous connaissez si bien, pour tous les maharadjahs qui venaient en visite. Mais ensuite – au lieu de venir me chercher dans ce village, ce qui aurait été gentil de sa part –, elle est partie en France et en Suisse. Quand ma mère m'a fait venir au champ de courses, c'était pour implorer mon pardon et pour m'avouer qu'elle n'avait cessé de penser à moi. Et que si les choses s'étaient déroulées autrement, j'aurais dû être un maharadjah.

— C'était une danseuse et tu es devenu un maharadjah, s'écria Padmabai en applaudissant sans comprendre le sens des paroles d'Aditya. C'est une bonne histoire, mais elle est trop courte.

Jiva Rao tourna fugacement les yeux vers l'entrée. Perveen attendit de croiser son regard et lui adressa un léger signe de tête d'encouragement. Elle se jetterait sur le chemin du bouffon si nécessaire. Mais au moment où Jiva Rao commençait à se lever lentement de sa chaise, le bouffon lui lança un regard noir.

— Asseyez-vous. Votre histoire n'est pas finie.

— Oui, il va nous parler de sa demeure royale ! lança Padmabai, excitée.

Mal à l'aise, le prince Jiva Rao s'assit sur le bord de sa chaise en jetant un regard méprisant à sa sœur.

— Idiote, tu ne comprends pas qu'il ne parle pas d'un autre endroit ? Il veut régner sur Satapur à ma place.

— Vous êtes plus intelligent que ce que les gens pensent ! s'exclama le bouffon, sarcastique.

Perveen sentit la sueur perler sur ses tempes. Elle avait souhaité éviter une confrontation.

— Mais *Wagh* est notre maharadjah, commenta Padmabai en secouant la tête et ses nattes.

— Il le sera, à moins d'avoir un accident.

Le bouffon marqua une pause, son regard passant de Jiva Rao, les mâchoires serrées de colère, à Padmabai dont le visage n'était que confusion.

— Mes chers enfants, avez-vous oublié votre frère aîné mort ?

— Ne parlez pas de lui ! implora Perveen en voyant les yeux de la fillette se brouiller.

— C'est arrivé près d'ici, déclara Aditya avec un étrange sourire qui déclencha des frissons chez Perveen.

C'était tellement déplacé de sourire en évoquant la mort de quelqu'un.

— Plus que tous les autres, j'ai cherché le prince Pratap Rao. J'ai sifflé comme ça.

Il marqua une pause pour porter ses doigts à ses lèvres avant de lancer un son haut perché auquel Ganesan répondit en se levant et s'approchant de lui.

— Le prince est venu à moi. Quelle histoire il m'a racontée !

— Il t'a raconté une histoire ? demanda Jiva Rao, comme s'il ne pouvait s'en empêcher.

— Il a dit qu'il avait pourchassé un petit tigre, mais que sa mère était arrivée en lui montrant les crocs avant d'emmener son petit.

— Il était très courageux ! s'écria Padmabai.

— Non, il avait peur, répliqua Aditya en tapotant le dos de Ganesan. Il a eu tellement peur qu'il a laissé tomber son pistolet.

— Notre grand frère avait laissé tomber son arme ? Impossible. Il était très fort, décréta Jiva Rao.

— Toute cette histoire est fausse, ne vous inquiétez pas ! déclara Perveen.

Mais elle se demandait désormais si l'arme à la taille d'Aditya n'était pas précisément ce pistolet. C'était un howdah, une arme à canon épais destinée à se défendre contre les prédateurs.

Le bouffon la dévisagea un moment avant de lui adresser un grand sourire.

— Croyez ce que vous voulez.

— Je veux entendre d'autres histoires sur notre frère courageux. Personne ne parle de lui. Tout le monde veut oublier.

Les paroles sincères de Padmabai firent défaillir Perveen. Elle pressentait que le bouffon désirait relater en détail la mort de Pratap – ou bien la faire paraître pire qu'elle n'avait été. Son but était de blesser les enfants de manière irréversible.

Le bouffon lui lança un regard méprisant puis fit mine de frissonner de manière théâtrale en s'adressant à Padmabai.

— Regardez comme Perveen-memsahib a l'air d'avoir froid ! On pourrait boire du thé ?

— Oui ! répondit la princesse en tapant des mains. Personne ne m'a donné à manger et j'ai tellement faim ! Du thé et des rotis* !

— L'homme qui fait les rotis* n'est pas loin d'ici. Il peut en préparer pour les enfants. Ils pourraient aller en demander, dit aussitôt Perveen.

Si les enfants royaux exprimaient vouloir quelque chose, il allait devoir coopérer. Elle se demanda également si Rama se trouvait dans les environs et était en mesure d'intervenir.

— Les rotis* seront pour plus tard. Nous devons d'abord préparer le thé.

Quelque chose dans la manière d'insister d'Aditya déclencha une alarme dans le cœur de Perveen. La douairière avait été la seule empoisonneuse au palais, n'est-ce pas ? Mais elle ne pouvait se déplacer seule. Il fallait que quelqu'un lui fournisse le poison, et le bouffon avait pu être cette personne.

Aditya prit une boîte d'allumettes posée près de l'étui à cigarettes de Vandana et en fit craquer une près des branches à moitié consumées dans le brasero, au centre de la tour. Le bois s'embrasa, et un petit feu apparut. Il versa de l'eau d'une cruche dans une bouilloire qu'il suspendit au demi-cercle de métal accroché au-dessus du feu. Pendant qu'il s'adonnait à ces préparatifs, Perveen envisagea d'attraper très vite Padmabai pour se précipiter vers la porte – mais il lui faudrait alors abandonner Jiva Rao et, en raison de son statut, c'était le plus vulnérable d'entre eux.

Padmabai rebondissait sur sa chaise de camp.

— Aditya-yerda, raconte-nous encore. Tu as dit que notre frère avait vu un tigre et qu'il avait laissé tomber son pistolet.

— Oui. Il était très inquiet car il ne savait pas où il l'avait laissé tomber. Je lui ai dit qu'il serait trop dangereux de retourner le chercher. Il craignait que le prince Swaroop soit en colère parce que l'arme lui appartenait. Alors vous savez ce que j'ai fait ?

Le bouffon ouvrit les bras si largement qu'il engloba la moitié de la largeur de la tour.

— Je lui ai dit, Venez ici. Pleurez dans mes bras et je vais tout arranger.

— Tu fais toujours ça avec lui, commenta Padmabai en souriant au prince Jiva Rao qui paraissait avoir vu un fantôme.

Perveen, avec le terrible pressentiment de ce qui allait se passer, secoua la tête en direction d'Aditya.

— Ne parlons plus d'une personne si chère qui a disparu. Cela leur fait du mal.

— Et n'ai-je pas moi-même souffert des centaines de fois ? demanda le bouffon en lui décochant un regard noir.

Il se tourna vers Padmabai et Jiva Rao et, levant les mains, se mit à mimer pour eux.

— J'ai mis ma main en coupe derrière sa tête. C'était plus facile pour lui enfoncer le visage dans la terre. Et je l'ai tenu ainsi pendant plusieurs minutes jusqu'à ce qu'il cesse de bouger.

— Arrêtez ! cria Perveen en vain.

C'était bien trop cruel pour ces enfants. Qu'allait-il miner ensuite, le prince se débattant pour survivre ?

Jiva Rao refusait de regarder, le visage enfoui dans ses mains.

Mais Padmabai ne comprenait toujours pas.

— Est-ce que tu lui as mis le visage dans la terre pour qu'il voie Mole ?, demanda-t-elle d'une voix curieuse.

Aditya venait de confesser un meurtre et, alors que Padmabai essayait toujours de comprendre, les épaules de Jiva Rao furent secouées par les sanglots.

Jiva Rao devait avoir saisi que le bouffon se montrait aussi franc pour provoquer la terreur du prince juste avant sa propre mort. Elle ne pouvait cependant pas céder à ce sentiment. Elle se rappela la fois où son père lui avait demandé de mener l'entretien d'un client dont il était quasiment convaincu de la culpabilité pour un meurtre au premier degré. Il lui avait conseillé de paraître détendue et de montrer qu'elle n'avait pas peur. Mais comment pouvait-elle détourner cet homme de son objectif ?

C'était un acteur. Et que se passait-il à la fin d'une performance ?

Perveen se mit alors à applaudir.

— Nous devons tous féliciter et acclamer le bouffon. Quelle histoire !

Padmabai se mit à taper des mains, mais pas Jiva Rao. Il enfouit encore plus son visage dans ses mains, et Perveen eut la pensée terrible qu'il croyait probablement qu'elle se réjouissait de la mort de son frère.

Aditya afficha un sourire méprisant.

— Ça ne marchera pas. Personne ne peut entendre deux personnes applaudir aussi loin du pavillon.

Que restait-il alors à Perveen ? Un élément de surprise.

— Vous ai-je dit que j'avais parlé à votre mère ?

Il parut un instant étonné avant de secouer la tête.

— Vous n'êtes pas de la région. Vous ne pouvez pas la connaître.

— Je connais sans aucun doute Vandana Mehta. Nous avons eu une longue conversation que j'ai versée à mon rapport.

— Elle ne vous a pas parlé de moi. Mais peu importe.

— En fait, je crois que cela lui importe plutôt. Elle est très respectée dans le cercle proche du gouvernement.

— Mais il est fort probable qu'elle soit morte à l'instant où nous parlons. Le datura* prend moins de douze heures pour faire effet.

Il parlait du poison que la douairière avait pris. Il avait dû le lui procurer et en garder pour son usage personnel. Perveen se rappela que le docteur Andrews s'était rendu au *Repos des Cieux*. Il était possible que Vandana survive.

— Pourquoi feriez-vous une telle chose à votre mère ? demanda-t-elle en s'efforçant de ne pas laisser transparaître sa nervosité.

— Elle voulait toujours me donner de l'argent et de luxueux cadeaux venant d'Europe. Je ne lui ai exprimé qu'une demande – nous en avons encore discuté avant la dernière saison des pluies. Mais elle n'a pas voulu changer d'avis.

— Quelle était votre requête ?

— Je voulais simplement que ma mère se manifeste en écrivant une lettre révélant l'identité de mon père. Elle a des amis britanniques importants qui l'auraient crue.

Il secoua la tête.

— Elle s'est montrée stupide. Elle a dit qu'elle préférait rester avec son mari plutôt que de me rejoindre, une fois que je serais devenu souverain.

— Votre mère vous a déjà délaissé, et cela a été un nouvel abandon, avança Perveen en imaginant sa rage.

— Ma mère s'en va. Mais elle revient toujours, déclara Padmabai comme pour le réconforter.

Perveen prit une profonde inspiration.

— Je sais que vous avez été blessé. Mais vous ne pouvez pas blesser les autres pour autant. Cela ne vous rendra jamais heureux.

Aditya leva les mains vers le plafond comme si les paroles de Perveen étaient sans importance.

— Parce que vous croyez que j'étais heureux avant ? Vous m'avez vu sourire et me courber. Vous avez pensé que je profitais de la vie ?

— La rajmata est à l'origine de la situation qui a poussé votre mère à vous abandonner, répondit tranquillement Perveen. Elle est morte maintenant. Je vous en prie, laissez-moi sortir de cette tour avec les enfants. Ils ne vous ont rien fait.

— Impossible ! s'exclama-t-il en portant la main à son arme. Si ce stupide garçon qui est en train de pleurnicher sur sa chaise survit, je perdrai mon droit d'accéder au trône.

Perveen secoua la tête. Le désir d'Aditya était tellement aberrant que ce droit ne lui serait jamais accordé – pas même si tous les membres de la famille royale, y compris Swaroop, mouraient. Si elle le lui disait, cela ferait-il échouer son plan démentiel ? Elle déglutit avec difficulté.

— En tant qu'avocate, il est de mon devoir de vous donner un conseil approprié.

Il changea d'expression, plus intéressé.

— Oui, oui. Je vais avoir besoin d'avocats.

— Le problème est qu'il est fort probable que le droit auquel vous souhaitez prétendre ne soit pas reconnu, expliqua-t-elle en espérant qu'il n'explose pas.

— Impossible ! répliqua-t-il en avançant vers elle. Je ressemble beaucoup à mon père et à mes frères. Ma mère n'est plus, mais je trouverai d'autres personnes qui pourront témoigner de la vérité de la relation entre elle et le maharadjah.

— Et quel maharadjah était votre père ? poursuivit Perveen sur un ton professionnel.

Il marqua une pause avant de prononcer son nom avec respect :

— Maharadjah Mohan Rao.

— Alors vous êtes le demi-frère du prince Swaroop.

— Je suis son frère aîné, corrigea-t-il en haussant un sourcil. Une fois que cette information sera répandue, tout le monde à Satapur souhaitera me voir à la tête du royaume.

— Mais mon frère est maharadjah ! se plaignit Padmabai.

Le visage de Jiva Rao était figé en un masque de désespoir. Il en savait suffisamment sur l'histoire des brutales guerres marathes pour comprendre ce qu'Aditya avait en tête le concernant.

Il fallait que Perveen change de sujet de discussion.

— Il existe un obstacle au plan que vous avez prévu. La succession du trône de Satapur ne se passe pas entre les fils du maharadjah Mohan Rao. Elle passe par les héritiers du souverain suivant, le défunt maharadjah Mahendra Rao.

Aditya, frustré, crispa les mâchoires.

— C'est faux ! Dans notre palais, la succession est récemment passée entre frères. Avec l'approbation des Britanniques !

— Oui mais seulement parce que le prince Pratap Rao n'avait pas de descendance.

Perveen continuait de s'exprimer lentement, avec prudence, de peur qu'il s'embrouille dans les explications.

— Les Britanniques et la famille royale ont établi des règles strictes concernant la succession, dit-elle avant de se rappeler ce que Colin avait raconté au sujet du maharadjah de Baroda. Il est même possible de désigner un garçon ordinaire de lignée royale résidant dans la région. Mais il est important que ses deux parents appartiennent à la caste royale.

L'expression d'Aditya se figea.

— Vous mentez, finit-il par dire au bout d'un temps.

— Je ne mens pas. Votre mère le savait et c'est pour cette raison qu'elle a refusé de vous aider. Votre mère vous aime, ajouta-t-elle ensuite pour tenter de le calmer, mais elle sait qu'un tel plan ne sera jamais accepté d'un point de vue juridique.

— Vous allez suggérer aux Britons qu'ils me nomment souverain ! répliqua-t-il d'un ton de nouveau menaçant.

— Je ne suggérerai pas le nom d'une personne qui n'a pas libéré ces enfants, répondit Perveen en secouant la tête. Un maharadjah aime les gens de son État. Il ne les tue pas.

Elle avait pris un risque en refusant franchement mais, s'il décidait de passer sa colère sur elle, cela permettrait peut-être aux enfants de s'échapper. Les traits du bouffon s'affaissèrent quand il comprit que son ambition était sans espoir. Puis il se força à sourire.

— Vous m'avez appris quelque chose que je ne savais pas, Perveen-memsahib. C'est trop de choses auxquelles penser maintenant. Prenons une tasse de thé.

— Très bien, répondit Perveen en pensant qu'elle pourrait peut-être faire mine de renverser sa tasse pendant le rituel du service.

— Je n'en veux pas, gronda Jiva Rao, la voix tremblante.

— Moi oui ! J'en veux une grande tasse ! s'écria Padmabai.

— Vous n'êtes pas chez vous. Je ne suis pas certaine que l'eau soit assez saine pour les enfants royaux. Laissez-moi la goûter, proposa Perveen qui n'avait confiance en rien de ce qu'Aditya pouvait donner aux enfants.

— Mais vous avez promis que nous nous arrêterions dans cet endroit pour manger et boire un thé ! répliqua Padmabai avec une moue boudeuse.

— Écoutez, dit Aditya. Vous entendez la bouilloire chanter ? Je vous en prie, princesse, pouvez-vous la décrocher ?

— Quoi ? demanda Padmabai, surprise.

— Oui. Vous êtes assez grande pour le faire, l'encouragea le bouffon.

— Non, il ne faut pas ! lança Perveen.

Elle s'avança pour attraper Padmabai mais se rendit compte que le chien la bloquait. Padmabai se rua vers le feu.

— Ne la touchez pas ! cria Perveen. Vous allez vous brûler !

Le bouffon éclata de rire et Perveen comprit son plan : il s'était arrangé pour que Perveen soit obligée d'interdire à la princesse de faire quelque chose, ce qui attiserait d'autant plus son envie de le faire.

Aditya se mit en travers du chemin de Perveen, pour l'empêcher d'atteindre la princesse dont la petite main, fusant au-dessus du feu, se referma sur la poignée d'acier de la bouilloire. Choquée par la brûlure, Padmabai poussa un cri et la bouilloire se balança sur son crochet. La fillette perdit l'équilibre et tomba, atterrissant sur le bord du brasero.

Perveen plongea vers elle en criant, mais Aditya la retint par les épaules.

— Arrêtez ! Elle va être dévorée par les flammes, exactement comme son frère après elle.

Au hurlement de Padmabai, Ganesan s'était mis à aboyer. Aditya lui décocha un coup de pied et le chien recula.

Perveen se débattit sans parvenir à se libérer de la prise du bouffon.

— À l'aide ! hurla-t-elle en sachant que les aboiements de Ganesan couvraient sa voix.

— Arrêtez ! ordonna Aditya, furieux, en lui tirant un bras dans le dos.

Perveen découvrit alors que Jiva Rao n'était plus là. Malgré la douleur insoutenable de son épaule, Perveen se tortilla aussi violemment que possible pour détourner l'attention d'Aditya, tout en priant pour que le prince ne s'enfonce pas dans la forêt mais coure jusqu'au pavillon pour demander de l'aide.

Aditya, qui lui enserrait désormais les deux poignets, se mit à pousser lentement Perveen vers le feu près duquel était allongée une Padmabai en pleurs, tenant sa main brûlée contre elle, et le chien qui hésitait au-dessus d'elle. L'enfant souffrait tellement qu'elle ne prêtait pas attention aux braises éparpillées très près de sa robe en dentelle blanche.

— Vous n'avez qu'à pousser du pied ces braises vers elle, chuchota Aditya à l'oreille de Perveen. Ce sera un accident. Vous n'aurez pas pu l'éviter.

— Non ! Je suis ici pour les protéger. Jamais je…

— C'est votre dernière chance. Vous pourriez être mon associée. Vous pourriez rédiger un beau document comme celui que vous avez lu aux reines. Modifier les dates. Vous pourriez prouver que je suis le meilleur souverain qui soit.

Perveen se mit à trembler. Il aurait fallu qu'elle l'approuve, qu'elle l'apaise, qu'elle essaie de le calmer – elle savait que c'était ce qu'elle aurait dû faire – mais elle était pétrifiée. L'espace était trop étroit pour elle, et la peur bien trop grande. S'il obtenait le document dont il parlait, il les tuerait tous ensuite. Elle décida donc de se taire.

— Dites-leur au revoir ! dit Aditya.

— Partez, Padmabai ! cria Perveen entre deux souffles. Partez, Jiva Rao !

Elle avait oublié d'utiliser leurs titres.

Dans un rugissement de rage, Aditya la poussa droit vers le feu.

Perveen se retrouva enveloppée dans une intense chaleur et l'odeur étouffante de la fumée. Alors qu'elle s'efforçait d'en échapper, elle vit des flammes consumer un côté et une manche de sa veste d'équitation. Elle ne ressentait malgré tout pas encore la douleur de la brûlure.

Jiva Rao tirait Padmabai vers la porte de la tour. Perveen repoussa rapidement Aditya, haussant la voix jusqu'à hurler. Il n'était pas difficile d'avoir l'air effrayé et, si le bouffon restait concentré sur elle et sa volonté de l'éliminer, il ne remarquerait peut-être pas les enfants royaux.

Alors qu'elle luttait contre la force supérieure du bouffon, une idée traversa l'esprit de Perveen. *C'est cela, être une protectrice.* Elle n'avait pas imaginé mourir pour les enfants de Satapur, mais c'était son destin.

Perveen hurla encore une fois avant de percevoir de l'agitation derrière elle. Ganesan aboyait tout près. Avec horreur, elle vit la tête de l'animal s'abaisser et ses dents se refermer sur son avant-bras.

Mais elle ne sentit pas la morsure. Elle eut cependant l'impression qu'on arrachait d'un coup son bras tandis que Ganesan l'éloignait du feu. Elle roula d'un côté sur l'autre, cherchant désespérément à éteindre les flammes sur ses vêtements. Elle se rendit alors compte qu'Aditya ne la tenait plus. Tournant la tête, elle vit des jambes en jodhpur disparaître en haut de l'escalier de la tour.

Pourquoi Aditya montait-il sur le toit au lieu de s'enfuir par la porte ?

Parce que la tour de chasse offrait un excellent point de vue.

Perveen se releva avec peine avant de basculer en avant contre l'escalier. La première marche fut difficile, elle avait les bras si faibles, et elle ne retrouvait plus son équilibre. Mais la deuxième marche fut plus aisée, puis la troisième.

Perveen avait grimpé environ un mètre cinquante quand elle sentit des mains fortes sur ses bras. La panique la traversa. Dans le feu et la peur, elle avait dû mal interpréter ce qu'elle avait vu en pensant que le bouffon était monté sur le toit de la tour.

— Perveen ! Arrêtez !

La voix de Colin la secoua.

— Perveen !

Elle se laissa tomber contre lui, mais ce soudain mouvement les déséquilibra tous les deux, et ils s'affalèrent en tas sur le sol en terre de la tour.

— Désolé, dit Colin en se délogeant de sous elle.

Elle le dévisagea, folle de joie qu'il soit venu la sauver et malgré tout embarrassée d'avoir été si proche physiquement de lui. Tout ce qu'elle avait ressenti à l'auberge était encore présent.

Il fallait qu'elle cesse d'hyperventiler sinon elle ne pourrait pas lui parler. Ce fut une véritable lutte.

— Est-ce que je suis en feu ?

— Non. Mon Dieu, mais qui a fait ça ? demanda Colin en voyant la manche brûlée et le chien qui tournait, paniqué, autour de Perveen.

— Aditya, l'homme qui est arrivé à l'auberge hier soir. Vous avez vu les enfants ? Ils se sont enfuis ?

— Ils sont à l'extérieur de la tour, le prince Swaroop les console. Ils vont bien tous les deux.

Les trois personnes qu'Aditya désirait le plus blesser.

— Mais Aditya est sur le toit ! Il peut leur tirer dessus, chuchota Perveen.

Colin leva les yeux vers l'escalier aux allures d'échelle et l'ouverture carrée ouvrant sur le ciel.

— Qu'est-ce que vous essayez de me dire ?

— C'est une tour de chasse, murmura-t-elle. Et il est là-haut, avec une arme.

Colin la quitta aussi brusquement qu'il s'était porté à son secours. Se relevant avec peine, il franchit la porte plus vite que Perveen ne l'avait jamais vu se déplacer. Elle était bien incapable de se mouvoir aussi rapidement ; réprimant la douleur, elle mobilisa tous ses muscles douloureux pour se traîner hors de la tour. Même si elle titubait plusieurs mètres derrière Colin, elle voyait clairement la famille royale regroupée dans une clairière. Les deux enfants s'agrippaient au prince Swaroop, Jiva Rao le visage enfoui dans la manche de la veste de son oncle. Le jeune maharadjah avait dû pleurer. Ils étaient tous les trois tellement absorbés par leurs retrouvailles qu'ils ne prêtaient aucune attention à l'homme, debout au sommet de la tour, un pistolet à la main.

Les yeux de Perveen passèrent d'Aditya à Colin. L'agent marchait lentement vers le groupe avec trois mètres d'avance sur elle. Comme il portait ses bottes, elle savait qu'il avait sa jambe de bois. Aditya le voyait-il ?

L'instant d'après, elle eut la réponse à son interrogation.

— Le premier qui bouge est mort, lança le bouffon du haut de la tour.

Le prince Swaroop leva la tête, quittant les enfants des yeux pour porter son regard vers Aditya en haut de la tour. Il ne parut pas reconnaître le bouffon, peut-être parce qu'il était habillé différemment.

— Qui êtes-vous ? demanda sévèrement le prince Swaroop.

— Vous pensez que je ne suis rien ! répondit Aditya. Mais je suis votre frère aîné. Vous devriez me respecter.

Le prince Swaroop ne réagit pas tout de suite à ces paroles. Il plissa les yeux.

— Est-ce toi, Aditya-yerda ? Dans ma tenue d'équitation ?

— Je l'ai prise dans vos bagages à l'auberge. Tout ce qui vous appartient devrait être à moi, répondit Aditya en pointant le pistolet vers les deux princes.

— Ne fais pas l'idiot. Tu ne sais même pas comment tirer avec un howdah. Tu n'es pas de la classe des guerriers, jeta Swaroop avec mépris.

Perveen fit la grimace. Aditya était susceptible quand il était question de statut. Swaroop taquinait un scorpion sans avoir conscience que sa piqûre pouvait lui être fatale.

— Vous pouvez parler ! Vous qui ne savez que dépenser l'argent et boire ! Vous devriez trinquer à ça ! Aditya arma le pistolet.

Une petite silhouette agile traversa l'étendue d'herbe. C'était Rama qui se dirigeait vers la famille royale. Avait-il en tête de les protéger ? Le cœur de Perveen se brisa quand le coup de feu éclata.

D'instinct, elle se jeta face contre terre en se couvrant la tête. Quand elle comprit qu'elle était saine et sauve, elle se déplia pour regarder en direction de la famille royale. Les enfants s'agrippaient toujours au prince Swaroop, et Rama se trouvait près de Colin, tombé dans l'herbe.

Il s'était encore une fois sacrifié, comprit-elle avec terreur quand Padmabai se mit à crier.

— À terre ! À terre ! hurla le prince Swaroop.

Perveen, désespérée, était paralysée. Combien y avait-il de balles dans le pistolet ? Pourrait-il tous les abattre ?

Mais quand elle jeta un regard craintif derrière elle pour déterminer qui Aditya visait ensuite, elle ne le vit pas. Il s'était sûrement accroupi sur le toit, parce qu'elle ne voyait rien de plus que sa main gauche, accrochée au parapet. S'était-il écroulé après avoir tiré le premier coup, ou bien avait-il retourné l'arme contre lui ?

— Comme… murmura-t-elle pour elle-même sans pouvoir finir sa question.

Une petite femme mince, vêtue de l'uniforme bleu des messagers du palais, sortit des fourrés, un long fusil de chasse dans les mains. Malgré ses cheveux noirs décoiffés, il était impossible de ne pas reconnaître le visage anguleux et le teint noisette de la maharani Mirabai. Et pour la première fois depuis que Perveen l'avait rencontrée, elle souriait.

Swaroop écarquilla les yeux, décontenancé par l'apparition de sa belle-sœur. Padmabai et Jiva Rao, quant à eux, poussèrent des cris ravis.

— Mère, tu l'as eu ! s'exclama Jiva Rao.

— Trois hourras pour toi ! renchérit Padmabai avant d'éclater en sanglots.

La fillette réagissait à retardement. Tout son bavardage joyeux avait dissimulé combien elle avait eu peur.

La maharani hocha la tête en direction du groupe stupéfait qui la regardait. Puis elle posa calmement son arme au sol et se dirigea, les bras ouverts, vers ses enfants.

25

Chambre avec vue

— Perveen, tu es un cas, vraiment ! Comment as-tu pu tomber dans un feu sans te roussir un cheveu alors que tu as réussi à tacher mon sari préféré avec du curcuma ? La tache ne va pas partir, j'en suis sûre, la taquina Gulnaz.

— Je me ferai pardonner. Les Britanniques me paient bien, répondit Perveen en souriant à Gulnaz dont les propos donnaient une image fausse de sa générosité.

La belle-sœur de Perveen séjournait avec elle au Poona Hôtel depuis trois jours. En raison de son état physique, Perveen avait décidé qu'il valait mieux rester quelques jours de plus à Poona pour participer à des réunions avec différents administrateurs plutôt que de s'infliger des allers-retours.

Perveen n'était restée que deux jours à l'hôpital de Sassoon. Le docteur Andrews avait suggéré qu'elle récupère à l'hôtel, un endroit bien plus reposant. Elle souffrait d'une brûlure au premier degré et d'une entorse à l'épaule causée par Ganesan, quand il l'avait traînée hors du feu. Ses parents qui étaient venus la voir avaient insisté pour qu'elle rentre à Bombay, mais elle avait refusé. Elle voulait que l'avenir des enfants de Satapur soit réglé avant de partir.

Et le travail n'était pas si pénible. Elle rédigeait en ce moment une nouvelle recommandation, confortablement installée dans un fauteuil de velours, un carnet de notes sur les genoux. Gulnaz secoua la tête.

— Je n'arrête pas de penser à ce feu. C'est terrible. Je n'arrive pas à croire que tu ne te rappelles pas avoir eu mal.

— Ça s'est passé incroyablement vite. Mon épaule est douloureuse quand je lève le bras, mais elle devrait aller vite mieux. Il n'y a vraiment aucune raison que je reste encore là pour les deux prochains rendez-vous médicaux. Ma mission pour le gouvernement sera achevée bien avant.

— Mais je suis là, moi aussi, et vous empêchez que je sois de mauvaise humeur. Je ne suis pas habitué à la vie citadine, déclara une profonde voix anglaise depuis le seuil.

Perveen regarda derrière Gulnaz. Colin se tenait dans l'encadrement de la porte ouverte.

— Oh, bonjour, dit-elle, les joues embrasées.

— Vous êtes de l'hôpital ou de l'Agence ? demanda Gulnaz en lui adressant un regard désapprobateur.

— Ni l'un ni l'autre. Je m'appelle Colin Sandringham, je suis l'agent politique de l'auberge de circuit, répondit-il en se dirigeant vers elle avec un léger boitement.

— C'est Mr Colin Sandringham qui a reconnu les chevaux de l'auberge attachés près du pavillon. Il s'est arrêté pour se renseigner et a découvert qu'il se passait quelque chose de dangereux.

— Monsieur Sandringham, ces péripéties ont dû être difficiles, dit Gulnaz avec sympathie. Vous vous êtes cassé le pied ?

Colin rougit, et Perveen en revint rapidement aux présentations.

— Monsieur Sandringham, je vous présente ma belle-sœur, Mrs Gulnaz Rustom Mistry.

— Ce n'est qu'une vieille blessure, je n'y prête quasiment plus attention, dit Colin en s'approchant de Gulnaz, la main tendue. Madame Mistry, c'est vraiment important pour Perveen que vous ayez décidé de lui tenir compagnie plutôt que de rentrer à Bombay avec le reste de sa famille.

— J'ai été bénévole à l'hôpital, expliqua Gulnaz avec fierté. C'est pour ça que j'ai pensé aux béquilles. Peu importe. Je vous suis reconnaissante d'avoir sauvé Perveen sans penser à vous.

— Il semblerait que la petite princesse a été la plus touchée d'entre nous, déclara Colin en tirant une chaise en face de Perveen. Elle a les mains brûlées et les bandages doivent être changés régulièrement. J'ai entendu dire qu'elle hurlait tout ce qu'elle pouvait mais, si les soins sont bien respectés, elle retrouvera l'usage de ses mains et n'aura que quelques cicatrices.

— Je suis heureuse d'apprendre que le pronostic est bon.

Colin était certainement venu parler d'autre chose que de la princesse Padmabai.

— Ma chère Gulnaz, je dois discuter avec Mr Sandringham d'affaires confidentielles du gouvernement. Pourrais-tu nous laisser un moment ? demanda Perveen.

— J'ai promis à maman de rester avec toi pour t'aider… commença-t-elle en se mordant la lèvre.

— Je n'ai pas besoin de ton aide pour communiquer, répondit Perveen. Pourrais-tu monter au troisième étage demander à la maharani si elle accepte de se joindre à nous pour le dîner, ce soir ?

— Tu penses que la rajmata acceptera le service en chambre de l'hôtel ? demanda Gulnaz, sceptique.

C'est ainsi qu'on appelait Mirabai maintenant que la douairière était morte ; mais ce titre rappelait toujours la vieille femme à Perveen.

— Qu'est-ce qu'un palais sinon un service en chambre permanent ? rétorqua-t-elle.

— Voilà quelque chose que vous pourriez lui porter, intervint Colin en tendant un petit paquet de papier marron. Ce sont d'autres livres pour les enfants. J'allais leur offrir moi-même, mais je suis certain qu'ils préféreront la visite d'une dame.

— Oui, je serai ravie de leur porter de votre part, dit Gulnaz.

La belle-sœur de Perveen appréciait de pouvoir faire plus ample connaissance avec la mère et les enfants royaux, qui occupaient tout le troisième étage de l'hôtel. Pourtant elle était clairement mal à l'aise à l'idée de laisser Perveen seule dans la chambre avec Colin. Gulnaz disparut malgré tout dans un craquement de soie empesée, en prenant soin de laisser la porte grande ouverte sur le couloir.

Colin s'assit dans un fauteuil en rotin près de la chaise longue.

— Vous avez une belle-sœur très protectrice. Elle est plus âgée que vous ?

— Oui. Elle était dans la classe au-dessus de la mienne à l'école, répondit Perveen en lui adressant un sourire peu enthousiaste. Elle souhaitait désespérément que j'accepte cette mission, car elle espérait que fréquenter un palais me policerait un peu. Mais elle passe désormais plus de temps que moi avec la maharani Mirabai.

— J'aurais aimé que vous n'ayez pas tant de choses à faire pendant votre convalescence, déclara Colin en remarquant les documents.

— Ce ne sont que de petits problèmes. Cela ne m'a pas empêché de rédiger le témoignage de Vandana.

Quand Perveen avait été alitée à l'hôpital Sassoon, Vandana Mehta lui avait fait porter des fleurs et une carte lui souhaitant un bon rétablissement. Puis Vandana était arrivée en même temps que Perveen à l'hôtel. Très vite, la chambre ordinaire qui avait été réservée par le gouvernement s'était transformée en une suite luxueuse avec vue sur le champ de courses de Poona.

— Il faut que vous ayez une vie intéressante pendant que vous vous reposez, lui avait conseillé Vandana.

Dans la suite, une fois les portes fermées, Vandana, considérant Perveen avec le plus grand sérieux, en était venue au fait.

— Vous devez avoir une très mauvaise opinion de moi. Mais en vérité, j'ai été très malade. Aditya m'a empoisonnée parce que je n'ai pas voulu lui céder. Il désirait que je dise à tout le monde qu'il était l'héritier du maharadjah.

— Vous avez bu du thé ? avait demandé Perveen.

— Non, avait répondu Vandana en secouant la tête. Je pense qu'il a mis quelque chose sur le bout d'une de mes cigarettes. Comme elles étaient dans un étui, je n'ai rien vu.

— Vous sentiez-vous mal en quittant la tour ?

— Oui et, si mon cheval n'avait pas connu le chemin, je ne serais jamais parvenue jusque chez moi. Et puis, Dieu merci, vous avez conseillé aux durwans* d'aller chercher le docteur Andrews. Il n'avait aucune idée de la nature du poison mais, s'il ne m'avait pas fait prendre du charbon, je serais morte.

— Je crois que vos durwans* hésitaient parce qu'ils avaient peur d'apprendre que vous aviez le choléra, avait expliqué Perveen en tendant les mains vers Vandana. Je suis tellement heureuse que vous ayez survécu et que vous n'ayez rien à voir avec les manigances d'Aditya. Bien que je regrette que vous ne m'ayez pas parlé de la situation avant ma visite au palais.

— Mais nous nous connaissions à peine, avait répondu Vandana en la regardant posément. Je ne savais pas si je pouvais vous faire confiance. Ma mère était danseuse et mon père un seigneur de bas rang qui n'a jamais reconnu son lien avec elle ou moi. Sa fille légitime est Archana, une dame de compagnie du palais de Satapur.

— J'ai rencontré Archana. Elle n'est pas très agréable.

Perveen avait songé au fait qu'un noble pouvait se rendre à une réception donnée au palais, choisir une danseuse pour son plaisir personnel et en profiter sans songer à élever sa descendance. Et la froideur qu'Archana avait manifestée envers Perveen s'expliquait peut-être par le fait que la dame de compagnie avait senti que l'enquête de l'avocate pouvait menacer la hiérarchie du palais. Malgré tout, elle avait encore posé une question pour Vandana.

— Avez-vous vraiment volé la pierre de lune comme le prétendait la maharani Putlabai ?

Vandana avait pris une profonde inspiration.

— Je l'ai prise dans la salle de bains du zénana* de la rajmata quand on m'a demandé de partir.

— Que s'est-il passé avec le maharadjah Mohan Rao ?

Vandana avait baissé les yeux avec une expression douloureuse.

— Je n'avais que quatorze ans. Je n'ai rien provoqué – c'est lui qui m'a poursuivie, et même ma mère m'a conseillé de céder. On m'a dit que c'était un honneur d'être choisie. J'étais effrayée parce que je savais qu'il m'était impossible de refuser.

Perveen avait hoché la tête. La jeune fille avait dû se sentir impuissante face aux désirs des adultes qui l'entouraient.

— Je suis tombée enceinte et ma mère a inventé une histoire : je devais aller m'occuper de ma grand-mère qui s'était retirée dans le village de nos ancêtres. Elle craignait pour ma sécurité, parce que Putlabai ne voudrait certainement pas que son mari apprenne l'existence du bébé. Au village, j'ai donné naissance à un beau petit garçon qui avait les yeux des maharadjahs de Satapur.

Son regard s'était perdu au-delà de Perveen, vers le champ de courses de Poona.

— La famille qui l'a pris en charge pour l'élever appartenait à la caste des bouffons de la cour. Ils n'avaient pas eu de fils et en désiraient un pour perpétuer la tradition familiale. Ils lui ont même laissé le nom que je lui avais donné, Aditya. Je l'ai baptisé « Seigneur du soleil », parce que je voulais qu'il ait quelque chose dont il puisse être fier, même s'il allait être élevé pour devenir un idiot ou un clown.

— Comment se fait-il que vous soyez retournée au palais ?

— À ma grande surprise, je manquais au maharadjah et il a envoyé un messager à ma recherche. Il y avait très peu de nourriture et de confort au village, et tout le monde a insisté pour que je retourne là-bas.

Vandana avait regardé Perveen avec tristesse.

— Putlabai me détestait et, comme je devais toujours faire attention à ce que je mangeais pour éviter d'être empoisonnée, j'ai beaucoup maigri. C'est probablement parce que j'étais en mauvaise santé que je ne suis pas de nouveau tombée enceinte ! Et je vieillissais. Le maharadjah s'est lassé de mon corps quand j'ai eu dix-sept ans. Et au fond de mon cœur, j'espérais qu'Aditya soit assez âgé pour venir au palais comme apprenti bouffon.

— Alors vous ne vouliez pas quitter le palais en 1905, avait deviné Perveen.

— En effet. Au fil des années, comme je me concentrais uniquement sur la danse, je suis devenue première danseuse du groupe. Il y avait tant de visiteurs intéressants qui venaient au palais de tous les pays. J'ai appris quelques phrases en anglais, et même quelques mots en français et en allemand. Puis le fils du maharadjah est tombé amoureux de moi. Il me voyait danser depuis qu'il était tout petit, et il s'était épris de moi. J'étais seule et, je dois l'admettre, cela m'a fait plaisir de contrarier un peu sa mère. Il m'a offert des bijoux, des saris et d'autres objets luxueux. J'ai compris ce que ce serait d'être mariée à un homme riche qui m'aimait.

— Êtes-vous tombée enceinte ?

— Au bout de trois mois, on a vu que ma silhouette avait changé et les rumeurs se sont répandues. J'ai appris que ses parents souhaitaient me bannir. Le jour où on allait m'expulser, je me suis précipitée au zénana* pour rassembler tous mes vêtements de danseuse et mes bijoux que j'espérais pouvoir vendre plus tard. J'ai aussi pris le collier en pierre de lune que la maharani avait accidentellement laissé dans la salle de bains. J'ai pensé que je pourrais le revendre pour survivre.

— Aviez-vous prévu de vivre dans un nouvel endroit ? avait demandé Perveen, surprise. La maharani Putlabai pensait que vous aviez été assassinée.

— Oui, c'était son plan. Mais un des porteurs du palanquin qui m'emportait s'est mis à pleurer. Il m'a appris qu'ils étaient censés laisser tomber le palanquin dans la rivière, avait expliqué Vandana en regardant encore une fois par la fenêtre. Je leur ai donné un bijou à chacun en échange de ma survie.

Je pensais que ma famille, dans le village à quelques kilomètres de là, me cacherait – et que je pourrais voir mon fils. Mais les gens là-bas ont eu peur de me laisser habiter avec eux, et la famille des bouffons n'a même pas voulu me laisser entrer.

Elle avait secoué la tête.

— J'entendais Aditya rire et jouer dans leur cour, mais je n'ai pas pu le voir.

— Cela a dû être très douloureux. Et vous étiez enceinte et seule. Une situation impossible.

— J'ai songé à mettre fin à mes jours, mais j'ai compris que c'était exactement ce que la maharani et son mari auraient espéré. Alors j'ai décidé que survivre serait ma vengeance. Dans le village suivant, une accoucheuse m'a donné la plante qu'il fallait. Le lendemain, je n'étais plus enceinte.

Après un long regard qui disait toutes ces années de chagrin silencieux, elle avait poursuivi :

— J'étais libre. Je suis allée à Poona. Parce que je parlais un peu anglais, une famille britannique m'a engagée comme ayah*. J'ai travaillé pour eux pendant trois ans et, quand ils sont rentrés en Angleterre, ils m'ont emmenée. Mais sur le bateau, j'ai fait la rencontre de personnes intéressantes, trois musiciens indiens qui allaient rejoindre une troupe très populaire en Europe.

— Le Royal Hindustan Orchestra !

Vandana avait hoché la tête, de la fierté dans les yeux.

— Ils ont été intrigués d'apprendre que j'avais été danseuse à la cour royale et ils m'ont mise au défi de leur montrer une danse. Un soir, une fois que la famille pour qui je travaillais était allée se coucher, ils ont sorti leurs instruments et ont joué sur le pont. Je n'avais dansé que cinq minutes quand ils m'ont supplié de me joindre à eux. Ils m'ont assuré que je gagnerais plus comme danseuse à Paris qu'en tant que nounou à Londres. À Calais, j'ai débarqué du bateau avec les musiciens. Puis je me suis réinventée comme Mrs Vandana de l'Hindoustan Royal.

— Cela a dû vous donner l'impression d'une réincarnation, songea Perveen à voix haute. Et pourtant vous êtes revenue à Satapur.

— C'est merveilleux d'être mariée à Yazad. Nous aimons tellement notre vie ! s'exclama Vandana, caressant du regard l'anneau proéminent de diamants sur son annulaire gauche. Après avoir appris la mort du maharadjah Mahendra Rao, j'ai suggéré à Yazad que l'on achète une propriété à Satapur. C'était pratique pour lui, parce qu'il souhaitait développer des centrales électriques dans la région.

— Mais quelle était votre raison ?

— Je rêvais encore souvent de mon bébé perdu. Je voulais le voir, lui dire que j'étais désolée de l'avoir abandonné et lui expliquer les circonstances, avait-elle grimacé. Je n'avais aucune idée qu'il allait être submergé par la jalousie et qu'il considérerait les enfants royaux comme ses neveu et nièce plutôt que comme ses supérieurs en classe.

— Aditya a reçu différents messages sur son appartenance à cette famille, avait réfléchi Perveen. Il est devenu très proche de la rajmata. Elle le laissait venir dans ses quartiers privés et il jouait pendant des heures avec les enfants.

Perveen avait marqué une pause.

— Rajmata soupçonnait-elle qu'Aditya était votre fils ?

— Selon lui, elle ne lui en a jamais donné le moindre signe, mais il en est venu à croire que le maharadjah Mohan Rao le savait. Sinon pourquoi l'aurait-il emmené au darbâr* de Delhi ? C'était un traitement très spécial. Après qu'il avait perdu son père, il ne pouvait que détester les autres fils, et petits-fils. Je n'ai appris que très récemment ce qu'il a fait au prince Pratap Rao. J'en ai été horrifiée et cela m'a effrayée. Je lui ai dit qu'il ne devrait plus jamais faire ce genre de choses.

Perveen l'avait crue.

Le fait que Vandana ait livré un récit rapide et sincère et qu'elle soit tombée malade après avoir été empoisonnée par son fils faisait clairement d'elle une autre victime des machinations d'Aditya. Néanmoins, Vandana avait demandé à Perveen d'enregistrer une déclaration qui mentionnait Aditya, aussi douloureux cela puisse être. Ce témoignage resterait confidentiel mais pourrait être utilisé au cas où Vandana serait accusée de malversations. Perveen avait cependant été franche avec elle : il fallait que Colin soit tenu au courant de cette histoire. Vandana avait accepté à contrecœur avant de repartir pour le *Repos des Cieux*.

La discussion avec Vandana avait eu lieu trois jours plus tôt. Perveen décida qu'il était désormais temps d'aborder le sujet – maintenant que Gulnaz était sortie de la chambre et que Colin était confortablement affalé sur la chaise face à elle. Elle se leva pour aller fermer la porte que Gulnaz avait laissée ouverte et revint vers Colin.

— Votre belle-sœur ne va pas apprécier, dit-il en haussant les sourcils.

— Je n'exagérais pas quand j'ai dit qu'il fallait que nous parlions de sujets confidentiels.

— Je suis d'accord. Mais je vous écoute, allez-y.

— Nous ne nous sommes pas entretenus seuls depuis la fusillade à la tour de chasse. Vous avez vu de vos propres yeux qu'Aditya a tenté de commettre un assassinat.

— Et que la mère du maharadjah a été la sauveuse du jour.

— L'Agence vous a-t-elle fait comprendre que vous deviez creuser un peu plus ?

Perveen s'inquiétait qu'on pose des questions sur le mobile d'Aditya dans sa tentative d'assassinat du maharadjah.

— Tout ça m'a l'air clair et net. Le prince Swaroop a été interrogé par plusieurs administrateurs qui le considèrent comme le témoin oculaire le plus important. Il reste une seule interrogation quant à la possibilité d'un complice d'Aditya. On a trouvé un étui à cigarettes de luxe dans la tour.

C'était précisément ce que Perveen craignait.

— Il appartient à Vandana Mehta.

— Quoi ? fit-il en haussant les sourcils.

— Vandana m'a raconté qu'Aditya avait essayé de la forcer à l'aider pour accéder au trône en raison des liens qu'elle a avec les Britanniques. De toute évidence, elle a refusé. C'est pour cette raison qu'il a empoisonné une de ses cigarettes.

— Un empoisonnement au datura*, dit Colin en hochant la tête. Je ne comprends toujours pas pourquoi elle fréquentait un tel filou alors qu'elle est mariée à mon ami.

— Je suis mariée et je vous fréquente.

Il rougit.

— Désolée, Colin, je n'ai pas pu résister.

Perveen était ravie de l'avoir désarmé. Elle ne voulait pas dévoiler les liens de sang de Vandana avec Aditya à moins que cela soit absolument nécessaire.

— Je crois que la communauté du palais manque à Vandana. Parfois on se lie avec quelqu'un sans comprendre comment cette personne fonctionne, et il est trop tard. J'ai vécu une situation similaire quand je me suis soudainement fiancée avec un homme que personne de ma famille ne connaissait.

Colin lui adressa un long regard, comme s'il avait beaucoup d'autres questions qu'il avait décidé de garder pour lui.

Tous les deux gardaient des choses pour eux.

— Le maharadjah devra-t-il témoigner ?

Si cela devait arriver, il se pouvait alors que l'histoire du sang royal d'Aditya fasse surface et conduise à s'interroger sur l'identité de sa mère. Si Colin apprenait qu'il s'agissait de Vandana, il se sentirait peut-être obligé d'en parler à Yazad, et une telle information risquerait de détruire un mariage heureux.

— Je suis le protecteur des enfants, déclara Colin. Je ne crois pas qu'il soit dans leur intérêt de devoir endurer de longs entretiens avec des Anglais. Qu'en pensez-vous ?

Perveen se hérissa tout d'abord en l'entendant dire qu'il était le protecteur des enfants ; mais c'était la vérité. Il était l'agent de Satapur, et elle avait été appelée temporairement pour surmonter la barrière de la purdah. Et elle se sentait désormais soulagée de voir tout ce qu'il mettait en œuvre pour protéger les enfants et Mirabai.

— Cela me semble juste. Si le maharadjah a envie de parler de certaines choses, il peut s'adresser à sa mère.

— Voilà maintenant de quel sujet je souhaitais m'entretenir avec vous, dit-il en lui tendant un exemplaire du *Times of India.* Il y a quelques articles sur ce qu'on appelle « la mystérieuse affaire de Satapur ». On parle de la mort de la douairière, de l'enlèvement d'un maharadjah et j'en passe. Dans ce journal, la maharani Mirabai est glorifiée comme une héroïne.

Perveen jeta un coup d'œil rapide au titre sensationnaliste avant de fouiller un peu plus dans l'article. Il y était fait le récit de l'enlèvement du jeune maharadjah par un domestique corrompu. L'intervention de la maharani Mirabai pour sauver la vie de son fils était qualifiée d'exemple de la force des femmes indiennes. Elle eut une pensée désagréable.

— Toute cette attention sur la maharani Mirabai tracasse-t-elle le prince Swaroop ?

— Je ne suis pas sûr. Hier, il a demandé à être défait de sa position de Premier ministre de Satapur. Il est retourné directement à son appartement à Bombay sans attendre notre réponse.

— Mirabai a observé qu'il était très bouleversé quand il a procédé aux derniers rituels pour sa mère, dit Perveen. Il se peut qu'il ait besoin de temps pour reprendre ses esprits, après tout ce qui s'est passé. Mais ce serait dommage qu'il reste trop longtemps à Bombay. Les enfants l'aiment vraiment beaucoup.

— Il se pourrait que le prince Swaroop ait honte de ne pas être celui qui a tiré et tué le méchant.

— C'est vrai. L'article le mentionne à peine et encense la maharani.

Le texte faisait l'éloge de l'entraînement aux armes de la reine, pendant son enfance à Bhor, qui avait conduit à des années de chasse avec son mari. Perveen leva la tête en souriant à Colin.

— Apparemment elle a capturé des centaines d'oiseaux mais elle refusait de tuer des léopards et des tigres parce qu'elle avait de l'affection pour eux. Ce que cet article ne mentionne pas, c'est comment elle est parvenue à retrouver ses enfants.

— Je me suis entretenu avec elle, dit Colin. Elle vous a vues à cheval avec sa fille. Elle vous a suivies à travers les bois pour s'assurer que la princesse était en sécurité. Elle a toujours un fusil quand elle monte à cheval seule. Elle n'a compris que trop tard ce qui se passait dans la tour. Elle a cru que si elle faisait irruption, il s'en prendrait aussitôt aux enfants. Elle vous a entendue essayer de le dissuader de tuer le prince et la princesse, et en a conclu que les mots n'étaient plus d'aucune utilité. C'est pourquoi elle a attendu qu'il monte au sommet de la tour pour avoir un bon angle de tir.

La maharani était donc patiente.

— Que pensez-vous de la personnalité de la maharani ? demanda Perveen en se demandant si Colin partageait la même opinion.

Il réfléchit un moment avant de répondre.

— Je suis sûr qu'elle est plus loquace avec vous, mais je l'aime bien. Elle est intelligente. Elle a fait preuve de modération dans cette situation où ses enfants et vous étiez en danger. Elle a également bien saisi quels étaient les défis de l'État et a exprimé quelques suggestions concernant la nomination d'un nouveau Premier ministre. Tout cela s'est fait d'une manière très douce et agréable.

Une façon de faire qui plairait aux Britanniques – en leur laissant croire qu'elle serait une souveraine docile. C'était une position idéale pour une femme qui aspirait au progrès.

— Vous me faites penser à un changement de proposition concernant la gouvernance de Satapur, déclara Perveen en souriant. L'Agence a grande autorité à ce sujet, n'est-ce pas ?

— C'est ce qu'on en dit, répondit-il en fronçant les sourcils. Mais qui proposerait le changement ?

— Vous pourriez, répliqua-t-elle toujours en souriant. Le gouvernement britannique a le droit de choisir le souverain de l'État si aucun héritier n'est apte à régner.

Il acquiesça en la dévisageant d'un air prudent.

— Je pense que tout le monde s'accorderait à dire qu'il serait juste que la maharani soit nommée régente de Satapur, jusqu'à ce que le maharadjah accède au gaddi*. Si elle le souhaite, il pourrait suivre des études avant de devenir souverain. Elle pense que son fils mérite d'avoir le temps de mûrir comme son mari en a eu l'occasion. Et regardez comme elle est populaire dans le pays ! Tout le monde serait gagnant.

Colin resta silencieux un long moment.

— J'aime beaucoup cette idée, mais c'est une femme que personne ne connaît parce qu'elle a vécu la purdah durant son existence de maharani. Il se peut donc que l'Agence nous rétorque que la population locale s'offusquera qu'une femme devienne régente.

Perveen comprit qu'il anticipait ce qui pouvait être formulé au cours d'une discussion privée avec ses supérieurs, de sorte qu'elle lui proposa une objection évidente qu'il pourrait utiliser.

— La purdah a toujours été une tradition qu'elle a suivie pour respecter les souhaits de sa défunte belle-mère, pas ceux de son mari. Les récentes activités de la maharani, telles que monter à cheval dans les bois pour sauver son fils et abattre un meurtrier, ont démontré sa force. On chante ses louanges dans toute l'Inde, et j'imagine que cette histoire produira aussi son effet en Angleterre !

— Je suis d'accord avec la perception actuelle de la maharani Mirabai, convint Colin avec retenue. Mais qu'en est-il de la supposée fragilité psychique évoquée par le docteur Andrews ?

— Je n'ai jamais ressenti cette fragilité. J'ai senti une suspicion raisonnable concernant les risques que pouvait encourir son fils – et aujourd'hui que le coupable est mort, elle ne parle plus de ça. Elle est tout à fait prête à retourner au palais après avoir exprimé officiellement son désir que son fils ait accès à un enseignement dans une école appropriée.

— Elle aspire toujours à ce qu'il étudie en Angleterre ? demanda Colin. Je suppose qu'il n'y a plus personne pour s'opposer à elle dorénavant.

— Comme je vous l'ai déjà dit, elle a rejeté ma proposition de St Peter à Panchgani. Mais depuis qu'elle est à Poona, elle a eu de très bons échos de l'école Sardar à Gwalior, créée il y a vingt-quatre ans par son maharadjah. Elle a entendu dire que des Indiens de bonne société étudient là et elle aimerait essayer.

— Laissez-moi y réfléchir.

Colin regarda, par la fenêtre, la rue animée et, au-delà, les grandes collines vertes.

— Cela s'est déjà vu qu'une femme règne sur un royaume ou un État en Inde. Il y a la Rani de Jhansi et, plus récemment, la Begum de Bhopal.

— C'est exact. Et nous tous, Indiens et Anglais, étions sous la férule de l'Impératrice Victoria quand elle régnait, et il se pourrait tout à fait qu'il y ait une autre monarque dans le futur.

Elle aurait aimé voir une femme soutenir l'idée d'une Inde libre.

Colin demeura silencieux un moment.

— Je vais proposer que la maharani occupe la position de régente. Bien sûr, je resterai à l'auberge de circuit en qualité d'agent politique en lien avec Satapur.

— Certainement. Vous avez dorénavant de bonnes relations de travail avec elle, et elles ne pourront que se renforcer, déclara Perveen.

— Les questions de vie et de mort créent des liens, j'espère, répondit Colin en lui souriant. En tout cas, quand j'en parlerai à mon directeur, je veux que vous soyez avec moi. Vous défendrez bien mieux tous les avantages. Après tout, c'est vous, l'avocate.

26

Rentrer en train pour régner

Mirabai, la maharani de Satapur, n'avait plus la patience de voyager en palanquin.

Si son défunt beau-père avait été contraint de construire un chemin de fer pour favoriser la circulation de la production agricole, pourquoi les mêmes rails ne pourraient-ils pas permettre le déplacement des personnes ? Et cela débuterait précisément ce jour avec ce nouveau train, peint aux couleurs de la couronne – rouge et or –, qui la ramenait à Satapur. Roderick Ames, un ingénieur présenté par son beau-frère, connaissait les gens du chemin de fer à Kharagpur qui avaient tout géré.

Le couronnement aurait lieu dimanche, dans deux semaines. Ce mot – « couronnement » – la fit sourire. Elle y avait déjà pensé en deux circonstances – tout d'abord pour Pratap Rao, puis pour

Jiva Rao. Ce dernier avait vécu et, même s'il n'accéderait pas au pouvoir avant des années, le couronnement officiel rassurerait la population de Satapur, l'avenir serait prometteur.

Elle avait obtenu le premier cadeau pour lequel elle avait prié : son fils avait été sauvé.

Le deuxième cadeau du ciel avait été la disparition du duo d'empoisonneurs du palais : la maharani douairière et Aditya.

Mais ce troisième cadeau – devenir celle qui aurait la charge de Satapur –, celui-ci, elle ne s'y était pas attendue.

Perveen Mistry avait passé de nombreux après-midi à s'entretenir avec elle, tout d'abord pour lui expliquer la décision de l'Agence de Kolhapur en sa faveur avant de passer en revue les différentes fonctions d'une régente.

Mais le train de Satapur était sa grande idée. Avec des trains réguliers, les journaux pourraient parvenir tous les jours jusqu'à Satapur. Tout comme les gens pourraient aller chercher du travail en ville, et les hommes d'affaires pourraient venir construire ces écoles et ces boutiques dont son époux avait toujours parlé. Mais elle profiterait du voyage inaugural du train pour rentrer à Satapur.

Elle s'assit dans un fauteuil en rotin installé sur le quai, Chitra debout près d'elle la protégeant du soleil avec une ombrelle. L'ombrelle était un signe de bienséance, parce qu'elle n'avait pas voulu attendre à l'intérieur.

De l'autre côté de la voie, une petite foule attendait le train pour Bombay. Un certain nombre de personnes, surtout des Anglais, la fixaient bouche bée. Tout d'abord, elle se sentit mal à l'aise, se rappelant tout ce qu'on avait pu lui dire sur le fait de rester pure pendant la purdah. Puis elle songea combien ces gens aimaient voir leur propre royauté. Elle leur adressa alors un petit salut de la main.

Les applaudissements et les acclamations lui firent comprendre que les gens savaient qui elle était – et qu'ils savaient que l'Agence de Kolhapur avait pris la décision de la nommer régente. Deux jours plus tôt, elle avait installé Jiva Rao avec succès à Gwalior, et Padmabai allait fréquenter la même école pour filles qu'elle avait tant aimée. Les deux enfants allaient bénéficier de bons professeurs et d'amis de leur âge, c'était mieux pour eux. C'était ce qu'elle avait ressenti à l'époque où son mari était en vie, et c'était encore plus vrai aujourd'hui, parce que gouverner ne lui laisserait pas beaucoup de temps. Mais elle ne transigerait pas sur ses promenades matinales à cheval ; elle continuerait, car elles lui étaient nécessaires. Par le passé, monter à cheval l'avait sauvée de la dépression, et arpenter son État à cheval lui permettrait de se poser avant les difficiles décisions de la journée.

De l'autre côté du quai, une silhouette familière au sari drapé de manière particulière attira l'attention de Mirabai. Elle leva son lorgnon pour constater qu'il s'agissait bien de Perveen qui cherchait quelque chose dans sa mallette. La jeune avocate était complètement absorbée par les documents, songea Mirabai avec affection. Puis une nouvelle silhouette entra dans son champ de vision – un grand étranger à la légère claudication.

C'était Colin Sandringham, l'agent politique anglais de Satapur. Mirabai et lui s'étaient rencontrés plusieurs fois et, après avoir tous deux surmonté leur embarras, elle avait fini par discuter avec lui de ses aspirations pour Satapur pendant deux heures. Certaines de ces idées seraient présentées à l'Agence de Kolhapur. Mais pas toutes. C'était mieux ainsi, avait-elle déclaré.

Perveen donna un document à Colin qui l'examina avant de le fourrer dans la poche de poitrine de sa veste. À la manière dont le visage de Colin était tourné vers Perveen, il devait parler de quelque chose de sérieux. Perveen écoutait, le corps à moitié détourné, comme si elle ne voulait pas entendre.

De quoi discutaient-ils ? Certainement de rien qui soit en lien avec la couronne de Satapur. Puis tout fut réglé.

Et Mirabai comprit. Ils avaient du mal à se dire au revoir. Il était anglais et elle indienne, et ils ne pouvaient évidemment pas être ensemble ; mais d'une certaine façon, ils avaient jeté un pont sur ce fossé infranchissable.

— Votre Altesse, le train va arriver dans cinq minutes, l'informa Archana. Avec qui souhaitez-vous voyager dans votre voiture ?

— Swagata et Chitra, répondit Mirabai, savourant le choc qui plissa le front doux de la dame de compagnie.

Mais pourquoi ne passerait-elle pas le voyage confortablement installée entre les deux femmes du palais en qui elle avait le plus confiance ? Elles allaient l'aider à organiser une grande réception, comme autrefois. Aussi belle qu'un couronnement.

Le Bombay Mail entra en gare dans un grand vacarme, dissimulant Perveen au regard de Mirabai. Le train resta à quai pendant cinq minutes puis, quand il s'en alla, Mirabai vit que Colin Sandringham était seul sur le quai. Il suivit le train des yeux jusqu'à ce qu'il soit complètement hors de vue.

Mais tout n'était pas perdu, songea Mirabai en souriant.

Colin Sandringham avait obligation d'assister à sa réception.

Et elle devrait ajouter un nom – Perveen Mistry, Avocate – à la liste des invités.

GLOSSAIRE

Aai : Mère.

Almirah : Meuble de rangement pour les vêtements (ourdou, hindi et autres langues).

Amla : Une baie aux propriétés ayurvédiques*.

Anna : Unité de monnaie anciennement utilisée en Inde et au Pakistan, égale à un seizième de roupie.

Avestan : La langue des textes sacrés zoroastres*.

Ayah : Nourrice ou servante pour une dame.

Ayurveda : système de traitement médical et de prévention des maladies se basant sur les plantes et les animaux.

Bandar : Singe.

Brahmin : La plus haute caste dans l'hindouisme, celle des prêtres et de leur famille.

Burra : Important, grand.

Chapati : Pain indien.

Charpoy : Lit de sieste traditionnel.

Cheroot : Cigare.

Choti-rani : Une maharani* mariée à un maharadjah* qui vit dans un foyer où il y a déjà une rajmata*.

Datura : Plante toxique, à floraison nocturne.

Dhansak : Plat parsi populaire à base de viande de mouton ou de chèvre, de lentilles et de légumes.

Dharma : Comportement et conduite correspondant à une vie saine.

Dhobi : Celui qui lave le linge.

Diwali : Fête indienne qui commémore la victoire de la lumière sur les ténèbres.

Dravidien : Se rapporte à une famille de langues parlées dans le sud de l'Inde et au Sri Lanka, ou aux gens qui les parlent.

Darbâr : Réunion de nobles au sein d'un palais royal.

Durwan : Garde.

Gaddi : Trône.

Gandhiji : Nom respectueux pour Mohandas Gandhi.

Gara : Sari de satin de soie très brodé ; la broderie est en général faite en Chine ou au Gujarat, et ces saris sont traditionnellement appréciés par les femmes parsies.

Ghee : Beurre clarifié.

Gulab jamun : Boulettes de pâte, cuites dans l'huile et servies avec un sirop épais à la cardamome.

Jali : Mur décoratif destiné à préserver l'intimité et à permettre une observation limitée, habituellement dans les zénanas*.

Kande pohe : Plat populaire de petit déjeuner de l'Inde occidentale à base de riz battu, d'oignons et d'épices.

Agence de Kolhapur : Le regroupement par le gouvernement colonial britannique de vingt-cinq États princiers et féodaux de l'Inde occidentale qui a été connue ensuite sous le nom de l'Agence des États du Deccan.

Karma : Ce qui résulte du comportement d'une personne.

Kitchuri : Plat ayurvédique* à base de riz basmati et de dal de mungo.

Kumar : Prince.

Kusti : Cordelette sacrée zoroastre* portée autour de la taille.

Kurta pajama : Costume masculin composé d'une tunique et d'un pantalon coordonné à taille fermée d'un cordon.

Laddu : Friandise ronde à la farine de pois chiches.

Lathi : Bâton utilisé pour se battre.

Lungi : Vêtement masculin ; un tissu rectangulaire porté autour du bas du torse.

Mahābhārata **:** Épopée de la dynastie Bhārata à lire après le *Rāmāyana.*

Maharadjah : Souverain d'un État ou royaume hindou.

Maharani : Mère ou épouse ou fille d'un souverain.

Empire marathe : Clans de guerriers de l'Inde occidentale qui ont vaincu les souverains moghols et dominé une grande partie du sous-continent de 1674 à 1818.

Marathi : Langue parlée par les Marathes.

Memsahib : Forme de politesse quand on s'adresse à une femme de classe aisée, principalement pour les Européens, mais également pour les riches Indiennes.

Mitha paan : Spécialité sucrée et goûteuse à base de feuilles de bétel.

Mofussil : Zone rurale.

Mousson : Saison des pluies durant plusieurs mois.

Pagri : Turban.

Paisa : Unité de monnaie, égale à un centième de roupie.

Pallu : Partie moins décorée du sari.

Paneer kofta : Boulettes de fromage indien.

Parsi : Disciple, né en Inde, de la foi zoroastre*.

Poona : Importante ville de l'Inde britannique.

Puja : Cérémonie de culte.

Purdah : Style de vie dans certains foyers orthodoxes, musulmans et hindous où les femmes et les enfants demeurent dans une partie séparée. Les femmes respectant la purdah peuvent rendre visite à d'autres femmes mais elles ne peuvent montrer leur visage aux hommes étrangers à la famille.

Puri : Pain indien azyme.

Raïta : Sauce à base de yaourt.

Rajkumari, Kumari : Princesse.

Rajmata : Mère du souverain.

Rāmāyana **:** Ancien poème épique racontant l'histoire du prince Rama, de sa femme Sita et du roi démon Ravana.

Roti : Pain de blé complet cuit sur une grille.

Montagnes Sahyadrī : Chaîne de montagnes parallèle à l'Inde occidentale, s'étendant du Gujarat à l'extrémité méridionale de l'Inde ; les Britanniques l'appellent les Ghats occidentaux.

Paratha : Pain plat indien contenant de la graisse végétale.

Prasad : Grâce dans l'hindouisme.

Sardaji : Terme respectueux pour un gentleman sikh.

Satapur : État princier fictif au sein de l'Agence de Kolhapur.

Sherwani : Long et élégant manteau masculin avec un col montant.

Susu : Pipi.

Thali : Assortiment de plats généralement servis dans de petits récipients en métal disposés sur un plateau rond, également en métal.

Wagh : Un autre mot pour « tigre ».

Yerda : Idiot ou imbécile.

Zénana : Partie d'une maison uniquement réservée aux femmes.

Zoroastrien : Membre de la religion du zoroastrisme.

Zoroastrisme : Religion monothéiste antérieure à l'islam et au christianisme. Zarathustra, également appelé Zoroastre, est le prophète de cette religion.

REMERCIEMENTS

L'action de *La Malédiction de Satapur* se situe dans un État fictif au sein de la véritable Agence de Kolhapur, un groupe administratif géré par l'Inde britannique qui encadrait la vie des familles royales dans de nombreux petits États princiers de l'Inde occidentale. Bien que Satapur soit un endroit fictif, mon objectif était de dresser un portrait réaliste de la vie royale avant l'indépendance de l'Inde. Cela aurait été une tâche impossible sans l'aide d'universitaires, d'amis, de collègues et de ma famille aux États-Unis et en Inde.

Tout d'abord, je souhaite remercier Amrita Gandhi de New Delhi ; Madhu Kumari Rathjore et ses fille et petite-fille, Suneeta et Shalini Rana, de Falls Church, en Virginie ; et Nigel Sequeira de Baltimore, dans le Maryland, pour avoir partagé leurs connaissances et leurs relations avec certaines familles royales indiennes. J'apprécie toujours les avis de l'historienne du droit, Mitra Sharafi ; de Jehangir Patel, éditeur de *Parsiana* ; de Perzen Patel de bawibride.com ; et de Faroida Guzdar, une proche amie parsie.

Félicitations à mon fidèle chauffeur, Namdev Shinde, qui m'a conduite en voiture et à cheval jusqu'à Matheran, Lonavala et Khandala dans les montagnes Sahyadrī. Je remercie également Manjiri Prabhu de m'avoir présentée sa superbe ville natale, Pune, ainsi que sa richesse culturelle, et de m'avoir mise en contact avec la communauté d'écrivains indiens.

J'exprime ma reconnaissance éternelle pour Vicky Bijur, mon agent, qui m'a encouragée à écrire la série des Perveen Mistry et à l'apporter à sa maison principale de Soho Press et à l'étranger, en Inde, en Italie, Finlande, Corée et peut-être d'autres pays. Tous ceux qui ont travaillé avec Juliet Grames savent que l'avoir comme éditrice, c'est comme avoir un ange protecteur et inspiré à ses côtés. Je dois beaucoup à Juliet, Bronwen Hruska, Paul Oliver, Monica White, Rudy Martinez, Rachel Kowai et le reste du gang de Soho Press, ainsi qu'à l'équipe dévouée et énergique de Penguin Random House qui a convaincu les libraires de laisser une chance à Perveen.

Je remercie Ambar Saihil Chatterjee, mon éditeur et cher ami chez Penguin Random House India, ainsi que ses collègues de la publicité, Varun Tanwar et Smit Zhaveri.

Chaque roman de Perveen Mistry débute par des recherches historiques, et j'ai été fascinée par plusieurs mémoires du temps jadis : *India Recalled* de

Cornelia Sorajbi ; *La colline de Devi* d'E.M. Forster et *The autobiography of an Indian Princess* de Sunity Devee, Maharanai de Cooch Behar. J'ai appris énormément sur l'Indian Civil service, la fonction publique indienne, dans *Princely India and the British : Political Development and the Operation of Empire* de Caroline Keen. *Maharanis* de Lucy Moore offre un regard fascinant sur les histoires personnelles de plusieurs princesses avant-gardistes. *The Raj on the Move : Story of the Dak Bungalow* de Rajika Bhandari m'a aidée à imaginer l'auberge, jusqu'aux dix façons de cuisiner le poulet. J'ai encore bénéficié de l'aide attentionnée de David Faust, documentaliste pour les études sud-asiatiques et du moyen-orient à l'université du Minnesota.

Comme toujours, ma famille en Inde et aux États-Unis m'a assistée dans l'élaboration d'une feuille de route pour aller chercher en Inde les pièces manquantes de mes histoires. Du fond du cœur, je remercie les Banerjee, les Parekh et Parikh pour votre soutien à mon activité d'écriture ces dernières décennies. Vous êtes nombreux – et vous saurez vous reconnaître ! Enfin et surtout, je remercie mon noyau familial, Tony, Pia et Neel, je vous aime tant et je vous remercie de vous être serré les coudes et d'avoir sorti les chiens pendant que je parcourais les rues cruelles de Bombay avec Perveen.

Je serai ravie de discuter de l'Inde avec les lecteurs. Envoyez-moi un message via le site http://sujatamassey.com ou partagez vos réflexions dans les commentaires publics de ma page Facebook Sujata Massey Author.

La communauté Charleston a aimé !

Chez Charleston, nous sommes convaincus que, loin d'être une aventure solitaire, la lecture est une invitation au partage. Nous échangeons constamment avec nos lecteurs et lectrices, et nous sommes fiers de la belle communauté d'amoureux des livres que nous formons tous ensemble. Chaque année, nous choisissons au sein de cette communauté vingt lectrices et lecteurs qui nous accompagnent tout au long de l'année, et découvrent nos romans en avant-première. Voici leurs avis !

« Sujata Massey fait vivre au lecteur un tourbillon d'émotions au cœur d'une enquête palpitante. »

@meslivresdepoche

« Les descriptions sont si visuelles que l'autrice a réussi à m'embarquer en quelques pages dans son univers dépaysant. »

@anouklibrary

« L'enquête est intéressante et captivante, l'autrice mêlant à merveille les différentes intrigues afin d'offrir plusieurs pistes aux lecteurs. »

@toiledemots

« Une lecture totalement dépaysante, une véritable invitation au voyage. »

@livrovore

« Un merveilleux voyage au cœur de l'Inde. Une lecture qui nous emporte loin des sentiers battus. »

@leslecturesdemissm

« Un roman historique fort en sensations. Une lecture divertissante et enrichissante. »

@leahbookaddict

« Sujata Massey a le don d'instaurer une atmosphère mystérieuse qui nous enveloppe du début à la fin ! »

@les_miscellanees_de_cookie

« Une enquête passionnante, complexe et bien menée, avec un suspense haletant du début à la fin. »

@bbtiz

PEFC™ PEFC/14-38-00277

Cet ouvrage est composé de matériaux issus de forêts gérées durablement certifiées PEFC™.
Le Programme de reconnaissance des certifications forestières (PEFC™) est le plus grand organisme mondial indépendant de contrôle pour une gestion durable des forêts. Pour en savoir plus, consultez le site www.pefc-france.org

Achevé d'imprimer en août 2024
par Novoprint
Dépôt légal : septembre 2024
Imprimé en Slovaquie